Yann Martel

Selbst

Roman

Aus dem Englischen von
Nicole Cyr und Peter Kleinhempel

Verlag Volk & Welt
Berlin

Titel der kanadischen Originalausgabe
SELF
Erschienen bei Alfred A. Knopf Canada, 1996

Die ungarischen Textpassagen wurden Béla Bartóks »Herzog Blaubarts Burg« entnommen.

Für ihre Unterstützung während meiner Arbeit an diesem Roman danke ich der Arts Award Section des Canada Council und dem Conseil des arts et des lettres du Québec für die finanzielle Förderung; Valérie Feldman und Eric Théocharidès für ihre Gastfreundschaft; Harvey Sachs dafür, daß er die Pracht der Toskana vor mir ausgebreitet hat; Rolf Meindl für die Hilfe in Computerdingen und für das Sofa zum Schlafen; und Alison Wearing für alles übrige.

à l'une, survivante	für die eine, die es überlebte
à l'autre, disparue	für die andere, die es umbrachte

Erstes Kapitel

Ich erwachte, und meine Mutter war da. Ihre Hände senkten sich zu mir, und sie hob mich hoch. Es scheint, ich war leicht verstopft. Sie setzte mich auf dem Eßzimmertisch auf den Topf und ließ sich vor mir nieder. Sie begann zu gurren und mich anzufeuern und fuhr mir mit den Fingern den Rücken auf und ab.

Doch ich reagierte nicht. Ich erinnere mich noch genau, daß ich die Frau ziemlich lästig fand.

Sie hielt inne. Sie stemmte die Ellbogen auf den Tisch und stützte den Kopf in die Hände. Eine Zeit fruchtbarer Stille folgte; ich sah sie an, und sie sah mich an. Meine Stimmung war in der Schwebe. Wut lauerte. Auch Versöhnung. Humor lag in der Luft. Trotz tröpfelte. Alles war möglich, nichts entschieden.

Plötzlich erhob ich mich mächtig, wie der Koloß von Rhodos, ich beugte mich ein wenig nach vorne, und mit einem Schlag lieferte ich. Meine Mutter war entzückt. Sie strahlte und rief aus:

»Gros caca!« »Großes A-a!«

Ich drehte mich um. Welch ein Anblick! Welch ein Duft! Es war ein prächtiger Haufen Kot, zunächst dürftig geformt, wie Sedimentgestein, das nicht Zeit gehabt hat, fest zu werden, dunkelbraun, fast schwarz, dann sich wandelnd zu einem dichten Gefüge von kräftigem Kastanienbraun, in faszinierenden Windungen. Es begann tief im Topf, aber nach ein, zwei Drehungen erhob es sich wie eine hypnotisierte Kobra und lehnte sich an meine Wade, wo ich es als sehr, sehr warm im Gedächtnis behalten habe – meine erste Erinnerung an Temperatur. Es endete in einer makellosen, feuchten Spitze. Ich sah meine Mutter an. Sie strahlte noch immer. Ich war rot im Gesicht und verschwitzt von der Anstrengung, und ich frohlockte. Freude gespendet, Freude gehabt. Ich schlang die Arme um ihren Hals.

Die andere Erfahrung aus meiner frühesten Kindheit bleibt verschwommen, sie ist nicht viel mehr als ein fernes Gefühl, das sich nur manchmal fassen läßt, mir zumeist aber entgleitet. Da die Erinnerung daran so schwach ist, ist sie vielleicht die früheste.

Ich wurde einer Stimme in meinem Kopf gewahr. Was ist das, fragte ich mich. Wer bist du, Stimme? Wann hältst du das Maul? Ich erinnere mich an ein Gefühl des Erschreckens. Erst später wurde mir klar, daß diese Stimme mein eigenes Denken war, daß ich in diesem Augenblick der Angst erstmals dunkel ahnte, daß ich ein endloser Monolog war, der in mir selbst gefangensaß.

Spätere Erinnerungen sind deutlicher und zusammenhängender. Ich erinnere mich zum Beispiel an ein vernichtendes Erlebnis im Garten. Damals glaubte ich, die Sonne und der Mond wären einander entgegengesetzte Elemente, die sich wechselseitig aufheben. Der Mond war die abgeschaltete Sonne, ausgeknipst wie eine Glühlampe, der Mond war die schlafende Sonne, die Grübchen auf seiner Oberfläche glichen den Poren eines großen Augenlides, der Mond war solare Holzkohle, der fahle Rest des Feuers vom Tage – wie auch immer, das eine schloß das andere aus. Ich war zu später Stunde im Garten. Es war Sommer, und die Sonne war am Untergehen. Ich beobachtete sie, blinzelnd, zwinkernd, mir die Augen verbrennend, lächelnd, und ich stellte mir die Hitze vor und das Feuer, das Brutzeln ganzer Wohnbezirke. Dann wandte ich mich um, und da war er, er schwebte am Himmel, grau und feindselig. Ich floh. Mein Vater war die erste Autoritätsperson, der ich begegnete. Ich alarmierte ihn und zog ihn hinaus in den Garten. Doch sein Erwachsenenkopf erfaßte nicht, wie diese Erscheinung mein Verständnis von Astrophysik plötzlich auf den Kopf stellen konnte.

»C'est la lune. Et alors?« Je me cachais derrière lui pour me protéger de la radioactivité. »Viens, il est tard. Temps de faire dodo.«

»Das ist der Mond. Na und?« Ich versteckte mich hinter ihm, um mich vor der Radioaktivität zu schützen. »Komm, es ist spät. Zeit zum Schlafen.«

Er nahm mich bei der Hand und zog mich ins Haus. Ich warf einen letzten Blick auf den Mond. Mein Gott, er war ein selbständiger Himmelskörper. Er bewegte sich aufs Geratewohl durch das Universum, wie die Sonne. Bestimmt würden sie eines Tages zusammenstoßen!

Meine früheste ästhetische Erfahrung kreiste um eine kleine, durchsichtige Plastikflasche mit Apfelschaumbad. Für meine Eltern nichts als ein zufälliges kostenloses Muster aus dem Supermarkt, war sie für mich ein Juwel, das ich entdeckte, während meine Mutter mich badete. Die Flasche hielt mich in ihrem Bann durch ihr endloses Grün, ihren ölig-cremigen Inhalt, ihren göttlichen Duft. Mir verschlug es die Sprache vor Vergnügen.

Als jemand das Schaumbad eine Woche später gedankenlos aufgebraucht hatte und ich meinen ausgeweideten Schatz sah – ich erinnere mich lebhaft an diesen Augenblick: Meine Mutter wischte mir gerade den Hintern, und ich blickte müßig auf die Badewanne –, kreischte ich auf und bekam den schlimmsten Wutanfall meiner Kleinkindzeit.

Andere Umstände meiner frühen Jahre, die als wichtig gelten – daß ich 1963 in Spanien geboren wurde, als meine Eltern Studenten waren –, erfuhr ich erst später durch Hörensagen. Für mich setzt die Erinnerung in meinem eigenen Land ein, genauer gesagt, in seiner Hauptstadt.

Über die normale elterliche Aufsicht hinaus drangen weder mein Vater noch meine Mutter unnötig in meine Welt ein. Ob mein Raum nun real war oder imaginär, die Badewanne oder der Aralsee, mein Zimmer oder der Urwald des Amazonas, sie respektierten ihn. Ich kann mir keine besseren Eltern denken. Manchmal drehte ich mich um und sah, wie sie mich anschauten, und in ihren Blicken konnte ich eine allumfassende Liebe und Teilnahme lesen, eine unerschütterliche Hingabe an mein Wohlergehen und mein Glück. Ich genoß diese Liebe. Es gab kein Kliff, von dem ich nicht hätte springen können, kein Meer, in das ich nicht hätte tauchen, keinen Weltraum, durch den ich nicht hätte rasen können – ohne daß das Netz meiner Eltern dagewesen wäre, um mich aufzufangen. Sie waren an der zentralen Peripherie meines Lebens. Sie waren meine liebevollen, autoritären Bediensteten.

Im Supermarkt hüpfte ich glücklich und sorglos herum, ich spielte mit den Büchsen voll Getreideflocken, schüttelte die großen Flaschen mit Mundwasser, betrachtete all die komischen Leute – solange ich meine Mutter in Sichtweite hatte. Aber wenn – das folgenschwere Wenn – wenn sie unerwartet schon im nächsten Gang verschwand, während ich noch auf das abgepackte Fleisch starrte und mich fragte, wie diese Kuh wohl jetzt aussehen mochte – wenn sie nach Obst sauste, während ich noch die Gläser mit den Pickles untersuchte – wenn sie mir, mit anderen Worten, verlorenging, das war eine ganz andere Sache. Dann verkrampfte sich mein Körper, im Magen wurde mir flau und flatterig. Tränen traten mir in die Augen. Ich lief herum wie toll, blind gegen alles und jeden, mein ganzes Sein konzentriert auf die Suche nach meiner Mutter. Sobald sie wieder in mein Blickfeld kam, was sie Gott sei Dank stets tat, war das Universum sogleich wieder im Lot. Die Angst, diese schreckliche Boa constrictor von einem Gefühl, verschwand spurlos. Dann spürte ich ein heißes Aufwallen von Liebe, Bewunderung, Verehrung, Zärtlichkeit für meine süße Mutter, und zugleich, irgendwo in meinem Innern, ein kurzes Brüllen von heftigem Haß, weil sie mich für einen kurzen Augenblick dem Vergessenwerden ausgeliefert hatte. Meine Mutter merkte natürlich nichts von den existentiellen Schwankungen, von dem *Sturm und Drang* bei ihrem jungen Gemüse. Heiter und gelassen segelte sie durch den Supermarkt, ohne darauf achtzugeben, wo ich mich genau befand, konnte sie doch sicher sein, daß sie mich spätestens an der Kasse wiederfinden würde. Dort nämlich waren die Schokoriegel.

Ich kann mich nicht daran erinnern, daß ich als Kleinkind irgendeinen Unterschied zwischen meinen Eltern bemerkt hätte, den ich auf ihr Geschlecht zurückführen könnte. Obwohl ich wußte, sie waren nicht zweimal dasselbe, drückten sich diese Unterschiede nicht in festgelegten Rollen aus. Von beiden erfuhr ich Liebe und, wenn es vonnöten war, auch Bestrafung. In den Anfangsjahren in Ottawa arbeitete mein Vater außer Haus – im Außenministerium, das klang in meinen Ohren ehrfurchtgebietend –, während meine Mutter zu Hause über ihrer Magisterarbeit in Linguistik und Philosophie saß. Was mein Vater tagsüber im Außenministerium trieb, war mir nicht bekannt und daher recht fern. Meine

Mutter hingegen kämpfte tagtäglich mit Stapeln dicker Bücher, in Spanisch noch dazu, und sie produzierte unendliche Mengen von Papier, bedeckt mit ihrer akkuraten Handschrift. Ich war Zeuge ihrer Mühen. Ihre Arbeit befaßte sich mit dem spanischen Philosophen José Ortega y Gasset. Einmal ergriff sie einen Hammer und hielt ihn mir hin und erklärte mir, daß die Natur eines Hammers, sein *Wesen* (ihr Wort), durch seine Funktion bestimmt werde. Das heißt, ein Hammer ist ein Hammer, weil er hämmert. Das sei eine von Ortega y Gassets Haupterkenntnissen, Grundlage seiner Philosophie, und Heidegger habe sie geklaut. Liegt für mich ziemlich auf der Hand, dachte ich, das hätte ich dir auch sagen können, dachte ich, aber ich war dennoch gehörig beeindruckt. Meine Mutter war unzweifelhaft mit tiefgründigen und schwierigen Dingen beschäftigt. Ich nahm den Hammer und ging hinaus und schlug Löcher in den Asphaltrand unserer Einfahrt, die Identität des Hammers verstärkend.

Während also meine Mutter zu Hause saß und über Hämmer nachdachte, saß vielleicht mein Vater in seinem Büro und grübelte über Schraubenzieher nach. Jedenfalls war dieser Zustand, diese Dichotomie, nur vorübergehend; ein paar Jahre später trat meine Mutter ebenfalls in den auswärtigen Dienst ein.

Auch in anderer Hinsicht waren meine Eltern nicht voneinander zu unterscheiden. Soweit ich das überblicken konnte, teilten sie sich in die Hausarbeit, doch kann ich das nicht zuverlässig bezeugen, denn ich ergriff schon bei den geringsten Anzeichen häuslicher Pflichten die Flucht – aus Furcht, man könnte mir etwas auftragen. Meine Eltern kochten beide so lala. Gerechterweise sollte ich sagen, meine Mutter kam mit einigen Gerichten gut zu Rande, und sie zeigte mehr Phantasie als mein Vater, der meine ganze Kindheit hindurch die Eier zu lange briet. Aber er machte köstliche Tacos und eine erstklassige *tortilla de papas*, ein Kartoffelomelett. In späteren Jahren kochte er häufiger, glaube ich. Als sie in Mexiko und Kuba eingesetzt waren, genossen sie es (und ich ebenso, wenn ich sie besuchte), eine eigene Köchin im Haus zu haben.

Was die Frage der Bestrafung angeht: Nur wenn ich die allerschändlichsten Delikte begangen hatte, wurde ich versohlt, und das nur leicht, es war mehr ein Klopfen als ein Schlagen. Ich schrie trotzdem Zeter und Mordio, denn ich wußte, das war die höchste Strafe, die also auch das größte Geschrei erforderte. Ich glaube, in meinem ganzen Leben bin ich nur dreimal geschlagen worden. Ansonsten hoben meine Eltern nie eine Hand gegen mich. Wenn mein Vater außergewöhnlich böse war und mich züchtigen wollte, zog er mich allenfalls bis in Ellbogenhöhe herauf, um sich meiner vollen Aufmerksamkeit zu versichern, und dann packte er manchmal etwas fester zu, und es tat ein bißchen weh. Meine Mutter wurde kaum je richtig böse auf mich, doch wenn es passierte, wenn sie die Augen zusammenkniff und sie auf mich heftete und wenn sie durch ihre zusammengepreßten Kiefer zischte, war das eine Quelle wahren Schreckens. Ich wußte dann, daß ich zu weit gegangen war, als ich den Hund von Lunas Mutter mit einer Haarschneidemaschine kahlgeschoren oder die Hecke eines Nachbarn niedergebrannt hatte, und ich litt inwendig und tat alles, um es wiedergutzumachen. Gott sei Dank kam es nur wenige Male vor, daß ich sie derart erzürnte.

Mein Eltern kamen sehr gut miteinander aus. Tatsächlich kenne ich kein anderes Paar, das so harmonisch miteinander umging und sich so gut ergänzte. Sie war äußerst redegewandt. Er hatte schon Gedichte veröffentlicht. Sie hatte einen disziplinierten Kopf, der mit großer Intensität arbeiten konnte, einen Geist, der stets offen war für die Welt. Er hatte mit zehn seinen Vater verloren, und er war ein ziemlich launischer, empfindlicher Mensch, der zur Melancholie neigte, doch besaß er die Fähigkeit, über Dinge zu staunen. Sie war von Natur optimistisch veranlagt, und sie liebte die Künste. Sie nährten ihre Seele und ihre Weisheit. Ihre Gefühle gingen nie in die Irre. Er und ich, wir entdeckten gemeinsam Schriftsteller – den wunderbaren Dino Buzzati zum Beispiel – und wir mochten beide Golf, obwohl wir es kaum je spielten. Es gibt ein altes Schwarzweißfoto von uns beiden an einem Strand in Frankreich: Er umfaßt mich, und unsere vier Hände halten einen Golfschläger, und er zeigt mir gerade, wie man zum Schlag ausholt. Die Kamera erfaßt mich gerade in dem Augenblick, als ich ins Objektiv schaue, auf dem Gesicht ein Lächeln, mit einem Auge durch windgezauste Strähnen meines langen Haars blinzelnd. Sie war es, die auf den Posten des kanadischen Botschafters in Kuba berufen wurde. Sie war umsichtiger, und sie war geschickter, wenn es galt, einen fruchtbaren, pragmatischen Kompromiß zu finden. Er war manchmal verwegen, bereit, den Tag auszukosten.

Ich erinnere mich noch an kindliche Phantasien, ich müsse zwischen meinen Eltern wählen. Sie hingen an Kreuzen und wurden gefoltert, und ich mußte entscheiden, wer am Leben bleiben sollte. Oder folterte man mich, um mich zu zwingen, zwischen ihnen zu wählen? Sollte ich mich für einen von beiden entschieden haben, so weiß ich nicht mehr, für wen.

In letzter Minute entschloß sich mein Vater, inzwischen Übersetzer, Redakteur und Desktop publisher, meine Mutter nach Mexiko-Stadt zu begleiten, wo sie an einer Regionalkonferenz kanadischer Missionschefs teilnehmen sollte. Keine fünfzehn Minuten nach dem Abflug aus Havanna war das Flugzeug ein Feuerball, der in den Golf von Mexiko stürzte. So bricht das Tragische ein, und man wird gewahr, wie die Räder des Lebens sich drehen. Doch ich greife vor.

Zunächst muß ich von Möhren und Waschmaschinen und von vielen anderen Dingen berichten.

Von bemerkenswerten Ausnahmen abgesehen erinnern wir uns häufig nicht mehr daran, wann wir eine bestimmte Sache das erste Mal gemacht haben, auch nicht an ein bestimmtes Mal, wir haben nur die Wiederholung im Kopf, die Vorstellung, daß wir diese Sache immer wieder gemacht haben. So verhält es sich mit mir und dem Kochen von Möhren. Ich brachte ganze Nachmittage damit hin, beim Möhrenkochen zuzuschauen. Das Haus, das wir in Ottawa gemietet hatten, war so eingerichtet, daß ich mich auf dem Stuhl, auf dem ich in der Nähe des Herdes stand, umdrehen und sehen konnte, wie meine Mutter am Schreibtisch arbeitete (oder vielmehr war das Haus, das wir in Ottawa gemietet hatten, so eingerichtet, daß meine Mutter sich auf dem Stuhl, auf dem sie am Schreibtisch saß, umdrehen und sehen konnte, wie ich in den Topf starrte). Wenn die Möhren hoffnungslos matschig waren, was ich mit einer langen Fondue-Gabel prüfte, rief ich sie, und sie kam in die Küche. Sie leerte dann den Topf in die Spüle, füllte ihn mit frischem, kaltem Wasser und setzte ihn wieder auf den Herd. Dann gab sie mir einen flüchtigen Kuß auf die Wange und ging zurück an ihre Arbeit. Ich war alt genug und vorsichtig genug – Unfälle gab es nie –, um die spannende Aufgabe übertragen zu bekommen, aus einer großen Plastiktüte die kräftigen Exemplare auszuwählen, dick und orangefarben, die ich ins Wasser fallen ließ, damit das Schauspiel von neuem beginnen konnte. An solchen Nachmittagen kochte und brodelte meine Phantasie wie jenes sprudelnde Wasser. Ich forschte, ich stellte tiefgründige Zusammenhänge her. Es war die Wandlung vom Harten zum Weichen, die mich faszinierte, sagte meine Mutter später. Und in der Tat hat schon von frühester Jugend an die Idee der Wandlung im Mittelpunkt meines Lebens gestanden. Und ich nehme an, das war ganz natürlich – bin ich doch das Kind von Diplomaten. Während meiner Kindheit habe ich mehrfach Schulen, Sprachen, Länder und Kontinente gewechselt. Bei jedem Wechsel hatte ich die Möglichkeit, mich selbst neu zu erschaffen, eine neue Fassade zu präsentieren, frühere Irrtümer und Entstellungen zu begraben. Einmal habe ich heimlich den Hammer gekocht, denn ich wollte wissen, ob seine fundamentale Natur, sein *Wesen* (wie sie sagte), sich ändern könne. Als ich meine Milchzähne zu verlieren begann und erfuhr, daß an ihrer Statt dauerhaftere Zähne wachsen würden, nahm ich das als meinen ersten handgreiflichen Beweis menschlicher Metamorphose. Ich hatte bereits Beweise gesammelt zur Metamorphose von Tag und Nacht, des Wetters, der Jahreszeiten, von Nahrung und Ausscheidung, selbst von Leben und Tod, um nur einiges zu nennen, aber diese Zähne waren etwas Näherliegendes, etwas Klares und Unwiderlegliches. Ich stellte mir das Leben als eine Reihe von Metamorphosen vor, eine folgte der anderen, ohne Ende.

Das Möhrenkochen gab ich auf, als ich das Wäschewaschen entdeckte. Wenn ich hinabstarrte in das Getrudel und Getümmel der Kleidungsstücke, die mechanisch gereinigt wurden, so fühlte ich mich der Zugehörigkeit zu einer Kirche am nächsten, und zugleich sah ich mich in die Welt der Museen eingeführt. Ich verfolgte jeden Schritt bei der Absolution der Wäsche, diese Kreuzwegstationen vom Schmutz zur Erlösung, diese Schlange vor dem Museum der Modernen Kunst. Es fing damit an, daß meine Mutter den Sicherungsstift der Waschmaschine austrickste, indem sie eine Münze hinten unter den offenen Deckel klemmte, damit die Maschine weiterlief – das war der Preis für den Einlaß in die Ausstellung, das in den Opferstock geworfene Almosen. Dann eilte ich zu meiner Kirchenbank oben auf dem

Trockner. Die Wäsche wurde in die Maschine geworfen wie so viele sündige Seelen in die Hölle. Das Waschpulver ließ sich nieder wie Schnee, an manchen Stellen so dick wie in einer Ebene, an anderen so spärlich wie an einer Böschung – mein erster Einblick in die Landschaftsmalerei. Das warme Wasser stieg langsam, sanft vollzog sich das Eintauchen in die Gnade – ich konnte das im Innersten nachempfinden, da ich ganz genauso badete, vor Kälte zitternd in der leeren Wanne, und während das warme Wasser emporkroch, meine Gänsehaut Haarbalg um Haarbalg bedeckend, war die Labsal der Wärme um so größer nach dem Elend der Kälte. Wenn das Wasser nicht mehr stieg, folgte ein Augenblick des Innehaltens, in dem wir uns sammeln konnten, ein Klicken, und dann begann im Ernst das Hochamt. Ich hatte eine missionarische Freude an dem Hin und Her der Wäsche, der eine Predigt zuteil wurde. Es war ein sturmgepeitschtes Meer, auf dem mein kleines Schiff, meine Seele, den schäumenden Wellen trotzte. Es war der Meeresgrund, auf dem ich, ein ausgespiener Jona, neben einem Schwarm Socken umhertollte. Und dann war es ein Gemälde – abstrakter Expressionismus in seiner reinsten, vergänglichsten Form. Ganze Waschgänge lang konnte ich diesen freundlicheren Jackson Pollock mit dem breiteren Strich in seinem Atelier fieberhaft am Werk sehen. Spritzer von Rot folgten auf Streifen von Grün. Eruptionen von Weiß begruben Flecken von Purpur. Fünf ineinander verschlungene Farben tanzten miteinander, ehe sie im Blau verschwanden. Das Schauspiel war großzügig und offen, wahrhaft ökumenisch. War der Waschgang zu Ende, zog sich das Weihwasser durch die Poren der Waschmaschinentrommel zurück. Ich blickte in eine höhlenartige Skulptur, eine leere Hölle. Die Wäsche begann herumzuwirbeln. Ich konnte spüren, wie das Wasser versickerte, aus mir wich. Plötzlich peitschte mich ein wilder tropischer Sturm. War das die Versuchung? Und danach ein weiterer Sturm! Doch auch diesen überstand ich. Ein letztes Klicken, und es war vorbei. Ich rief meine Mutter. Hemden, Röcke, Blusen, Unterwäsche, Hosen, Socken kamen gleich mir aus der Maschine, erneuert, unserer Sünden ledig, feucht vor Vitalität, strahlend wie Christus, als er am dritten Tag auferstand. Und die Münze unter dem Deckel war mein!

Schauen Kinder in den Spiegel? Schauen sie sich an – nicht nur, um zu sehen, ob ihr widerspenstiges Haar so ordentlich ist, wie die Eltern es verlangen? Ich tat es nicht. Warum sollte mich ein Spiegel interessieren? Er gab mich wieder, ein Kind – was weiter? Ich war nicht im mindesten auf mich selbst fixiert. Die Welt war ein viel zu großer Spielplatz, als daß ich Zeit damit hätte vergeuden wollen, einen gespiegelten Teil davon zu betrachten, ausgenommen vielleicht, um Grimassen zu schneiden, wobei zwei Finger die unteren Augenlider abwärts zogen und einer die Nase hochstupste.

Die Kindheit ist wie die Weisheit eine Sache des Gefühls. Was von den frühen Jahren den tiefsten Eindruck hinterläßt, sind Gefühle. Was das Auge erfaßt, der visuelle Aspekt dieser Gefühle, ist zweitrangig. So kommt es, daß ich keine Erinnerung an Spiegel habe, keine Erinnerung an Kleider, an Haut, an Glieder, an den Körper, an mein eigenes physisches Selbst als Kind. Als ob ich, paradoxerweise, damals weiter nichts gewesen wäre als ein großes, begieriges Auge, ein fühlendes Auge, das Ausschau hält, ständig Ausschau hält, seiner selbst unbewußt.

Es ist unmöglich, von meiner Kindheit zu erzählen, ohne das Fernsehen zu erwähnen (Die Religion hat in meinem Leben nie eine wichtige Rolle gespielt, und so kann ich dieses Thema ebensogut schon an dieser Stelle behandeln. Die

Idee von Gott ist mir zuerst in einem Kinderlied begegnet, einer *comptine*, das meine Eltern mir vorsangen. Es ging so:

Il était un petit navire Qui n'avait jamais navigué Ohé ohé!	Es war einmal ein kleines Schifflein Das war noch nie gefahrn auf See Ahoi-ahoi!
Il entreprit un long voyage Sur la mer Méditerranée Ohé ohé!	Es unternahm 'ne große Reise Aufs weite, weite Mittelmeer Ahoi-ahoi!
Au bout de cinq à six semaines Les vivres vinrent à manquer Ohé ohé!	Vergingen fünf, sechs lange Wochen Schon gab es nichts zu essen mehr Ahoi-ahoi!
On tira à la courte paille Pour savoir qui serait mangé Ohé ohé!	Sie zogen Lose, um zu sehen Wen sie wohl steckten in den Topf Ahoi-ahoi!
Le sort tomba sur le plus jeune C'est donc lui qui sera mangé Ohé ohé!	Das Schicksal traf den Allerjüngsten Ihn traf's, ihn wollten sie verzehrn Ahoi-ahoi!
O Sainte Mère, O ma patronne	O heil'ge Mutter, sollst mich schützen

Empêche-les de me manger
Ohé ohé!

gegessen werden möcht'
ich nicht
Ahoi-ahoi!

So endete das Lied. Als ich es schließlich verstand, als ich wirklich hinhörte, war es nicht der fröhliche Chor der kannibalischen Matrosen, der mich verblüffte, sondern die unerklärliche und in der Schwebe verharrende Bitte am Schluß. An wen war sie gerichtet? Wer war diese heilige Beschützerin? Und wurde die Bitte erhört? War der junge Seemann am Ende erlöst oder erledigt? Ehe die Religion mir nichts mehr bedeutete, bedeutete sie mir dies: eine Möglichkeit der Errettung in einem kritischen Augenblick. Als Erfahrung mich lehrte, daß es keinen Retter und keine besondere Gnade gibt und keine Vergebung außer der menschlichen, daß Schmerz ertragen werden muß und nur mit der Zeit abklingt, falls er überhaupt je abklingt, wurde Gott für mich nichts weiter als ein zahnloser Hund, der weder bellte noch biß. Ich bin von Natur aus Atheist); wirklich, ich denke, es ist unmöglich, von meiner *Generation* zu sprechen, ohne das Fernsehen zu erwähnen.

Mit diesem Biest machte ich kurz nach unserem Umzug nach Kostarika Bekanntschaft. Ich glaube, ich war gerade fünf geworden. Das Gerät gehörte meinen Eltern nicht; die Botschaft hatte es ihnen geliehen. Es war ein Möbelstück für sich: groß, schwer, hölzern, laut, unübersehbar. Für sein Lager beanspruchte es ein volles Drittel des Zimmers, einen Platz, der zuvor meine Lieblingsecke gewesen war. Als ich es das erstemal sah, war es wach. Ich war eben ins Zimmer getreten, ohne den Eindringling zu bemerken, und der Köter, der meine Gegenwart spürte, wandte sich mir zu. Ich blieb wie angewurzelt stehen und starrte in sein breites, flaches, lebendiges Gesicht. Sicherlich wäre ich weggelaufen, hätten nicht meine Eltern, die das Ding gerade aufgestellt hatten, miteinander untätig und angstlos davorgesessen. Sie sahen mich an, lächelten und sprachen Worte, die nicht zu verstehen waren. Ich hielt den Fernseher für eine neue Art von vierbeinigem Tier. Für einen großen, vierschrötigen Hund mit spitzen Ohren und mit einem sehr langen, dünnen Schwanz (ich glaubte noch, daß Bewegung und Lebendigkeit Leben voraussetzen. Ich behandelte den Staubsauger – einen entfernten Cousin des Elefanten – und die Waschmaschine – eine Verwandte des Waschbären – mit dem größten Respekt. Meiner Mutter kalte und unsanfte Art, mit ihnen umzugehen, empfand ich als geheime Kränkung. Sobald sie fort war, liebkoste und küßte ich Staubsauger und Waschmaschine und flüsterte ihnen anerkennende Worte zu). Aber obgleich ich die meisten Tiere mochte, konnte ich mich für das Biest Fernsehen erst allmählich erwärmen und nur unter einigen Bedenken. An seiner Größe und an seinem Verhalten war etwas, was mir nicht recht paßte. Anders als die Waschmaschine hatte der Fernseher, so fand ich, etwas Selbstsüchtiges und Gleichgültiges an sich. Mit nur zwei Ausnahmen – bei denen das Fernsehen mich in seinen Bann schlug – dauerte es Jahre, bis ich mich ihm nahe fühlte. Viel lieber schaukelte ich im Schaukelstuhl und hörte Musik und träumte in den Tag hinein. Das konnte ich stundenlang tun, mein Kaninchen in den Armen.

Wie mich als Kind das Fernsehen das erste Mal in seinen Bann schlug:

(1) Ich weiß nicht mehr, wann die Vorstellung der Liebe mich berührte, wann ich mir dieser Kraft in den menschlichen Beziehungen erstmals richtig bewußt wurde. Zweifellos habe ich Liebe empfangen, ehe ich begann, sie zu erwidern, und ich erwiderte sie, noch ehe ich wußte, daß sie ei-

nen Namen hatte. Doch in welchem Augenblick diese Regungen, die ich spürte – *oh, da bist du! Ich bin glücklich; wenn du lächelst, werde ich lächeln; ich möchte dich berühren, ich möchte bei dir sein, laß nicht los* –, ihren Mantel der Anonymität verloren und in das Wörterbuch meiner Seele eingingen – daran erinnere ich mich nicht. Doch ich erinnere mich, daß es das Fernsehen war, das meinen Ahnungen von der Liebe eine Form gab, das meine verschiedenartigen Vorstellungen davon zu einer einheitlichen Theorie zusammenführte.

Es geschah vielleicht ein oder zwei Monate, nachdem ich dem Fernsehen erstmals begegnet war. Fernzusehen erforderte noch immer einen Entschluß, den ich mit Überlegung faßte. »Ich werde dem Fernsehen zuschauen«, sagte ich dann, ich benutzte noch den Artikel. Ich nahm meine Lieblingsdecke (genaugenommen ein Handtuch), ich rückte den Schaukelstuhl zurecht, und ich zog langsam an dem Plastikknopf, der einigen Widerstand leistete und mir schließlich mit einem lauten Klicken entgegensprang, was mich stets aufs neue verblüffte. Sofort war der Ton da, ein Ton, der schneller war als das Licht; dann erschienen nacheinander auf dem gläsernen Schirm ein Lichtpunkt, eine Lichtzeile, ein Lichtzittern, und schließlich ein sich ausdehnendes Rechteck farbloser Wirklichkeit. Dann saß ich da und schaukelte und tat, was zu tun ich beschlossen hatte: dem Fernsehen zuschauen, zuschauen, wie Menschen mit anderen Menschen umgingen, im Haus und im Freien, in einer Sprache (Spanisch), die ich noch nicht in mich aufgenommen hatte. Es langweilte mich unendlich. Als ich begriff, daß ich mit Hilfe des komplizierten, radähnlichen Knopfes den Sinn des Biestes ändern konnte, wurde das Zuschauen etwas interessanter, aber selbst dann habe ich es wohl nie länger ausgehalten als zehn Minuten – das sind zwei Stunden für gelangweilte Kinder. Erst ein ganzes Jahr später, als ich die plastische, elastische Welt der Zeichentrickfilme entdeckt und genug Spanisch gelernt hatte, begann ich, regelmäßig fernzusehen.

Doch zu dem Zeitpunkt, von dem ich gerade spreche, als mich als Kind das Fernsehen zum erstenmal in seinen Bann schlug, als ich noch aus technischem Interesse zuschaute, genügte schon eine Minute. Und weniger. Ich schaltete das Gerät ein, schaute ein paar Sekunden lang zu, war fürs Leben geprägt, schaltete aus.

Ich war allein, still und vergnügt, empfänglich für neue Ideen. Das erste, was ich sah, war ein stehendes Bild: eine einfache anatomische Zeichnung, ein Schnitt durch das Auge. Als nächstes kamen die bewegten Bilder von Hunderten von silbrigen Fischen, die im Schwarm umherschwammen. Sie glichen Ziegeln in einer Zauberwand und zeigten mir abwechselnd ihre Längsseiten, wodurch sie mir die Sicht blockierten, dann, mit einer jähen Drehung, ihre Schmalseiten, so daß ich zwischen ihnen hindurchsehen konnte.

Ich war wie vom Blitz getroffen. Augen ... Tränen ... Salz ... Meerwasser ... Fische.

Ich ging in den Garten und setzte mich unter einen Baum, die Sinne waren in Aufruhr, der Kopf schwirrte mir von den Gedanken, die einem kommen, wenn einem plötzlich ein Licht aufgeht.

Die klare Flüssigkeit in unseren Augen ist Meerwasser, und deshalb gibt es in unseren Augen Fische, denn Meerwasser ist das natürliche Medium der Fische. Da Blau und Grün die Farben des sattesten Meerwassers sind, sind blaue und grüne Augen die fischreichsten. Dunkle Augen sind etwas weniger fruchtbar, und Albinoaugen sind nahezu fischlos, bedauerlicherweise. Aber die Menge der Fische in einem Auge besagt nichts. Ein einziger Tigerfisch kann so schön, so mächtig sein wie ein ganzer Schwarm von Thunfischen im offenen Meer. Daß die Wissenschaft Augenfische noch nie beobachtet hat, widerlegt meine Theorie nicht; im Gegenteil, es bekräftigt die Grundhypothese, die da lautet: Die Liebe ist die Nahrung der Augenfische, und nur die Liebe bringt die Fische zum Vorschein. Blickt man jemandem mit kaltem Forscherinteresse scharf in die Augen, so ist es, als pochte man mit rüdem Finger an ein Aquarium, was die Fische nur zur Flucht treibt. Ganz ähnlich verhielt es sich, als ich im Aufruhr meines Erwachsenwerdens anfing, mich im Spiegel genauer zu betrachten: Die Tatsache, daß ich in meinen Augen nichts entdecken konnte, nicht einmal die kleinsten Guppys oder Kaulquappen, sagte mir damals etwas über meine unglückliche Verfassung und den Mangel an Selbstvertrauen.

Diese Theorie hat mich mein ganzes Leben hindurch begleitet wie ein kleiner Freund, der auf meiner Schulter hockt wie ein Gott im Taschenformat. Ich stelle sie hier ausführlich dar, doch unter jenem Baum im Garten, mit fünf Jahren, nach diesem Moment der Erleuchtung durch das Fernsehen, konnte ich nur ihre Anfangsgründe ahnen. Sie entwickelte sich mit den Einsichten und Erkenntnissen, die ich gewann. So entnahm ich zum Beispiel einem Witz, den ich eines Tages zufällig hörte, als ich an einer Gruppe von älteren Jungen vorüberlief – ich verstand den Witz nicht, ich hatte Angst vor den Jungen, aber irgendwie brachte er Mädchen mit Fischgeruch in Verbindung –, daß die Fischhaltigkeit der Liebe über die Augen hinausgeht. Im Laufe der Jahre wurde die Theorie ungeheuer kompliziert, ein richtiges System mit zahllosen Verästelungen, ein wissenschaftliches Arkanum, wie es wohl nur Kinder und Albert Einstein ganz verstehen.

An Augenfische glaube ich nicht mehr *tatsächlich*, noch immer aber metaphorisch. In der Leidenschaft einer Umarmung, wenn der Atem, der Wind, am lautesten ist und die

Haut am salzigsten, meine ich noch immer, ich könnte innehalten und das Wogen des Meeres hören, spüren. Ich bin noch immer ziemlich davon überzeugt: Wenn wir uns küssen, mein Schatz und ich, werden wir gesegnet sein mit dem Anblick von Skalaren und Seepferdchen, die zur Oberfläche unserer Augen emporsteigen, denn diese Fische sind der sicherste Beweis unserer Liebe. Und trotz allem bin ich noch immer fest davon überzeugt, daß die Liebe etwas Ozeanisches ist.

Meine Zeit als Kaninchen war eng verbunden mit jenem merkwürdigen Zustand, den man Schlaf nennt. Ich lag im Bett, schaute hinauf zur Decke und dachte: »Das ist lächerlich. Ich liege da, hellwach, und warte. Aber worauf warte ich?« Ich blickte nach links und nach rechts. »Es ist niemand da außer mir! Es gibt nichts zu tun. Ich sollte aufstehen.«

Doch das tat ich nicht. Es hatte etwas unaussprechlich Wohliges, so in horizontaler Weichheit zu liegen, behaglich zugedeckt, in gut erleuchteter Dunkelheit. Ich wartete weiter, in passiver Ungeduld, auf *es* (ohne Bezugswort). Dann blickte ich beiläufig nach unten und sah, daß meine Hand eine weiße Fellpfote war. »Himmel! Ich schlafe«, merkte ich, und da wachte ich auf. Jene nächtliche Verwandlung in Kostarika steht noch in vollkommener Klarheit vor mir. Nicht der Vorgang – wie ich in der Größe schrumpfte oder wie meine Ohren und Beine sich streckten, obwohl ich, wenn ich die Augen schließe und mich konzentriere, beinahe fühlen kann, wie mir ein weiches, dickes Fell wächst – nicht der Vorgang, sondern das Ergebnis: ein mittelgroßes Kaninchen, braun und weiß mit Ausnahme der Ohrenspitzen, die schwarz waren. Ich sprang sogleich aus dem Bett. Ich hopste auf meinen kräftigen Hinterpfoten in große Höhen, ich sprang vom Bett zur Kommode und wieder zurück. Ich erhob mich und machte nacheinander ein, zwei, drei Purzelbäume. Ich tanzte, ich stampfte in fröhlicher Raserei über den teppichbelegten Fußboden. Es gab nichts, was ich nicht vermocht hätte, denn obgleich ich klein war und dünn, gehorchte mir mein Körper (das hat er stets getan). Er tat, was ich ihm befahl. Nur der Kühlschrank durchkreuzte meine Absichten, als ich versuchte, ihn zu öffnen, um an eine Möhre zu kommen, und selbst das hatte nichts mit meiner mangelnden Kraft zu tun, sondern mit meiner mangelnden Größe. (Auch das eine Mal, als ich vor dem Schlafengehen eine Möhre unter meine Matratze gesteckt hatte, erwies sich mein Aktionsradius als Problem. Ich hatte sie außerhalb meiner Häschenreichweite plaziert und sie dann vergessen. Drei Jahre später wurde sie entdeckt, vollkommen grün.)

Wir hatten Kaninchen im Garten, richtige, echte, die meine Eltern für mich gekauft hatten. Doch wenn ich selbst ein Kaninchen war, wagte ich mich nie hinaus, um mit ihnen zu spielen. Einmal ging ich zur Glastür hinten im Wohnzimmer, um in den Garten hinauszuschauen, und Salz, Pfeffer, Stiefel und Schmetterling kamen an die Tür, und da standen wir nun, Pfote gegen Glasscheibe gegen Pfote, und starrten einander an. Doch als ich in ihre dunklen Augen blickte, wurde mir klar, daß diese Kaninchen für mich Fremde waren, und Kinder suchen nicht die Gesellschaft von Fremden. Ich war froh, daß die Scheibe zwischen uns war.

Die deutlichste Erinnerung, die ich an meine Zeit als Kaninchen habe: Ich mache eine Bewegung mit den Vorderpfoten, um mich an den Ohren zu kratzen. Nein, nicht zu kratzen. Es war mehr wie ein Strecken, ein Strecken der Ohren. Ich stellte sie steil auf, senkte den Kopf und fuhr dann mit den Vorderpfoten über sie hin und preßte sie an den Kopf, zuerst das rechte Ohr, dann das linke, dann beide zugleich. Es war eine schnelle, runde Bewegung, die ich mehrmals wiederholte. Danach waren meine Ohren frisch und prickelig. Ich konnte mit ihnen zucken und sie auf die leisesten, entferntesten Geräusche einstellen – auf das Rascheln eines Vorhangs im Eßzimmer, das arthritische Knacken eines Dielenbretts im Wohnzimmer, einen plötzlichen Atemzug meines schlafenden Vaters, ja, selbst das Funkeln der Sterne. Nichts kann einem den jagenden Puls des Lebens besser bewußtmachen als winzige, fast unhörbare Laute.

Meine offizielle schulische Laufbahn trat ich 1968 im Pinocchio-Kindergarten an. Dort wurde englisch gesprochen, doch hatten meine Eltern keine Wahl. Es war damals der einzige gute Kindergarten in San José.

»Tu seras bilingue. Même trilingue,« qu'ils me dirent.
»Très canadien.«

»Du wirst zweisprachig sein. Sogar dreisprachig«, erklärten sie mir.
»Sehr kanadisch.«

So kam es, daß ich durch eine Laune der Geographie auf englisch unterrichtet wurde, draußen auf spanisch spielte und zu Hause alles auf französisch erzählte. Jede Sprache fiel mir auf ganz natürliche Weise zu, und für jede gab es die entsprechenden Gesprächspartner. Meine Eltern auf englisch anzusprechen kam mir genauso wenig in den Sinn, wie im Kopf auf französisch zu rechnen. Englisch wurde die Sprache meiner exakten Ausdrucksweise, doch drückte es Gedanken aus, die irgendwie stets romanisch geblieben sind.

Der erste Fall von Gewaltanwendung in meinem Leben ereignete sich im Kindergarten. Ein verhaltensgestörter Junge fiel ohne Grund über mich her. Er zog mich an den Haaren und biß mir in den Hals. Ich war damals noch zu jung, um feige zu sein, und wir verbissen uns in einen wütenden Kampf. Die Lehrerin trennte uns, und ich erinnere mich noch dunkel, daß wir beide an ihren ausgestreckten Armen in der Luft hingen und wie Pendel hin und her schwangen. Wir wurden ins Bett gelegt und genötigt zu schlafen. Ich pinkelte im Schlaf ein, die Lehrerin rief die Botschaft an, und mein Vater kam mich holen.

Der Junge, der über mich hergefallen war, blieb in den folgenden drei Jahren nicht nur an derselben Schule wie ich, sondern auch in derselben Klasse. Wir waren für den Rest jenes Jahres zusammen im Pinocchio-Kindergarten und in den Klassen 1 und 2 der Abraham-Lincoln-Schule. Doch so ist er mir nie wieder auf den Leib gerückt. Er hatte blondes Haar, das in der einen Woche lang und zerzaust, in der nächsten nichts als eine Bürste war, und braune Glotzaugen, und er war ein mürrischer Junge, der für sich blieb und keine Freunde hatte. Doch von der anderen Seite der Gitterstäbe seines imaginären Käfigs beobachtete er mich, beobachtete mich die ganze Zeit angelegentlich, über drei Jahre hin, und insbesondere, während ich mit Noah zusammen war. Manchmal trafen sich unsere Blicke, aber selbst heute bin ich nicht sicher, ob ich seine Blicke lesen könnte. Er senkte die Augen als erster, nach ein oder zwei Sekunden, aber nur, das weiß ich, um mich wieder anzusehen, sobald ich mich abgewandt hatte. Vielleicht liebte er mich.

Meine Eltern zählten zu den ersten Feministen, und wenn sie von den Geschlechtern sprachen, benutzten sie nie das Wort »entgegengesetzt«. Und in der Tat, warum sollten die Geschlechter einander entgegengesetzt sein? Das Wort ist aggressiv, trifft eine Bestimmung durch Negation und sagt sehr wenig aus. Die Geschlechter verhalten sich zueinander komplementär, sagten meine Eltern – ein komplizierteres Wort, das sie mir durch eine Analogie erklärten. Männlich und weiblich seien wie Regen und Boden. Nur daß ich, während sie von Sexualität sprachen, von unpersönlichen biologischen Einzelheiten, meinte, sie sprächen von Liebe und verbreiteten sich über etwas, was ich bereits wußte. Das Universum erschien mir damals erstaunlich gut konstruiert. Man stelle sich vor: Irgendwo da draußen, ganz für sich und unabhängigen Ursprungs, gab es ein anderes Geschlechtsorgan, maßgearbeitet für das meine, für mich. Ich machte mich auf die Suche nach diesem komplementären Geschlechtsorgan, nach meiner wahren Liebe.

Es gibt kein größeres Mysterium als dies, das Mysterium der Libidobesetzung. Weshalb bringen manche Menschen die Fische dazu, sich in unseren Augen zu drängen, während andere sie ganz und gar fischlos lassen? Ist die Liebe ein einzigartiges Futter, das nur unsere eigenen Fische nährt? Oder ist sie jede Art von Futter, die zufällig in der Nähe ist, wenn unsere Fische Hunger kriegen? Ich habe keine Ahnung, weshalb ich mich in Noah Rabinovitch verliebte. Es ist zu lange her. Manchmal ist die Erinnerung ein ferner Beobachter, der Gefühle benennen, sie aber nicht vermitteln kann, und das ist hier der Fall. Sicher war Noah in gewisser Weise mir komplementär. Wenn ich allein war, war ich glücklich, ein Ganzes, aber wenn wir zusammen waren, war dieses Ganze größer. Die Dinge hatten einen zusätzlichen Glanz, eine größere und tiefere Perspektive. Doch ich könnte das gleiche, nur in einem etwas geringeren Maß, von anderen Menschen sagen, ja selbst von Tieren oder Gegenständen. Doch da war noch mehr. Nur weiß ich nicht, was. Ich glaube mich zu erinnern, daß ich Noahs Art zu gehen mochte. Er ging, also liebte ich ihn.

Eines Tages, meine Mutter war gerade in den Kindergarten gekommen, um mich abzuholen, teilte ich ihr mit, ich hätte meine künftige Frau gefunden, und stolz deutete ich auf Noah, der neu war im Pinocchio. Sein Vater war israelischer Diplomat, und sie waren gerade in Kostarika angekommen, mitten im Jahr. Noah trat auf meine Mutter zu, streckte die Hand aus und sagte, er freue sich, seine künftige Schwiegermutter kennenzulernen. (Noah war widerlich höflich.) Doch dann besaß er die Frechheit, hinzuzufügen, daß *ich seine* Frau werden würde, und wir beide begannen wieder den gleichen lästigen Streit, den wir schon den ganzen Vormittag geführt hatten und den ich für erledigt gehalten hatte. Aus irgendeinem Grunde wollte keiner von uns die Frau sein.

Meine Mutter unterbrach uns mit der Frage, weshalb ich meinte, Noah würde meine Frau werden. Es gibt Umstände, wo man nicht herausplatzen kann: »Parce que je l'aime!«, »Because I love him!«, »¡Porque le amo!« Ich äußerte mich konkreter: Noah habe das Geschlechtsorgan, das meinem komplementär sei. Wirklich? erwiderte sie, und ein nicht zu beherrschendes Lächeln huschte über ihr Gesicht, für mich ein erster Fingerzeig, daß mir etwas entgangen war. Sie nahm mich bei der Hand, verabschiedete sich von Noah auf englisch, und wir steuerten auf den Wagen zu. Ich erinnere mich deutlich daran, daß ich mich im Weggehen umdrehte und mit unendlicher Traurigkeit in der Stimme »Tschüs, Noah« blökte, denn mir kam dunkel zu Bewußtsein, daß ich soeben meinen Mann verloren hatte. Ehe meine Mutter mir die Autotür öffnete, beugte sie sich zu mir herunter, drückte mich gegen meinen Willen und gab mir einen Kuß. Auf der Heimfahrt machte sie mich mit den grundlegenden Tatsachen meiner Sexualität bekannt. Die Dinge waren viel beschränkter, als mein für alles empfänglicher Kopf sich das vorgestellt hatte. Es gab in Wahrheit nur *zwei* Geschlechter, nicht unendlich viele. Und jene kleinen Hintern und Finger, die ich bei meinen verschiedenen »Ich-zeig-dir-meinen-wenn-du-mir-deinen-zeigst«-Übungen gesehen hatte, waren die fraglichen komplementären Geschlechtsorgane, und es gab jeweils nur zwei, einen kleinen Hintern für einen kleinen Finger. Ich war verblüfft. Diese Frage der Komplementarität bezog sich lediglich auf einen gewöhnlichen *biologi-*

schen Punkt, eine Laune der Anatomie? Auf der Speisekarte der Augenfische standen nur zwei Dinge zur Auswahl? Und es war im voraus bestimmt, welche sie wählen konnten, entweder einen kleinen Hintern oder einen kleinen Finger, Steak oder Huhn? Was ist das bloß für ein Restaurant, Mutter? Tatsächlich hatte ich bislang nur kleine Hintern und kleine Finger bemerkt, aber ich hatte geglaubt, dies spiegle lediglich den kleinen Umfang meiner Stichprobe wider. (In ähnlicher Weise war ich, obgleich die meisten meiner Altersgenossen im Pinocchio weiß waren, auf Grund der Hautfarbe einiger und bestärkt durch Dinge, die ich im Fernsehen und in Zeitschriften gesehen hatte, ziemlich sicher, daß es schwarze, braune, gelbe, rote, blaue und orangefarbene Menschen gab, ja, vielleicht sogar gestreifte.) Doch nein, meine Mutter blieb dabei, es gebe nur zwei. Und was noch erstaunlicher war, sie sagte, daß kleine Hintern ausschließlich bei Mädchen vorkämen und kleine Finger ausschließlich bei Jungen. Mädchen seien *per definitionem* weibliche Wesen mit kleinen Hintern, und sie könnten nur Ehefrauen werden. Jungen seien *per definitionem* männliche Wesen mit kleinen Fingern, und sie könnten nur Ehemänner werden. Ich solle mir diese Kombinationen merken, denn andere gebe es nicht. Nein, Ehemänner könnten keine Mädchen sein. Nein, eine Ehefrau könne eine andere Ehefrau nicht heiraten. Nein, nein, nein.

Im Verlauf einer kurzen Autofahrt wurde aus mir unzweifelhaft ein Junge, ich entdeckte eines der für mich kennzeichnenden Merkmale, und das Universum, bis dahin mit Myriaden von Möglichkeiten, zerbrach in zwei Lager. Ich war untröstlich.

»Est-ce que je peux toujours aimer Noah?« je demandai, éclatant en sanglots.

»Kann ich Noah trotzdem liebhaben?« fragte ich und brach in Tränen aus.

»Bien sûr,« répondit ma mère doucement, me passant la main dans les cheveux. »Aime-le autant que tu veux. Il est important d'avoir des amis.«

»Aber ja«, erwiderte meine Mutter besänftigend und fuhr mir mit der Hand durchs Haar. »Hab ihn lieb, soviel du willst. Es ist wichtig, Freunde zu haben.«

Freunde? Oh, Mutter. Ich bekam die Erlaubnis zu lieben, doch ich konnte spüren – ich kann nicht ganz erklären, wie –, daß Ozeane jetzt in Aquarien gefangen waren. Sie muß sich irren, dachte ich. Ich bearbeitete sie weiter, überzeugt, daß es ein Mißverständnis gegeben hatte. Doch ich war so maßlos verwirrt, daß ich mich der Sache nur vom Kleinen her nähern konnte, von diesem kniffligen Punkt der Biologie her.

»Femelle et mâle? C'est tout? Même sur les autres planètes?«

»Mann und Frau? Ist das alles? Selbst auf anderen Planeten?«

»Nous sommes seulement sur cette planète-ci, mon amour, la planète Terre.«

»Wir sind nur auf diesem Planeten, Schatz. Wir sind nur auf dem Planeten Erde.«

»Pourquoi elle s'appelle Taire? Ça veut dire quoi, Taire?«

»Warum heißt er Ärde? Was bedeutet Ärde?«

»Ça veut dire ›ici‹ en grec et en latin.«

»In Griechisch und Latein bedeutet es ›hier‹.«

»Et nous sommes seulement sur cette planète-ci?« je dis, regardant par la fenêtre, comme si le bord de la planète était juste passé le champ.

»Und wir sind nur auf diesem Planeten?« fragte ich und blickte aus dem Fenster, als ob der Rand des Planeten direkt hinter dem Feld läge.

»C'est très grand, tu verras.«

»Du wirst sehen, er ist groß.«

»Il n'y a personne sur aucune les étoiles?«

»Pas que nous sachions.«

»Et il n'y a personne sur la lune?«

»Non.«

»Seulement ici?«

»Seulement ici.«

»La Taire?«

»La Terre.«

»Femelle et mâle?«

»Mâle et femelle.«

»Alors elle est femelle ou mâle, cette voiture?«

»Euh ... façon de parler, elle – non, non. Mâle et femelle s'appliquent seulement aux êtres vivants. Cette voiture est une simple machine. Elle n'a pas de sexe.«

»Ahhh.«

Un moment de réflexion.

»Alors il est femelle ou mâle, cet arbre?«

»Non. Seulement les êtres vivants – et qui bougent.«

»Mais il bouge, l'arbre. Et tous les autres. Regarde.«

»Oui, mais c'est le vent ça.

»Und es gibt niemanden auf irgendeinem der Sterne?«

»Nicht daß wir wüßten.«

»Und es ist niemand auf dem Mond?«

»Nein.«

»Nur hier?«

»Nur hier.«

»Ärde?«

»Erde.«

»Frau und Mann?«

»Mann und Frau.«

»Und dieses Auto, ist es Frau oder Mann?«

»Uh ... nun, sozusagen – nein, nein. Mann und Frau verwenden wir nur, wenn wir von etwas Lebendigem reden. Dieses Auto ist nur eine Maschine. Es hat kein Geschlecht.«

»Ohhh.«

Eine nachdenkliche Pause.

»Und dieser Baum, ist er Mann oder Frau?«

»Nein. Nur Dinge, die lebendig sind und sich bewegen.«

»Aber er bewegt sich doch. Und alle anderen auch. Sieh nur.«

»Ja, aber das ist der

Ils doivent bouger d'eux-mêmes. Vivants, et qui bougent d'eux-mêmes.«

Wind. Die Dinge müssen sich von selbst bewegen. Dinge, die lebendig sind und sich von selbst bewegen.«

»Il est quoi, le vent? Femelle ou mâle?«

»Was ist der Wind? Frau oder Mann?«

»Non, non, non. Le vent n'est pas un être vivant.«

»Nein, nein, nein. Der Wind ist nichts Lebendiges.«

»Mais il bouge!«

»Aber er bewegt sich!«

»Oui, je sais. Mais il est invisible. Pour être mâle ou femelle, une chose doit être vivante, bouger d'elle-même, et être visible.«

»Ja, ich weiß. Aber er ist unsichtbar. Um männlich oder weiblich zu sein, muß etwas lebendig und sichtbar sein und sich von selbst bewegen.«

»Alors c'est pour ça, les microscopes? Pour voir le sexe des petites choses?«

»Also dafür sind die Mikroskope da? Damit man das Geschlecht von kleinen Dingen feststellen kann?«

»Tiens, regarde, une vache.«

»Oh, sieh mal, eine Kuh.«

»Elle est femelle ou mâle, cette vache?«

»Ist diese Kuh männlich oder weiblich?«

Ma mère regarda. »C'est une vache femelle.«

Meine Mutter sah hin. »Es ist eine weibliche Kuh.«

Sie lächelte. Sie hatte es geschafft, dachte sie.

Viele Biologiestunden später, als ich erfuhr, daß Pflanzen tatsächlich ein Geschlecht haben, als ich die Ausdrücke Stempel, Staubgefäß und Pollen richtig verstand, entdeckte ich mit Freude die bedächtige, aufgeladene Sexualität der Natur. Kein Wunder, daß der Frühling so eine sinnliche Zeit war. Die Bäume waren keine harten, reizbaren Dinge, sondern verschwiegen orgastische Wesen, die auf einer Ebene stöhnten, die für unsere rohen Ohren viel zu tief war. Und Blüten waren schnelle, explosive Orgasmen, wie Umarmungen unter der Dusche.

Was Noah Rabinovitch und die sonderbaren Verstümmelungspraktiken der Juden anging, so dauerte es eine Weile, bis ich begriff, daß seine beschnittene Vorhaut ihre Ergänzung in etwas anderem fand als in meinem eigenen Penis.

Tags darauf versteckten wir uns in der Pause hinter der nächsten Ecke, und fröhlich erbot ich mich sogleich, seine Frau zu werden.

»In Ordnung«, sagte er beiläufig, so als ob ich ihm soeben eine Murmel angeboten hätte und nicht mein Leben. »Hier, sieh mal, was ich habe«, setzte er hinzu und zog ein nagelneues Coca-Cola-Jojo aus der Tasche. »Komm, wir spielen damit.« Und er schritt davon, seine enttäuschte und verstimmte Frau im Schlepptau.

Meine Beziehung zu Noah war trotzdem tief befriedigend. Äußerlich betrachtet, erschienen wir als die besten Freunde (wie Mutter gesagt hatte), und wir verhielten uns auch nicht anders, aber innerlich spürte ich jenes wunderbare, knisternde Gefühl, die Grundlage jeder Liebe: Komplizenschaft.

Noah verschwand aus meinem Leben so plötzlich, wie er aufgetaucht war. Am 26. Februar 1969 starb Premierminister Levi Eshkol an einem Herzinfarkt. Golda Meir trat an seine Stelle. In der langen Reihe der darauf folgenden dominoartigen Veränderungen war die Rückberufung des Diplomaten Etan Rabinovitch nach Jerusalem im Sommer 1970, am Ende des ersten Schuljahres, kaum anderthalb Jahre, nachdem er seinen neuen Posten angetreten hatte, eine ferne, aber besonders schmerzhafte Auswirkung.

Mein letztes Jahr in Kostarika verbrachte ich als Witwe.

Zur Gesellschaft hatte ich nur das Biest Fernsehen, das ich eifrig verfolgte und dem ich meine Abneigung dadurch zeigte, daß ich mich weit weg setzte, und dazu den Jungen, der mich angegriffen hatte, diesen Wilden an der Peripherie meines Spielplatzes.

Obgleich ich mich für das Geschlecht anderer interessierte, erinnere ich mich nicht, als Kind sehr neugierig gewesen zu sein, was meinen eigenen Penis anging. Er war das Organ, mit dem ich urinierte, ein zufälliger Teil meiner Identität, *c'est tout*. Durch eine Art unmerklicher kultureller Osmose ging mir auf, daß er ein »privates« Teil war, doch das machte ihn nicht zu einer Quelle von Interesse, geschweige denn von Scham oder Verlegenheit. Es war in der gleichen Weise privat, wie ein Schlafzimmer privat ist: Gäste läßt man zum Plaudern im Wohnzimmer Platz nehmen, und nur, wenn sich ein hinreichender Grad von Vertrautheit eingestellt hat, zeigt man ihnen vielleicht das ganze Haus, und sie sehen das Schlafzimmer. In der Pubertät veränderte sich der Grad meines Interesses dramatisch, und mein Penis wurde zum Gegenstand hingebungsvoller Zuwendung, die Quelle einer Lust, die so mächtig war, daß ich sie überirdisch nennen könnte, doch selbst da hatte ich nie das Gefühl, daß dieses kleine Glied – denn nichts anderes ist es – eine Inspiration für Architektur oder Organigramme oder irgend etwas anderes sein könne.

Ich besitze ein Schwarzweißfoto von mir aus einer Zeit, als ich noch recht klein war, vielleicht drei. Ich stehe an einem warmen, sonnigen Tag draußen im Freien, nackt, am oberen Ende einer Holztreppe. Ich halte mein über alles geliebtes, zerschlissenes Handtuch fest. Der Fotograf, mein Vater, befindet sich unter mir, und ich schaue ihn ernst an. Noch hemmt mich kein Schamgefühl – wie ich dastehe, ist jeder Quadratzentimeter meiner Haut gleichermaßen vorzeigbar. Gemessen an meiner Körpergröße, erscheint mein Geschlecht sehr groß. Vielleicht haben Geschlechtsorgane ihre eigene Wachstumsrate, oder ihr Wachstum setzt früher ein. Und doch ist es winzig: ein Hodensack wie eine halbe Walnußschale, daran ein Penis, der nichts weiter ist als ein stummeliger Hautzylinder. Doch wirklich überrascht bin ich davon, wie die beiden außen an meinem Körper schweben. Auf meiner Schicht Babyfett erscheinen sie irgendwie lose und nebensächlich. Sie sind da, aber sie könnten auch woanders sein, wie ein großer Leberfleck – scheinbar könnten sie durch eine einfache Operation entfernt werden wie ein großer Leberfleck, sollten sie bösartig werden. Nichts deutet darauf hin, wie tief sie in mir verwurzelt sind wie sie in gewisser Weise die Hälfte meines Selbst sind und wie sehr der Punkt, an dem sie mit meinem Körper verbunden sind, ein Dreh- und Angelpunkt ist.

Kurze Zeit nach jener bedeutsamen Autofahrt mit meiner Mutter zeigte ich ihr einen dicken, fetten Wurm, den ich im Garten gefangen hatte.

»Il est femelle ou mâle, ce ver de terre?«

»Ist dieser Regenwurm weiblich oder männlich?«

Meine Mutter, eine beherrschte Frau, eine Frau, die auch in schwierigen Situationen stets Haltung bewahrte, zeigte kaum Ekel. Sie nahm vorsichtig die Papiere, an denen sie gerade arbeitete, unter meinem baumelnden Wurm fort, und sie sah erst ihn an und dann mich.

»En fait, les deux. Le ver de terre est à la fois mâle et femelle. C'est une exception à la règle.«

»Nun, eigentlich beides. Der Wurm ist sowohl männlich als auch weiblich. Er ist eine Ausnahme von der Regel.«

Sowohl männlich als auch weiblich! Ich betrachtete dieses überragende braune Geschöpf genau, während es sich schlaff in meiner Hand wand. Sowohl als auch! Wie merkwürdig!

»Où sont ses organes sexuels?«

»Wo sind seine Geschlechtsorgane?«

»Je ne suis pas sûre. Ils sont très petits. Tu ne peux pas les voir.«

»Ich weiß nicht genau. Sie sind sehr klein. Man kann sie nicht sehen.«

»Eh bien, son nom est Jésus-Christ et elle est ma meilleure amie!«

»Also, er heißt Jesus Christus, und sie ist meine beste Freundin.«

»Et aucun des deux ne reste dans la maison. Ils seront plus heureux dans le jardin.«

»Und keiner von beiden bleibt hier im Haus. Im Garten werden sie glücklicher sein.«

Ich trug dieses Weltwunder fort. Jedesmal, wenn mir die Worte wieder in den Sinn kamen – »Sowohl männlich als auch weiblich« –, war ich aufs neue erstaunt. Wenn es Gott gab – ? – hatte Er, Sie, Es bestimmt den sich krümmenden, stumpfen Kopf eines Wurms. Ich blickte hinauf zum Himmel. Ich konnte ihn sehr gut sehen: einen riesigen, wunderschönen Wurm, der die Erde umkreiste und sich voller Grazie durch die weißen Wolken bewegte. Ich spielte ein paar Minuten mit Jesus Christus und schnitt die beiden dann mit einem scharfen Messer in sehr kleine Stücke, um ihre Geschlechtsorgane zu suchen. Sowohl männlich als auch weiblich. Unglaublich.

Dieses Talent zum Foltern, das ich als Kind hatte, ist mir heute ein Rätsel. Denn schon lange vor diesem wunderschönen, gottverlassenen Wurm hatte ich eine Schnecke gequält. Unser Haus in Kostarika hatte einen umzäunten Garten, in dem es von Leben nur so wimmelte. Eines Tages, als ich hinter einem Schirm von Blättern dieses mein Reich erforschte, stieß ich auf die größte Schnecke, die ich je gesehen hatte. Sie kroch gerade die Wand hinauf. Ich löste sie mit dem Finger ab, und sie fiel zu Boden. Ich hob sie auf. Sekunden später quoll das verstörte Geschöpf aus seinem Haus, die Augen kamen heraus, um die Lage zu erkunden. Welch außergewöhnliche Augen! Durchsichtige weiße Fühler mit augenförmigen schwarzen Punkten an den Enden – ähnliche hatte ich schon gesehen, doch noch nie derart große. Diese Augen verführten mich. Daß es Fische geben sollte, die so winzig waren, daß sie frei darin herumschwimmen konnten, setzte mich in Erstaunen. Ich nahm eine Schere. Doch wie sehr ich mich auch mühte, der schwarze Punkt zog sich in das graugrüne Fleisch zurück, bevor ich ihn abschneiden und das Meerwasser herauslassen konnte. Inzwischen war das kleine Tier aus seinem Haus herausgekommen, so weit es konnte, und drehte sich langsam in diese und jene Richtung und wollte offenkundig wissen, was es denn da so festhielt. Bei einer seiner Verrenkungen kam es mit einem der Scherenblätter in Berührung. Es klammerte sich daran fest und schob sich die Schneide entlang, wobei seine klebrige Masse über die Seiten trat und sein seltsamer hasenschartiger Mund den Weg wies. Nach ein, zwei Zentimetern schloß ich die Schere, wodurch ich das Geschöpf zwischen den Augen erfaßte und den Kopf entzweischnitt. Mit einem krampfartigen Zucken zog es sich in sein Haus zurück. Ein Flüssigkeit begann herauszutropfen. Ich schleuderte das Schneckenhaus fort; ich wollte es erst zerstampfen, unterließ es aber. Das Weiche zu foltern ist eine Sache; das Harte zu foltern eine andere.

Ich verbrannte Ameisen mit einer Lupe. Ich ließ zwei kleine Schildkröten verhungern. Ich ließ Eidechsen in Konfitüregläsern ersticken. Ich ließ Spinnen mit Knallkörpern in die Luft fliegen. Ich streute Salz auf Nacktschnecken. Ich versuchte, Frösche zu ertränken, und als sie nicht ertranken, warf ich sie gegen die Wand eines Bootshauses und beobachtete, wie sie mit den Bäuchen nach oben im Wasser trieben. Ich tötete eine große Kröte, indem ich zerbrochene Dachziegel auf sie warf (das Geschöpf machte keine einzige Bewegung, es sackte nur zusammen und hörte auf zu leben. Ich will es nicht vermenschlichen, aber ich frage mich wirklich, was es dabei dachte und in welchen Kategorien. Nicht Zorn oder Bitterkeit, wenn auch die Erscheinung einer Kröte beides hervorruft, sondern sicherlich dieses universelle Gefühl alles Organischen: Angst. »Ich sterbe, ich will nicht sterben. Ich sterbe, ich will nicht sterben. Ich sterbe, ich will nicht sterben. Ich – «). Ich beging diese Greueltaten in völliger Einsamkeit, ohne jede Freude, mit voller Absicht. Jede Grausamkeit, jedes letzte Sichaufbäumen von Leben hallte in mir wider wie ein Tropfen Wasser, der in einer stillen Höhle herabfällt.

Sechs morgendliche Straftaten, an denen ich beteiligt war:

(1) Eine Flasche frisch angelieferter Milch von der Schwelle eines Hauses genommen, mit der Spitze eines Messers den Pappverschluß vorsichtig entfernt, einen Schluck getrunken und dann in die Flasche uriniert, gerade so viel, daß der Flüssigkeitsspiegel wieder den ursprünglichen Stand erreichte. Den Verschluß wieder eingesetzt, die Flasche auf die Schwelle zurückgestellt. Sieben- oder achtmal, bis Eckhardt eine Flasche fallen ließ und sie zerbrach und wir in panischer Angst davonrannten.

(2) Zahnpasta in Autoschlösser geschmiert. Oftmals.

(3) Luft aus Reifen herausgelassen. Oftmals.

(4) Zucker in den Benzintank eines Autos geschüttet. Einmal.

(5) In den Stamm eines prächtigen, haushohen Kaktus ein Loch gebohrt, einen Knallkörper in das Loch gesteckt und ihn angezündet, so daß der Kaktus umfiel wie ein Baum und

ihm die Arme abbrachen, wodurch ein merkwürdiges, schweißig-grünes Fleisch sichtbar wurde. Einmal.

(6) Eine lange, L-förmige Hecke in Brand gesteckt. Einmal.

Der emotionale Tiefpunkt meiner Kinderjahre kam während eines Spaziergangs an einem Strand in Guatemala. Ich war sieben, vielleicht gerade acht. Es war einer dieser trostlosen Strände der dritten Welt, dicht gesäumt von niedrigen, häßlichen Gebäuden. Zu meiner Rechten lag Plastikmüll, ausgespien vom Meer. Zu meiner Linken lag Plastikmüll, hingeworfen von den Menschen. Der Himmel schwer und grau. Nicht ein einziges Wesen in Sichtweite. Wäre ich am Ertrinken gewesen, niemand hätte mich retten können. Ich ging den Strand entlang, schon in ziemlich heikler Verfassung. Weiter vorn lag ein undefinierbarer Gegenstand am Strand. Langsam gewann er Gestalt. Es war eine große Meeresschildkröte, über einen Meter lang, die auf dem Rücken lag, tot – ach, sehr tot. Der Kopf hing nach hinten, der lederne Hals ungeschützt, der scharfkantige, lippenlose Mund offen, die schwarzen Augen starr. Wer konnte das einem so schönen Geschöpf antun? Wer hatte es absichtlich auf den Rücken gedreht, um es dann langsam sterben zu lassen? Ohne damit irgendeinen Zweck zu verfolgen, denn hier wurde keine Suppe zubereitet. Während mich noch diese Fragen bedrückten, hörte ich hinter mir ein Jaulen. Ein kleiner, dreibeiniger Hund kam auf mich zugelaufen. Ihm fehlte die linke Vorderpfote, der Stumpf war schlecht verheilt und knotig. Das Tier jaulte mich an, beschrieb aber vorsichtig einen Kreis um mich und schnupperte lediglich an der Schildkröte – in dem sicheren Wissen, daß die Toten keine Schläge und keine Tritte austeilen können. In mir ging etwas unter, brach etwas zusammen, es war ein Gefühl, wie ich es noch nie empfunden hatte. Es war in diesem Augenblick, lange bevor ich die Worte lernte, daß ich es erstmals spürte: wie es durch mich hindurchwehte gleich einer kalten Präriebböe: das Nichts, die Nichtigkeit, das Vakuum, die Leere – während Leben und Bewußtsein ebenso überflüssig waren wie ein Fernseher, der in einem leeren Zimmer weiterläuft. Ich hatte das Gefühl, wenn ich vor meinen Augen eine Wischbewegung machte, würde in der Luft ein Schwaden von Schwarz erscheinen und in meiner Hand die zerrissene, zerknüllte Oberfläche der Wirklichkeit, das zerknitterte Bild eines verstümmelten Hundes, der an einer toten Schildkröte schnupperte. Ich konnte die Augen nicht von dem Bauch der Schildkröte wenden. Was sich mir besonders einprägte, war nicht seine scheinbare Härte oder seine Farbe (bananenschwarz und -gelb) oder die Muster (merkwürdige, sich weich abzeichnende Rechtecke, wie ich sie Jahre später in Peru an den Steinmauern der Inka wiedererkennen sollte), sondern seine leichte Einwärtskrümmung. Ich hatte sehr stark das Gefühl, daß diese Krümmung genau zur Krümmung der Erde paßte. Vor meinem geistigen Auge konnte ich die runde Erde sehen, und auf dieser runden Erde den Buckel einer Schildkröte, die sich an sie schmiegte. Und das war gut, es entsprach der Ordnung der Dinge. Doch diese Umkehrung hier, Babykrümmung von der Mutterkrümmung abgewandt, der großen Leere des Universums zugekehrt – das war eine Barbarei.

Aber gab es in diesem Töten nicht ein Element von Notwendigkeit? Die Frage brach durch die Wand meiner Zufriedenheit, meiner Sicherheit. Was ich hier vor mir hatte, so spürte ich, war Nihilismus, die vorsätzliche Zerstörung von Sein, um das Sein vor dem Nicht-Sein zu behaupten. Um zu beleidigen oder andernfalls nicht zu existieren. Um einzuschlagen, und sei es auch vergeblich, auf diesen sterilen Überfluß an dummem Leben

Der entscheidende Gedanke tauchte auf: »Diese Schildkröte – wie gut, daß sie vor meinem Eintreffen umgedreht wurde, denn ich hätte es allein nicht geschafft.« Ich wandte mich ab und lief zurück in unser Hotel, wobei mir der Hund eine kurze Weile folgte, ehe er verschwand. Zwei Tage später weinte ich stundenlang im Bett, bevor ich einschlief. Und einige Monate später wieder.

Wir zogen nach Paris. Bevor wir unsere renovierte Wohnung bezogen, wohnten wir in einem Hotel, doch am zweiten Tag besuchte uns ein französischer Maler mit seiner kanadischen Frau. Philippe und Sharon waren Freunde von Freunden. Sie statteten uns einen Höflichkeitsbesuch ab, doch sie und meine Eltern verstanden sich auf Anhieb so großartig, daß sie uns ganz spontan einluden, bei ihnen zu wohnen, eine ernst gemeinte Einladung, die meine Eltern mit Freuden annahmen.

Zwei Tage später, am frühen Abend, klingelte es an der Tür, und draußen stand ein Mann. Er bot ein Bild des Elends: verkrampft, müde, verlegen, sichtlich verzweifelt. Nicht in Französisch, sondern in stockendem Englisch, das Philippe kaum beherrschte, stellte er sich als Freund von gemeinsamen deutschen Bekannten vor. Sie hatten ihm Philippes Namen und seine Adresse in Paris gegeben. Der Mann hielt das Papier hoch, auf dem die Information stand. Stotternd, mit Mühe, wie jemand, der es nicht gewohnt ist, um Hilfe zu bitten, bat er um Hilfe, und Philippe gewährte sie ohne Zögern. Er bat den Mann herein, bot ihm einen Platz an und ein Glas Wein, und der Mann begann seine Situation zu erklären. Es ergab sich, daß er Tscheche war, Rechtsanwalt, daß sein Bruder soeben getötet worden war, unter Umständen, die ich nicht verstand, daß er und seine Familie in Panik aus der Tschechoslowakei geflohen waren, ihre Habe, ihre gesamte Existenz zurücklassend, daß sie nun verloren waren und verwirrt, daß – daß sie nun verloren waren und verwirrt, wie er noch einmal sagte. Und saß da, verloren und verwirrt. Und zitternd.

Alles, was man von außen versuchen konnte, um ihn innerlich etwas aufzuheitern, wurde getan. Während Philippe, mein Vater und Pavel, der Tscheche, losgingen, um Pavels Frau und Tochter zu holen, die in einem Café warteten, wurde der Tisch gedeckt, Essen zubereitet, Rotweinflaschen wurden entkorkt und Bettlaken hervorgeholt.

Ich nehme an, daß sie in Wirklichkeit erschöpft und unglücklich war, als sie das Haus betrat, sich eng an ihre Mutter haltend in ihrem leicht angeschmutzten weißen Kleid mit hellroter und violetter Stickerei, das Haar zu einem Zopf geflochten, der sich aufzulösen begann. Für mich aber war sie eine Erscheinung von jäher, ausgefallener Schönheit. Ich sah und hörte weder Evas zerknirschte Entschuldigungen und Dankesworte in ihrem vagen Französisch noch Pavels Echos darauf in seinem Englisch, auch nicht Sharons und Philippes Versicherungen, daß weder Entschuldigungen noch Dankesworte nötig seien. Meine ganze Aufmerksamkeit galt Marisa, die sich umsah und die Wärme spürte. Ich weiß nicht, ob ich Teil dieser Wärme war, aber sie sah mich an, wandte den Blick dann fort und ließ ihn umherschweifen, dann sah sie mich wieder an, und sie lächelte. Mir wurde eng ums Herz.

Sie verbreitete Sonnenschein. Sie hatte dickes, blondes Kraushaar, eine honigfarbene Haut, sehr dunkle Augen und ein Gesicht, so klar, so offen, daß Jahre später, als Tito und ich durch den Himalaja wanderten und der Wind sich drehte und wir plötzlich, in einer Explosion von Klarheit, die mir den Atem raubte, den Nanga Parbat in seiner massiven, mikroskopisch genauen Ganzheit vor uns sahen, das erste Wort, das einzige Wort, das mir über die Lippen kam, ihr längst vergessener Name war. Sie war so alt wie ich, acht, und sie sprach, soweit ich feststellen konnte, außer dem Esperanto unserer Vornamen keine den Menschen bekannte Sprache. Wir sahen einander an in wechselseitigem Staunen über das Kauderwelsch, das der andere sprach. Doch sie lächelte wieder.

Wir machten uns schnell etwas frisch und setzten uns dann alle zum Essen, die Franzosen, die Kanadier und die Tschechen. Die Tschechen aßen mit Hunger; ich saß neben Marisa und aß kaum etwas.

Bei Pavel und Eva ließ allmählich die Anspannung nach, und sie und meine Eltern und Philippe und Sharon begannen eine jener endlosen Unterhaltungen, die eine Spezialität von Erwachsenen sind. Von all diesem Blah-blah-blah-blah über Kunst, Politik und das Leben weiß ich nichts mehr. Wie sollte ich auch, wo doch Marisa neben mir saß? Nachdem sie an Eßbarem alles, was ihr Körper überhaupt aufnehmen konnte, in sich hineingestopft hatte, lehnte sie sich zurück. Einige Sekunden lang beobachtete sie ihre Eltern, dann warf sie mir von der Seite her einen Blick zu, der mir bis ins Mark drang. Wir begannen uns zu verständigen – obwohl wir keine gemeinsame Sprache hatten –, wenn ich auch nicht sicher bin, worüber. Sie flüsterte in ihrem süßen osteuropäischen Chinesisch, und ich flüsterte zurück in einem Französisch, das ich für schmerzhaft klar und langweilig hielt, doch sie schien ganz zufrieden, denn sie antwortete jedesmal sofort und ließ mich kaum ausreden. Das einzige ihrer Worte, das ich verstand, das mächtigste Wort ihrer Sprache, war mein Name, den sie vier- oder fünfmal aussprach, was mich jedesmal ein paar Sekunden lang benommen machte.

Obgleich wir es waren, die flüsterten, während die Erwachsenen sich gut vernehmbar äußerten, manchmal recht energisch, war es für meine Ohren genau umgekehrt: Die Unterhaltung der Erwachsenen war ein fernes, kaum vernehmbares Gemurmel, während Marisas unverständliche Rede laut und deutlich zu hören war.

Ein erstickter Schrei von Pavel machte unserer Vertrautheit abrupt ein Ende. Er war rot angelaufen, kaute auf einem Zeigefinger und starrte auf den Tisch. Seine Augen waren wäßrig. Marisas Gesicht verlor seinen heiteren Ausdruck. Mit einer Stimme, die schriller war als gewöhnlich, stellte sie ihrem Vater eine Frage. Es folgte ein kurzer Wortwechsel zwischen Vater, Mutter und Tochter auf tschechisch. Marisa schien den Tränen nahe. Ich spürte, daß ich sie verloren hatte.

Dieser Gefühlsausbruch der Erwachsenen wurde als Zeichen aufgefaßt, daß es für uns Kinder Zeit sei, zu Bett zu gehen. Dann nahm das Schicksal eine jener Wendungen, die ein Leben für immer verändern. Das Haus von Philippe und Sharon, obzwar großzügig geschnitten, war nicht sonderlich groß, und so war es nicht ganz einfach, sechs Erwachsene und zwei Kinder unterzubringen. Schnell wurde entschieden, daß Marisa und ich im selben Bett schlafen sollten.

Einfach so, durch einen ganz beiläufigen Einfall – der vielleicht dem Wein zu verdanken war –, drängte sich die Leidenschaft in mein Leben.

Ich war lange vor ihr fertig. Binnen einer Minute hatte ich Zähne geputzt, Haare gekämmt, mich ausgezogen usw., und ich lag im Bett, voll gespannter Geduld. Inzwischen wurde Marisa gebadet und abgetrocknet. Ich weiß nicht mehr, was ich dachte, doch höchstwahrscheinlich war ich, wie Erwachsene, die sich gleich lieben wollen, zutiefst zufrieden mit dem Hier und Jetzt, und ich kam kaum über die wirbelnden Gedanken der Vorfreude hinaus.

Ernst und beherrscht erschien sie auf der Schwelle zum Schlafzimmer, eine Schönheit in einem weißen Nachthemd inmitten einer Explosion von Kraushaar. Vom Fußende des Bettes her kroch sie auf allen vieren, wie ein Löwe, zu dem ihr zugedachten Platz, und sie kam in die Höhle unserer Laken zu einer erregten, erwartungsvollen Gazelle – zu mir. Ihr Haar überschwemmte das Kopfkissen. Von den versammelten Eltern bekamen wir Gutenachtwünsche und -küsse. Normalerweise konnte ich ohne diese Zeremonie nicht einschlafen, doch in dieser Nacht wünschte ich, sie möchte so schnell vorübergehen wie ein Stabwechsel beim Staffellauf. Doch sie dauerte so lange wie eine Szene in einem No-Spiel.

»To ale byly tři dlouhé dny, vid' miláčku. Ale už to bude v pořádku. Nový začátek v nové zemi. Budeš mít nové kamarády. Tak se na nás usměj. No vidíš, že to jde. Vždyt' víš, jak moc tě máme rádi. Moc a moc. Zítra půjdeme na australskou ambasádu a uvidíme, jak brzy budeme moci jet za tetou Vavou do Melbourne. Konečně uvidíš opravdové klokany, to bude něco úplně jiného než v zoologické v Praze. To se ti bude líbit, vid'? Tak ted už spinkej miláčku, dobrou noc. Už tady máš dokonce kamaráda. Je prima, vid'? Zítra se půjdeme podívat na Eiffelovku, když to vyjde. Třeba by mohl jít s námi, co říkáš? Tak dobrou.«

Dors bien, chéri.«

»Oui, oui.«

»Demain nous irons voir la cathédrale Notre-Dame.«

»Oui, oui.«

»Ne dérange pas Marisa.«

Was sollte das heißen, *ne dérange pas Marisa*, störe Marisa nicht? Ich kniff die Augen zusammen. Wenn meine Eltern in dieser Sekunde gestorben wären, wäre ich entzückt gewesen.

Schließlich klickte ein Lichtschalter, ein Riegel schnappte, und sie gingen.

Ich konnte sie riechen. Sie roch wunderbar, und mir erschien es nicht wie etwas Künstliches – etwas Seife, etwas Shampoo – sondern wie eine natürliche Ausstrahlung. Der Duft der Schönheit. Es ist erstaunlich, wie Gerüche einen in die Vergangenheit zurückbringen können. Ich glaube, wenn ich dieses Shampoo heute wieder röche, könnte ich Marisa wieder vor mir erscheinen lassen.

Wir lagen nebeneinander, von Kopf bis Fuß nachtgewandet, und blickten zur Decke – die Dunkelheit durchsichtig dank des Mondlichts, das durch das Fenster hereinkam, sie still, und ich, ich? *ich!* – bis ins Innerste erregt. Und gleichfalls still, in der Erregung badend, herrlich hingerissen, herrlich passiv. Marisa so nah zu sein, nur wenige Zentimeter entfernt von gewissen verwegenen Strähnen ihres Haars – mehr wollte ich nicht. Wenn wir in diesem Augenblick eingeschlafen wären, so hätte ich dennoch diese Nacht für immer in Erinnerung behalten.

Sie raschelte ein wenig, als sie ihr Nachthemd richtete. Sie drehte sich zu mir und sprach.

»Ich bin nicht müde. Und du?«

Deutsch? Nicht, daß ich auch nur ein Wort dieser Sprache gekonnt hätte, aber in Kostarika hatte zwei Häuser weiter ein Freund gewohnt, Eckhardt, und seine Eltern waren deutsche Einwanderer.

Ich antwortete in der Sprache, die, als meine dritte und jüngste, mir auch am fremdesten war und daher dem Tschechischen sicher am nächsten kam.

»Ocho años. Casi ocho y medio.«

»Acht Jahre alt. Fast achteinhalb.«

»Hier gefällt es mir

überhaupt nicht.«

»Tengo calor. Pero estoy bien. Estoy contento.«

»Mir ist ein bißchen heiß. Aber mir geht's gut. Ich bin froh.«

»Ich will zurück nach Prag. Die Leute hier sind schrecklich.«

»¿Te gustan los helados?«

»Magst du Eis?«

»Mit meiner Tante Vava wahrscheinlich. Aber die Känguruhs interessieren mich gar nicht. Ich will zu meinen Freunden.«

»Tienen buenos helados aquí. Berthillon. Tomamos helado ayer. Vainilla con miel y nueces; mi favorito.«

»Hier gibt es gutes Eis. Berthillon. Wir haben gestern Eis gegessen. Am liebsten hab' ich Honig-Vanille mit Nüssen.«

»Ich bin ja gar nicht froh. Und der arme Onkel Tomas.«

»¿A lo mejor tomamos mañana?«

»Vielleicht essen wir morgen Eis?«

Ich sagte das nervös, über meine Kühnheit selbst erstaunt. Ich würde meinen Vater bitten, ihr eine doppelte Portion zu holen, eine Kugel Honig-Vanille mit Nüssen und eine Kugel weiße Schokolade. Sie lag auf der Seite, den Kopf aufgestützt. Ein paar Haarsträhnen fielen ihr ins Gesicht. Sie warf sie zurück.

»Ach, diese Hitze. Es ist hier viel zu warm. Wir sollten uns ausziehen.«

Sie setzte sich auf und begann zu meiner Verwunderung, ihr Nachthemd zu raffen, und dann zog sie es über den Kopf. In einer Kaskade fiel ihr Haar herab.

»Mir geht's jetzt besser.
Zieh doch den Schlafanzug
aus.«

Ihre Hände langten nach meiner Schlafanzugjacke. Ich setzte mich auf, und sie half mir beim Ausziehen. Ein Weilchen blieben wir so sitzen und schauten einander an. Ich denke, sie hatte eine Brust, die der meinen recht ähnlich war: flach, mit zwei blassen runden Brustwarzen. Nur daß die ihre leicht golden schimmerte. Sie lächelte.

Wir streckten uns aus, und sie drehte mich um, so daß ich ihr den Rücken zukehrte. Sie legte einen Arm um mich. Sie hielt mich ganz unverhohlen, unsere Körper schmiegten sich eng aneinander, Haut an Haut, ihre sehr warm, und mein Kopf ruhte in ihrem weichen, widerspenstigen Haar. Meine Augen waren offen, doch ich nahm mehr den Geruch und die Berührung wahr als das, was ich sah. Mir war schwindlig.

»Dreh dich mal um.«

Ihre Hände machten deutlich, was sie meinte. Langsam drehte ich mich, ganz langsam, wie der Planet Erde, der sich dem Tageslicht zudreht. Wenn sie sprach, wenn sie atmete, spürte ich das in meinem Gesicht. Wir flüsterten uns weiter süße hispano-teutonische Nichtigkeiten zu.

In einer Pause schloß sie die Augen, überwand zehn Zentimeter Zwischenraum und küßte mich auf den Mund.

Es ist mir in meinem Leben nur zweimal passiert: Vor lauter Fischen in meinen Augen konnte ich sie kaum sehen. In diesem Augenblick wünschte ich mir, die Zeit bliebe stehen, ich wünschte mir, die Nacht möchte niemals enden, ich wünschte mir, die Sonne möchte ausgebrannt sein.

»Gracias, Marisa.« »Danke, Marisa.«

Ich war so glückselig, so voller Staunen und so voller Glut, daß ich in Schlaf fiel. Am Morgen erwachte ich in der Überzeugung, daß Liebe eine Art Insomnie sei, die uns aus dem Schlaf des Lebens reißt. Bisher hatte ich geschlafen, doch damit war Schluß für immer. Ich schwor, diese Wachheit würde für den Rest meines Lebens anhalten, es würde eine vollkommene Wachheit sein, eine klare Einliterglasflasche mit einem Liter Wasser darin.

Meine Mutter trat ein, und sofort stellte ich die Frage.

»Est-ce qu'ils vont rester à Paris?«

»Werden sie in Paris bleiben?«

»Non, ils veulent s'établir en Australie.«

»Nein, sie wollen sich in Australien niederlassen.«

Die Antwort hallte in meinem Kopf wider. *Non, ils veulent s'établir en Australie. Non, ils veulent s'établir en Australie. Non, non, non.* Ich stand am Fußende des Bettes, fast vollständig angezogen. Sie gab mir ein sauberes Hemd.

Wird man mich verstehen, wenn ich sage, daß Taubheit manchmal weh tun kann? Daß man nichts fühlen möchte, weil das, was man fühlt, Schmerz sein wird, und so versucht man, nichts zu fühlen und einfach nur dazusitzen, reglos, taub, voller Schmerz?

An jenem Tag besuchten wir, die drei Nationen, Notre-Dame, einen gewaltigen Bau, in dem es kalt war, nur dort nicht, wo Marisa und ich uns auf die Warmluftzuführungen stellten. Ich blieb dicht bei ihr. Sie gab mir ein ähnliches Gefühl wie die Kathedrale: ein Hauch warmer Luft inmitten kalter Luft. Und immerzu mußte ich denken: »Sie ist hier – aber nicht mehr lange, sie ist hier – aber nicht mehr lange, sie ist hier – aber nicht mehr lange.«

Wir gingen für eine Nacht ins Hotel zurück und bezogen dann unsere neue Wohnung. Danach sah ich Marisa noch oft, doch nie mehr unter den gleichen Umständen. Sie fühlte sich nun wohler hier, fand sich in ihr Schicksal, dachte an Australien, sprach schon die ersten Worte Englisch – *boat, bed, dictionary*. Als ich sie das letztemal sah, beim Abschied, kam sie zu mir und küßte mich in aller Öffentlichkeit auf die linke Wange, dann auf die rechte, wieder auf die linke und dann, einmal, auf den Mund. Ich hatte das Gefühl, mein Leben sei vorbei.

Sie war eine neue Lehrerin in meiner neuen Schule, der Englischen Schule von Paris. Es war mein erster Tag dort. Ein Junge, der ganz hinten saß, machte ihr Schwierigkeiten. Er war sehr frech. Als die Spannung zwischen ihm und ihr einen Höhepunkt erreichte, verlor sie die Beherrschung und ohrfeigte den ersten Jungen in ihrer Reichweite – zufällig war ich das. Hatte ich mir eine Bemerkung erlaubt? Einen Witz? Etwas, das einen fadenscheinigen Vorwand hätte liefern können? Wenn ja, so war jede Erinnerung daran sofort ausgelöscht durch diese schallende Ohrfeige. Ich weinte nicht – aus Stolz –, sondern senkte den Kopf, rot im Gesicht. Doch als ich aus dem Schulbus stieg und von meinen Eltern begrüßt wurde, Stunden später, brach ich in große, erstickende Tränen aus. Meine Mitschüler umringten uns und gaben mit schrillen Stimmen, eine lauter als die andere, wieder, was passiert war. In Wahrheit hatte die Lehrerin mich keineswegs ohrfeigen wollen, und noch ehe die Schuldirektorin am folgenden Morgen den Besuch zweier wütend-rotgesichtiger junger Diplomaten aus Kanada erhielt, die erfahren wollten, weshalb ihr vielgeliebter kleiner Junge körperlich mißhandelt wurde – etwas, was sie selber niemals, *niemals* taten, wie sie betonten – und dies obendrein noch ohne Grund, noch ehe dies geschah, bekam sie Besuch von der jungen Frau (und ihrem Freund), die nach der Unterrichtsstunde sofort zur Toilette gegangen war, um zu weinen, die eine schlaflose Nacht verbracht hatte – ihre Augen waren noch immer gerötet – und die den Zwischenfall ganz offensichtlich bereute. Den Rest des Jahres war sie besonders nett zu mir, und ich bekam als Abschlußnote 94 von

100 Punkten, wenngleich ich mich an das Fach nicht mehr erinnern kann. Diese Ohrfeige war einer der wenigen Fälle, in denen ich in meiner frühen Kindheit mit Gewalt direkt in Berührung kam. Sonst geschah das durch die Kunst.

Die folgende Episode möchte ich gern ganz rasch abhandeln. Es ist eine Unterlassung aus meiner Kindheit, die mir noch immer keine Ruhe läßt. Was würde ich nicht dafür geben, sie ungeschehen zu machen! Ich sehe sie als eine jener Gabelungen im Strom meiner frühen Jahre, einen jener Momente, in denen sich ein Muster abzuzeichnen beginnt. Die Einzelheiten ärgern und langweilen mich, ich bin sie schon oft durchgegangen, aber ich muß sie dennoch erzählen. Klar und deutlich steht mir die Tatsache vor Augen, daß ich von Marisa nichts gelernt hatte.

Zehn Jahre alt, dieselbe Schule, dieselbe Klasse, etwas kleiner als ich, ein Lächeln wie – keine Metaphern, kurz: Ich liebte Mary Ann. Ich sah sie an – was für eine Änderung ein einziger Mensch bewirken kann! Ich mochte all die anderen Menschen in meinem Leben ansehen – Eltern, Mitschüler, Lehrer, Fremde auf der Straße – und nichts geschah, es war, als glitten Flaschen durch eine Abfüllanlage. An Mary Ann aber konnte ich mich nicht satt sehen. Sie hatte etwas, das mir unbegreiflich war. Mein Blick wanderte vom Haar zur Stirn, zu den Augen, zur Nase, zu ihrem Lächeln, zu ihrem ganzen Gesicht und dann wieder zurück zu den Einzelheiten, Kreis um Kreis. Mary Ann und ich waren Freunde. Wir spielten immer zusammen, und im Bus saß ich regelmäßig neben ihr oder in ihrer Nähe. Und mindestens einmal kam sie mit zu mir nach Hause. Das ist in mein Gedächtnis eingegraben.

Kelly war da, Mary Anns jüngere Schwester. Wir spielten in den Anbaumöbeln in meinem Schlafzimmer U-Boot. Kelly bediente die Schiffsmaschinen und die Raketensilos, sie war unten, am Schreibtisch, während Mary Ann und ich, die U-Boot-Kommandanten, über ihr auf dem Bett lagen, außer Sichtweite. Wir redeten, wir flüsterten, wir gaben Befehle, wir lachten, wir blickten einander in die Augen – und es war da, es lag in der Luft, zum Greifen nahe. Ich brauchte mich nur vorzubeugen und es zu tun. Statt dessen ließ ich mich wie erschöpft nach hinten fallen und gab Kelly den letzten Befehl: »Auftauchen«, und der Zauber war zerstört.

Eines Tages werde ich alt sein, und wenn man mich drängt, wenn man mich anstachelt, dann werde ich dieses triviale Erlebnis eines zehnjährigen Jungen verraten, der es unterließ, ein zehnjähriges Mädchen zu küssen. Und ich werde mich grämen deswegen.

Es war nach dem U-Boot, im Bus auf dem Rückweg von der Schule. Mary Ann und Diane saßen eine Reihe vor mir. Sie hatten ihre Mäntel über die Köpfe gezogen und flüsterten einander Geheimnisse zu. Aber ich konnte sie hören. Durch den Spalt zwischen ihren Sitzen konnte ich sie hören. Mary Ann fragte Diane, wen sie gern habe, welchen Jungen, und es folgte Gekicher und irgendeine Antwort, die mich nicht interessierte. Dann fragte Diane Mary Ann, wen sie gern habe, welchen Jungen, und sofort, ohne eine Pause, kam eine Antwort, irgendein Paul, irgendein Henry, eine Antwort, die ich so wenig hören wollte, daß ich für einen Augenblick taub wurde. Ich lehnte mich in meinem Sitz zurück und schaute aus dem Fenster und schaffte es, nicht zu weinen, bis ich zu Hause im Badezimmer war.

In jenem Sommer verbrachte ich zwei Wochen in Kanada bei meiner Großmutter väterlicherseits. Sie wohnte in einem kleinen Dorf am St.-Lorenz-Strom, und ich brachte die meiste Zeit damit hin, daß ich an einem Pier angelte. Mir als einem Stadtjungen machte es Spaß, wilde Fische aus dem wilden, wilden Strom zu fangen – der auf der Höhe des Dorfes meiner Großmutter fünfunddreißig Kilometer breit war –, und es bedeutete, daß ich allein sein konnte, denn nie kam sie mit mir mit; allein mit dem Wind, dem Strom und der Sonne. Aber etwas mußte mit meinem Fang geschehen. Es war ein Fisch, der Schmerle hieß und den meine Großmutter nicht mochte. In den Garten damit, sagte sie. So kam es, daß ich zwei Frühsommerwochen lang jeden Tag ganz allein an einem Pier angelte und danach zu dem Häuschen meiner Großmutter zurückkam, um ihren Garten mit frischen Fischen zu düngen. Ich hob kleine Gräben aus und legte meine Schmerlen hinein, eine nach der anderen, Kopf an Schwanz, und begrub sie rasch, ehe sie fortschnellen konnten. Einige kamen trotzdem an die Oberfläche geschwommen, und ich mußte einen tieferen Graben ausheben und die Erde über den Fischen festtrampeln. Mit diesem Unsinn hätte ich mich sicher nicht abgefunden, doch aus dem Fernsehen und aus anderen Quellen meiner Erziehung kannte ich viele Methoden, einen Mann oder eine Frau zu töten, aber keine für eine Schmerle. Während ich die Fische begrub, sprach ich wieder und wieder vor mich hin, bis zur Betäubung: »Es gibt keine Liebe, es gibt keine Liebe, es gibt keine Liebe, es gibt keine Liebe.« Wie besessen versuchte ich, die Fische in meinen Augen in der kühlen, dunklen Erde zu begraben.

Ich war zu Besuch bei Jonathan. Das Haus hatte einen Garten, es muß also irgendwo außerhalb von Paris gewesen sein. Wir fanden ein Kondom. Es war weich und gelb, und es roch widerwärtig. Da kam Jonathans Schwester, Louise. Er verbarg das Kondom. Sie trug einen Badeanzug und eine Sonnenbrille. Ohne uns eines Wortes zu würdigen, legte sie sich mit verärgerter Miene in den Liegestuhl. Jonathan sah erst mich und dann sie bedeutungsvoll an. *Es stammte von ihr*. Ich starrte sie an, voller Ehrfurcht. Wir starrten beide. Sie wandte sich uns zu. »Verschwindet«, zischte sie. Wir gingen.

»Sie hat sich mit ihrem Freund gestritten«, sagte Jonathan. Er hatte das Glück, eine Schwester zu haben. Er spionierte ihr die ganze Zeit hinterher. Wir gingen nach oben und schauten vom hinteren Fenster aus zu ihr hinunter, in der Hoffnung, daß sie etwas, irgend etwas tun würde. Sie lag ganz ruhig da, fast am ganzen Körper braun (es war Hochsommer), die zwei Kreise und das Dreieck des blauen Bikinis ausgenommen. Über eine lange Zeit hin warfen wir immer wieder mal einen Blick hinunter, aber sie schien sich nicht zu bewegen. Dann, als ich hinunterschaute, nicht aber Jonathan, sah ich zwei schimmernde Bäche von Tränen unter ihrer Sonnenbrille hervorrinnen und über ihre Wangen laufen, und ich wollte nicht mehr hinschauen. Ich spürte, wie es mir plötzlich die Kehle zuschnürte. Ich mußte an Mary Ann denken. Jonathan holte sein Luftgewehr, das er mir zeigen wollte. Wir gehen schießen, sagte er. Gestern hab' ich eine Taube erwischt. Aber ich wollte mir weder sein Luftgewehr ansehen noch irgend etwas schießen. Ich schlug vor fernzusehen.

Dieser Schmerz, der Schmerz unerwiderter Liebe, trat während meiner Kinder- und Jugendjahre in so regelmäßigen Abständen auf, daß ich nicht darüber schreiben möchte. Es war ein schrecklicher, ein fortwährender Schmerz, und ihm gegenüber gab es kein Ausweichen, nur ein Aushalten. Wenn meine Eltern Spaghetti kochten, bemerkte ich stets die eine Nudel, die im Sieb hängengeblieben war, einsam und vergessen, während ihre Gefährten einander in den Armen lagen, eng umschlungen, heiß und dampfend, in der großen Schüssel mitten auf dem Tisch. Immer wenn Liebe Schmerz war, fühlte ich mich wie diese Nudel. Nie aß ich Nudeln, ohne vorher zu dem Sieb im Ausguß zu gehen. Dann betrachtete ich diese verwaiste Nudel, die in sich zusammengerollt dalag und nach Trost verlangte, und ich brachte ihr meine Liebe, indem ich sie zärtlich verspeiste.

Ich möchte das Thema unerwiderter Liebe nicht vertiefen. Wenn die Liebe das Meer ist, so wollen wir jetzt eine Weile landeinwärts reisen.

Wie mich als Kind das Fernsehen das zweite Mal in seinen Bann schlug

(2) Ich wußte, daß etwas Verbotenes kommen würde, denn der Fernsehschirm zeigte in der rechten unteren Ecke ein kleines weißes Rechteck, damals ein Zeichen, daß das Programm »nur für Erwachsene« gedacht war. Da meine Eltern und meine Babysitterin nicht da waren – die Eltern waren für den Abend ausgegangen, das Mädchen saß lesend in einem anderen Zimmer –, zögerte ich kaum. Ich drosselte die Lautstärke, um das Unmoralische meines Handelns weniger hörbar zu machen. Aus dem Dunkel tauchte ein Bild auf.

Eine leere Arena.

Leute strömten herein.

Scheinwerfer.

Zunächst schaute ich kaum hin, denn es war das weiße Rechteck selbst, das mich fesselte. Ich starrte es an, wie Eva den Apfel angestarrt haben muß. Dann fing der eigentliche Film an. Er spielte in einer Zukunft, in der es keine Kriege mehr gab, weil es keine Länder mehr gab, sondern nur noch multinationale Konzerne, und wo die globalen Frustrationen sich innerhalb der Arena eines gewalttätigen Mannschaftsspiels austobten, das mit Rollschuhen und Motorrädern auf einer kreisförmigen Bahn ausgetragen wurde. Die Kamera erfaßte alles: die Schläge und die Schmerzen, die Unfälle und die Leichen. Wir verweilten auf dem benommenen, schweißüberströmten Gesicht eines sterbenden Spielers, zoomten dann auf die blutdürstigen Zuschauer, die sich gegen die Plastikbarriere warfen und nach mehr, mehr, mehr schrien. Erschüttert sah ich zu. Wieder fiel mir das weiße Rechteck ins Auge. Ich wollte mich schon nach vorn beugen und den Fernseher rasch ausschalten, unterließ es dann aber. Ich sah weiter zu. Ich erinnere mich an diesen Film so genau, weil meine Gefühle zwischen Zurückschaudern und Angezogenwerden ständig hin und her schwankten. Ich konnte spüren, wie die Faszination die Grenzen des Grauens verschob.

Über die Gebräuchlichkeit der Worte »Nigger« und »Fuck«:

Meine Schule in Paris besuchten vor allem Kinder von Diplomaten und ausländischen Managern. Daher gab es dort eine große Anzahl von Tiefschwarzen, Mittelschwarzen, Blaßschwarzen, Dunkelbraunen, Milchschokoladebraunen, Blaßbraunen, Gelben und Olivenfarbenen unter den sommersprossigen Weißen, den englischen feingeäderten Weißen, den australischen gebräunten Weißen und den schlicht langweiligen Glattweißen. Wir hatten sogar einen ohne alle Farbe, einen Albino, und einen irischen Krüppel. Mich faszinierte die Farbe eines dicken Mädchens namens Gora. Sie kam aus Indien oder Trinidad. Ihre Haut war von einem glänzenden, sanften Braun, das in die Tiefe zu reichen schien. Ich konnte mir gut vorstellen, einen Finger in ihre Haut zu tauchen und ihn in ihrer Bräune verschwinden zu sehen. Zu Hause nahm ich Milch und mischte vorsichtig Schokoladenpulver hinein, um genau die Farbe von Goras Haut zu erzeugen, doch ich schaffte es nie, weil es eine bestimmte Sorte von gelb-rötlicher Farbe bei Nestlé einfach nicht gibt. »Nigger« war das einzige rassistische Schimpfwort, das mir, uns in meiner Schule geläufig war, und wir gebrauchten es sehr fair; jeder, der nicht schwarz war, konnte damit belegt werden. Unser beständigster Nigger war Beatrice' Bruder, ein britischer Käsigweißer namens Anthony. Er war geistig leicht zurückgeblieben, und wir nannten ihn mit solcher Regelmäßigkeit Nigger, daß wir seinen eigentlichen Namen praktisch vergaßen. Eines Tages hörte Mr. Templey, wie Tristan ihn so nannte, und er bekam eins aufs Dach dafür. Da hörte ich zum erstenmal von Martin Luther King, vom tiefen Süden der USA und von der Bürgerrechtsbewegung. Nigger kam aus der Mode, und statt dessen nannten wir Anthony Idiot. Ein anderer Grund dafür, daß Rassismus nicht haftete, lag darin, daß er einschränkend wirkte und unpraktisch war. Gora war hochnäsig, und einmal sagte ich ihr mit Wonne, daß sie scheißfarben sei, aber Tony, der Sohn des nigerianischen Botschafters, war großartig. Er war wirklich lustig, und er brachte Knallkörper mit, die in die Luft gingen wie Dynamit. Und er war ein Anführer. Was er sagte und tat, hatte Gewicht.

Wir fragten uns, wie das Wort »fuck« sich schreibt. Hieß es *fuk* oder *fuke* oder *fuck*? Ich glaube nicht, daß irgend jemand wirklich wußte, was es in seinen biologischen oder emotionalen Einzelheiten bedeutete. Das Wort war eine explosive Mischung aus Geheimnisvollem, Verbotenem und Obszönem. Es war ein Wort, an dem wir uns ergötzten. Es war ein starkes Wort. Wer ein »Fuck off« – »Verpiß dich« oder »It's a fucking nice day« – »Das ist ein verdammt schöner Tag« – losließ, der gebrauchte ein Markenzeichen, mit ihm hatte man zu rechnen. Nur Vandalismus und Diebstahl genossen noch höheres Ansehen. Auch benutzte ich diesen Ausdruck, soweit ich mich erinnere, nie vor Mädchen oder in ihrem Beisein oder in bezug auf sie. Während es unter Jungen Spaß machte, ordinär zu sein, wirkte es unter Mädchen häßlich und unnötig ätzend. Mädchen konnten eklig sein – Beatrice zum Beispiel –, ohne rüde zu werden, eine Eleganzleistung. »Fuck« war ein Ausdruck für Jungen.

Jonathan, Ali und ich, wir verlegten uns darauf, die Garagen und Schuppen der Schule zu erkunden. Es war, als erkundeten wir einen fernen Planeten der Milchstraße. Wir stießen auf ein Solex. Solexe sind antike Wunder französischer Technik. Es sind Fahrräder – stets schwarz lackiert – mit einem klotzigen kleinen Motor, der, gleichsam fehl am Platz, über dem Vorderrad hockt. Wir schraubten den Tank auf und schütteten Sägemehl hinein. Wir erkundeten diese eine Garage mehrere Tage hintereinander. Sie war groß und voller technischer Gerätschaften. Bei unserem letzten Besuch entdeckten wir ein Moped, sehr zu unserem Entzücken, weil der Tank eines Mopeds viel größer ist als der von einem Solex. Gerade wollten wir den Tank bis zum Rand mit Sägemehl füllen, als hinter einem großen Rasenmäher so plötzlich, daß uns vor Schreck das Herz stehenbleiben wollte, einer der französischen Arbeiter der Schule auftauchte. Er hatte sich versteckt und uns erwartet. Es war ein behaarter, muskulöser Mann mit kräftigen Handgelenken. Zu Tode erschrocken, suchten wir sofort das Weite. Er folgte uns schwerfällig. Aber er kannte uns, wir sahen ihn jeden Tag, es war also verrückt, ihm davonzulaufen, selbst wenn wir schneller waren. Jonathan und ich blieben stehen und lehnten uns gegen eine Mauer. Wir zitterten vor Angst. Er hatte riesige braune Hände mit einer Haut wie Leder. Er trat vor uns hin und drohte mit dem Zeigefinger, einem Finger, der mit einem einzigen Klaps unsere kleinen anglophonen Schädel hätte zermalmen können.

»C'est méchant, faire ça, c'est pas gentil,« dit-il, sans crier, tout simplement.	»So etwas zu tun ist böse, das ist gemein«, sagte er. Er schrie nicht, stellte es einfach fest.

Dann drehte er sich um und ging davon. Das war's. Und es wirkte. Jonathan und ich sahen uns verblüfft an. Es *war* gemein, es war *böse*. Als wir Ali sahen, der in einiger Entfernung auf uns wartete, grollten wir ihm, als ob er von der schlimmsten Tracht Prügel seines Lebens zu Unrecht verschont geblieben wäre.

Als ich den Arbeiter anderntags sah, ging ich zu ihm hin und entschuldigte mich. Er lächelte und strich mir mit der Hand über Hinterkopf und Nacken. Sie fühlte sich rauh an und sehr warm.

Es war zu Weihnachten im Skilager. Nach einem Tag auf den Brettern waren wir schwimmen gegangen. Wir standen unter der Dusche, alle todmüde, und ließen es uns wohl sein unter dem dampfenden, heißen Wasser. Jean-Luc, unser Gruppenleiter, wandte sich mir zu und begann wortlos, mir den Rücken zu waschen und zu schrubben. Vielleicht war es mehr als kameradschaftliche Freundlichkeit, was ihn dazu veranlaßte, ich weiß es nicht; er war stets nett zu mir. Ich bildete mir nicht wenig darauf ein, daß ausgerechnet *ich* der bevorzugte Empfänger seiner Aufmerksamkeit war und nicht jemand anders. Ich wußte, daß alle uns beobachteten, voller Neid. Und sie tat mir gut, diese kräftige Rückenmassage, sehr gut – dieses einfache Vergnügen war auch dabei. Das Merkwürdige geschah: erst ein Junge, dann noch einer, dann wir alle. Im Nu waren wir ein Kreis von Jungen, die einander den Rücken wuschen und schrubbten. Obwohl wir nie darüber sprachen – diese eine Dusche war einer der Höhepunkte unseres Skiurlaubs. Es gab ein rauhes Gelächter, an das ich mich bis auf den heutigen Tag erinnere. Fröhliches Gekreische. Vom Lachen verzerrte Gesichter.

Nach einem Aufenthalt von fast vier Jahren verließen wir Paris in Richtung Ottawa. Als ich die Gangway zum Flugzeug hinaufstieg und mich umwandte und die Menschen auf der offenen Terrasse des Flughafens betrachtete, war mir nicht bewußt, daß mir nicht nur Europa Lebewohl zuwinkte, sondern meine Kindheit. Ich war zwölf Jahre alt.

Es ist schwierig, die Metamorphose zu beschreiben, die mit der Pubertät beginnt. Sie hat so viele verschiedene Stränge. Zunächst war die Pubertät ein körperliches Phänomen für mich. Es war verbunden mit einer neuen Behaarung, einem mißlichen Körperwachstum, einer Hauterkrankung und der Entdeckung einer geheimen Lust. Nur dunkel begriff ich, daß es sich auch um ein geistiges Phänomen handelte. Ich nahm kaum wahr, daß sich ein neues Universum in mein Gesichtsfeld schob. In ihm konnte die lähmendste Angst mit der freudigsten Erregung einhergehen. In ihm gab es die Idee der Entscheidungsfreiheit, der echten, persönlichen Entscheidungsmöglichkeit. Wissen und Wirrwarr vergrößerten sich hier exponentiell. Begriffe wie Erfolg und Mißerfolg, Wille und Trägheit, Schein und Sein, Freiheit und Verantwortung, das Öffentliche und das Private, das Moralische und das Unmoralische, das Geistige und das Körperliche ersetzten den einfacheren Leitgedanken des Spaßes. Im Zentrum dieser Veränderungen saß ein neuer Schmerz, der des sexuellen Bedürfnisses, und eine neue Einsamkeit – tief, bodenlos tief, wie es schien, die reinste Folter. Die Pubertät war für mich ein Pfad, der weder durch Wegweiser noch durch plötzliche Erleuchtungen markiert war. Ich meinte, immer noch derselbe zu sein, ganz und gar derselbe, bis ich merkte, daß es mir nicht mehr dieselbe Freude machte, mit meinen Spielsachen zu spielen oder ständig mit meinen Eltern zusammenzusein.

Ich frage mich zum Beispiel, wann ich mit meinem Vater das letzte Mal gemeinsam geduscht habe. Wann genau war dieses letzte Mal, da wir abwechselnd unter dem Brausenkopf standen? Da wir einander die Seife und das Shampoo reichten? Da wir miteinander hinaustraten und uns abtrockneten? Alles, ohne darüber nachzudenken. Der Übergang von der Nacktheit zur Blöße erfolgte langsam und unmerklich – aber es muß jene letzte Dusche gegeben haben, jene Grenze, die niemals wieder überschritten werden würde.

Meine Blickrichtung änderte sich. Fragen schnellten nicht mehr aus mir heraus wie Pfeile von einem Bogen: Warum ist der Himmel blau? Wer hat die Bibel geschrieben? Warum haben Elefanten so lange Nasen? Geheimnisse gab es auch in meinem Innern. Ich fing an, in den Spiegel zu schauen. Zunächst befaßte ich mich mit den unvermeidlichen Äußerlichkeiten: mit den verstopften Poren meiner Nase, den Pusteln auf meiner Stirn, den Locken und den Wellen meines Haars. Dann betrachtete ich mich richtig; das heißt, ich betrachtete meine Augen, diese Gefäße der Seele. Hinter diesen kleinen schwarzen Löchern – wer? Da war so viel im Fluß. Ging es allen so?

Ich begann, meinen Körper zu entdecken. Bis dahin hatten sich mein geistiges und mein körperliches Ich in einer solchen Harmonie befunden, daß ich sie nie als getrennt oder als trennbar angesehen hatte. Die beiden bildeten so sehr ein Ganzes wie bei Rodins *Denker* oder bei Roger Bannisters und John Landys Wundermeile. Doch jetzt zeigte das Gefäß meiner Seele Zeichen von Eigenwilligkeit, es offenbarte, daß es aus sich heraus unerwartete Leiden und Freuden zu erzeugen vermochte. Das Ergebnis war ein komplizierteres »Ich« mit vielen Facetten, mit mehr Mündern, die essen wollten, mit mehr Bedürfnissen, für die zu sorgen war.

Die Einsamkeit wurde zu einem Vergnügen. Es gibt bestimmte Augenblicke im Leben eines Heranwachsenden, die sich Worten entziehen. Du bist ruhig, du schaust vielleicht auf ein Feld oder auf eine Reihe von Büchern in einer Bibliothek, und plötzlich erscheinen die Dinge scharf und genau, und da ist ein Klingeln. Das ist nicht das richtige Wort. Was ich meine, ist dies: Weil du jung bist und von überschäumender Vitalität, hast du das Leben ausgetrickst, es bemerkt dich nicht, während du dich von hinten herangeschlichen hast, du bist seinem Herzen nahe und kannst den Herzschlag hören. Was du hörst, ist kein stürmisches Hämmern, sondern etwas sehr Ruhiges, ein sanftes Beben in dem Feld, in der Reihe Bücher, etwas so Stilles, daß es mehr visuell als akustisch ist, ein bloßes Schimmern. Dieser Herzschlag läßt in deiner Seele keine Worte entstehen, aber du fühlst, wie sich etwas weitet; in deinem Kopf öffnen sich Türen in riesige, leere Räume, und deine Seele ruft aus: »Himmel, das ist ja größer, als ich dachte!« Und während die Möbel dieselben sind wie noch einen Augenblick zuvor, hat sich das Haus deiner Seele plötzlich um das Vierfache vergrößert. Das ist es, was ich mit Klingeln, mit Schimmern, mit Herzschlag meine: eine dunkle Ahnung, die dich als Heranwachsenden überkommt, daß die Vitalität das Einsichtsvermögen überflügelt.

Ich verfolgte das Wachsen meiner Körperhaare. Diese Symbole der Reife erschienen zuerst an meinen Unterschenkeln, Spangen der Männlichkeit an einem kindlichen Körper. Anscheinend hatten die Hormone, die dieses Wachstum auslösten, mit der Schwerkraft zu kämpfen, denn erst, als diese dunklen Schößlinge meine Beine um einiges emporgekrochen waren, erschienen sie auf dem Schambein. Dann sprossen sie mir auf der Brust, drei, vier Haare mitten auf dem Brustbein. Sodann wurden die harmlosen blonden Härchen in den Achselhöhlen verdrängt. Erst danach kamen die Wangen an die Reihe. Schließlich erreichte das Hormonelixier meinen Kopf. Die ganze Kindheit hindurch hatte ich dichtes, aber leicht zu bändigendes Haar gehabt. Ich erinnere mich noch, wie mein Vater mich mit einem Kamm bearbeitete, mit ruckartigen Bewegungen, die schließlich den Fitz überwanden, jeder Ruck von einem »Au!« begleitet. Das Ziepen tat eigentlich nicht weh; ich wollte meinen Vater nur ein bißchen nerven. Doch in der Pubertät begann sich mein Haar ganz allmählich zu kräuseln und zu wellen und zu verknäulen. Es entwickelte sich zu einem widerspenstigen Gestrüpp.

Ich fand Gefallen an meiner Struppigkeit. Behaart zu sein war schön, es würde zu mir passen. Die Haare auf meiner Brust entzückten mich am meisten. Ich wollte meine Brust so wollig sehen, daß ich sie würde kämmen müssen. Ich erinnere mich, daß ich in Comic-Heften direkt neben einer Werbung für Seepferdchen frei Haus ein Inserat für eine Seife sah, die angeblich den Haarwuchs förderte. Ich träumte davon, die Seife zu bestellen, tat es aber nicht, weil ich nicht wußte, wie ich sie bei Zusendung bezahlen sollte, und weil ich fürchtete, meine Eltern könnten mich ertappen. Doch mit der Zeit nahm auf meiner Brust die Behaarung zu, obwohl sie nie die Dichte erreichte, auf die ich aus war. Doch zumindest mit meinem Bauch war ich zufrieden.

Mit vierzehn begann ich mich zu rasieren. Es geschah eher vorbeugend als aus Notwendigkeit; mein Bartwuchs ist noch nie spektakulär gewesen. Der wallende Bart eines Charles Darwin oder Karl Marx oder der prächtige Schnurrbart des verrückten Friedrich Nietzsche – so war es bei mir nicht. Bei mir brachten Oberlippe und Wangen viele Bäume hervor, nie aber einen Wald, und ich mußte meine Axt nur alle paar Monate erneuern. Aber es machte mir Freude, mich zu rasieren – dieses männliche Ritual, das Gesicht mit warmem Wasser zu bespritzen, die Rasiercreme zu einer weißen See aufzuschäumen und sie dann mit einem behutsam geführten Rasierer in kurzen, sauberen Strichen abzuschaben. Es war eine Form innerer Sammlung, und es hatte eine beruhigende Wirkung auf mich. Ich rasierte mich ein- bis viermal pro Woche, je nach Stimmung.

Akne. Das Wort gehört zum Erwachsenwerden. Wie die mit der Jungfräulichkeit verbundene Beklemmung ist sie etwas, woran sich die meisten Erwachsenen kaum erinnern.

Ich erinnere mich.

Akne war der tiefste Kreis der Hölle, den ich als Heranwachsender betrat. Große, schuppige Pusteln, zunächst nichts weiter als äußerliche Kuriosa – ein wenig Schimmel auf der Oberfläche eines frischen Käses –, hielten sich hartnäckig und vermehrten sich dann hydragleich, bis sie sich schließlich in meinem Innern ausbreiteten wie der Brand im Körper eines jungen Soldaten, wie die Beulenpest in einer sonnenbeglänzten Stadt. Das Grauenvolle der Akne bestand in der Wirkung, die sie auf mein Selbstbild hatte. Sie war eine Fäule der Häßlichkeit, und sie befiel einen Jungen, der sich bis dahin für schön gehalten hatte.

Die Krankheit schien bestimmte Körperzonen zu bevorzugen. Meine Wangen blieben fast immer verschont, nicht aber die Stirn. Die Fäule schien die rechte Schläfe der linken vorzuziehen. Meine Nase litt. Das Kinn. Der Rand meiner Oberlippe. Der Bereich unterhalb der Kinnlade war ein wahres Schlachtfeld. Verstärkt wurde diese Demütigung durch den Zustand meiner Haut, die unheimlich fettig war, wie von einem glänzenden Film überzogen. Diese ganzen Pubertätsjahre hindurch wusch, rieb, schrubbte ich mir zwei-, dreimal am Tag das Gesicht mit einem bimssteinartigen, kräftig scheuernden Reinigungsmittel. Fort mit dem Fett, fort mit der abgestorbenen Haut, fort mit der Akne! Ich tupfte mir das Gesicht mit einem Handtuch trocken. Dann war mein Gesicht trocken, ausdrucksvoll, vorzeigbar – ungefähr eine Stunde lang, bis meine Haut wieder Fett abzusondern begann. Dieser Reiniger – die Sorte, die für Erwachsene verkauft wird, ist dazu gedacht, die Hände von Motorenöl und ähnlichem zu säubern – ist ein ausgezeichnetes Produkt, und ich würde es jedem empfehlen, der sein Gesicht auslöschen möchte, so wie ich das tun wollte.

Als ich es schließlich zuließ, daß man mein Leiden zur Kenntnis nahm und besprach, wurden Dermatologen konsultiert, und ich trug gewissenhaft ihre teuren Salben auf und schluckte ihre teuren Tabletten – ohne Erfolg. Ich behandelte mich selbst. Verstopften Poren rückte ich rasch zu Leibe, die schwarzen Pfropfen quetschte ich heraus. Mit Vorliebe widmete ich mich großen gelben Pickeln, denn ihnen war leicht beizukommen; die Finger mit Toilettenpapier umwickelt, damit ich besser zupacken konnte, drückte und quetschte ich einen jeden Missetäter, bis er mit jenem winzigen Geräusch, das explodierender Eiter verursacht, aufplatzte. Danach wurden Eiter, klare Flüssigkeit und Blut abgewischt; was blieb, war ein winziger Krater, etwas rot rings um den Rand, nichts weiter. Der verschwand bald (nicht bald genug!). Doch nicht alle meine Pickel ließen sich so einfach beseitigen. Viele waren rot, nicht gelb, ihre Fäulnislava war noch nicht zum Ausbruch bereit. Sie brodelten in meinem Gesicht, wütend, klumpig, entstellend. Ich quetschte sie trotzdem, in der Hoffnung, den vulkanischen Prozeß zu beschleunigen, was sie nur noch wütender und röter machte.

Nicht selten brach ich dieser Krankheit wegen in Tränen aus. Ich informierte mich über *acne vulgaris*, aber Ausführungen über gestörtes hormonales Gleichgewicht und diätetische Faktoren konnten mich nicht trösten. Die Demütigung und die Häßlichkeit waren zu groß, um mit Hilfe der Biologie hinwegerklärt zu werden.

Doch es gab auch Glanz. Zu einer Zeit, als viele meiner Mitschüler das Interesse am Lernen verloren, erwachte das meine. Ich hatte das Glück, an der Oberschule mehrere gute Lehrer zu haben, die meine geistigen Interessen entflammten. Weil ich einen guten Geographielehrer hatte, begann ich mich für Geographie zu interessieren. Das gleiche geschah mit Latein, Geschichte, Biologie und Mathematik. Gierig fing ich an zu lesen. Ich blühte auf in der militärischen Ordnung organisierter Erziehung. In Unterrichtshappen von jeweils fünfundvierzig Minuten konsumierte ich mühelos Jahrhunderte akkumulierten Wissens aus den Natur- und Geisteswissenschaften. Mesopotamien kam zu Fruchtbarkeit, das Römische Reich wuchs und strahlte, das frühe Mittelalter blies die Kerze aus, das späte Mittelalter flackerte auf, die Renaissance leuchtete, die industrielle Revolution dröhnte, die Welt führte zwei große Kriege, die Deutschen töteten sechs Millionen Juden, die Vereinten Nationen wurden gegründet, der Mensch betrat den Mond, und weiter, weiter – es war alles da, in meinen Mitschriften. Artesische Brunnen, Plattentektonik, Cäsars Einfall in Gallien, der Westminstervertrag, der Krebs-Zyklus, Vasco da Gama, quadratische Gleichungen, das Domesday Book, Huckleberry Finn, Edward der Bekenner, Tycho Brahe, das Neolithikum – nichts und niemand verbarg seine Geheimnisse vor mir.

Das waren die Jahre mit den zwei Jahreszeiten: dem Sommer und dem geheiligten Schuljahr von September bis Juni. In diesen Zyklus fügte sich alles ein. Umsichtig ließ Jesus Christus sich während der Ferien gebären und kreuzigen. Königin Viktoria wählte einen anderen schulfreien Tag zu ihrem Geburtstag. Bestimmt war Alexander der Große nur an den Wochenenden durch Asien gestürmt. Nichts störte den geheiligten Gang des Schuljahres – höchstens gelegentlich ein Zahnarzt- oder Arztbesuch, bei dem ich aus dem Taxi verständnislos auf all die Menschen in den Straßen starrte. Was trieben sie nur da draußen? Wie konnten sie dieses Herumlungern aushalten? Ich kehrte dann eilends wieder zurück zum Sezieren von Fröschen und von Shakespeare, zurück zu den Doktoren Banting und Shiwago. Ich betrachtete mein Leben als eine gerade, aufwärts führende

Treppe und die Bildung als mein Geländer. Nach den üblichen Treppenabsätzen – B. A., M. A., Dr. phil.; Toronto, Oxford, Harvard – würde ich den Aufstieg zum obersten Treppenabsatz beginnen: zum Amt des Premierministers von Kanada.

Ich war mir noch nicht darüber im klaren, welchen Wahlbezirk ich vertreten würde – gefühlsmäßig zog ich Jack Londons Yukon vor, doch das war so weit weg; ich mochte das Wort »Algoma«, und es war Pearsons alter Bezirk – aber meine Adresse war gewiß: 24 Sussex Drive, Ottawa, der Amtssitz des Premierministers von Kanada. Während ich mich darauf vorbereitete, dort einzuziehen, gab ich meinen politischen Fähigkeiten den nötigen Schliff, indem ich alles Einschlägige las, zumeist Biographien und Autobiographien, aber auch amtliche Parlamentsprotokolle, Berichte von parlamentarischen Ausschüssen und Expertenkommissionen und dergleichen.

Sooft ich konnte, wohnte ich der parlamentarischen Fragestunde bei, sie war der Höhepunkt meiner Lehrzeit. Ich ergötzte mich an diesem Theater der Macht, an dieser berauschenden Mischung aus Prinzip und Positur. Ich saß nie auf der Besuchergalerie an der Schmalseite des Unterhauses über dem Speaker und den Parlamentsreportern; dort war die Sicht nicht sehr gut, und es war laut, weil Gruppen kamen und gingen. Statt dessen verschaffte ich mir über den Abgeordneten meines Wahlbezirkes eine Zutrittsberechtigung, lieh mir von meinem Vater einen Schlips und ein Jackett und setzte mich auf eine der Abgeordnetengalerien, die sich an den Längsseiten des Saales befinden – wobei die eine Seite für die Regierungspartei reserviert ist, die andere für Ihrer Majestät loyale Opposition und für die übrigen Parteien. Da der Abgeordnete meines Wahlbezirkes der Progressive Conservative Party angehörte, saß ich stets über den Regierungsbänken der Liberalen, gegenüber der konservativen Opposition. Daher war ich mit dem Auftreten derjenigen ohne Macht vertrauter als mit dem Auftreten der Machtinhaber. Eine Unverschämtheit von Premierminister Trudeau bekam ich nur mit Blick auf seinen Hinterkopf mit, doch die dadurch provozierten Ausbrüche von Empörung, das Geschrei, das Auf-die-Tische-Hämmern, die Sticheleien, Zwischenrufe und Schmähungen, die sich gerade noch in den Grenzen parlamentarischer Etikette bewegten (und zuweilen nicht mehr), bekam ich direkt von vorn zu sehen. Ich liebte diese Männer ohne Macht, ob sie nun zur offiziellen Opposition gehörten, zur New Democratic Party oder zur Social Credit Party. Ich war ebenso schnell wie der Speaker, wenn es darum ging, bei einer Wortmeldung einen Mr. Soundso als den »Ehrenwerten Abgeordneten für Winnipeg North Centre« oder Esquimalt-Saanich-The Islands oder Missisquoi-Brome zu identifizieren.

Während dieser Fragestunden, in denen ich auf der Abgeordnetengalerie saß, hat mich an der Opposition – die Legitimität besaß, aber keine Macht oder nur die Macht des Wortes – das folgende am meisten beeindruckt, und es ist bei mir bis zum heutigen Tag haftengeblieben: Ganz gleich, welchen Grad die Erregung im Haus erreichte, die Stärke des Geheuls, das Geschrei von Zorn und Unmut, das Fäusteschütteln – und manchmal war es keine Maskerade, manchmal vermag allein schon die Selbstgefälligkeit von Männern, die lange an der Macht sind, den anderen die Fähigkeit zum klaren Ausdruck zu rauben; einmal sah ich ein Buch durch die Luft fliegen, geschleudert von einem rot angelaufenen Abgeordneten, der von seiner eigenen Ohnmacht völlig blockiert war – ganz gleich, wie groß die Lautstärke oder wie nahe die Rebellion war, ins Sitzungsprotokoll gingen neben den Ausführungen des jeweiligen Redners derlei Ausbrüche nur ein als:

Einige Abgeordnete: Oh! Oh!

Diese stenographischen Verknappungen von Gefühlsausbrüchen stachen mir jedesmal ins Auge. Sie riefen in mir all den Zorn, all die Kränkungen entrechteter Menschen wach. Ich nahm mir diese Oppositionsabgeordneten zum Vorbild. Ihr Zorn wurde mein Zorn. Alles sollte anders werden, gelobte ich, sobald ich an die Macht käme.

Man sieht, als guter Schüler und künftiger Premierminister erlebt man bisweilen auch trotz Akne und pubertärer Schlaksigkeit Momente von Glück.

Zehn Menschen, die meine Phantasie fesselten:

(1) Sir Edmund Hillary, um nur einen der vielen Bergsteiger zu nennen, die mir mit ihrer Hingabe an das wunderbar Nutzlose Ehrfurcht einflößten, trotz des Preises an Fingern, Zehen, Augenlicht, ja selbst an Leben, der dabei zu zahlen war – ein neuseeländischer Bienenzüchter, der als erster Mensch den Gipfel von usw. erreichte.

(2) Neil Armstrong, der usw.

(3) Der Zweite Weltkrieg und seine Brut von Helden und Verbrechern, alles auf Schwarzweißfotos und in Farbfilmen zu haben, faszinierend für jeden Jungen meines usw.

(4) John Dillinger, mein schneidiger Lieblingsgangster, der, obgleich er sein Verhängnis ahnte und von der Seite der Frau in Rot, die ihn begleitet und verraten hatte, fliehen wollte, von Agenten des usw. niedergeschossen wurde, als er aus einem Kino kam.

(5) J. F. K., der in meiner Erinnerung lebte von dem Tag an, als er usw.

(6) Linus Pauling, der einzige Mensch, der zwei ganze Nobel usw. erhielt.

(7) Bobby Fischer, Gewinner von Reykjavík, der, obwohl linkisch und wenig wortgewandt und von unbestimmter Intelligenz, dennoch etwas Zauberisches an sich hatte, das usw.

(8) Yukio Mishima, der seinem Leben auf höchst spektakuläre Art ein Ende setzte (*seppuku*, der traditionelle Samurai-Selbstmord durch Bauchaufschlitzen), nachdem er mit seiner Privatarmee einen Militärstützpunkt eingenommen und den Soldaten eine Ansprache über den Verfall Japans gehalten hatte und noch am selben Morgen seine letzte usw.

(9) Sacco und Vanzetti, die ungeachtet zahlreicher Gnadengesuche aus aller Welt usw.

(10) Miguel Hidalgo, dessen leidenschaftlicher Aufruf zur Unabhängigkeit Mexikos vom Jahre 1810 als das Signal zum Kampf für die Loslösung seines Landes von Spanien gilt. Dieser Aufruf ist als *El Grito* – Der Schrei – bekanntgeworden, und Hidalgo wird in Gemälden und Skulpturen stets mit einer geballten Faust, feurigen Augen und mit weit aufgerissenem Mund dargestellt. Dieses Bild hat mich tief beeindruckt – und es beeindruckt mich noch immer –, das Bild eines Mannes in der Mitte seines Landes, weit weg vom Meer, der es satt hat, mehr als satt, und der den Kopf zurückwirft und einen Schrei ausstößt, so lang und so laut, daß er durch jede Ebene und durch jedes Tal seines Landes hallt, und in all den Städten und Dörfern vernehmen die Menschen diesen seltsamen Schrei, und sie wenden die Köpfe und lauschen. Miguel Hidalgo wurde durch die Behörden verhaftet und im Schnellverfahren usw.

Es gibt noch einen anderen Strang, der mit dem Strang der körperlichen Veränderung, mit dem Akne-Strang, dem Premierminister-Strang verflochten ist. Vielleicht begann es schon früher, ohne daß ich es wahrnahm. Für mich begann es an meinem ersten Schultag in Nordamerika.

Ich bin mir nicht sicher, ob es mehr die Mode der Zeit war, Mitte der siebziger Jahre, oder die Vorliebe meiner Eltern, jedenfalls hatte ich damals ziemlich langes Haar, das mir fast bis auf die Schultern ging. Wäre ich ein Bahnbrecher neuer Moden gewesen, so hätte ich mit einem Pferdeschwanz prunken können. Ich dachte mir nichts bei meinem langen Haar; für meine Mitschüler in Frankreich war es gleichfalls unwichtig. Ich weiß nur, daß ich gelegentlich in Pariser Läden von hinten für ein Mädchen gehalten wurde.

Aber in Nordamerika wurde mir schnell und auf rohe Art verdeutlicht, daß Mädchen ihr Haar lang oder kurz tragen können, wenn auch die meisten es lang trugen, während Jungen, ich wiederhole: Jungen, es nur kurz tragen durften. Am ersten Schultag, ich saß noch keine fünf Minuten da, kam der Klassenclown zu mir und fragte, ob ich ein Junge sei oder ein Mädchen. Ich sagte ohne Umschweife, ich sei ein Junge, aber meine Antwort machte keinen Eindruck, und sie zählte nicht, da er eigentlich gar keine echte Frage gestellt, sondern vielmehr eine Bemerkung gemacht hatte, die der Klasse das gewünschte Glucksen und Kichern entlockte. Die Lehrerin rief uns zur Ordnung. Als der Junge sich abwandte, spuckte er ein Wort aus. »Schwuchtel!« In der Pause hörte ich es wieder, und noch eines: »Tunte«. Als ich die Bedeutung dieser Beinamen erfuhr, war ich angesichts der Feindseligkeit, die dahintersteckte, völlig sprachlos.

Wenn einer meiner Freunde in Paris mir gestanden hätte, daß er irgendeinen Simon oder Peter liebe, hätte ich mit ihm über meine Liebe zu Mary Ann gesprochen. In Liebesdingen schien mir das Geschlecht nicht wichtiger zu sein als das Aroma beim Speiseeis. Ich denke, die Abwesenheit der Religion in meiner Erziehung war ein Umstand, der dazu beitrug, daß sich diese Überzeugung halten konnte. Vielleicht war ich in dieser Frage auch von einer natürlichen Offenheit. Jedenfalls hatte ich diese grundlegende Polarität der nordamerikanischen Gesellschaft ganz und gar unwissentlich mißachtet.

In den folgenden Jahren fing ich an, mir die Haare kürzer und kürzer schneiden zu lassen. Ich tat das nicht in einer einzigen dramatischen Operation – was meine aufkeimende Männlichkeit in den Augen der anderen auf der Stelle hätte retten können –, weil ich zu jung und zu unsicher war für soviel Wagemut und – besteht das Leben nicht aus einer Reihe von schwierigen Entscheidungen? – weil mein unmännlich langes Haar mir half, meine Akne zu verbergen. Ungeachtet des sozialen Preises entschied ich mich ohne Zögern gegen die Akne, auch wenn ich dafür als homosexuell galt.

Von diesem ersten Schultag an waren Furcht und Elend die ständigen Begleiter meines Daseins. Mit ihnen ging ein Gefühl der Verwirrung einher. Und zwar nicht wegen dieser bigotten Einteilung des Verlangens, damit ließ sich leicht fertig werden. Mit ungeheurer Kaltblütigkeit hätte ich mir sagen können: »Die Nazis mochten die Juden nicht, der Ku-Klux-Klan mag die Schwarzen nicht, Nordamerikaner mögen Homosexuelle nicht«, und fertig. Eine soziopolitische Feststellung und die entsprechende Anpassung in Kleidung und Verhalten. Ein säuberlicher Akt von Konformismus. Was mich davon abhielt, mich so hübsch einzuordnen, war, daß keines der Symbole oder Attribute dieser verhaßten Neigung ursprünglicher Natur zu sein schien. Sie alle leiteten sich von einer einzigen Quelle ab. Langes Haar, Sanftheit, ein Auge für Schönheit, die Sehnsucht nach Jungen – das waren einfach Begriffe, die *Mädchen* beschrieben. Sah man also von der Tatsache ihres weiblichen Geschlechts ab, waren die Mädchen nach Aussehen und Verhalten *weit* homosexueller als ich. Doch sie wurden dafür anscheinend nicht verdammt, ganz im Gegensatz zu mir. Er – Jim – verspottete, schubste und terrorisierte mich wegen meines langen Haars und meines vermeintlichen Verlangens nach Jungen – »Du Schwuchtel! Du Schwuchtel!« zischte er –, während neben mir eine saß, die langes Haar hatte und bald Verlangen nach einem Jungen haben würde. Sie – Sonya – kam mir stets zu Hilfe, indem sie Jim schrille Schreie und höhnische Worte entgegenschleuderte.

Ich suchte Orientierung, wo ich konnte. Irgendwann wandte ich mich der französischen Sprache zu, die mir das Geschlecht aller Dinge angab. Doch das half mir wenig. Ich war rasch damit einverstanden, daß Lastwagen und Morde Maskulina waren und Leben und Fahrräder Feminina. Wie merkwürdig aber, daß eine Brust im Französischen maskulin war. Und es machte wenig Sinn, daß Müll feminin war, während Parfüm maskulin war – und überhaupt keinen Sinn, daß das Fernsehen, das ich für abstoßend maskulin hielt, in Wirklichkeit feminin war. Wenn ich durch die Korridore des Parlaments ging, vorbei an den Porträts meiner künftigen Vorgänger, sagte ich mir: »*C'est le parlement*, maskulin. Macht, das ist *le pouvoir*.« Ich ging heim, in *la maison*, feminin, wo ich wahrscheinlich auf mein Zimmer, *la chambre*, ging und mich niederließ, um bis zum Abendessen *un livre*, maskulin, zu lesen. Während des maskulinen Mahls wurden feminine Speisen gegessen. Nach meinem harten, produktiven, maskulinen Tag ruhte ich während der femininen Nacht. Einmal tat ich sogar ein paar Tage lang so, als hätte ich eine Abneigung dagegen, mich in der Küche, *la cuisine*, aufzuhalten. Wenn ich sie betrat, so nahm ich einen geringschätzigen Ausdruck an und sagte mir:

»Les femmes font la cuisine ici, mais pour moi, une cuisine, c'est un endroit où Robert Kennedy se fait tuer.«

»Hier kochen Frauen, doch für mich ist eine Küche ein Ort, wo Robert Kennedy ermordet wird.«

Aber das ist Unsinn. Ich schreibe es auf, um den Augenblick wahrheitsgemäß festzuhalten, aber es ist Unsinn. Nicht weit von meinem Haus in Ottawa gab es eine große Wiese, eine weite, sanft gewellte Rasenfläche. Oft ging ich allein dorthin und legte mich nieder, engelgleich. Ich blickte hinauf zu der männlichen gelben Sonne und zu dem männlichen blauen Himmel. Ich drehte mich um und roch das weibliche grüne Gras. Dann wälzte ich mich um und um und um, den Hang hinunter, bis mir schwindlig war und ich die Farben und die Geschlechter verwechselte. Ich spürte weder Männlichkeit noch Weiblichkeit, ich spürte nur Verlangen, ich fühlte mich feucht vor Leben. Manchmal – nein, häufiger – oftmals kroch ich bis an den Rand des Feldes, nicht wie ein Soldat im Krieg, sondern, weil ich es mochte, wenn das Gras gegen meinen Leib rieb, und ich legte mich auf die Seite und masturbierte in die Büsche, entzückt über den Bogen, den mein herausschießendes Sperma beschrieb, und über die Art, wie es auf die dunkelgrünen Blätter klatschte und schwerfällig hinabtropfte, während ich mich mit weichen grünen Trieben mehr schlecht als recht abwischte.

Ein Wort über Jim. Erwachsene haben ein so großes Vertrauen in die Autorität des Rechts und in die Macht seiner Vollstrecker, daß sie leicht vergessen, daß das Strafrecht nicht auf Kinder anwendbar ist. Rechtliche Feinheiten wie »Beleidigung«, »Diebstahl«, »tätlicher Angriff« sind kein Trost für einen dreizehnjährigen Jungen, der gräßliche Angst vor einem anderen dreizehnjährigen Jungen empfindet.

Ich bezweifle, daß ich den Grad der Angst voll wiedergeben kann, die Jim in mir erzeugte. So wie er ließ niemand sonst mein Herz stillstehen und dann dreimal so schnell schlagen, niemand sonst ließ mir so das Blut in den Adern gefrieren. Ich suchte ihn um jeden Preis zu meiden. Wenn das hieß, mein Mittagbrot in einem Versteck zu essen, wenn das hieß, sofort nach der Schule nach Hause zu rennen – wohlgemerkt: zu rennen –, sei's drum. Heute ist mir klar, daß ein kräftiger Faustschlag das Gleichgewicht der Macht verändert hätte, aber körperlich war ich ein Feigling. Es gab keinen vernünftigen Grund, so ängstlich zu sein, Furcht vor einem ausgeschlagenen Zahn etwa oder vor einer blutenden Nase. Es war die Angst vor der Konfrontation selbst, die mich lähmte.

Sonya sagte mir, auch Mädchen könnten grausam sein, und sie sah mich bedeutungsvoll an. Um mir ein Beispiel zu geben, erzählte sie auf mein Drängen hin, sie und einige Freundinnen seien einmal auf dem Schulklo gewesen, als ein Mädchen aus einer der unteren Klassen hereinkam, um zu pinkeln. Sie hatten bemerkt, daß sie in ihrer Kabine den Rock heruntergelassen hatte, statt ihn hochzuraffen, etwas, was offenbar nur kleine Mädchen machten, nicht große Mädchen wie sie. Deshalb lachten sie darüber, machten sich über das Mädchen lustig und pochten an die Tür seiner Kabine. Das Mädchen traute sich nicht heraus. Sie blieben die ganze Mittagspause über, bis eine Minute vor Unterrichtsbeginn. Wirklich grausam, dachte ich. Armes kleines Mädchen. Das war bestimmt das letzte Mal in ihrem Leben, daß sie ihren Rock herunterließ. Aber eine andere Stimme in mir sagte: »Wo sind die tierischen Laute? Wo wird Wasser in die Kabine geschüttet? Wo wird gespuckt? Wo ist der Versuch, ihr an den Rock zu gehen und ihn in Fetzen zu reißen? *Wo ist der Angriff auf die Person?*« Ich erzählte Sonya, einmal habe ein Junge gegähnt, und ein anderer Junge, der gerade vorbeikam, habe ihm, nur so zum Spaß, in den Mund gespuckt; einmal habe eine Gruppe von Jungen zum Spaß versucht, einen Jungen in einen Spind zu stopfen, und sie hätten es fast geschafft, bis auf seinen linken Fuß, und aufgegeben hätten sie es nur, weil sie fürchteten, seine hysterischen Schreie könnten die Aufmerksamkeit von usw. erregen; einmal habe ein Junge im Schulkorridor gestanden, und ein anderer, der vorbeikam, habe ihn aus Spaß mit dem Knie in die Leistengegend gestoßen und sei dann einfach weitergegangen und habe über die fließende Eleganz seiner Geste gelacht, während der andere sich vor Schmerzen gekrümmt habe und in lautes usw.; einmal sei ein Junge zu seinem Spind zurückgekommen und habe festgestellt, daß ein anderer Junge Urin hineingeschüttet hatte durch die usw.; einmal habe ein Junge eine ganze Woche lang nichts zu Mittag gegessen, weil ihm ein anderer jeden Tag so zusetzte, daß er ihm seine Essenstüte gab, die der durchforstete, um die Schokoladenkekse zu essen und das übrige wegzuwerfen, bis er dieses Spaßes müde wurde usw. Ich erzählte Sonya diese und weitere Geschichten, und ich gab vor, sie alle seien einem Dritten passiert. Sie runzelte die Stirn.

Nie sah ich einen Jungen ein Mädchen schlagen. Es gab eine stillschweigende Übereinkunft, die das ausschloß. Keineswegs aber gab es eine Übereinkunft darüber, daß man sich nicht jemanden herausgriff, der schwächer war als man selbst; das war unter Jungen die Norm. Vielleicht war es eine logische Folge des Begehrens – man schlägt nicht, was man haben will. Jedenfalls nicht in diesem Alter.

Einmal, in dem McDonald's unweit der Schule, stand ich, in einem unglücklichen Augenblick der Anspannung, mit Sonya, der süßen Sonya, vor den Toiletten. Auf der einen Tür stand MÄNNER, auf der anderen FRAUEN. Ich dachte: Nein, nein, das ist nicht richtig. So sollte es nicht sein, nicht MÄNNER, nicht FRAUEN. FREUNDE und FEINDE sollte es heißen. Das sollte die natürliche Einteilung der Dinge sein, eine Einteilung, die die Wirklichkeit besser widerspiegeln würde. Auf diese Weise könnten Sonya und ich zusammen durch die eine Tür gehen und die anderen durch die andere.

Kehren wir zurück zum Meer. Wenn er auch für Mädchen kaum ein aufregendes Erlebnis zu sein schien, und bestimmt nie eine ästhetische oder transzendentale Erfahrung, war ich vom weiblichen Menstruationszyklus stets fasziniert. Ich weiß nicht mehr, wann ich die Grundbegriffe davon zum erstenmal hörte. Ich denke, ich nahm sie als merkwürdige, unzusammenhängende Bruchstücke wahr, und erst als ich mir einiges Wissen erworben hatte, wurde ich mir plötzlich der Schönheit dieses monatlichen Blutens bewußt. Mir schien, daß es im Drama des Menschen nichts gab, was so offenkundig produktiv war wie diese Fähigkeit, vital zu bluten. Ich sah es vor mir in lebendigen Farbkontrasten. Rot auf weiß, rot auf schwarz, rot auf braun. Daß die Menses von Frauen, die zusammenleben, ganz gleich, ob aus derselben Generation oder nicht, im selben Schlafzimmer oder nicht, zu zweit oder ein ganzes Internat voll, sich synchronisieren, wie Musiker, die mit der Jupiter-Sinfonie einsetzen, sobald sie mit dem Stimmen ihrer Instrumente fertig sind, war für mich eine Quelle tiefer Verwunderung. Ich spürte, es gab eine verborgene Eintracht unter Frauen, eine Eintracht, für die ich unter Jungen keine Entsprechung finden konnte, so sehr ich mich auch bemühte. Wir waren Waisenknaben unter Schwestern. Ein Mädchen konnte sich mit anderen zanken und garstig sein, spotten und andere erniedrigen, ihrem Mund das reinste Gift entströmen lassen und sich von allen anderen absondern – und durch diese Melodie des Blutes mit ihnen trotzdem noch verbunden sein. Wenn ich mich dagegen absonderte, war ich wirklich allein. Ich hatte nichts als mein hartnäckiges, dummes Metronom von einem Herzen, das mich mit dem übrigen Leben verband. Die gesteuerte Zufälligkeit des Zyklus – daß die Perioden in Dauer und Stärke schwanken und sogar aussetzen konnten, und zwar in Abhängigkeit von einer Myriade von Faktoren; daß die Eierstöcke zusammenwirkten, wenn auch eigenwillig, der eine ovulierte dreimal hintereinander, während der andere untätig blieb – ließ mich an den Physikunterricht denken: die Urknall-Theorie, die Newtonschen Gesetze, die Relativitätstheorie, die Heisenbergsche Unschärferelation. Die Lehrer in den naturwissenschaftlichen Fächern bezogen diese Dinge auf den riesigen Kosmos jenseits unserer irdischen Grenzen, als könnten sie auf diese Weise leicht verbergen, was für mich doch offenkundig war: Die Prinzipien des weiblichen Zyklus waren die des Universums. Der Kosmos war dort draußen und direkt neben mir. Leider war ich nicht Teil dieses Universums, ich befand mich außerhalb, im Vakuum der Vakua, und ich war bestenfalls imstande, ein paar weiße Spermakometen beizusteuern.

Sonyas Periode wurde zu unserer gemeinsamen Sache. Einmal gingen wir in einer Drogerie durch die ganze Abteilung mit Hygieneartikeln für Frauen, meiner Erinnerung nach das einzige Mal in meinem Leben, wo ich englisch beschriftete Erzeugnisse betrachtete, ohne zu begreifen, wozu sie dienten. Wenn sie Krämpfe hatte und direkt nach der Schule heim ins Bett wollte, ging ich mit ihr mit und legte mich neben sie, bis ihr Vater nach Hause kam. Ich dachte, wenn ich erst den Menstruationszyklus verstehen könnte, dieses langsame Gleichgewichtsballett der Hormone, dieses eine Mysterium, würde ich alles verstehen. Meine Neugier wurde zu einer regelrechten Gier. Ich stellte Sonya Frage um Frage. In ihrer ruhigen, nachdenklichen Art versuchte sie, mir mit Antworten zu helfen. Besonders Menstruationskrämpfe waren mir ein Rätsel. Vom Schwimmen kannte ich Krämpfe in den Waden, aber dort, im Unterleib – ich konnte es nicht fassen. In meinem Körper war dieses Gebiet eine unempfindliche Kreuzung von Organen: die Beine verbanden sich mit dem Rumpf, die Gedärme lagen in der Schüssel des Beckens, die Blase füllte und entleerte sich, und am Rand hingen Skrotum und Penis. Fast so fremd wie ein Vorort. Sicher nicht das launische Füllhorn der Eigenwilligkeit, mit dem Sonya lebte. Ich bat sie, mir ihre Krämpfe zu beschreiben. Die Hände auf dem Bauch, die Augen zur Decke gewandt, die Brauen gerunzelt, manchmal leicht fiebernd, versuchte sie es. »Nun, es ist wie ... äh ... ein Ziehen. Oder ein Reißen. Es reißt. Es ist wie ein ... äh ... ein Krampf. Es ist ein Krampf.« Wir kamen immer wieder auf dieses Wort zurück, das so treffend war für sie und so gänzlich bedeutungslos für mich. Ich konnte nur zuschauen und dafür sorgen, daß der feuchte Waschlappen auf ihrer Stirn frisch war.

Einmal zeigte sie mir einen Tampon, den sie sich gerade herausgezogen hatte. An seinem weißen Faden baumelte er zwischen uns in der Luft wie eine Maus, die man am Schwanz hochhält. Ihr Gesicht zeigte einen Ausdruck absoluten Ekels. Ich betrachtete schweigend diesen kompakten Zylinder, der von Blut glänzte. Ich roch daran. Der Ausdruck des Ekels auf Sonyas Gesicht steigerte sich um eine weitere Stufe. Ein Geruch von Eisen! Ich war verblüfft. Ich hatte nicht die blasseste Ahnung gehabt. Die Erde selbst. Reinster prometheischer Rost. Ich streckte meine Zunge vor, aber Sonya keuchte und zog den Tampon weg. Sie drehte sich um und warf ihn in das Toilettenbecken und spülte, und ich sah zu, wie er in dem Strudel verschwand.

In der Pubertät fing ich an, Sport zu treiben, und zur selben Zeit entdeckte ich das Masturbieren. Wenn mein Körper solche Lust spenden konnte, lohnte es sich, ihn zu pflegen. Neben der einfachen Betätigung des Spazierengehens habe ich mich im Laufe der Jahre in Schwimmen, Judo, Radeln, Squash, Tennis, Laufen, Skilanglauf, Klettern, Wandern und Paddeln geübt. Doch die Anstrengung, die mir als Teenager die größte Befriedigung verschaffte, war das Krafttraining. Noch ehe ich das erste Mal in einem Übungsraum war, hatte ich schon die Angewohnheit, die Tür zu meinem Schlafzimmer zu verriegeln und mir zwei Enzyklopädie-Bände auf den Rücken zu packen und dann meinem vierzehnjährigen Körper fünf Liegestütze abzuverlangen. Als ich den Krafttrainingsraum der YMCA sah, wußte ich sofort, daß diese Geräte meinem Körper viel zuträglicher wären als die Britannica. Voller Neid musterte ich die Männer dort. Sie hatten so geschmeidige, starke Muskeln. Ich beobachtete ihre kräftigen Stöße und ihr kräftiges Stöhnen. Im Duschraum betrachtete ich verstohlen ihre schönen Körper.

Ich begann, mich in die Übungsräume zu wagen; zunächst wartete ich, bis ein Gerät frei war, gänzlich frei, ehe ich mich traute, es zu benutzen. Tauchte unerwartet jemand auf, hörte ich schnell auf und huschte davon. Von den ein oder zwei Gewichten, die ich stemmen konnte, stellte der andere das Gerät dann auf die zwanzig oder dreißig um, die er schaffte.

Aber ich ließ nicht locker, und mein Selbstvertrauen wuchs. Ich lernte das richtige Ritual, versäumte nie, meine zwölf bis fünfzehn Minuten auf dem stationären Fahrrad zu absolvieren, vollführte die Anzahl von Wiederholungsübungen, die aus einer schwammigen Masse Muskeln werden lassen, und atmete bei jeder Kraftanstrengung aus. Ich wurde mit den Verhaltensregeln des Krafttrainings vertraut, mit meinen Rechten und Pflichten. Stets wischte ich mein Gerät nach der Benutzung sorgfältig mit dem Handtuch ab.

Mein Ehrgeiz war groß: Ich wollte einen Körper haben, und insbesondere eine Brust von der Art, wie ich sie im Duschraum sehen konnte. Ich ließ nichts aus und widmete meinen Brust-, Delta- und Bauchmuskeln besondere Aufmerksamkeit. Das Ergebnis war ein Brustkasten, der mir gefiel – nicht groß, aber wohlproportioniert und hübsch geformt. Nur meine Beine erschienen mir unheilbar dünn, wie sehr ich auch Quadrizepse und Waden strapazierte.

In den Übungsräumen, die ich aufsuchte, sah ich nie Mädchen und selten Frauen, aber das überraschte mich nicht. Nur Jungen mußten ihre Körper durch unermüdliche

Anstrengungen trimmen. Mädchen, so schien es, erwarben die ihren auf natürliche Weise. Erst später, an der Universität, sollte ich Frauen Gewichte stemmen sehen.

Ich muß sagen, daß ich diese Stunden langsamer, schweißnasser Anstrengung noch nie bedauert habe. Ich vergaß meine Akne und mein übriges Leid, und ich blickte auf einen Körper, der mir schlank und flink, stark und geschmeidig vorkam. Wenn man fit ist, spürt man eine Straffheit des Körpers, eine Leichtfüßigkeit – es ist wunderbar. Mit jedem Kilo, das ich hob, jeden Kilometer, den ich joggte, jeder Stunde, die ich Ski lief, jeder Bahn, die ich schwamm, mit jedem Stück, um das ich die Grenzen meiner körperlichen Leistungsfähigkeit hinausschob, fühlte ich, daß ich nach dem Leben selbst griff, daß all das nicht nur meine Lungen vergrößerte oder diesen oder jenen Muskel, sondern meine Lebenskraft selbst. Ein Gefühl, das zwar viel weniger stark war als das, was ich empfand, wenn ich Sperma in ein Papiertaschentuch spritzte, doch ihm ähnlich.

Die Sünde der Onanie entdeckte ich ganz zufällig. Ich war allein in meinem Zimmer, auf dem Schoß einen Band aus einer Reihe über Sexualität, meinen Penis in der Hand. Der Band war der vierte und letzte einer Reihe und war gedacht »Für Siebzehn- bis Neunzehnjährige«. Ich nehme an, die Autoren waren bestrebt, didaktisch und medizinisch exakt zu sein. Nix da. Meine Phantasie verwandelte das Buch in ein saftiges Erotikon. Jedes wichtige Wort – Penis, Erektion, Vagina, Brüste, Penetration – tanzte in meinem Kopf wie eine obszöne Stripperin. Meine Lieblingsgraphik war eine Querschnittsdarstellung von Mann und Frau, wie sie es gerade miteinander trieben. Sie waren auf ihre entscheidenden Teile reduziert, während das übrige nur in Umrissen angedeutet war, und mir gefiel, daß diese Teile so genau ineinanderpaßten; im Querschnitt waren nicht nur Vagina und

Uterus wiedergegeben, sondern auch Penis und Testikel, die Verbindung zwischen Hoden und Eierstöcken war direkt, deutlich und lecksicher, es sprach den Klempner in mir an. Auch starrte ich ausgiebig auf den Querschnitt Der erigierte Penis, der einfach herrlich war in Größe und Intention. Meine Lieblingsvorderansicht war die der inneren weiblichen Geschlechtsorgane, dieses unverwechselbare Dreieck des Uterus mit dem kühnen Schwung der Eileiter und Eierstöcke, eine wohltuende Form, die ich auch heute noch an Vasen mit verwelkenden Blumen sehe oder an Tieren mit Hörnern. Als ich von der Raumsonde *Voyager* las, die in die Unendlichkeit des Weltraums davontreiben würde, nachdem sie Jupiter und Saturn erforscht hatte, und die für den Fall, daß außerirdische Augen sie untersuchten, eine Inschrift trug, dachte ich, die NASA hätte den Grüßen in einhundertfünfzig Sprachen einschließlich der Sprache der Wale und den verschiedenen wissenschaftlichen Angaben diese Goldene Mitte hinzufügen sollen, ein wenig vereinfacht vielleicht, mit der Botschaft: »Wir sind Menschen von dieser Gestalt.«

Ich komme von meinem Thema ab. In dem Alter, von dem hier die Rede ist, ging ich diesen Band mit großen Augen durch und mit klopfendem Herzen und ohne einen einzigen Gedanken daran, mit Fremden aus dem All Freundschaft zu schließen. Ich habe Worte und verschiedene schematische Darstellungen erwähnt, die mir ins Auge sprangen; sie waren nur ein Vorspiel. Was mich die Augen am weitesten öffnen ließ, was mir das Herz am heftigsten klopfen ließ, das waren die Fotos. Schwarzweiß, kopflos, kunstlos, Körper, die nicht anders als gewöhnlich genannt werden konnten – diese Fotos hätten nicht klinischer sein können, wären es Aufnahmen von Leichen in einem Leichenschauhaus gewesen. Und doch erregte mich die Nacktheit dieser Jungen und Mädchen, dieser Männer und Frauen aufs äußerste. Bis heute erinnere ich mich an die Erwachsene Frau; hätte ich nur ihr Gesicht sehen können! Ich bedauerte, daß es nicht eine einziges Foto von dem erigierten Penis eines Jugendlichen oder Erwachsenen gab. Ich wünschte mir sehr, diesen reinen Ausdruck männlichen Verlangens zu sehen, und konnte noch nicht recht glauben, daß es etwas so Außerordentliches überhaupt geben könne.

In dieser Phase war mein Vergnügen visueller Natur. Gelegentlich brachte ich meinen Penis mit ins Spiel, indem ich ihn in seiner Weichheit gegen ein Bild drückte, das mir besonders gut gefiel, aber normalerweise war er bloß Zuschauer, weiter nichts. Wenn ich ihn neuerdings mehr in mein Vergnügen an dem Buch einbezog, so nur, weil die neuen, dunklen Haare, die langsam um ihn wuchsen, ihn mir interessanter machten. Noch gab es zwischen ihm und den Bildern keine wirkliche Verbindung.

Aber eines Tages schob meine Hand wie zufällig meine Vorhaut hin und her. Woher mir die Idee dazu kam, weiß ich nicht. Ich war nicht auf der Suche nach irgend etwas, und ich hatte bestimmt keinerlei Rat bekommen. Es war eine Eingebung.

Es war eine ausgesprochen lustvolle Bewegung. Ich fuhr damit fort und erhöhte die Geschwindigkeit etwas. Rasch hatte ich eine kräftige Erektion, eine völlig neue Erscheinung. Doch ich hielt nicht inne, um sie näher zu betrachten. Eine eigenartige körperliche Spannung, ein bezwingender Drang trieb mich weiter. »Das ist ja ein Ding«, dachte ich, ganz außer Atem, ohne zu wissen, was ich da tat oder wohin es führen würde.

Ich legte mich rücklings aufs Bett. Ich hielt die Augen halb geschlossen. »Oh, das ist *wirklich* ein Ding.«

Noch schneller.

Krampfartig, zum erstenmal, löste mein Körper eine Reaktion aus, die ebenso neu war, wie aus Urzeiten ererbt.

Eine Art konvulsivischer Exaltation überkam mich, eine Verzückung, die mich in fünf Wellen durchpulste, jede von ihnen gekrönt durch einen explosionsartigen weißen Schwall aus meinem Penis.

Als es vorüber war, stand mir der Mund offen, ich war sprachlos. Das Zeug war überall, auf meiner Hand, meinem Hemd, dem Buch, meinem Gesicht, meinem Haar, an der Wand hinter mir. Es hatte einen Geruch, eine Farbe, eine klebrige Konsistenz wie nichts sonst, was ich je gesehen hatte.

Ich hatte *keine Ahnung* gehabt, daß eine solche Lust möglich war. Mein Gott, wie konnte das ein Geheimnis sein?

Für den Bruchteil einer Sekunde fragte ich mich, ob das normal sei. Der Gedanke entschwand schnell. Wenn das unnormal war, dann war ich mit Freuden unterwegs zu den Untiefen der Abnormalität. Ich blickte wieder auf das spermabespritzte Buch. Seine Autoren wurden plötzlich zu großen, zwinkernden Spaßvögeln, da sie die menschliche Fortpflanzung so ernst abhandelten. Ich lachte. Das also gehörte dazu. Was für eine wahrhaft wundersame Sache! Absolut überirdisch. Eine Offenbarung. Kein Wunder, daß die Erde überbevölkert war.

Ich machte alles peinlich sauber, nur auf der Buchseite, wo das Sperma Zeit gehabt hatte einzudringen, konnte ich an den runzligen Stellen nichts mehr machen. Ich stellte das Buch wieder an seinen Platz, genau dorthin, wo ich es gefunden hatte. Ich ging mich duschen. Die Sache mußte weiter erforscht, untersucht, verfolgt werden. Und zwar gleich, unter der Dusche.

Mit meiner Entdeckung der Masturbation spaltete sich das Universum erneut. Es gab das Menschliche, und es gab das Ekstatische. Die Aufgabe war einfach: Ich mußte die beiden miteinander in Einklang bringen. Mein ganzes Leben hindurch versuche ich das schon. Meistens bin ich gescheitert.

Ich lernte Sonya zu einer Zeit kennen, als ich noch die Wände der Schulkorridore entlangschlich und mir wünschte, unsichtbar zu sein. Der Unterricht war gerade vorbei, und ich suchte der Schule rasch zu entfliehen, um fern von ihr glücklich zu sein. Eben faßte ich nach dem Griff der metallenen Flügeltür, nach der Freiheit, als ich in meinem Rücken eine atemlose Frage hörte.

»Du sprichst Französisch, nicht wahr?«

Das Mädchen war in derselben Klassenstufe wie ich, ging aber in eine andere Klasse. Sie hatte kurzes braunes Haar und braune Augen und einen ganz schwachen Flaum auf der Oberlippe. Sie war ein wenig außer Atem. Sie mußte wohl gerannt sein, um mich noch zu erreichen.

»Ja, stimmt.«

Sie lächelte und wandte den Blick ab. »Schäm le frohnsäh. See la pluh bell long duh monde.«

Inmitten der anglophonen Intoleranz, die in der Hauptstadt meines Landes herrschte, damals, als ich dort lebte, wo verachtet wurde, wer zwei Sprachen sprach, und zwar von jenen, die nur eine sprachen (und dies obendrein schlecht), war sie der einzige Mensch meines Alters, der Französisch als eine Art von verbaler Alchemie betrachtete, die noch die gewöhnlichste, bleiernste Mitteilung sogleich vergolden konnte. Daß ich diese Sprache fließend sprach, verwandelte mich in ihren Augen in einen Zauberer von höchstem Rang. Machte ich auf ihre Bitte hin eine Bemerkung über das Wetter, so sagte ich zum Beispiel »Le temps est très froid«, und indem ich etwas auf diese andere Art sagte, verwandelte ich die Wirklichkeit des ekligen kalten Wetters, und sie erwärmte sich dafür. Ihr eigenes Französisch war, abgesehen von ihrer Liebeserklärung für die Sprache, einfach miserabel, war es doch steckengeblieben im Morast von gefolterter Syntax, verbrecherischer Grammatik und nichtgallischem Vokabular. Aber ich bin dankbar, daß Sonya weder bessere Lehrer noch mehr Übung gehabt hatte, denn sonst wäre sie in die Sprache vielleicht weniger verliebt gewesen, und wir hätten uns nie kennengelernt.

»Oui, c'est vrai, elle est belle«, je répondis.

»Ja, es ist eine schöne Sprache«, erwiderte ich.

Ich weiß nicht mehr, was wir an jenem Tag sonst noch sprachen, aber wir müssen noch mehr gesprochen haben, denn ich verließ die Schule froher, als ich wochen- und monatelang gewesen war, denn ich kannte nun ihren Namen, und ich wußte, daß ich in ihr eine Freundin hatte.

Zu den glücklichsten Augenblicken meiner Jugendzeit gehört Sonyas erster Anruf. Zuvor hatte ich bei ihr angerufen, doch sie war nicht zu Hause. Aufgeregt hatte ich eine Nachricht bei ihrem Vater hinterlassen, der von der Vorstellung, daß seine Tochter von einem Jungen angerufen wurde, nicht erfreut zu sein schien. Ich war überzeugt, sie würde nicht zurückrufen. Als etwas später am Abend das Telefon klingelte und meine Mutter sagte: »Das ist für dich«, hüpfte mein Herz. »Hallo, hier ist Sonya«, kam eine Stimme aus dem Hörer. Ich verbarrikadierte mich in meinem Zimmer, und wir redeten zwei Stunden miteinander.

Wir machten lange Spaziergänge, Wochenendwanderungen durch Ottawa, oftmals zum Parlamentspark, wo wir die Statuen betrachteten oder hinter der Parlamentsbibliothek über den Fluß schauten oder, wie jenes eine Mal, versuchten, ins Langevin-Gebäude zu gelangen, wo Premierminister Trudeau seine Amtsräume hatte; oder wir gingen den Rideau-Kanal und dann den Sussex Drive entlang, vorbei am Kriegsmuseum und an der Königlichen Münze, zu der vom Wind gepeitschten, weiten Fläche gleich hinter der Biegung der Straße, wo man von oben das eindrucksvolle Panorama des Ottawa-Flusses sieht, und weiter, vorbei am Außenministerium, vorbei am Rathaus, bis zum Sussex Drive Nr. 24, wo wir durch die metallenen Zaunstäbe nach dem Haus spähten in der Hoffnung, trotz der Bäume und Sträucher irgendeine Bewegung zu sehen; oder nach Rockliffe, dem Viertel der Reichen und der Diplomaten; oder in den Park – damals noch der Öffentlichkeit zugänglich – von Rideau Hall, der offiziellen Residenz des Generalgouverneurs; oder in verschiedene Museen, am besten kann ich mich an das Museum für Wissenschaft und Technik erinnern, ganz besonders an den Raum, der eine Neigung von 30 Grad aufweist und dessen Möbel allesamt falsch dimensioniert sind – mit der Absicht, unsere Vorstellungen von Perspektive zu erschüttern –, wo Sonya und ich lachten und lachten und lachten. Und die ganze Zeit über, während all unserer Spaziergänge, redeten wir.

Als sie fort war, machte ich die gleichen Spaziergänge allein, doch ich hatte nicht bemerkt, wieviel von dem Vergnügen daran nicht den historischen Sehenswürdigkeiten oder der Darstellung meiner künftigen großen politischen Karriere zu verdanken gewesen war, sondern allein ihrer Gesellschaft. Sonya fehlte mir schrecklich. Die Statue von D'Arcy McGee, einem der wenigen kanadischen Politiker, die die Apotheose der Ermordung erlitten, ließ mich jetzt gleichgültig. Ich wanderte durch Laurier House, wo Sir Wilfrid Laurier und William Lyon Mackenzie King gewohnt hatten, ohne ein einziges der Fotos zu betrachten. Obwohl ich es damals nicht begriff, war dies doch der erste Hinweis darauf, daß ich für das öffentliche Leben nicht geeignet war, daß mein Interesse für Politik nie über einen Wahlkreis mit nur einem Wähler hinausgehen würde.

Die Mutter war gestorben, als Sonya noch klein war. Ihr Vater, ein großer, kahl werdender, bärtiger Mann, der im Landwirtschaftsministerium arbeitete, war sonderbar und katholisch, katholisch und sonderbar. Er hatte seiner einzigen Tochter fünftausend Dollar versprochen für den Fall, daß sie vor der Ehe niemanden küßte. Als ältere Teenager hätten wir über dieses lukrative Verbot vielleicht gelacht und es mißachtet, oder vielleicht hätten unsere Hormone uns überwältigt; auf jeden Fall hätten wir wohl etwas getan und es dann geleugnet, aber da wir gehorsame junge Teenager waren, nahm sie das Verbot ernst und ich ebenfalls. Wir teilten einander jeden Gedanken mit, wir hielten uns insgeheim bei den Händen, und wenn wir im Bett lagen, lagen wir ganz eng beieinander und spürten gegenseitig unsere Wärme – aber Küssen kam nicht in Frage. Und da die Berührung der Lippen und der Gruß der Zungen den Eingang zum Haus der Leidenschaft bilden, blieben wir lammfromm auf der Schwelle sitzen.

Ich war darüber nicht enttäuscht, weil ich das Menschliche noch nicht mit dem Ekstatischen verknüpft sah. Die beiden Dinge liefen parallel. Ich liebte Sonya, wie sie mich liebte, und das zeigte sich in unseren Worten und in unserer Nähe zueinander – und zu Hause frönte ich dann meinem geheimen Vergnügen. Erst als sie fort war, begann ich davon zu träumen, das eine mit dem anderen zu verbinden.

Die Dinge fanden ein abruptes Ende. Ein unerwartetes Beförderungsangebot für ihren Vater, aber nicht am Ort, sondern weit weg und auf der Stelle – seine bereitwillige Zustimmung –, und plötzlich zog Sonya nach Britisch-Kolumbien. Die Schule war eben zu Ende, und wir hatten gedacht, wir hätten den ganzen Sommer für uns. Als wir uns das letztemal unter vier Augen sahen, hielten wir uns in den Armen und weinten. Sie küßte mich dicht neben den Mund und war dabei nahe daran, fünftausend Dollar und ihr gesichertes Plätzchen auf einer Wolke aufzugeben. Wir machten Pläne für die Zukunft, verzweifelt endgültige Pläne. Dann war sie fort.

Ich weinte in meinem Zimmer. Ich wurde meinen Eltern gegenüber schnippisch und aggressiv und isolierte mich von ihnen. Ich streifte durch das Haus, die Umgebung, die Stadt, fand aber nichts, was mich glücklich machen konnte.

Die Rettung, wenn man es so nennen kann, kam durch eine Art Eßstörung. Es war Anfang August. Das Wetter entsprach meiner Stimmung: Es war heiß und drückend, und ich war gelangweilt und lustlos. Wieder einmal durchstöberte ich das Haus, wie ich es regelmäßig tat, in der Hoffnung, etwas Neues, Verbotenes, Aufregendes zu entdecken. Meine Eltern, die in ihrem Leben so häufig umgezogen waren, neigten nicht dazu, Dinge sich ansammeln zu lassen, und meine Expeditionen erbrachten normalerweise weder Neues noch Aufregendes. Aber diesmal wurde ich reichlich belohnt. Im Kellergeschoß stieß ich in einer vollgestopften Ecke auf drei Stapel mit etwa vierzig alten *Playboy*-Heften. Der Anblick dieser Magazine ließ mir das Herz stillstehen. Ich hatte noch nie eines durchgeblättert, aber ich wußte gut genug, worum es bei *Playboy* ging. Mein Vater hatte das Magazin Ende der sechziger Jahre regelmäßig gelesen, als es dem Geist der Zeit zu entsprechen schien, einer Zeit von großartiger Musik und stürmischer Politik, von Sonnenschein und Vietnam. Das Magazin war voller polemischer Artikel über dieses und jenes, Interviews mit Leuten wie Fidel Castro, Barry Goldwater, dem Führer der amerikanischen Nazi-Partei (zu dem man ganz bewußt einen schwarzen Reporter geschickt hatte), Meinungsäußerungen von US-Senatoren, Porträts verschiedener Persönlichkeiten, Kurzgeschichten von phantastischen Schriftstellern – Nabokov, Updike, Böll –, Diskussionen zu den verschiedensten Themen, Fotoessays und natürlich Bilder junger Frauen, deren Nacktheit das Zeitalter des Wassermanns zu symbolisieren schien. Ein paar Jahre später, als die Zeiten sich geändert hatten und der Anspruch des *Playboy*, bei der sexuellen Befreiung und anderen guten Anliegen in vorderster Linie zu stehen, fragwürdig erschien und das Magazin sich einen zweifelhaften Ruf zu erwerben begann, las mein Vater es nicht mehr. Doch die alten Nummern hatte er nie weggeworfen, und so schlummerten sie, bis sie in mein Leben explodierten. Denn genau das war die Wirkung, die sie auf mich hatten – eine Explosion. Als ich nach dem obersten Exemplar griff, wobei ich mir vorkam wie Ali Baba beim Betreten der Höhle mit den vierzig Räubern, verblaßte Sonya in meiner Erinnerung. Als ich das erste Bild zu Gesicht bekam, durchfuhr es mich wie ein Blitz, und sie war vergessen. Diese Bilder, diese Magazine würden meine Begleiter werden.

So wurde ich mit diesem giftigen westlichen Konzept bekannt gemacht: mit der Schönheit des weiblichen Körpers. So begann ich, nackte Papierfrauen in mich aufzunehmen. Ständig war ich in Todesangst, meine Eltern könnten mich erwischen, und so war es eine geheime, paranoide Betätigung, ich hielt die Ohren gespitzt auf das leiseste Signal, falls sie unerwartet früh von der Arbeit nach Hause kämen. In direktem Kontrast zu den kopflosen, farblosen Körpern aus dem Band über Sexualität, die meiner Phantasie das Treibstoffminimum gaben, mit dem sie fliegen konnte, schickten mich die *Playboy*-Bilder in himmlische Höhen. Diese entkleideten jungen Frauen zeigten eine Schönheit, die für mich schier unglaublich war, doch sie waren da, lächelnd, lachend, tänzelnd, nachdenklich dreinblickend, sie erzählten von sich und ihren Familien, davon, wo sie lebten und was sie taten, von ihren Lieblingsbüchern, -sängern und -filmen. Daß diese Monatsschönheiten den amerikanischen sechziger Jahren entstammten, einer Ära, die so farbenfroh und so gewichtig erschien, verlieh ihnen einen zusätzlichen Reiz. Ich begaffte nicht nur ihre Brüste, sondern auch ihre hippiehafte Art und Kleidung, ihre Sprache, ihre politische Einstellung. Zu masturbieren, während ich diese jungen Frauen betrachtete, war bei weitem die stärkste, sinnlichste Erfahrung meiner Jugendjahre. Ich weiß noch, wie ich einmal nach einem besonders intensiven Augenblick der Befriedigung aus dem Keller kam und nach draußen stolperte. Ich war benommen. Ich legte mich ins Gras und blickte in den Himmel. Es begann zu regnen, zunächst sacht, dann immer stürmischer. Ich regte mich nicht, sondern blieb da, bis ich völlig durchnäßt war und mir die Zähne klapperten.

Mein Verlangen entwickelte sich zyklisch. Manchmal breitete ich mehrere Magazine aus und masturbierte zwanghaft bis zu dreimal hintereinander. Wie ein Sultan, der seinen Harem mustert, blätterte ich die *Playboys* durch auf der Suche nach dem richtigen Lächeln, nach den richtigen Brüsten, die mich ordentlich anpfeffern würden. Als ich meine Playmates dann besser kannte, wurde ich wählerischer, blätterte länger. Zu anderen Zeiten fühlte ich mich wie aufgedunsen durch übermäßigen Konsum; damit einher ging ein Gefühl im Magen, einer Grube der Einsamkeit. Dann masturbierte ich vor einem einzelnen Bild oder ganz ohne Bilder, nur meiner Phantasie vertrauend.

An diesem sprunghaften Hunger nach Papierfrauen – ich will viele! ich will keine! – hätte ich die tatsächliche Armut meiner Kost vielleicht erkennen, hätte ich ein Zeichen dafür sehen können, was sie mir antat, doch die Lust war zu groß. Und so sehe ich mich selbst, damals: Ich überfraß mich an Papierfrauen, ich stopfte mir den Mund damit voll, und erbrach sie dann heftig wieder. Könnt ihr euch einen Jungen vorstellen, auf den Knien, über eine Kloschüssel gebeugt, einen Finger im Rachen, der Bilder nackter Frauen erbricht? Das bin ich. Ein Junge, der an Bildersexbulimie leidet. Obgleich es so in Wahrheit gar nicht ablief. Damals fraß ich. Es schmeckte so gut, so unglaublich gut. Erbrechen muß ich mich erst heute. Wenn ich heute Pornographie sehe, wird mir sofort übel. Ich kann das nicht steuern. Der Magen dreht sich mir um, und im Mund sammelt sich unangenehm der Speichel.

Ich hatte zu tun (es gab die Schule, es gab den Sport, ich las Bücher und ging ins Kino, ich sah viel fern – das Fernsehen war nicht mehr ein Feind, sondern der Begleiter meiner einsamen Stunden –, es gab die verstohlenen Minuten der Ekstase, es gab all die Augenblicke von Qual, Untätigkeit und Entdeckungsfreude, all die Dinge, aus denen die Jugend besteht), aber ich würde sagen, daß all meine Geschäftigkeit nichts von meiner Zeit wegnahm, denn was mich wirklich verzehrte, waren meine Gefühle – und vor der wichtigsten Quelle dieser Gefühle scheute ich ständig zurück.

Einmal, in der Schlange in der Schulcafeteria, kam Carolyn dicht an mich heran und preßte eine Brust gegen meinen Arm, auf eine Art, die selbst eine so dumme Scheu wie die meine aufzubrechen vermochte. Ich gab vor, nichts zu merken, und masturbierte danach zu Hause. Einige Zeit später, als ich sie das erstemal mit Graham Händchen halten sah, spürte ich den ganzen Schmerz verschmähter Liebe. Als sie sich vor ihren Spinden minutenlang verträumt küßten, die Augen geschlossen, die Köpfe in sanfter Bewegung, tat ich so, als ob ich an meinem Spind beschäftigt wäre, tatsächlich aber stand ich da in kaltem Elend. Sie war so hübsch, Carolyn, so hübsch wie ein Playmate. Die Lust, die sie als Bild zu spenden vermochte, kannte ich recht gut, doch ich war auf die Lust aus, die sie selbst spenden konnte, ihre weichen Lippen gegen meine Lippen gepreßt, ihren Glanzpapierleib gegen meinen Leib gepreßt.

Wenn man mich damals gefragt hätte, was Liebe sei, ich hätte geantwortet: ein tiefer, bestürzender Hunger nach Schönheit, in seinem Zentrum die Schärfe der Begierde; und ich hätte gesagt, daß die Liebe mein liebstes Gefühl sei, obgleich ich mit ihr weit weniger vertraut war als mit Verlassenheit und Frustration.

1979, im Alter von sechzehn, trat ich in die Mount-Athos-Schule ein, ein Internat für Knaben. Diese unerwartete Wendung kam zustande, weil man höheren Ortes beschlossen hatte, daß mehr weibliche Botschafter gebraucht würden, und so war meine Mutter aus einer vergleichsweise untergeordneten Dienststellung geholt und zur Repräsentantin Kanadas in Kuba befördert worden. Mein Vater, dem damals der Staatsdienst schon zum Halse heraushing und der mit Freuden einen goldenen Handschlag akzeptiert hatte, wollte von Havanna aus seinen Verlag betreiben, Ediciones Sin Fronteras/Editions Sans Frontières, der sich auf die Übersetzung von Lyrik aus Quebec und aus Lateinamerika spezialisieren würde, eine Unternehmung, die wenig Gewinn versprach, aber viel Liebe erforderte. Doch der Haken dabei war, daß es in Castros Republik keine Oberschule für Ausländer gab. So bot sich mit finanzieller Unterstützung durch das Außenministerium die unkanadische Möglichkeit eines Internats an. Meinen Eltern brach das Herz bei der Vorstellung, von ihrem Sohn getrennt zu werden, ich aber war sofort Feuer und Flamme. *Internat*! Die Idee entzündete meine Phantasie. Was für ein Abenteuer!

An einem sonnigen Septembernachmittag passierte ich das eiserne Tor von Mount Athos. Ich hatte einen großen und zwei kleine Koffer, jedes meiner Kleidungsstücke war mit einem Namensschild in hellroten Buchstaben versehen, von der designierten Botschafterin für Kuba in unermüdlicher Arbeit aufgenäht, ich hatte drei neue Blazer, einen schicken neuen Trenchcoat und einige der besten Krawatten meines Vaters, ich hatte strahlende Hoffnungen und große Erwartungen.

Der Blick, der sich bot, als wir die lange, geschwungene Auffahrt hinaufrollten, war vielversprechend: ausgedehnte Rasenflächen und Sportplätze, gesäumt von stattlichen Bäumen, ein wohlausgewogenes Sortiment von steingrauen und ziegelroten Gebäuden, einige von ihnen alt, einige neu, eine Reihe von gepflegten Kieswegen, eine Kapelle mit bunten Glasfenstern sowie ein großes steinernes Kreuz in der Mitte des Parks; und das Dorf, durch das wir soeben gekommen waren, war eines der hübschesten, die ich in Mittel-Ontario gesehen hatte.

Mein Zimmer, mein neues Heim, war ein vollkommen symmetrisches Arrangement aus zwei Schränken mit Schubladen, zwei Betten, zwei Schreibtischen und zwei mit schmiedeeisernen Geländern versehenen Fenstern; aus dem zweiten Stock blickte man von dem Berg (dem besagten Mount Athos) über eine hügelige Apfelplantage und in der Ferne über den Ontario-See. Mir wurde die rechte Hälfte des Zimmers zugewiesen. Dieses Stück eigenes Territorium gefiel mir. Ich probierte das Bett. In der Hand hielt ich als vielversprechendes Omen einen dicken braunen Umschlag mit allen möglichen Informationen über die Schule.

Ich hatte das Gefühl, daß jetzt mein Leben begann.

Ich habe keine angenehmen Erinnerungen an meine beiden Jahre an der Mount Athos. Als Schule war sie ganz in Ordnung. In Mathematik und Biologie und dergleichen bekamen wir das Nötige beigebracht. Woran ich mich aber hauptsächlich erinnere, das ist das Klima der Respektlosigkeit, von dem die ganze Einrichtung durchdrungen war, eine Respektlosigkeit, die oftmals in emotionale Brutalität ausartete. Eine Tür aufzuhalten für jemanden, der nach mir kommt, ist ungefähr die einzige Geste der Rücksichtnahme, die ich auf meine Zeit an der Mount-Athos-Schule zurückführen kann.

ZWEI GRÜNDE, WESHALB ICH DIE MOUNT-ATHOS-SCHULE HASSE:

(1) Ich fragte Gordon, den älteren Jungen, der mich herumführte, was für ein Mensch mein Zimmergenosse sei. »Croy-

don?« fragte er. »Oh – der ist in Ordnung.« Doch während er das sagte, wandte er den Blick ab. Ich hätte darauf achtgeben sollen. Statt dessen ließ ich seinen seltsamen Namen in meinem Mund umherrollen, fand Gefallen daran, und betrachtete ihn schon als den Namen meines besten Freundes.

Gordons Antwort enthielt noch ein weiteres Anzeichen kommender Dinge: die Angewohnheit von Schülern und Lehrern an der Mount Athos, die Jungen mit ihren Familiennamen zu rufen. Denn Croydon war ein Familienname, und Croydon war Croydon, nicht John. Der vertrauliche Vorname verschwand, war nur für die besten, engsten Freunde reserviert. Für die anderen wurde man ein unpersönlicher Familienname, wie ein Markenname, eine Schildkröte, auf deren Panzer ein Wort gemalt ist, eine Wand mit einem einzigen Fenster, das zu hoch liegt, als daß man hineinschauen könnte.

Während ich noch auf dem Bett saß und die Merkblätter aus dem Umschlag las, traten zwei Jungen ein, sie trugen einen Schrankkoffer.

»Bist du Croydon?« fragte ich den ersten, und ich lächelte. Er hatte ein scharf geschnittenes Gesicht und rotblondes Haar.

»Nein, er ist das«, sagte er mit einem Grinsen und zeigte mit dem Kopf ruckartig auf den anderen, der lachte. Sie setzten den Koffer ab und gingen.

Nach einer Minute kam der erste Junge zurück – der, mit dem ich gesprochen hatte. Er öffnete den Koffer und begann ihn auszupacken. Er sprach kein Wort und würdigte mich keines Blickes.

Es war Croydon.

Er wollte keinen Zimmergenossen. Er hatte eines der wenigen Einzelzimmer im Baxter House haben wollen. Er hatte es nicht bekommen. Er bekam ein Doppelzimmer und mich.

Eines Tages saßen wir in unserem Zimmer, jeder an seinem Schreibtisch, Rücken an Rücken, und lernten für eine Mathematikarbeit. Vom Korridor her konnten wir Kleinhenz und einen anderen Jungen streiten hören, nicht laut, aber doch vernehmbar. Ich nehme an, Kleinhenz trat tatsächlich ein bißchen großspurig und zugleich geringschätzig auf. Der Streit war nicht erbittert, auch nicht persönlich – später fand ich heraus, daß es um die Vorzüge unterschiedlicher Bildungssysteme gegangen war und daß Kleinhenz die Vortrefflichkeit seiner heimischen deutschen *Gymnasien* gelobt hatte –, aber es reichte aus, daß Croydon sich den Mülleimer schnappte, hinausging, Kleinhenz den Mülleimer an den Kopf warf und anfing, ihn ins Gesicht zu schlagen. So ließ Croydon ihn für seinen Akzent bezahlen und für die Persönlichkeit, auf die sich daraus schließen ließ! Kleinhenz kämpfte, so gut er konnte – er hob in der klassischen Boxerhaltung die Fäuste und tänzelte herum –, doch obgleich er größer war und eine größere Reichweite hatte, so war er doch nur fünfzehn Jahre alt gegenüber Croydons siebzehn, und selbst wenn sie einander sonst ebenbürtig gewesen wären, hätte ihm Croydons verbissene Gemeinheit gefehlt. Mit jedem Schlag ins Ziel wuchs das Vergnügen meines Zimmergenossen an dem Kampf. Er endete damit, daß Kleinhenz sich unerwartet umwandte und durch den Korridor floh. Das Bild, das ich von ihm habe, wird stets von der vielfarbigen Maske der Quälerei bestimmt sein, die er noch Tage danach trug: die grünlichblauen Ringe um die Augen, die roten Striemen auf den Wangen, die purpurroten Platzwunden auf den Lippen.

Wie die anderen Jungen, denjenigen eingeschlossen, mit dem Kleinhenz den Streit gehabt hatte, sah ich dem Kampf tatenlos zu, dessen Gewalttätigkeit mich faszinierte. Es war nicht das erstemal und gewiß nicht das letztemal, daß ich mich in der Mount-Athos-Schule moralisch totstellte.

Das war Croydon. Kein schurkisches Element an der Mount Athos, sondern ein Schurke in seinem Element.

(2) Ich erinnere mich an McAlister. An der Mount Athos gab es drei Klassen von Jungen. Es gab die Elite: die Spitzenathleten, die besten Studenten, diejenigen mit einem gewissen Charisma, die mit einem berühmten Familiennamen – sie alle konnten gar nichts Unrechtes tun. Die Schule hätschelte sie, ließ ihnen ihren Willen. Unterhalb dieser Elite schwebte eine geringfügig unterdrückte, aber selbstgefällig zufriedene Mittelschicht, der Durchschnitt, von dem die Elite sich strahlend abheben konnte, Zuschauer, die für den Beifall und die Hurrarufe zuständig waren. Schließlich gab es eine Klasse, die noch niedriger war, eine Randgruppe (obgleich sie genau die gleichen astronomischen Schulgebühren zahlte). Das waren die »Nullen«, die Nobodys von Mount Athos: Sie waren nicht imstande, sich einzufügen, aus welchem Grund auch immer – ein komisches Äußeres, ein linkisches Wesen, die eine oder andere Art von Unbeholfenheit.

Ich war eine Null. Meine Akne und mein wirres Haar hatten es bekanntgemacht, meine Gereiztheit hatte es bestätigt, mein französischer Name hatte es besiegelt. Nur meine guten Zensuren und das Ansehen Meiner Mutter, der Frau Botschafterin, reihten mich unter die höheren Ränge ein.

Doch McAlister mit dem dummen Gesicht und dem billigen blauen Anzug – er war die Null aller Nullen. Er litt unablässig. Sein Ego muß so häufig zertrümmert worden sein, daß ich mir nicht vorstellen kann, daß er es je wieder zusammenzusetzen vermochte, so wenig wie all die Pferde und Soldaten des Königs es bei Humpty Dumpty schafften. Das ist das Bild, das ich von McAlister behalten habe: ein Junge mit zerbrochenen Eierschalen im Kopf.

Sie pflegten mit nassen Handtüchern auf ihn einzudreschen; er duschte sich nach dem Sport nicht mehr, sondern wartete bis zum Abend – in der Hoffnung, daß der Duschraum dann leer sein würde. Sie schütteten frischen Müll in sein Bett. Sie schissen auf seine Bücher und Aufzeichnungen. Sie gossen Eimer mit kaltem Wasser über seinem Bett aus, wenn er nachts schlief, mehrmals taten sie das auch mit mir. Einmal bestellte er sich eine Pizza, und sie wurde ihm aus den Händen gerissen, kaum, daß sie geliefert worden war; die Anchovis fand er später auf seinem Kopfkissen.

Niemals wieder habe ich einen so unglücklichen Jungen gesehen wie McAlister, den armen Andrew McAlister. Seiner Leiden sei hier gedacht.

Ein Grund, weshalb ich die Mount-Athos-Schule liebe:

(1) Auf einer Klassenfahrt nach Toronto sahen wir in der Kunstgalerie von Ontario eine Ausstellung mit dem Titel »Turner und das Erhabene«. Diese Ausstellung habe ich nicht vergessen. Wir hatten eine Führung, und wir hörten das übliche kunsthistorische Gewäsch, doch davon nahm ich keine Notiz, denn diese Gemälde sprachen ganz direkt mit mir. Gezeigt wurden Ölgemälde und eine kleine Anzahl von Aquarellen. Wenn ich mir auch kein bestimmtes Werk mehr ins Gedächtnis rufen kann, erinnere ich mich doch noch lebhaft an die Wirkung des Ganzen. Ich blickte auf Berge und Schluchten, Seen und Ruinen, Wiesen und Bäche, jede Landschaft in solche Farbe getaucht, von solchem Licht erfüllt, daß mich wirklich ein Gefühl des Erhabenen ergriff, ein Gefühl, das mich nie mehr verlassen hat und das mir eine ungefähre Vorstellung von Ästhetik gegeben hat. Diese gewaltigen Gemälde, in der Wirklichkeit vielleicht kleiner als ihr Eindruck in meiner Erinnerung, gaben mir das starke und dauerhafte Gefühl, daß Schönheit eine Bedeutung hat, daß Schönheit Bedeutung *ist*.

Vier weitere Gründe, weshalb ich die Mount-Athos-Schule hasse:

(3) Da gab es den Brauch des »Ritschens«, der darin bestand, einen Jungen nach unten zu stauchen, von hinten seine Unterwäsche zu packen und daran zu ziehen, bis sie zerriß. Wehe dem Jungen mit Qualitäts-Unterwäsche, die nicht so leicht riß. Der Aktion ging der langgezogene Ruf »Riiiiiiiiiiiiiitsch!« voraus, der das dazu ausersehene Opfer veranlaßte, sich voller Entsetzen umzudrehen, und zu der Tat wurde im Chor »Ritsch! Ritsch! Ritsch!« gebrüllt. Komisch für alle, außer für den jüngeren oder schwächeren Jungen, der das Ziel dieses Bandenüberfalls war. Es machte in der ganzen Schule die Runde, und zwar unter hämischem Gelächter, kann ich euch sagen, als man entdeckte, daß McAlister, dieser Schatten von einem Menschen, keine Unterwäsche mehr trug.

(4) Da war der große, dicke Wilford, der mich aus Jux einmal zu Boden warf und sich auf mich setzte. Ich erinnere mich noch immer an den Druck auf meiner Brust, an die schreckliche Empfindung, wie meine inneren Organe gequetscht und verschoben wurden. Ich rang nach Luft. Aber Schüler und Lehrer – es passierte im Speisesaal während der Mittagspause – schienen den Anblick eines Jungen von der Größe einer Maus, der unter einem Jungen von der Größe eines Elefanten zerdrückt wurde, sehr amüsant zu finden, wohl wie eine Szene aus einem Cartoon. Ich erinnere mich noch genau: Als er von mir abließ und ich mich endlich aufsetzen konnte, das Gesicht rot vom Blutstau, im Kopf wirr, einer Ohnmacht nahe, war das einzige, was ich hörte – abgesehen vom Herzschlag, der mir in den Ohren hämmerte –, Gelächter.

(5) Da war die Nacht, als in Karols und meinem Zimmer im zweiten Stock – das war im zweiten Jahr; ich hatte Haus und Zimmergenossen gewechselt – plötzlich das Licht angedreht wurde und ich erwachte und Croydon und seine Bande erkannte, die mein Bett umstanden, alle mit Kopf-

kissenbezügen über dem Kopf, in die nach Ku-Klux-Klan-Manier Augenlöcher gerissen waren. Wäre ich drei Sekunden zuvor gewarnt worden, ich hätte ernsthaft daran gedacht, aus dem Fenster zu springen – im Vertrauen darauf, daß der Rasen unten und die Äste, die ich hätte packen können, den Aufprall dämpfen würden. Aber Gott sei Dank waren sie auf der Jagd nach Preston, und sie wollten nur prüfen, ob er sich in unserem Zimmer versteckt hielt.

Preston war nirgends zu finden. Er verbrachte jene Nacht wie schon andere Nächte zuvor jenseits des Fußballplatzes hinter Bäumen versteckt, in den Händen zwei Koffer, vollgestopft mit seinen Schulbüchern, Aufzeichnungen, Kleidungsstücken und anderen Wertgegenständen, bereit, sich davonzuschleichen, sollte die Bande das Schulgelände durchstreifen. Was sie nicht taten. Sie plünderten lediglich sein Zimmer, warfen seine Möbel um und zerstörten alles, was er zurückgelassen hatte. Er hatte seine Mathematikaufzeichnungen in seinem Zimmer vergessen und mußte die von Karol benutzen, um sich auf die Abschlußprüfung vorzubereiten. Aber der Diebstahl und die Zerstörung materieller Güter, das war an der Mount Athos alltäglich, banal, nicht der Rede wert. Wir waren eine Gemeinschaft, eine fest verbundene Bruderschaft – warum also sollte man uns gestatten, die Türen unserer Zimmer abzuschließen? Von welchem Geist des Mißtrauens, des Argwohns würde das zeugen? Das war die edle Philosophie dieser Einrichtung, deren Lehrer umhergingen und mit den Schlüsseln klimperten, mit denen sie ihre Wohnungen, Häuser, Büros und Autos sicherten.

(6) Auch von Lehrern wurden Demütigungen ausgeteilt. Ich erinnere mich an einen Lehrer, der sich im Unterricht auf die Frage, was »memmenhaft« bedeute – das Wort kam in einem Buch vor, das wir gerade lasen – umschaute, den Blick auf mich heftete und sagte: »Hier, das ist ein Beispiel von

Memmenhaftigkeit.« Die Klasse brach in Gelächter aus, ohne im Hinblick auf die Wortbedeutung klüger geworden zu sein.

Ein weiterer Grund, weshalb ich die Mount-Athos-Schule liebe:

(2) Die Lage! Solch eine beständige, tägliche Schönheit – ich war zwei Herbste, zwei Winter, zwei Frühjahre dort; ich habe schon die ausgedehnten grünen Rasenflächen und die mächtigen Eichen und die imposanten alten Gebäude und sogar den Ontario-See erwähnt, doch ich vergaß das glitzernde Juwel eines kleinen Flusses zu beschreiben, der sich durch das Gelände wand – solche Schönheit würde selbst auf das roheste Gemüt einen nachhaltigen Eindruck machen. Und die Schule war eine kleine, in sich abgeschlossene Gemeinschaft; in ihrer Mitte, fernab von den Kräften der Respektlosigkeit, gab es unvergeßliche Augenblicke der Freundschaft. Ich erinnere mich an die mitternächtlichen Mampfereien mit Karol – bei denen wir uns Toast mit Erdnußbutter machten und hastig die Batterie aus dem Rauchmelder zogen, wenn eine verbrannte Scheibe Toast ihn in Gang setzen wollte. Ich erinnere mich noch, wie wir zwei an einem grünen Frühlingstag von unglaublicher Klarheit hinuntergingen zum Fluß. Wir ließen uns in sein ruhiges Wasser gleiten und schwammen flußabwärts, zwei Köpfe, die sich an der Oberfläche dahinbewegten, während Insekten vorbeischwirrten und die Bäume sich wiegten und das Sonnenlicht filterten und Fische die Wasserfläche kräuselten. Es war zauberhaft, einfach zauberhaft. So hätten wir bis zum Pazifik schwimmen können. Ich erinnere mich, wie wir im Schwimmbecken »Ziegel« spielten, wobei der fragliche Ziegel aus Gummi war und genau in die Überlaufrinne des Beckens paßte, so daß wir einen Ball hatten und ein Tor. Ich erinnere mich noch, wie ich mitten im Winter zum See hinunterlief und die Massen von Schnee und Eis am Ufer sah

und darüber hinwegkraxelte, so daß ich dem offenen Wasser, dem Tod gefährlich nahe war, und eine Stunde lang dortblieb und nachsann über meine Eltern und wie ich, als ich mich umwandte, sah, daß Holt-Royd, ein Junge zwei Klassen unter mir, den ich kaum kannte, direkt hinter mir stand. »Ich dachte, du würdest vielleicht hineinspringen«, sagte er. Ruhig und gelassen redeten wir miteinander.

Es sind solche Erinnerungen, die erklären, daß es Legionen von Old Boys gibt, die bis zu ihrem Tod dieser Einrichtung Geld spenden, wobei die McAlisters und die Prestons in der ersten Reihe dieser Nostalgiker stehen, als ob Schmerz und Erniedrigung den Samen bildeten und Zeit das Wasser für die Pflanze Amnesie.

Ein weiterer Grund, weshalb ich die Mount-Athos-Schule hasse:

(7) Wenn die Respektlosigkeit ein Klima kennzeichnet und ein System, wird sie ansteckend.

Ich erinnere mich noch, wie ich herumstand und zusah, wie eine Gruppe von Jungen Preston ritschte und ihm alles mögliche antat, während er zappelte wie ein Fisch auf dem Trockenen. Ich schaute mit einer gewissen Befriedigung zu, weil Preston wirklich ein Blödmann war. Die gleiche Empfindung hatte ich, als sein Zimmer ein weiteres Mal verwüstet wurde.

Der wahre Grund, weshalb ich die Mount-Athos-Schule hasse, ist der, daß ich es war, der die Anchovis auf McAlisters Kopfkissen legte.

»Ante todo, el viento y el ruido. Aquel día el mar estaba como un espejo sin nada de viento. Yo estaba remando. Oí algo como un grito, un grito de niña, no

»Zuerst der Wind und der Lärm. An diesem Tag war das Meer glatt wie ein Spiegel und ohne einen Windhauch. Ich ruderte. Ich hörte etwas, was ich

más, y al darme la vuelta ví un inmenso chorro de llamas viniendo hacia mí. Cayó del cielo azul como un volcán. Vino un viento para dejar sordo, apabullante, como el último suspiro de Dios. Tenía el color de una naranja. Aquello me echó del barco, el ruido tanto como el soplo. Pensaba morir de calor pero me salvó el agua. Nadé hacia la barca, temblando de miedo. La vela estaba en pedazos. Un trozo de algo se estaba quemando, clavado en la popa. Segundos después vinieron las olas. Enormes olas de agua ardiente. Era el infierno. La barca estaba en llamas. Una ola apagaba el fuego y la otra lo volvía a encender. Yo gritaba y gritaba y gritaba. Me tiraba al agua para salvarme y después me salvaba otra vez subiendo a la barca. Apenas si podía respirar. No podía ver más allá de las llamas. Ya le digo, era el infierno. El infierno. No, no me acuerdo de donde venían

für einen Schrei hielt, den Schrei eines kleinen Mädchens, nichts weiter, und ich drehte mich um und sah einen riesigen lodernden Farbstreifen auf mich zukommen. Er fiel aus dem blauen Himmel herab wie ein Vulkan. Es gab einen ohrenbetäubenden, brüllenden Windstoß, wie Gottes letzter Atemzug. Er war orangefarben. Ich wurde aus meinem Boot geschleudert – vom Lärm ebenso wie vom Wind. Ich dachte, ich würde von der Hitze sterben, doch das Wasser rettete mich. Zitternd vor Angst, schwamm ich zu meinem Boot zurück. Mein Segel hing in Fetzen. Im Heck steckte etwas, was brannte. Dann, innerhalb von Sekunden, kamen die Wellen. Gewaltige Wellen von brennendem Wasser. Ich war in der Hölle! Mein Boot brannte, eine Welle löschte die Flammen, die nächste setzte alles wieder in Brand. Ich schrie und schrie und schrie, ich warf

las llamas cuando el avión estaba en el cielo. Era un humo grís oscuro, con hebras negras. Olía a petróleo y a gazolina. Y la madera de la barca que se quemaba. No, no pienso que ha sobrevivido nadie. Nada más que cosas flotando en el agua. Me gustaría irme ya, por favor.«

mich über Bord, um mich zu retten, und um mich zu retten, kämpfte ich mich schon im nächsten Augenblick an Bord zurück. Ich konnte nicht atmen, ich sah nichts als Flammen. Ich war in der Hölle, sag' ich euch, in der Hölle! Nein, ich weiß nicht, woher die Flammen kamen, als das Flugzeug in der Luft war. Der Rauch war dunkelgrau, darin Fetzen von Schwarz. Es roch nach Benzin und nach Öl. Und nach dem brennenden Holz meines Bootes. Nein, ich glaube nicht, daß es Überlebende gab. Nur Sachen, die im Wasser trieben. Ich möchte jetzt bitte gehen.«

Der Tod meiner Eltern wurde nur von einem alten Mann und vom Meer beobachtet. Man erzählte mir, als der alte Mann keine Fragen mehr beantworten konnte, fiel er auf die Knie und begann zu beten.

Padre nuestro que estás en el cielo, santificado sea tu nombre. Venga a nosotros tu reino, hágase tu voluntad en la tierra...

Vater unser, der Du bist im Himmel, geheiligt werde Dein Name; Dein Reich komme; Dein Wille geschehe, wie im Himmel also auch auf Erden...

Der Zufall wollte es, daß wir gerade *Der alte Mann und*

das Meer lasen. Vor kurzem habe ich das Buch in der Öffentlichen Bibliothek von Saskatoon noch einmal gelesen. Meine Reaktion war eine Mischung aus Leere und Aufruhr, denn meine Erinnerung hatte das Kunstwerk mit dem Tod meiner Eltern vermischt. Ich kann mir nicht vorstellen, wie es ist, wenn ein Flugzeug ins Meer stürzt. Der Lärm, die Farben, das Feuer, die umherfliegenden Leichenteile und Gepäckstücke – es übersteigt meine Phantasie. Aber ich kann einen großen Fisch sehen, der an einem Boot vertäut ist. Ich kann sehen, wie er von Haien und anderen Fischen angegriffen wird, bis nichts mehr übrig ist. Ich kann sehen, wie der alte Santiago den Strand hinaufklettert und seinen verbrannten Mast wie ein Kreuz schleppt, noch immer im Unglück, noch immer *salao*. Manchmal muß ich mein Gedächtnis schelten und es daran erinnern, daß meine Eltern nicht ertrunken sind und daß ihre Leichen nicht von einem Fischer gefunden wurden, sondern daß sie bei einem Flugzeugabsturz starben und daß ihre Leichen von niemandem gefunden wurden.

Es war gegen Ende September. Mein zweites Jahr. Ich hatte sie drei Wochen zuvor verlassen, nachdem ich den Sommer in Havanna verbracht hatte. Die Sekretärin des Direktors unterbrach unsere Geographiestunde mit der Nachricht, der Direktor wolle mich sprechen. Auf dem Weg zum Verwaltungsblock sprach die Sekretärin kein Wort mit mir, bis wir den Hof durchquerten, wo wir für einen kurzen Moment spüren konnten, was für ein Tag es war.

»So ein herrliches Wetter, nicht? Noch so warm«, sagte sie.

»Ja, ja«, erwiderte ich lebhaft und wandte meine Aufmerksamkeit einen Augenblick lang dem Wetter zu.

Sie wußte Bescheid; ich vermute, sie wollte etwas sagen, durfte es aber nicht.

Der Himmel war wolkenlos zu Christi Geburt; andernfalls hätten die drei Weisen aus dem Morgenlande den Weg nicht gefunden. Obgleich bei Matthäus, Markus, Lukas oder Johannes nichts darüber steht, bin ich überzeugt davon, daß für den gekreuzigten Christus im Todeskampf das Wetter eine Rolle gespielt haben muß – die Hitze des Tages, der Wunsch nach einer frischen Brise, der Zug der Wolken. In den Stunden seines Todeskampfes muß alles gleichgeblieben sein – seine Schmerzen, der Spott der Soldaten, das Gefühl, von seinem Vater verlassen zu sein – alles, bis auf das Wetter. Wenn wir also vom Wetter sprechen, von diesem Thema, das uns so vertraut ist wie unseren Lungen die Luft, sprechen wir von allem, denn das Wetter, Zeuge aller Freuden, aller Tragödien, ist ein Spiegel all unserer Gefühle. Indem sie auf den Altweibersommer anspielte, sagte die Sekretärin zu mir: »Mein herzliches Beileid, du armer, armer Junge.«

Zu meiner Überraschung fand ich meine Tante, die einzige Schwester meiner Mutter, beim Direktor. Ich kannte sie kaum; sie war eine Art Weihnachtsbekanntschaft. Sie war von Montreal herübergekommen. Und es war ein Mann da, den ich nicht kannte. Meine Tante war es, die mich vom Tod meiner Eltern unterrichtete, auf französisch, in Gegenwart von Anglophonen, die möglicherweise nicht verstanden, was sie sagte, die aber wußten, worum es ging. An ihre genauen Worte erinnere ich mich nicht mehr. Später am selben Tag hörte ich die Nachricht vom Tod meiner Eltern auch im Rundfunk. Der Mann kam vom Außenministerium. Mir wurde gesagt, daß sich an meinem Leben nichts ändern würde, daß ich von den Pensionen meiner Eltern einen Teil erhalten würde, daß sie beide gute Lebensversicherungen abgeschlossen hätten; kurzum, daß die materiellen Aspekte ihrer Liebe fortdauern würden. Ich würde später verschiedene offizielle Dokumente erhalten, die dies bestätigten, und regelmäßig einen Geldbetrag. Ich würde mich drei-

oder viermal mit diesem Mann vom Außenministerium treffen, der für meinen Fall zuständig war. Im Theater der Gefühle war ich eher ein Zuschauer. Ich saß da und nahm alles ruhig, fast gleichgültig auf. Meine Tante war wie gebrochen vor Schmerz. Der Beamte und der Direktor sprachen mit gedämpfter Stimme. Sie alle erwarteten, daß ich in Tränen ausbrechen würde. Doch ich bemühte mich, ihnen zu zeigen, daß ich damit fertig werden konnte, daß ich nicht weinen würde, da ich erwachsen war. Das einzige, was mich meiner Erinnerung nach wirklich bewegte, war der Umstand, daß der Direktor mich zum allerersten mal mit meinem Vornamen anredete. Plötzlich empfand ich für den Mann eine tiefe Dankbarkeit und Zuneigung – gewiß ein milder Fall des Stockholm-Syndroms.

Ich wurde gefragt, ob ich nach der Beerdigung nicht mit meiner Tante nach Montreal zurückkehren wolle. Die Gründe, aus denen ich dies vielleicht wünschen könnte, und der Zeitraum, den man dabei im Auge hatte, blieben unerwähnt. Nein, sagte ich. Das Schuljahr hatte gerade begonnen, ich war in einem neuen Haus mit einem neuen Zimmergenossen – diesmal nicht mit dem Würger von Boston, sondern mit Karol, meinem besten Freund –, Unterrichtsstunden wollten besucht, Aufgaben erledigt, Toastscheiben um Mitternacht verbrannt werden – ich war in einem bestimmten Rhythmus, ich wollte ihn nicht gestört sehen. Mein Leben, so sagte man mir, würde sich nicht ändern. Aber ich würde auf ein paar Tage nach Montreal fahren. Ich ging zurück auf mein Zimmer, um meinen Koffer zu packen.

Meine Eltern hatten mit Religion nichts am Hut gehabt, und so gab es keine kirchliche Trauerfeier. Doch es gab eine Feier in einer Trauerhalle in Ottawa. Da mein Vater Einzelkind gewesen war, bestand die Familie aus genau drei Personen – eigentlich aus zweien und einem Angeheirateten:

aus mir, meiner Tante und ihrem Mann. Und doch waren so viele Menschen da – Freunde, die Kollegen waren, Kollegen, die Freunde waren, Freunde, die Freunde waren, Bekannte, frühere Nachbarn, Schriftsteller, Dichter, Herausgeber, offizielle Vertreter des Außenministeriums, einschließlich des Ministers selbst, Vertreter der kubanischen Regierung, eine Schar Spanisch sprechender Botschafter – so viele Menschen, daß die Straße allmählich durch geparkte Autos blockiert war und dann durch Menschen, so daß ein Weiterkommen unmöglich wurde und jemand die Polizei rief. Die Polizei sah sich um, fragte, was die Ansammlung zu bedeuten habe, erfuhr von der Anwesenheit des Ministers und sperrte die Straße ab, indem ein Polizeiauto quer zur Einmündung geparkt wurde. Ich erinnere mich noch an die Polizistin, die die Autos mit lustlosen Armbewegungen vom Einbiegen in die Straße abhielt.

Alle hatten meine Eltern geliebt. Sie waren die vollkommenen Freunde, Chefs, Kollegen, Untergebenen, Gesprächspartner gewesen. Ein Botschafter aus Lateinamerika, der aussah wie eine warzige Kröte mit Hornbrille, verbreitete sich so ausführlich über die vortrefflichen Eigenschaften meiner Mutter, bis er schließlich zu derjenigen kam, die ihm ganz eindeutig am meisten am Herzen lag: daß sie wunderschön war – »*pero liiiiiiinda!*« –, daß ich den Eindruck hatte, er wäre auf der Stelle in den Krötenhimmel aufgefahren, hätte meine Mutter ihn geküßt. Eine Sekretärin erklärte mir, daß mein Vater der beste, rücksichtsvollste Chef gewesen sei, den sie in ihrem zweiunddreißigjährigen Dienst im Außenministerium gehabt habe, und daß sie gehört habe, meine Mutter sei sogar noch netter gewesen. Ein wichtiger Mann aus Kuba, dem drei Berater zur Seite standen, übergab mir einen Brief. Es war ein Kondolenzschreiben von der Hand Fidel Castros, in dem stand, er habe einen doppelten Verlust erlitten, denn »he perdido a una amiga que representaba a un país amigo« – ich habe eine gute Freundin verloren, die die Vertreterin eines befreundeten Landes war.

Die Anwesenheit so vieler Menschen, die persönlichen und offiziellen Beileidsbezeugungen taten mir gut. So viel Schmerz, von anderen zum Ausdruck gebracht, schien meinen Schmerz leichter zu machen. Als ob er sich in Kilos messen ließe und all diese Leute eine kleine Menge mit sich fortnähmen, bis mir nur noch wenige Gramm blieben. Ich vermied es, die beiden Särge anzusehen. Das schlimmste an ihnen war, daß ich wußte, sie waren leer.

In vieler Hinsicht verweigerte ich mich dem Tod meiner Eltern. Wenn man erwachsen ist, so ist der Tod der Eltern normalerweise ein langsamer Prozeß des Entschwindens, erst geht der eine, dann der andere, und schmerzlich wird man an die eigene Sterblichkeit erinnert. Es ist der Widerhall des Todes im Tod. Ich aber war noch vollkommen durchdrungen von jenem ziemlich dummen, unbesiegbaren Ding, das man Jugend nennt. Der plötzliche Tod meiner Eltern in der Fremde kam mir nicht wie das Geläut einer Totenglocke vor, sondern wie ein weiteres Stadium in meinem unaufhörlich sich entfaltenden und sich wandelnden Leben.

Ein weiterer mildernder Umstand in bezug auf meine gefühllose Unverwüstlichkeit war meine Umgebung. Schmerz und Tränen paßten nicht zu Mount Athos, weil der Ort in keiner Weise den Verlust widerspiegelte, den ich erlitten hatte. Zwischen der Internatsschule Mount Athos und dem Waisenheim Mount Athos gab es kaum einen Unterschied. Eigentlich war das Waisenheim, wie sich zeigen sollte, sogar der bessere Ort. Lehrer, die zuvor gleichgültig gewesen waren, begannen plötzlich, mir zuzulächeln und sich für mein Fortkommen zu interessieren. Wer mir feind gewesen war und mich tyrannisiert hatte, zeigte plötzlich Zurückhaltung. Ich wurde unberührbar. Dieses Jahr an der Mount-Athos-Schule war mein bestes.

Ich erinnere mich zum Beispiel an das Erntedankfest. Die unbeholfenen Freundlichkeiten meiner Tante waren unerträglich gewesen, und ich wollte nicht gar zu bald wieder nach Montreal fahren. Gern beschloß ich daher, das lange Wochenende zusammen mit Karol und Michael, die für eine so kurze Heimfahrt zu weit weg wohnten, an der verlassenen Mount Athos zu verbringen.

Aber nein, das wäre nicht das richtige für einen Jungen, der kurz zuvor seine Eltern verloren hatte, befand die Schule. Und so wurde uns dreien vor allem meinetwegen die Aufgabe übertragen, keine zwei Kilometer von der Schule entfernt nach Mr. Broughtons Anwesen zu sehen, während er mit seiner Familie verreist war. Er hatte Tiere – Esel, Schafe, Ziegen, Hühner und eine Katze namens Shakespeare –, die wir füttern sollten. Ich brachte den Eseln Stroh, und dabei machte ich die Entdeckung, daß Stroh und Heu nicht dasselbe sind. Mir gefiel, wie die Hühner ihre Körner pickten, mit schnellen, roboterhaften, präzisen Bewegungen. Wir unternahmen ausgedehnte Spaziergänge am Ufer des Ontario-Sees. Mr. Broughtons Haus war vollgestopft mit all dem ausgesuchten Kram, den nur seßhafte Leute ansammeln können und der einem Haus selbst dann Leben einhaucht, wenn gar niemand da ist. Mr. Broughton hatte mehrere Drucke des kanadischen Künstlers David Blackwood, beklemmende Szenen aus dem harten, zuweilen schrecklichen Leben von Neufundländer Fischern und ihren Familien, Stiche in feinen Schwarzweißlinien unter gelegentlicher Verwendung von Farbe – Rot beispielsweise für ein brennendes Haus. Eines Nachts nahmen wir die Blackwoods vorsichtig von den Wänden, trugen sie in unser Schlafzimmer, erhellten den Raum mit Kerzen und starrten sie an, bis wir wie hypnotisiert waren und das Gefühl hatten, wir selbst seien die Schiffbrüchigen und Verlorenen, diejenigen, die in einem

Rettungsboot verhungerten oder die einen Hügel hinaufrannten zu unserem brennenden Haus. Die ganze Zeit über blieb Shakespeare fügsam in meinen Armen. Es waren für mich an jenem Erntedankfest wundervolle vier Tage in Mr. Broughtons Haus, jeder Augenblick davon intensiv und unvergeßlich.

Und überhaupt, was hätte ich denn tun sollen? Vor den anderen Jungen weinen? In den Armen von Lehrern weinen, die meine Existenz gerade erst zur Kenntnis genommen hatten? Sollte ich so meine neue Unberührbarkeit aufs Spiel setzen?

Dachte ich an die Tragödie, die mich getroffen hatte, so sagte ich mir: »Sie sind zusammen gestorben. Das erscheint mir sehr wichtig. Es gibt ihrem Leben eine Vollendung, eine unzerstörte Ganzheit, ohne Trümmer. Und sie sind schnell gestorben, und das heißt ohne Schmerzen. Und sie haben ein glückliches, erfolgreiches Leben geführt. Ich werde sie nie wiedersehen, aber ich werde mich an sie erinnern und im Geist mit ihnen sprechen. Das ist fast genauso gut.«

Einige Male brach ich unter einer heißen, tosenden Dusche in Tränen aus, doch meist verbannte ich meinen Schmerz in das dunkle Untergeschoß meines Bewußtseins und ließ ihn dort umherschweben und die Wirkungen hervorbringen, über die zu spekulieren Freudianern ein Vergnügen sein dürfte.

Als das Sommertrimester begann, das letzte Trimester, wurde mir klar, daß ich mich dem Ende der Fließbanderziehung näherte. Dieser Anbruch der Freiheit war eher bedrückend als befreiend, doch ich ging die Sache rasch an. Ich verwarf die hundert Millionen Dinge, die ein bald 18jähriger mit seinem Leben anfangen konnte, und beschloß, meine Ausbildung fortzusetzen. Nachdem ich über Studienführern in ganz ähnlicher Weise gebrütet hatte wie damals über Internatsschul-Broschüren, wählte ich drei Universitäten in Ontario und füllte sorgfältig die computerfreundlichen Bewerbungsformulare aus. Nachdem meine Freiheit damit zuverlässig eingeschränkt war, ging es mir besser.

Als Einzelkind, das keine Eltern mehr hat, bekommt man nicht viel Post. Jeden Tag sah ich Jungen mit dicken Briefen in der Hand oder, noch schlimmer, mit Paketen unterm Arm. Ich dagegen hörte auf, in meinen Briefkasten zu sehen. Warum sollte ich ihn überhaupt öffnen, wenn alles, was ich zu sehen bekam, ein leeres Universum war, und alles, was ich zu hören bekam, eine große, saugende Leere? Die Verantwortliche für die Poststelle war eine liebenswürdige, gesprächige Frau namens Mrs. Saunders. Jede Woche wurde ihr ein Junge zugewiesen, der in der Mittagspause die Post sortierte und sie in die Briefkästen steckte. Als ich an der Reihe war, bat ich darum, von dieser Aufgabe entbunden zu werden.

Es war das heikle Problem des Posteingangs, das einen Vorfall auslöste, den ich nicht erwähnen würde, wenn ich nicht an jenem Tag, abends beim Onanieren unter der Dusche, zum erstenmal bemerkt hätte, daß meine Erektion kleiner war.

Ein Brief von meiner Tante, kurz und eigentlich nicht sehr interessant, aber dennoch kostbar, war vom Gärtner in einem Busch gefunden worden, abgestempelt drei Wochen zuvor und bereits geöffnet.

Ich ging zu Mrs. Saunders und fragte sie, welcher Junge in jener Woche für sie gearbeitet habe.

»Vor drei Wochen? Mal sehen ... das war Arthur.«

»Welcher Arthur?

»Arthur Fenton.«

Fenton?

Ein Wort zu Fenton: Er war ein widerlicher kleiner Trottel. Er verletzte als einziger den verlängerten Waffenstillstand, der nach dem Tod meiner Eltern mir gegenüber erklärt worden war. Ich haßte ihn aus tiefstem Innern, und er haßte mich ebenso. Ich glaube, unsere Beziehung war die genaue Verkörperung des Klischees vom »Persönlichkeitskonflikt«. Er war unreif, affektiert, arrogant, verwöhnt – niemand mochte ihn. Er hätte eigentlich eine wahre Null sein müssen, ein Christ in Croydons Römischer Arena. Doch er war ebenfalls unberührbar: Seine Eltern waren stinkreich. (Einmal kamen sie zu Besuch in die Schule, Rolls-Royce mit Chauffeur usw. Ihr kleiner Arthur trottete auf der einen Seite nebenher, der stiftungsgeldgeile Direktor auf der anderen. Als ich Papa Fenton sah, seinen teuren Anzug, der seinen schwabbeligen Wanst und seine Hängeschultern gepflegt und schick aussehen ließ, die seidene Krawatte; die so glatt war und so makellos, ein Lautsprecher seiner Macht, verstand ich plötzlich den Drang eines Pol Pot, kurzen Prozeß zu machen, die Schnellschußfreude des roten Terrorismus, den Josef-Stalin-Adrenalin-Stoß. Ach, hätte ich doch eine Kalaschnikow gehabt und sie niedergemäht!) Fenton hätte schon Bill, den Basset des Direktors, anzünden müssen, ehe sich der Direktor seinetwegen auch nur geräuspert hätte.

Aber mich kümmerte das nicht. Ich hatte keine Angst vor ihm – er war kein Croydon, ich war stärker als er – und das war's. Ich würde ihm die Augenlider ausreißen, ich würde ihm die Ohren abreißen, mit einem Hammer würde ich ihm jeden Knochen im Leib brechen, ich würde – ich verließ die Poststelle, das Gesicht rot, im Kopf ein Hämmern.

Man stelle sich das folgende Theaterstück vor:

DRAMATIS PERSONAE:

WAHNSINNIGER ZORN – *ein siebzehnjähriger Junge*
ÄRGERLICHE UNREIFE – *ein siebzehnjähriger Junge*

Nebenperson – *ein siebzehnjähriger Junge*

Ort der Handlung: *ein Treppenhaus*

(Nebenperson *befindet sich auf der einen Seite der Bühne.* Ärgerliche Unreife *kommt die Treppe herunter. Als er an einem kleinen Treppenabsatz anlangt, erscheint* Wahnsinniger Zorn, *einen Brief in den Händen haltend, auf der Bühne und erblickt* Unreife. *Er rast die Stufen hinauf, bleibt breitbeinig vor ihm stehen und versperrt ihm den Weg. Der Wortwechsel zwischen den beiden erfolgt in angespanntem, zornigem Ton, jedoch ohne Schreien.*)

Wahnsinniger Zorn (*zeigt den Umschlag, starrt* Unreife *an*): Was soll das heißen? Warum hast du den weggenommen und geöffnet?

Ärgerliche Unreife: Ich übernehme die volle Verantwortung dafür.

Wahnsinniger: Ich will wissen, warum du ihn weggenommen hast.

Unreife: Ich übernehme die volle Verantwortung dafür.

Wahnsinniger (*legt* Unreife *die Hand auf die Brust und schiebt ihn langsam an die Wand*): Mach das *nie* wieder.

Unreife: Nimm dich in acht, oder ich prügel' dich quer durchs Zimmer!

Wahnsinniger: Ja, ist ja gut.

(Wahnsinniger *steigt zum Boden der Bühne herunter.* Unreife *folgt ihm.*)

Unreife: Zorn, du bist ein Arschloch!

(Ärgerliche Unreife *schlägt* Wahnsinnigem Zorn *ins Gesicht und wendet sich zum Gehen.* Wahnsinniger *packt ihn und wirft ihn zu Boden, bleibt aber selbst auf den Beinen.* Wahnsinniger *sieht* Unreife *an, tut aber nichts.* Unreife *steht auf.* Wahnsinniger *sieht ihn an, tut aber nichts.*)

NEBENPERSON (*tritt dazwischen*): Laßt den Quatsch, Leute!

(*Alle ab.*)

VORHANG.

Ich konnte ihn nicht schlagen. Bei all meinem Zorn, entgegen all meinen Erwartungen konnte ich ihn nicht schlagen. Ihm die Hand auf die Brust zu legen und ihn gegen die Wand zu stoßen, die sich keinen halben Meter hinter ihm befand – das war alles, wozu ich imstande war. Ich ging die Stufen hinunter – von ihm fort –, weil ich so verwirrt war. Und auch als er mir ins Gesicht schlug – und ins Gesicht geschlagen zu werden heißt, in die Seele geschlagen zu werden; es ist ein Angriff nicht auf irgendeine Provinz wie Magen oder Bein, sondern auf die Hauptstadt selbst – auch da konnte ich ihn nicht schlagen. Ich dachte: »Jetzt kann ich ihn schlagen, jetzt habe ich das Recht dazu.« Doch ich konnte ihn lediglich auf den Boden legen. Nicht, ihn zu Boden werfen, nicht, ihn niederstoßen – ihn hinlegen, mit Hilfe und Unterstützung meiner Arme. Als er am Boden lag, bemerkte ich, daß sein Kopf sich in der Nähe eines Heizkörpers befand, und ich dachte: »Wenn ich ihm das Knie ins Gesicht stoße, knallt sein Kopf gegen den Heizkörper.« Aber ich konnte es nicht. Als er im Begriff war aufzustehen, dachte ich: »Jetzt kann ich ihn leicht treten.« Aber ich konnte es nicht. Als er stand, dachte ich: »Jetzt kann ich ihn schlagen, er steht, es ist Fair Play.« Aber ich konnte es nicht. Dann war es vorbei.

Ich setzte mich allein in die Kapelle. Ich war benommen und stolz zugleich. *Ich konnte ihn nicht schlagen.* Was für eine erstaunliche Entdeckung! Wie unglaublich! Wie unerwartet! Plötzlich war mein Ärger über Fenton verflogen. Ich dachte gründlich über ihn nach und ging meine schlimmsten Momente mit ihm durch, Begegnungen, die mich zum Kochen gebracht hatten, so daß ich von Gelegenheiten träumte, ihn auf wohldurchdachte Weise zu foltern. Ich glitt durch diese Augenblicke, ohne auch nur die geringste Spur von Ärger zu verspüren.

In den Tagen danach sah ich zu, daß ich ihn mied, aber schon eine Woche später störte er mich nicht mehr im mindesten. Am letzten Schultag sagte ich ihm Lebewohl.

In jener Nacht nach unserer Auseinandersetzung, kurz bevor das Licht gelöscht wurde, duschte ich und gab mich meiner geheimen Lust hin. Da bemerkte ich es. Ich war mir sicher, daß die Bewegung meiner Hand zuvor eine größere Amplitude gehabt hatte. Doch dann entglitt mir der Gedanke – mein Orgasmus war derart, daß ich ohnmächtig zu werden meinte. Die Beine zitterten mir, und nur dadurch, daß ich mich gegen die Wand des Duschraums lehnte, konnte ich mich aufrecht halten. Als ich mich erholt hatte, begann mein Penis seine Steifheit zu verlieren, und ich war bettreif.

Endlich – und doch so schnell – kam der Tag der Abschlußfeier. Ich betrachtete mir all die Eltern. Ich ging durch die ganze Schule, um auf alles einen letzten Blick zu werfen. Ich hatte diesen Ort *wirklich* satt. Das spiegelte sich im Absinken meiner Zensuren unmittelbar am Ende des Schuljahres wider. In Physik wäre ich beinahe durchgefallen. Und an den üblichen Feierlichkeiten zur Zeugnisvergabe nahm ich nicht teil.

Doch was kam nach Mount Athos? Bei all seinen Mängeln, bei all dem Elend, es war das einzige geregelte Zuhause, das ich hatte. Still saß ich in meinem Zimmer, das nun schon kahl war. Ich ließ meine Blicke durch die Waschräume wandern: die lange Reihe von Waschbecken, die Kabinen der Toiletten, die Duschen, durch deren Abfluß soviel Wasser, Seife und Sperma geflossen waren. Ich schaute mir die Klassenzimmer an, die alte und die neue Turnhalle, die verschiedenen Sportplätze, das baufällige Schwimmbecken, die

Squash-courts, den Speisesaal, die Kapelle. Ich blieb in der Nähe des steinernen Kreuzes stehen und nahm alles in mich auf. Die Erinnerung ist ein Leim: Sie verbindet dich mit allem, auch mit dem, was du nicht magst.

Meine Wahl war ironischerweise auf diejenige Universität gefallen, die der Mount-Athos-Schule am nächsten lag, nur eine halbe Stunde entfernt, wohin sich aber die wenigsten ihrer neuen Old Boys wandten: die kleine, sympathische Ellis-Universität. Mein September war also sicher, und ich freute mich darauf. Doch am Tag der Abschlußfeier tröstete mich das kaum. Vor meinen Füßen gähnte der dazwischenliegende Sommer wie ein Abgrund. Das Problem, was ich mit ihm anfangen sollte, erinnerte mich an die Frage, was ich mit meinem Leben anfangen sollte.

Ich stieg in das Auto meiner Tante und sah die Mount-Athos-Schule im Heckfenster entschwinden.

Auf das Leben fühlte ich mich ganz und gar unvorbereitet.

Meine Tante wohnte in einem portugiesischen Viertel von Montreal, mit portugiesischen Restaurants, Läden und Reisebüros. Ein paar Tage nach meiner Ankunft blieb ich zufällig vor einem solchen Reisebüro stehen. Es unterschied sich kaum von anderen, die ich gesehen hatte: es wirkte heruntergekommen und unordentlich, die hintere Wand war eine kitschige Stuckkomposition, die die Atmosphäre Portugals vermitteln sollte, die Möbel und die Werbeplakate schienen aus den sechziger Jahren zu stammen, und die drei Leute an den Schreibtischen hatten jenes überarbeitete Aussehen, das Unterbeschäftigte zuweilen haben. Das Schaufenster zeigte eine große, farbige Karte von Portugal mit Fotos und Zeichnungen von Sehenswürdigkeiten, die durch schwarze Verbindungsstriche den entsprechenden Orten zugeordnet waren.

Was für mich wohl den Ausschlag gab, waren die rechteckigen Umrisse von Portugal. Ich mag rechteckige Länder, wo der menschliche Wille sich der Topographie aufzwingt. Ich denke mir, wenn ich eine Karte von Spanien, Frankreich oder Australien vor mir gehabt hätte, so hätte ich den Sommer in Montreal verbracht. So aber – arbeiten mußte ich nicht, bei meiner Tante bleiben wollte ich nicht, auch verfolgte ich nicht die Absicht, mich selbst zu »finden« – flog ich, einfach der angenehmen Geometrie wegen, eine Woche später mit der TAP nach Lissabon.

Anfangs haßte ich es. Das Reisen; noch dazu allein. In jeder neuen Stadt saß mir die Angst in der Magengrube, bis ich eine Bleibe gefunden hatte, besonders, wenn der Tag zu Ende ging (das heißt ab 12 Uhr mittags). Die Vorstellung, mitten in der Nacht in einer fremden Stadt anzukommen, jagte mir Angst ein. Einmal ist es passiert, in Tomar. Ich ging verkrampft und schnell durch die Straßen, als überträte ich ein Ausgehverbot. Nach einigem Suchen fand ich etwas, was wie ein billiges Hotel aussah. Ich dachte, wegen meines verzweifelten Gesichtsausdrucks würde der Manager ein königliches Lösegeld von mir fordern, doch zu meiner Überraschung verlangte er einen vernünftigen Preis, und das Zimmer war in Ordnung. Ich entdeckte bald, daß es von allen Seiten vom Korridor umschlossen war, ein quadratisches Zimmer, umgeben von einem quadratischen Korridor, auf den alle Zimmerfenster hinausgingen; und es herrschte ständig eine stickige Hitze. Doch es war ein Obdach. Ich war endlich in Sicherheit.

Mit der Zeit entwickelte ich mehr Geschick, die unvermeidlichen praktischen Probleme des Reisens zu lösen. Die Freuden des Tages begannen die Ängste der Nacht zurückzudrängen. Portugal ist ein wundervolles kleines Land, besonders der Norden. Ich habe nur angenehme Erinnerungen daran. Wie bei nachfolgenden Reisen in andere Länder brachte ich eine Fülle von Eindrücken mit nach Hause, ein Masala-Gemisch von Bildern, Lauten und Gerüchen, von Literatur, Geschichte und Politik, persönlichen und gesellschaftlichen Erfahrungen, ein Gemisch, das ich dann langsam wieder vergaß, doch wenn ich jetzt davon spreche, ist alles wieder da – der merkwürdige Pessoa, die Alfama, Coimbra, Nazaré, Heinrich der Seefahrer, Sagres, Camões –, wie ein angenehmer Nachgeschmack. Allein reisen ist wie ein ausgedehnter Tagtraum. Man betrachtet die Sehenswürdigkeiten, man beobachtet die Menschen, man bewundert die Landschaft, während man sich ständig die eigenen Gefährten und die eigenen Szenarien ersinnt, nur an die eigene Zeit gebunden und an den eigenen Rhythmus. Das ist die beste Art zu reisen, falls man das regelmäßige Alleinsein ertragen kann, was ich oft nicht konnte. Aber Gott sei Dank gab es die schnellen Freundschaften mit Mitreisenden, Freundschaften, die eine Stunde dauerten oder drei Tage, eine Mahlzeit oder eine Bahnfahrt lang, die eine Goldgrube von Reisegeschichten und nützlichen Informationen waren, stets mit »Woher kommst du?« begannen und mit einem einfachen, ehrlichen »Tschüs« endeten, wenn man das Gefühl hatte, man sollte sich nach links wenden statt nach rechts.

Dann sah sie mich an, gespannt, offen. Es fiel kein Wort, doch die Situation war um so klarer. Auf unerklärliche Weise bewegten sich unsere Köpfe aufeinander zu, und unsere Münder stießen aufeinander. Lippen fanden sich auf etwas unbeholfene Art, Zungen brachen hervor und berührten einander, dann löste sie sich von mir, und ich rannte nach meinem Bus.

Es war Kontakt hergestellt worden. Mein erster Kuß. Zwischen zwei Bussen ... ein Spaziergang ... ein kleiner, verlassener Park ... ein Mädchen, das mir von einem Fenster im ersten Stock aus zulächelte ... herunterkam ... eine Unterhaltung mehr aus Lächeln und Gebärden als aus Worten ... dann ...

Unglaublich. Wie ein Meteorit.

Je kleiner mein erigierter Penis, um so intensiver meine Lust. Jeden Morgen juckte meine Brust. Wenn ich kratzte, regneten Haare auf das Bettlaken.

In Batalha gibt es eine prächtige Dominikanerabtei, errichtet 1388 von König João I. zur Erinnerung an seinen Sieg über die Spanier in der Schlacht von Aljubarrota, die die Unabhängigkeit Portugals sicherte. Ich bekam ein Zimmer fast in ihrem Schatten. Ich war in ein Restaurant gegangen, um mich nach dem Weg zu erkundigen, und das Mädchen am Büfett hatte mich gefragt, ob ich nach einem Zimmer suchte. Wir überquerten die Straße und betraten ein zweigeschossiges, weiß getünchtes Gebäude. Das Zimmer, das sie mir zeigte, befand sich im ersten Stock ganz am Ende eines Korridors, und obwohl es klein war und keinen Blick auf die Abtei hatte, war es angenehm in seinen Proportionen, und es war ordentlich und sauber und hübsch möbliert. Auch schien ich das ganze Gebäude für mich allein zu haben. Die Mühe des Feilschens blieb mir erspart, denn sie nannte gleich einen guten Preis.

In diesem Zimmer blieb ich drei Wochen, länger als irgendwo sonst in Portugal.

Das Zimmer war wohltuend in seiner klösterlichen Schlichtheit. Es war rechteckig wie das Land. Die Tür und das Fenster lagen einander an den Schmalseiten des Rechtecks gegenüber, die Tür genau in der Mitte, das Fenster etwas mehr nach links hin. Das Zimmer hatte genau vier ins Auge springende Merkmale: links vom Eintretenden ein schmales Bett mit Metallgestell und einer erträglich klumpigen Matratze, die keine Kolonie von Wanzen beherbergte; daneben, in der Ecke, ein Waschbecken, das stur immer nur eiskaltes Wasser lieferte und von dem aus man beim Waschen aus dem Fenster schauen konnte; dem Waschbecken gegenüber, auf der anderen Seite des Zimmers, ein knarrender Schrank mit einem gesprenkelten Spiegel, dessen wellenförmige Streifen das Spiegelbild des Betrachters verzerrten; und schließlich, dem Bett gegenüber und schräg gegenüber dem Waschbecken, ein Tisch ohne Tischkasten, dazu ein einfacher Stuhl. Die Wände waren von einer solchen Kargheit, daß ich mich nicht einmal mehr an ihr Aussehen erinnere. Der Steinfußboden war kalt – mit Ausnahme des kleinen ausgeblichenen Stücks Teppich, das ich jeweils dorthin schob, wo ich es gerade brauchte.

Ich liebte dieses kahle Zimmer. Ich wäre vollkommen damit zufrieden gewesen, für den Rest meines Lebens dort zu wohnen.

Ich verbrachte ein gut Teil meiner Tage in stiller Häuslichkeit und teilte meine Stunden zwischen dem Bett, auf dem ich las, schlief und onanierte; dem Tisch, an dem ich mein Tagebuch schrieb (das einzige Mal, daß ich ein Reisetagebuch führte. Noch im selben Jahr warf ich es fort – man kann nicht jeden einzelnen Moment aufbewahren); dem Waschbecken, an dem ich mir die Zähne putzte und mir das Gesicht wusch; und dem Schrank, in dessen Fächern ich sorgfältig die viel zu vielen Kleidungsstücke verstaute, die ich gekauft hatte, und in dessen Spiegel ich mich nackt betrachtete. Die einzigen Ausflüge aus meinem Zimmer hatten den Zweck, die Toilette zu benutzen, das wenige warme Wasser zu genießen, das die Dusche jeden Morgen bot, zu essen und die Abtei zu besuchen, was ich jeden Tag tat. Ich verbrachte meine Nachmittage in ihrem wunderschönen Innenhof, wo ich um den Kreuzgang spazierte oder unter einem der Bögen saß und abwechselnd entweder in meinem

Buch las (Camões' *Lusiaden*) oder die Augen auf dem Karree mit der gepflegt-wilden Auswahl von Blumen, Sträuchern und kleinen Bäumen ruhen ließ. Mit der Gelassenheit von Mönchen summten Hummeln in dem goldenen Licht umher. Die Stunden vergingen, markiert von den wandernden Schattenlinien – freischwebenden, körperlosen Uhrzeigern, die mit jedem lautlosen Ticken das Aussehen des Säulenganges veränderten.

Wenn ich versuchen wollte, mir die *Symptome* zurückzurufen, falls dies das richtige Wort ist, so als sei die Rede von einer Krankheit, dann heben sich in meiner Erinnerung deutlich deren vier heraus:

(1) Das langsame Hellerwerden meiner Stimme.

(2) Ein leiser Schmerz in meinen Hüften. Wenn ich im Kreuzgang spazierenging und mich reckte, spürte ich Linderung.

(3) Das Verschwinden meiner Akne. Sie wurde sehr schlimm, schlimmer, als sie je gewesen war – ich bekam von all den Pusteln auf meiner Stirn Kopfschmerzen, und mein Hals sah aus wie der von einem Truthahn – und dann, binnen ein, zwei Tagen, verschwand sie vollständig. Akne, diese verfluchte Krankheit, und die fettige Haut, die damit einherging, verschwanden aus meinem Leben, während ich in Portugal war, und fortan hatte ich normale, seidige Haut. Ich weiß noch, wie ich in den Spiegel schaute und die Finger über mein neues Gesicht gleiten ließ. Die Hölle war vorbei, die Hölle war vorbei. Endlich konnte ich den Menschen in die Augen sehen. Endlich konnte ich lächeln. Ich war auf zweifache Art ein neuer Mensch.

(4) Eine Leidenschaft für Süßkartoffeln. Seltsam, mit welchen diätetischen Kapriolen die großen Wandlungen im Leben einhergehen. Das Restaurant gegenüber war ein kleines, anspruchsloses Lokal mit nur zwei Kräften: dem Mädchen, das mir das Zimmer gezeigt hatte, als Kellnerin und Bar-

frau, und ihrem Vater, der für die Küche zuständig war. Manchmal sah ich die Mutter, doch ich glaube, sie arbeitete woanders. Auf der Speisekarte stand, was der Vater an dem betreffenden Tag auf dem Markt vorgefunden hatte und gern kochen wollte. Ich gewöhnte mir rasch an, dort zu essen, und zwischen uns dreien entwickelte sich eine Freundschaft aus Lächeln und Zeichensprache. Ich pfefferte mein Gestikulieren mit Spanisch. Als er entdeckte, daß ich Kanadier war, entschloß sich der Vater, sich an etwas zu versuchen, was er für nordamerikanische Küche hielt.

Ein oder zwei Abende später erschien als bloße Garnierung – wirklich nur der Farbe wegen – die Süßkartoffel. Sie lag da, am Rand meines Tellers, weich und orangefarben, neben den akkurat angeordneten Scheiben Schweinebraten mit der dunklen Sauce und den weißen Hügeln von Kartoffelbrei. Ohne die freundliche, erwartungsfrohe Aufmerksamkeit der beiden hätte ich vielleicht sogar die Süßkartoffel unberührt gelassen. Ich hatte diese Gemüseart schon früher gegessen, konnte mich aber nicht mehr daran erinnern, wann – wohl, weil ich sie nicht gemocht hatte –, und ich würde sie auch jetzt nicht mögen. Aber nichts dergleichen. Sobald ich ein klein wenig gekostet hatte, brach ich in ein lautes, spontanes und großäugiges »Hmmmmmmmm!« aus. Die Süßkartoffel war augenblicklich von meinem Teller verschwunden. *Noch nie* in meinem Leben hatte ich etwas so Gutes probiert. Ich halte diese Explosion von Wohlgeschmack in meinem Mund noch immer für den Höhepunkt in der Laufbahn meiner Geschmacksknospen. Überschwenglich gratulierte ich dem Vater und betonte, wie geschickt er die Süßkartoffel zubereitet habe. Für den nächsten Tag zum Mittagessen bat ich um mehr davon. Den ganzen Abend verweilte ich in Gedanken bei dieser Glückskartoffel, bei ihrem hellen Orange, ihrer sahnigen Struktur, ihrem göttlichen Geschmack. Ich bedauerte, daß ich keine

zum Frühstück bestellt hatte. Am folgenden Tag ließ mir das Mittagsläuten der Domglocke das Wasser im Munde zusammenlaufen wie einem Pawlowschen Hund. Zum Abendessen bestellte ich sie wieder, in größerer Menge, bitte schön. Und dann zum Frühstück.

Ich aß, was es an Süßkartoffeln gab in Batalha. Keine Horsd'oeuvres, keine Entrees, keine Beilagen, keine Soßen, keine Desserts – fast zwei Wochen lang aß ich nur sie. Die Einheimischen dachten natürlich, ich sei übergeschnappt. Aber ich war ein Fremder, und so gab man mir kopfschüttelnd nach. Einige der bedeutsamsten, nachhaltigsten Mythen – und Probleme – dieses ausgehenden zwanzigsten Jahrhunderts sind die falschen Vorstellungen, die die Menschen von Fremden und ihren Ländern haben. In diesem Fall trug ich entscheidend zu einer falschen Darstellung meines Landes bei. In den Köpfen von Messiao Do Campo und seiner Tochter Gabriele werden Kanada und die Süßkartoffel auf immer miteinander verknüpft sein.

Cela s'est terminé au cours d'une nuit. Je me suis réveillée soudainement. Je ne sais pas pourquoi ni à quoi je rêvais. Je me suis dressée. Tout était confus. Je ne me souvenais de rien, ni de mon nom ni de mon âge ni où j'étais. L'amnésie totale. Je savais que je pensais en français, ça au moins, c'était sûr. Mon identité était liée à la langue française. Et je savais aussi que j'étais une

Im Laufe einer Nacht vollendete sich alles. Ich wachte plötzlich auf. Ich weiß nicht, was ich gerade träumte, weshalb ich erwachte. Ich richtete mich auf. Ich war verwirrt. Ich konnte mich an nichts mehr erinnern – nicht an meinen Namen, nicht an mein Alter, nicht daran, wo ich war – totale Amnesie. Ich wußte, daß ich in Englisch dachte, soviel war mir sofort klar. Meine Identität

femme. Francophone et femme, c'était le coeur de mon identité. Je me suis souvenue du reste, les accessoires de mon identité, seulement après un bon moment d'hésitation. Ce dont je me rappelle le plus clairement de cet état de confusion, c'est le sentiment qui m'est venu après, que tout allait bien. J'ai regardé la chambre autour de moi. Un sentiment de quiétude m'envahit, profond, si profond, à en perdre conscience. J'étais en train de me rendormir. Je me suis allongée sur le côté, j'ai tiré le drap jusqu'à ma joue, et je suis retournée dans les bras de Morphée, le sourire aux lèvres. Tout allait bien, tout allait bien.

war an die englische Sprache gebunden. Und ich wußte auch, daß ich eine Frau war. Ich sprach englisch, und ich war eine Frau. Das war der Kern meiner Identität. Das übrige, das Zubehör meiner Identität, kam erst mehrere Sekunden später, nach einigem Besinnen. Woran ich mich aus dieser Verwirrung ganz deutlich erinnere, ist das Gefühl, das mich danach überkam, das Gefühl, daß alles in Ordnung sei. Ich musterte das dunkle Zimmer. Ein tiefes Gefühl der Ruhe erfüllte mich, so tief, daß mir war, als löste ich mich auf. Langsam schlief ich wieder ein. Ich legte mich auf die Seite, zog das Bettuch bis an die Wange und kehrte lächelnd in Morpheus' Arme zurück. Alles war gut, alles war gut.

Das geschah in einer besonderen Nacht. Am Morgen stand ich auf, stellte mich nackt vor den Spiegel, betrachtete mich und dachte: »Ich bin aus Kanada, ich bin eine Frau – und ab jetzt darf ich wählen.«

Es war mein Geburtstag. Ich war nun achtzehn Jahre alt. Ich hatte volles Bürgerrecht.

Letzte Erinnerungen an Portugal:

(1) Fatima. Am 13. Mai 1917 behaupteten drei Kinder, die Schafe hüteten, die Jungfrau Maria gesehen zu haben. Sie komme im folgenden Monat am gleichen Tag wieder, um mit ihnen zu sprechen, sagte sie ihnen. Die Kinder kehrten am angekündigten Tag an den Ort zurück. Sie erschien wieder, sprach mit ihnen und sagte ihnen, sie sollten im folgenden Monat wiederkommen. Dies ging vier weitere Monate lang so fort. Am 13. Oktober, dem Tag ihres letzten Erscheinens, wurden die Kinder von siebzigtausend Menschen begleitet, die eine »wundersame Sonnenerscheinung« beobachteten. Ein Marienkult war begründet. Fatima ist ein großer katholischer Pilgerort, wie Lourdes, wie Santiago de Compostela. Umringt von Läden, die religiösen Kitsch verkaufen, besteht Fatima vor allem aus einer wenig reizvollen weißen Basilika am Rande der weitesten Asphaltfläche, die ich je gesehen habe. Dieser gewaltige Teppich ist durch keinerlei Linien, Pfeile oder Richtungsweiser markiert. Er glitzert in der Sonne, rein und kohlschwarz. Ich fand ihn unglaublich schön (und wenn ich ein bemittelter moderner Künstler wäre, würde ich Asphalt als mein Medium benutzen und seine satte Schwärze, seine verführerische Reibung, sein Wechselspiel mit der Sonne ausbeuten. Stell dir in einer weiten Ebene von Saskatchewan einen prächtigen Kreis von Asphalt vor. Nicht als Fluch der Zivilisation, nicht als Symbol von Nihilismus, sondern als der Punkt eines Ausrufezeichens, dessen anderer Teil, der senkrechte Strich, jemand wäre, der auf diesem Punkt steht – du). Er ist von konkaver Form, so daß er zur Erlösung, zur weißen Basilika hin ansteigt. In diese riesige Asphaltschale kommen die Mühseligen und Beladenen in ihrer katholischen Not. Sie gehen, sie schlurfen, sie humpeln, sie kommen im Rollstuhl, sie kriechen. Ich habe eine alte Frau vom gegenüberliegenden Rand dieser Schale aus auf die Basilika zukriechen sehen, über

eine Entfernung von gut dreihundert Metern, zwei verzweifelt aussehende Kinder – wohl ihre Enkel – auf dem Rücken, während die übrigen Mitglieder der Familie neben ihr hergingen. Mit ihren Handschuhen und Knieschützern sah sie aus wie eine Bergsteigerin, was sie in gewisser Weise auch war – eine katholische Bergsteigerin, die einen Gipfel erklomm, den meine atheistischen Sinne nicht einmal wahrzunehmen vermochten. Während sie sich Stück um Stück voranarbeitete, bettelte und betete sie laut. Wenn sie zusammenbrach, was in regelmäßigen Abständen geschah, purzelten die Kinder herunter und schrien wie am Spieß, und die Familie fiel auf die Knie und betete. Nach wenigen Minuten des Ausruhens mühte sie sich weiter voran, alle Hilfsangebote ablehnend, alle Bitten, sie möge aufgeben, von sich weisend.

Unterhalb der Basilika befindet sich linker Hand an jener Stelle, an der die Jungfrau Maria erschienen sein soll, eine kleine Kapelle. Zu der Kapelle gehört eine Art Krematorium, in das die Frommen lebensgroße Wachsnachbildungen jener Körperteile ihrer Lieben hineinwerfen, die die Quelle der Leiden sind. Zu sehen ist ein glänzender Berg von gelblichen Körperteilen aller Größen und Altersstufen, bis in die feinsten Einzelheiten von Falten und Haaren präzise nachgebildet; sie schmelzen langsam und bewegen sich im Schmelzen. Ein Kopf stürzt herab und verbindet sich am Hals mit einem Bein zu einer absonderlichen Figur, bis das Bein sich krümmt. Die Brust eines Jungen hat drei Ohren. Ein Knie beugt sich, um an einer fußbewehrten Hand zu riechen. Brüste geben Milch, bis sie ins Nichts sinken. Zwei Männerköpfe nähern sich einander, vielleicht zu einem Kuß, bis einer von einem Fuß zerschmettert wird. Ein ganzes Baby, das Gesicht nach unten, landet mit einem lauten Plumps und löst sich binnen weniger Augenblicke auf, nur sein kleiner Popo mit der Spalte nicht, er treibt am längsten umher. Ein ernster Kopf steht aufrecht und allein und scheint zu sagen: »Was hier passiert, wird mir nicht passieren«, bis das Schicksal auch ihn ereilt und er sich zu Tode weint. Alles wird zum Fluß.

Vor dieser Kulisse ein mißtönender Chor von Gläubigen, die meisten in Schwarz, zumeist Frauen, die wehklagen, flehen, weinen, beten, deklamieren, flüstern, wimmern, singen und murmeln, während sie ständig neue Körperteile hineinwerfen. Unterdessen laufen die Aufseher des Ganzen, die Priester, mit dem Ausdruck träger Teilnahmslosigkeit herum. Das letzte, woran ich mich noch erinnern kann, ehe ich mich von dem Anblick losriß, war eine kniende Frau, die ein winziges Ohr aus ihrem Mieder holte, etwas hineinflüsterte und es dann in das Krematorium warf, wobei sie in lautes Schluchzen ausbrach. War ihr Baby an einer Ohreninfektion gestorben? Es war Fellini in der Hölle.

(2) Jack, ein freundlicher Kalifornier, den ich in der Jugendherberge von Coimbra kennenlernte und mit dem ich drei Tage verbrachte. Er war ein paar Jahre älter als ich, zwanzig oder einundzwanzig, klug und schüchtern. Er studierte an einer berühmten kalifornischen Universität, Berkeley oder Stanford oder dergleichen, Violine und Komposition. Das wollte er werden, das war er: Komponist. Wir sprachen über Musik. Am Bahnhof – er fuhr nach Süden, nach Lissabon, um nach Hause zu fliegen, ich nach Norden, nach Porto – war er noch schüchterner als sonst. Abschiede komprimieren manchmal Gefühle, bis sie auf unkontrollierte Weise hervorbrechen wie aus einer zerquetschten Apfelsine der Saft: Jack umarmte mich und machte dann einen linkischen, stockenden Versuch, mich zu küssen.

(3) Wieder in Lissabon, vor meiner Heimkehr. Ungern war ich in Portugal angekommen, ungern verließ ich Portugal. Dazwischen lagen fast drei Monate. Reisen ist wie eine Beschleunigung: Es ist schwer anzuhalten, man will nicht

anhalten. Veränderung wird zur Gewohnheit, und Gewohnheiten sind schwer zu ändern. Ich lief herum und erkundete die normalen Wohnviertel einer alten europäischen Hauptstadt. Ich kaufte neue Kleider, denn ich sagte mir, daß sie in Portugal billiger sein würden als in Kanada. An dem endlosen Strand auf dem gegenüberliegenden Ufer des Tejo sonnte ich mich, bis ich krebsrot war. Ich besorgte mir einen neuen Paß, was sich leicht bewerkstelligen ließ dank einem nicht allzu pedantischen einheimischen Konsularbeamten, der fortwährend lächelte und die Konfusion selber war (»Man hat einen Fehler gemacht. Finden Sie, ich sehe aus wie ein Mann?« Gott sei Dank habe ich einen androgynen Namen. Wenn nur mein Haar schneller wachsen wollte). Als ich die Gangway des TAP-Flugzeugs emporstieg, wandte ich mich um, warf einen letzten Blick auf den blauen portugiesischen Himmel und dachte: »Ich kehre zurück, aber nicht hierher, sondern woandershin. China? Indien? Südamerika?«

Die Ellis-Universität von Roetown ist eine der kleinsten Universitäten in Kanada. Als ich hinkam, hatte sie weniger als 2500 feste Studenten. Ihr Ansehen war damals etwas glanzlos. »Dort kommt man leicht rein«, hieß es über sie. »Eine Drei plus reicht vollkommen.« Sie war bekannt dafür, daß sie die wirren Massen armer, mittelmäßiger High-School-Absolventen aufnahm, diejenigen, die es an die berühmteren Elite-Universitäten nicht geschafft hatten. Es war gerade dieses Fehlen von elitärem Anstrich, das mich zur Ellis zog. Nach Mount Athos war ich eigentlich reif für die Freiluft-Universität von Albanien. Doch so leicht man hineinkam, so schwer war es, wieder herauszukommen – jedenfalls mit einem Abschlußzeugnis –, wie ich an mir selbst erfahren sollte. Für ein geisteswissenschaftliches Studium erwies die Ellis sich als eine ausgezeichnete Universität.

Sie war nach dem College-System aufgebaut; drei der Colleges befanden sich auf dem modernen Hauptcampus ein paar Kilometer außerhalb der Stadt und die anderen beiden in Roetown selbst, zwei separate Minicampus in einer alten Stadt (alt nach kanadischen Maßstäben – gegründet 1850) von sechzigtausend Einwohnern in Mittel-Ontario.

Sozusagen auf der Schwelle eines dieser Colleges in der Stadt fand ich mich im Herbst 1981 ein, gebräunt und noch ganz von Portugal durchdrungen. Ich hatte mich für Strathcona-Milne (allgemein S-M genannt) entschieden, weil es das kleinste College der Ellis war und weil es das zwangloseste und am stärksten alternativ orientierte zu sein schien (und vielleicht dasjenige, das einer Familie am nächsten kam, soweit ich sehen konnte); es erwies sich als ein gemischter Salat aus Lit-Krit-Typen, Theater-Typen, Dichter-Typen, angehenden Künstler-Typen, Öko-Typen, Schwulen und Lesben und Möchtegern-Revolutionären der einen oder anderen Färbung mit einer leichten Vinaigrette aus Marihuana und durchwachten Nächten. Der Ort war eine Oase von Toleranz, Entdeckerfreude und intellektueller Verwirrung. Ich war hingerissen.

Das College war ein Gemisch verschiedener Baustile, vom Hauptgebäude, einem Herrenhaus aus dem neunzehnten Jahrhundert, das die kleine Bibliothek, den Speisesaal und verschiedene Büros und Unterrichtsräume beherbergte, über fünf oder sechs Häuser aus den 20er Jahren, die die behagliche Atmosphäre von Eigenheimen bewahrt hatten, obwohl sie in Unterrichtsräume und in Diensträume von Professoren umgewandelt worden waren, bis hin zu moderneren Bauten, hauptsächlich Studentenwohnheimen, darunter ein flacher gelber Kasten, trauriger Tribut an die Architektur der 50er Jahre, der nach nichts aussah und sich als mein Domizil herausstellte – doch das war mir einerlei. Ob ich mich nun inmitten der Betonfluchten des Hauptcampus befand, in den malerischen älteren Bürgerhäusern von S-M, in der stummen Mittelmäßigkeit meines Zimmers oder irgendwo dazwischen – zum Beispiel im Shuttle-Bus, aus dem ich auf den Wade River blickte –, ich war froh, da zu sein. Die Zwänge von Mount Athos waren vorbei. Ich war frei, ich selbst zu sein, zu sein, was ich sein wollte. Ich glaube, unter uns Nullen war dieses Gefühl ganz allgemein, diese Freude, als wir entdeckten, daß wir nun endlich wer sein konnten.

Und hier will ich Roetown nicht vergessen, an das ich keinen Gedanken verschwendet hatte, als ich mich an der Ellis bewarb. Roetown war ein unerwarteter Edelstein, ein Diamant, über den ich auf meinem Weg zu höherer Bildung stolperte. Mit Bäumen, vielen Bäumen, mit Häusern, die um Bäume *herum* gebaut waren und nicht über ihren entwurzelten Stümpfen, und mit sanften Hügeln, die herrliche Aussichten boten; und einem Fluß, der sich, noch in den Grenzen der Stadt, zu einem schönen See weitete; und freien, breiten Straßen; und Giebelhäusern aus Stein und Holz und Fabrikgebäuden aus rotem Backstein – Bauten, die sich in Zweck und Stil unterschieden, aber stets angenehm anzusehen waren, und ohne den kosmetischen Schwindel von zuviel Geld; und das Wetter – verrückt, eine Stadt wegen ihres Wetters zu preisen, aber das Wetter nahm am Leben der Stadt teil wie ein prominenter Bürger, wie ein Ratsmitglied mit seinen Visionen von städtischer Größe, manchmal so wild und kalt, daß man nur aus dem Warmen hinausschauen mochte, manchmal so frisch und klar, daß man meinte, die Landschaft sei aus Glas, manchmal so heiß, grün und feucht, so babylonisch, daß man hätte nackt sein wollen – Wetter, das für jeden Celsiusgrad eine bestimmte Art von Licht, Farbe, Wind, Wolke, Geruch, Gefühl bereithielt.

Roetown mit seiner Mischung von Arbeitern und Angestellten kannte weder Aufschwung noch Bankrott, sondern nur normale – das heißt: harte – Zeiten und hatte wohl etwas leicht Heruntergekommenes an sich. Aber auf eine angenehme Art, wie ein Mann, den man liebt und der seinen Mantel falsch zugeknöpft hat.

Ich entschied mich für Anthropologie als Hauptfach. Ich schrieb mich für den Anfängerkurs dieser Abteilung ein und für einen Einführungskurs in Archäologie für das zweite Studienjahr, der auch Studienanfängern offenstand.

Psychologie zog mich sofort an. Natürlich interessierte ich mich dafür, wie der Geist arbeitet.

Englische Literatur (Die neuere Periode und ihre Wurzeln: Browning, Hopkins, Dickens, Hardy, Conrad, Joyce, Lawrence, Yeats, Pound, Eliot) war für mich ebenfalls eine Selbstverständlichkeit.

Was meinen fünften und letzten Kurs anging, so zögerte ich. In der ersten Woche besuchte ich verschiedene Einführungsvorlesungen. Es lief auf Philosophie, Geschichte oder Politologie hinaus. Merkwürdigerweise strich ich den Politologie-Kurs als ersten von meiner Liste, obwohl ich mich doch eigentlich für eine politisch sehr wache Studentin hielt. Ich hörte dem Professor aufmerksam zu, in der Buchhandlung der Ellis blätterte ich das dickleibige Lehrbuch durch – aber die Sache fesselte mich nicht. Nicht der Makro-Ansatz, nicht das Wort »System«. Ich zog es vor, beim Individuum zu bleiben.

Zur Philosophie brachte mich die Erinnerung an den Hammer meiner Mutter (Einführung zu: Plato, Aristoteles, Descartes, Locke, Berkeley, Hume, Kant, J. S. Mill, Nietzsche).

Alle diese Kurse, mit Ausnahme der Archäologie, hatten die gleiche, fast schon sprichwörtliche Kursnummer, die den Anfangspunkt allen Wissens zu bezeichnen schien: 101.

Die Aufenthaltsgebühren schlossen auch ein vollständiges Essensabonnement ein – pro Woche sechs Tage lang drei Mahlzeiten täglich und am Sonntag ein Brunch.

Zusatzgebühren waren zu zahlen für eine Karte, die die Benutzung nicht nur des Ellis-Shuttle-Busses, sondern aller Buslinien in Roetown erlaubte, und für freien Zugang zu dem exzellenten Sportzentrum.

Mein Zimmer war eines der größten im flachen gelben Kasten. Ein Fenster, eine Tür, ein Wandschrank, eine Kommode, ein Schreibtisch samt Stuhl, ein Bett – es war nahezu portugiesisch. Wir hatten eine reizende Hausmeisterin, Mrs. Pokrovski, die einmal in der Woche unsere Bettwäsche wechselte.

Ich hatte mehr als ausreichend Taschengeld (doch vergessen wir nicht, woher es kam. Bei jeder Kinokarte, bei jeder kleinen Extravaganz mußte ich daran denken: Blutgeld).

Roetown hatte eine blühende Kulturszene, die nicht nur von der Universität, sondern auch von den Bürgern der Stadt ihre Impulse empfing. Von einer der beiden Seiten gab es immer irgendeine Veranstaltung – einen Vortrag über amerikanischen Kulturimperialismus oder einen amerikanischen Film im Imperial, modernen Tanz im Artspace oder ein Unterliga-Hockeyspiel, Reverend Ken and the Lost Followers oder Händels *Messias*, Peter Handke oder Noël Coward, eine Frauendemo oder einen Spaziergang durch das historische Roetown usw. oder usw. Ich sage »oder«; in den meisten Fällen versuchte ich, daraus ein »und« zu machen.

Das war der Schauplatz, das waren die Kurse, das war der Zeitvertreib – mein Studentenleben konnte beginnen. Ich warf mich hinein. Es war wohl wie das der meisten Studenten, nur in mancher Hinsicht aktiver, in mancher Hinsicht isolierter. Ich stand normalerweise ziemlich zeitig auf, jedenfalls nach studentischen Maßstäben, und versäumte nur selten das Frühstück. Niemals versäumte ich Vorlesungen oder Seminare, die am Vormittag auch dann nicht, wenn es am Abend zuvor sehr spät geworden war, denn ich war eine ernsthafte Studentin, was nicht hieß, eine gute Studentin (das war ich nicht; ich war eine intelligente nicht-gute Studentin); es hieß auch nicht, daß ich etwa meine Seminararbeiten früher begonnen hätte als am Abend vor dem Abgabetermin, doch womit ich mich beschäftigte, das tat ich ernsthaft. Rasch geriet ich in die Studentenpolitik: Ich wurde als Vertreterin der Studienanfänger in den S-M-Studentenrat gewählt und im zweiten Jahr in den Senat der Universität. Ich trat der Schwimm-Mannschaft und der Skilanglauf-Mannschaft bei, obgleich ich weder eine schnelle Schwimmerin noch eine schnelle Skiläuferin war; ich war eine langsame, elegante Schwimmerin und eine langsame, unelegante Skiläuferin. Ich tat es vor allem, weil es Spaß machte, zu einer Mannschaft zu gehören, und Freude, gut in Form zu sein (was mir von meinen Studentenjahren bleiben wird, ist vielleicht die Entdeckung des lustvollsten Teils körperlicher Übung: des tiefen Atmens. Bahn um Bahn zu schwimmen, nonstop, manchmal sogar, ohne die Bahnen zu zählen, nur auf die Beschwörung meines Atmens und den klatschenden Rhythmus der Bewegung achtend, war eine kinetische Form von Meditation). Und ich schloß viele Freundschaften. Wohl waren es zumeist Gelegenheitsfreundschaften, das ist wahr – Kontakt habe ich nur noch zu wenigen –, doch es waren gute Gelegenheiten.

Trotz all dieser Unternehmungen fühlte ich mich oft allein, und zwar im Laufe der Zeit in zunehmendem Maße. Mein Leben war eine geschäftige Art von Einsamkeit, viel Bewegung und wenig Gemütsbewegung. Bei diesem Gefühl spielte Elena eine wichtige Rolle, aber es war mehr: der Anfang eines bestimmten *mal-de-vivre*. Meine Universitätslaufbahn hatte noch kaum begonnen, da begann sie schon schiefzulaufen. »Existentielle Krise« wäre der Name dieses Syndroms, aber ich will dabei nicht weiter verweilen. Angst taugt nicht gut zum Haken, an dem man Sachen aufhängen kann. Wir alle machen sie durch, wir alle kommen mit ihr zurecht oder versuchen das zumindest, wozu also darüber reden? Ich sage das, obgleich ich denke, mein Fall war schlimm genug, eine solche Verstörtheit, daß auch noch so vernünftiges Nachdenken sie nicht mildern konnte; jedenfalls ebensowenig, wie beruhigendes Flüstern einen soeben eingefangenen, verängstigten Affen zu besänftigen vermag. Ich habe an der Ellis einmal einen Dokumentarfilm gesehen, in dem Wissenschaftler – so jedenfalls wurden sie wohl bezeichnet – einem eingesperrten Affen Tonaufnahmen von einem lodernden Feuer und dann von dem steigenden Wasser eines Flusses vorspielten, um seine instinktive Angst vor beiden zu testen. Die Aufnahmen begannen ganz leise, kaum hörbar (aber schon war der Affe aufgeschreckt), und endeten bei voller Lautstärke. Es erschien mir ganz selbstverständlich, daß nicht viel mehr als die Intelligenz einer Schnecke dazugehörte – ganz zu schweigen von der raschen Auffassungsgabe eines Affen –, um die Alternative abzulehnen, entweder geröstet zu werden oder zum Atmen nichts als Wasser zu haben. Und tatsächlich, als die Geräusche am lautesten waren – ein tosendes Buschfeuer, ein tosender Sturzbach von Wasser –, noch nie habe ich eine solche Inkarnation von purer Angst gesehen. Es war nicht so sehr die Art, wie das Tier in einer Ecke kauerte, das Zittern, die Lähmung, das rasche Keuchen, das plötzliche Ausscheiden von Urin und Kot – es war der Gesichtsausdruck des Tieres, der stumme, offene Mund, das Rollen der Augen. Als meine Universitätskarriere entgleist war, als meine nebulöse, aber ehrgeizige Zukunft sich auflöste, als ich gierig nach irgendeinem Sinn in meinem Leben tastete, mußte ich an diesen Affen denken.

Aber das ergibt keinen interessanten Lesestoff, wie ich als erster einräume.

An der Anthropologie verlor ich rasch das Interesse. Ich fand präkolumbianische *pueblos* in Neu-Mexiko zauberhaft in meiner Phantasie, aber langweilig in der Realität. Sie zu untersuchen glich einer umgekehrten Form von Bestattung, wo die Glückseligkeit des Todes durch eine Art von Wiederbelebung zerstört wird, die zu einem armseligen, verminderten Leben führt. Ganze Kulturen wurden in Monographien gepreßt, mit genauen Zeichnungen von Grundrissen und Querschnitten von Grabungsstätten, die angaben, wo jedes einzelne Artefakt, jede Tonscherbe eines Topfes, jeder Knochen gefunden worden war, mit kurzen, trockenen Artikeln voller Mutmaßungen über den betreffenden Stamm, die linguistische Einordnung, das Niveau der künstlerischen Leistung. Es war, als sagte man »Meine Großmutter – sie war eine außerordentliche Frau« und zeigte zum Beweis auf ein zerfetztes Kleid und auf Schuhe einer längst vergangenen Mode. Diese Fetzen sind wohl besser als nichts, aber sie waren nichts für mich. (Obgleich ich später, in der Türkei, in Mexiko, in Peru – als ich in den Höhlenkirchen von Kappadozien stand, die Pyramide von Uxmal erklomm, die Linien der Scharrbilder von Nazca entlanglief – den Zauber wieder spüren sollte.)

Ich begann mich für Philosophie zu interessieren. Und in der Tat, ich bezweifle, daß ich es ohne das Studium der Weisheit länger als ein Jahr an der Universität ausgehalten hätte. Philosophie fand ich wirklich anregend. Ich weiß noch, welche Aufregung ich verspürte, als ich mich in Platos *Staat* begab. Noch erstaunlicher waren für mich Descartes' radikales Zweifeln und Berkeleys *esse est percipi*. Ich gebe gern zu, daß Platos *Staat* hoffnungslos hierarchisch und undemokratisch ist, daß Descartes' Ausgangspunkt des Wir-sind-vielleicht-nichts-als-Marionetten-in-den-Händen-eines-boshaften-Puppenspielers geradezu die genaue Definition von Paranoia ist und daß Augenverschließen und Wahrnehmungsverweigerung noch nie jemanden vor einem herannahenden Lastwagen gerettet haben – aber was mich so sehr beeindruckte, waren nicht die Ergebnisse solchen Nachsinnens, es war der Prozeß selbst. Mich faszinierte das sorgfältige, offene Durchdenken der Dinge, das die philosophische Methode kennzeichnet. Es war zugleich einfach und sehr schwierig. Ich stellte mich der Herausforderung. Auch ich würde meine Vernunft gebrauchen, sagte ich mir.

Es vergingen mehrere Monate, bevor ich meine erste Periode bekam. Die exaltierte Auffassung, die ich vom Menstruationszyklus gehegt hatte, trübte sich beträchtlich, als ich nach einer unruhigen Nacht mit Fieber, Kopfschmerzen und Übelkeit – ich glaubte, ich bekäme Grippe – eines Morgens in blutigen Laken erwachte. Meine Reaktion war Ekel und Erschütterung. Ich sprang aus dem Bett. Blut war auf den Laken, auf der Matratze, es rann mir die Beine hinab, schon waren mehrere Tropfen auf dem Teppich. Und die Schmerzen – das war schlimm, ich fühlte mich scheußlich – da unten und im Kopf. Das also war es, wovon Sonya geredet hatte! Dieser Schmerz, als würde einem ein Gummiband um die Hoden gewickelt. Fast hätte ich mich übergeben.

Ich hatte gewußt, daß es kommen würde, daß es kommen mußte, aber für mich war es wie der Tod: die älteste Geschichte der Welt, und doch eine Überraschung. Man wird mir sagen: »Oh, das ist nichts. Du warst achtzehn. Erwachsen. Intelligent und stark. Stell dir vor, du kriegst das mit *zwölf*. Als Kind. Ich weiß noch, ich war bei meiner Freundin Stephanie ...«, und man wird mir eine andere Geschichte erzählen. Vielleicht. Sicherlich. Danke schön. Aber das hilft mir nicht. Ich habe mir schon selbst zugeflüstert, was jedermann vorbringen kann, um das Unglaubliche glaublich zu machen: daß es normal sei, daß ich stolz sein solle, denn nun sei ich eine Frau, daß es nur einmal im Monat passiere und ich brauchte lediglich … (und ich ging all die Apotheken durch, die ich mit Sonya besucht hatte), und dergleichen mehr. Doch gleichzeitig dachte ich mir: »Diese Sudelei, diese Schweinerei, dieser Gestank, diese Schmerzen – und das jeden Monat! DAS IST UNFAIR, KOSMISCH UNFAIR! Nein, nein, nein, nein, nein, nein, nein, nein, nein, nein, nein, NEIN! Ich will da raus. Ich will unfruchtbar sein. Zum Teufel mit der Fortpflanzung. Ich will als Maultier wiedergeboren werden, als das letzte meines Stammes.«

Ich versuchte mich zusammenzureißen. Ich glaube, ich wimmerte. Ich öffnete die Tür meines Zimmers, die blutbefleckten Laken in der Hand, und wollte gerade versuchen, sie im Waschbecken zu säubern – und wer stand in diesem Augenblick im Korridor? Niemand anders als Mrs. Pokrovski. Die uns stets mit einem Lächeln begrüßte. Die uns wie ihre eigenen Kinder behandelte, da sie ihre eigenen vielleicht vermißte. Aber ohne ein Urteil abzugeben und ohne sich einzumischen. Die die wärmsten Hände hatte, die ich je berührt habe.

Sie wandte sich um. Ich stand reglos. Dies war nicht der Tag für saubere Laken.

»Stimmt was nicht, Kleines?«

Manche Worte bringt man nur abgewandten Blicks heraus, und man hört jede falsche Silbe. »Ich-hab-grade-meine-Periode-bekommen-und-ich-hab-was-eingesaut.« Ich spürte, wie ich rot wurde. Daß ich es merkte, trieb mir nur noch mehr das Blut ins Gesicht. Ich war den Tränen nahe.

»Ach, das macht doch nichts.« Sie trat zu mir. »Gib sie mir.« Widerstrebend überließ ich ihr das Bettzeug. Den Gedanken, daß sie das Blut sehen könnte, das ich in der Mitte des Knäuels verborgen hatte, fand ich äußerst demütigend. »Komm mit, ich geb' dir ein paar frische.«

Ich trug meinen Bademantel, und in meinen Slip hatte ich etwa fünfundsechzig Papiertaschentücher gestopft, doch ich ging trotzdem ganz vorsichtig, als ob ich der Schlußstein wäre, der den Assuanstaudamm zusammenhält.

Sie schloß den Wandschrank auf. Er hatte eine mannshohe Tür, war aber nicht begehbar, obwohl die Regalfächer gerade um so viel gekürzt worden waren, daß jemand hätte hineintreten und die Tür hinter sich schließen können. Und genau danach war mir zumute. Dieser Wandschrank hatte etwas so Behagliches, Ordentliches, das ich tröstlich fand. Ein Fach war mit perfekt gefalteten Bettlaken und Kopfkissenbezügen vollgestapelt; ein anderes mit Rollen von Klopapier; ein drittes beherbergte Reinigungsmittel, jedes für einen anderen Zweck; und auf dem Boden wohnte ein robuster Staubsauger mit seinem langen Rüssel und dem Zubehör. Am Kleiderhaken auf der Innenseite der Tür hing Mrs. Pokrovskis Mantel. Und schließlich gab es – und das zog meine Aufmerksamkeit am meisten an – ein Fach mit allerlei Krimskrams.

Eine Flasche Aspirin.

Alka-Seltzer.

Ein Thermometer.

Batterien (AA und 9 Volt).

Zwei Schachteln Bic-Kulis, blau und schwarz.

Wegwerf-Rasierer, blau und rosa.

Eine Dose Rasiercreme.

Nadeln, Zwirn und andere Kurzwaren.

Waschmittel in kleinen Plastiktüten.

Seifenstücke.

Snickers-Schokoladenriegel.

Liniertes Schreibpapier für Aufzeichnungen und für Briefe.

Umschläge.
Briefmarken.
Eine Flasche Tipp-Ex.
Klebeband.
Ein Klammeraffe.
Eine Schachtel Heftklammern.
Eine große Packung Tampons.
Eine große Packung Damenbinden.

Alles in sich perfekt geordnet. Es war, als schaute man von hoch oben auf eine ganze Stadt mit ihren Gebäuden und Straßen.

Nichts davon zum Verkauf. Alles zum Weggeben.

Sie gab mir zwei Laken und eine Binde, die sie ordentlich auf die Laken legte. Verlegen betrachtete ich die Sachen.

»Hm, recht vielen Dank, Mrs. Pokrovski. Äh, was bin ich Ihnen schuldig?«

»Nun sei nicht albern.« Dazu ein Lächeln.

Sie machte den Wandschrank zu und schloß die Tür ab.

Von ihrem Gehalt als Teilzeit-Hausmeisterin kaufte sie Dinge auf Vorrat, um studentischen Notfällen begegnen zu können. Oder sogenannten Notfällen. Zum Beispiel dem Fall einer unreifen Achtzehnjährigen, die von ihrer ersten Periode überflutet worden war.

Von einem schnellen Besuch in einer Drogerie abgesehen, verbrachte ich den Rest jenes Tages im Bett.

Als ich das Gefühl, Windeln zu tragen, und obendrein noch feuchte und bewegliche, satt hatte, und als mein Kopf endlich soweit war, sich der Logistik der Menstruation zu stellen, begann ich Tampons zu benutzen.

Am folgenden Weihnachtsfest machte ich die Runde durchs Haus und ließ alle eine große Karte für Mrs. Pokrovski unterschreiben.

Ich denke, das ist nicht gerade typisch, aber mit der Zeit fand ich Gefallen an meiner Periode. Nicht, daß ich sie geradezu mit Gesang und Tanz begrüßt hätte – aber eine stille Befriedigung empfand ich schon. Es war nicht so, daß ich mich wegen dieses Blutes mit meinem Körper besonders verbunden gefühlt hätte. Das nicht. Sex verband mich mit meinem Körper; Sport; Temperaturempfindung; Hunger; Sonne auf meinem Gesicht. Mein Menstruationszyklus hatte die gegenteilige Wirkung. Ich hatte das Gefühl, er stieß mir zu, er geschah ohne mein Einverständnis. Der Zyklus betonte, wie fremd wir uns sein konnten, mein Körper und ich, wie sehr wir voneinander getrennt waren.

Aber durch ihn spürte ich mein Verbundensein mit anderen Menschen. Jeden Monat erinnerte mich diese Nichtankunft potentieller Menschen daran, daß ich Teil einer *Spezies* war, Teil von etwas, das größer war als ich, ob mir das nun gefiel oder nicht. Es war, als ob ich in völliger Isolierung auf dem Lande lebte und nie auch nur eine Menschenseele zu Gesicht bekäme, mit Ausnahme dieser einen Gelegenheit, die alle achtundzwanzig Tage wiederkehrte, wenn auf der Straße nicht weit von meinem Haus ein Bus voller lärmender Menschen vorbeirollte. Meine Periode war wie dieser Bus – rätselhaft, interessant, lästig, phantastisch.

Als eine Freundin mich darauf hinwies, daß der Mondmonat und der Menstruationszyklus die gleiche Länge haben, hielt ich das für das Geschenk der Astronomie an ausgeflippte Frauen. Dann mußte ich an die charismatische Rolle denken, die der Mond bei den Gezeiten spielt; daran, daß die Erde rund ist, während ihre Wasser oval sind. Wenn ich heute den Vollmond betrachte, stelle ich mir vor, daß auch er Gezeiten hat, die sich über seine Oberfläche kräuseln. Fast kann ich sie sehen. Sie sind rot.

Hier unten auf der Erde aber können die Ausbrüche dieses kleinen eigensinnigen Wesens namens Gebärmutter eine echte Last sein. Die blutige Bescherung, die ich in einem Nachtbus in der Türkei anrichtete – ich kann immer noch nicht begreifen, daß ich nicht wach wurde –, kommt mir in den Sinn als ein perfektes Beispiel dafür, das ganze Theater, das damit verbunden war, die wütende Verzweiflung (und natürlich war mein rettender Rucksack mit Tampons, Kleidung und Handtuch tief in den Eingeweiden des Busses verstaut, und ich trug eine helle Hose). Glücklicherweise waren meine Krämpfe nie so schlimm, daß ich mich meinem normalen Tagesablauf nicht hätte widmen können (wenngleich ich sie bestimmt nicht vergaß; meine Gebärmutter sorgte schon dafür), mein Zyklus war so pünktlich wie Kant auf seinen Spaziergängen in Königsberg, und meine Blutungen hielten sich in Grenzen und waren von voraussagbarer Dauer – doch ich hatte Freundinnen, die durch ihre Periode fast völlig außer Gefecht gesetzt wurden. Krämpfe, unter denen sie sich wanden. Leichtes Fieber. Ein oder zwei Tage das Bett hüten. Ein scheinbar endloser Blutfluß. Dem ging ein so schlimmes prämenstruelles Syndrom voraus, daß sie mindestens einen Tag im Monat ankreuzen konnten, an dem sie sich »von der Wirklichkeit abkoppeln« mußten. Das ist eine beschwerliche weibliche Normalität. Sie konnte jeden dazu bringen, der Göttin Anaprox zu huldigen. Doch selbst in diesen Fällen finde ich, daß diese Last eine bedeutungsträchtige Last bleibt. Sie ist wie ein großer Koffer, den du auf einer langen Reise tragen mußt. Du haßt ihn, er macht dich langsamer, doch am Ende der Reise machst du ihn auf, und er ist voller Dinge, von denen einige glitzern. Oder stell dir vor, du hörst nichts als ein Echo, wie du dich umdrehen und nach seiner Quelle suchen würdest. Oder stell dir vor, du hast eine kleine Oboe in dir, die einmal im Monat zu spielen beginnt, aber nur ein paar Noten, ohne dir je die vollständige Melodie zu liefern. Oh, ich weiß nicht, irgendwas in der Art.

(Ein weiterer Grund, weshalb ich anfing, meine Perioden zu mögen, war der Umstand, daß ich es müde war, sie *nicht* zu mögen. Eines Tages zog ich einen Tampon heraus und betrachtete ihn, um zu prüfen, wie stark ich geblutet hatte, und wollte ihn schon ins wäßrige Nichts werfen, als ich dieses Widerwillens plötzlich überdrüssig war. Ich beschloß, meine Perioden als etwas Schönes anzusehen. »Dieser dumpfe Schmerz – das ist ein Zeichen von Gesundheit.« Ich blickte wieder auf den roten Tampon. »Mein System funktioniert. *Ich* funktioniere. Gut.« Mein Zyklus glich der deutschen Sprache. Wenn man reist, trifft man Deutsche, zahllose Deutsche; die Amerikaner exportieren ihre Kultur, aber nicht ihre Touristen; die Deutschen machen es umgekehrt. Mitten in West Sepik, Papua-Neuguinea, trifft man auf Deutsche. Hinter ihrem Rücken – und manchmal auch gar nicht hinter ihrem Rücken – wird dann in einer Unterhaltung zwischen Leuten, die kein Deutsch sprechen, die nahezu universelle Überzeugung geäußert, daß »Deutsch eine häßliche Sprache« sei, rauh wie Sandpapier, und meistens ein Gebell [die Gewinnerin in dieser Miss-Universum-Schönheitsparade der Sprachen ist für gewöhnlich – und dabei laufen ihr Freudentränen übers Gesicht, und sie winkt ihren Bewunderern mit einem weißen Taschentuch zu – das Italienische]. Nun, ich habe dieses blöde Geschwätz schon zu oft gehört. Ganz bewußt entschied ich mich für die gegenteilige Auffassung. Mit ihren Worten, die so lang sind wie Novellen, mit ihrer Syntax, die einer mittelalterlichen Kathedrale gleicht, und mit ihrer Grammatik, die an die Theorie Einsteins denken läßt, wurde Deutsch meine Lieblingssprache. In Montreal besuchte ich im Goethe-Institut eine Reihe von Kursen, neben meinem Bett hatte ich jahrelang ein Buch von Heinrich Heine. Jede Nacht las ich ein paar himmlische Seiten. Auch etwas Nietzsche habe ich im Original gelesen, Dinge von feuriger Leichtigkeit und Intelligenz.)

Ich lernte Elena an meinem ersten Tag an der Ellis kennen. Sie war Amerikanerin, eine aus einer ganzen Anzahl amerikanischer Studenten, die an kanadische Universitäten kamen, weil das Studium hier billiger war als in den Staaten. Wir waren beide am Strathcona-Milne-College. Wer uns damals miteinander bekannt machte, weiß ich nicht mehr. Meine Erinnerung setzt in dem Augenblick ein, als ich vor ihr stand. Es war warm, und sie trug ein neues Kleid, etwas Leichtes, Sommerliches. Sie stand in dem großen viereckigen Areal zwischen den College-Reihenhäusern barfuß im Gras, befühlte den Stoff und begutachtete das Muster, lüpfte das Kleid ein wenig und ließ es wieder sinken. Mir fielen ihre gebräunten Beine auf mit den spärlichen leuchtendblonden Haaren. Sie sah mich an. »Hi, ich bin Elena«, sagte sie. Diese Worte gingen mir direkt ins Herz. Sie war nicht sehr groß, ihre Stimme war etwas rauh, das sandblonde Haar trug sie oft zu französischen Zöpfen geflochten, und sie war eine richtige Schönheit. Sie war sehr jung – ich glaube, noch nicht mal achtzehn –, aber sie besaß eine kluge Selbstbeherrschung, ich würde sogar sagen, eine Würde, die sie bedeutend älter erscheinen ließ. Ungezwungen kamen wir miteinander ins Gespräch. Wir waren auf der Stelle Freunde. Und auf der Stelle war ich in sie verliebt. Ich brachte fast zwei Jahre mit dem Studium der Weisheit zu, während mir das Herz vor Kummer pochte. Um mein Elend vollzumachen, ging ich regelmäßig mit ihr schwimmen, wo ich einen Körper anschauen konnte, den ich nur in meinen Träumen lieben durfte, und nach meinem ersten Jahr blieb ich den Sommer über mit ihr in Roetown. Ich belegte einen Sommerkurs in klassischer Philosophie (Parmenides und die Eleaten, Heraklit, Empedokles, Plato, Aristoteles), während Elena einen Kurs über die Epik des Mittelalters absolvierte (Ihre Hauptarbeit schrieb sie über die höfische Liebe. Es war von schmerzlicher Ironie: Sie erzählte mir alles über dieses Thema, während ich, ihr in höfischer Liebe zugetan, ihr aufmerksam zuhörte).

Sie wohnte in S-M zusammen mit fünf anderen Studenten in einem Reihenhaus; es war eine heterogene, vom Collegebüro zusammengewürfelte Gruppe. Einer ihrer Mitbewohner war George, ein Chinese aus Hongkong. Er trug stets eine Mütze. Aus irgendeinem Grund – aus reiner Hochherzigkeit – nahm er es auf sich, mein Manager in Liebesdingen zu sein. Im Laufe von zwei Jahren verbrachte ich Hunderte, vielleicht Tausende von Stunden mit Elena; wir besuchten zusammen Filme, Theateraufführungen und Vorlesungen, wir machten lange Spaziergänge, wir verbrachten ein paar Wochenenden in Toronto, doch ich glaube nicht, sie hat je begriffen, daß ich sie liebte und wie sehr mich das verzehrte. (Freilich verbarg ich meine Liebe gut, einem bewährten Muster folgend). Doch es dauerte keine zwei Wochen, da begrüßte George mich an der Tür ihres gemeinsamen Hauses mit: »Hi. Du siehst sehr hübsch aus. Das Kleid steht dir. Es wird Elena gefallen.« Er sagte es im abgehackten, freundlichen Englisch eines Hongkongchinesen, und am Ende meiner Besuche, wenn ich mich verletzt fühlte und einsam und hungrig, ging er mit mir hinaus und sprach mir Mut zu oder versuchte das zumindest mit einem: »Gib nicht auf. Laß ihr Zeit«. Er war lieb.

Doch Elena liebte schon bald Jonathan, der, wie ich zugeben mußte, nett war, ein Schauspieler, der sich durchboxen mußte. Er war etwas älter und spielte Saxophon. Meine Liebe wurde nicht gebraucht.

Es vergiftete mein Leben. Einmal, spätabends, als ich die Collegebibliothek verließ, überwältigte mich mein Jammer so, daß ich mit dem Fuß aufstampfte und die Worte »Ich bin *so* unglücklich!« aus mir hervorbrachen. Sie wurden mit einer so fremden Stimme gesprochen, so wenig beherrscht oder gedämpft, daß ich selbst überrascht war. Ich blieb stehen. Für die Dauer von ein paar Sekunden schien das Gefühl dadurch bewältigt zu sein, daß ich ihm Ausdruck gegeben hatte. Der Schmerz war heraus, er trieb in der Luft, erfaßte die Zweige, drang ein in die Rinde der Bäume, sickerte ins Gras. Doch dann dachte ich an Elena – sah sie, fühlte sie –, und der Schmerz stürzte wieder in mich hinein.

Es gibt keinen Schmerz, der so schwer vorstellbar ist, wenn man frei von ihm ist, und doch so wirklich, so überwältigend, wenn er einen quält, wie der Schmerz unerwiderter Liebe. Er ist schlicht unerträglich. Elenas Person, Elenas Bett, Elenas Zimmer, Elenas Haus, Elenas Straße, Elenas Park – alle waren sie aufgeladen mit einer Bedeutung, die nichts sonst besaß. Was nicht in ihrer Nähe war, war nirgendwo. Alle Wirklichkeit außer ihr war eine dünne Oberfläche, die ein Vakuum verbarg, etwas Hohles. Hohler Baum, hohle Katze. Hohles Ich. Ich war krank vor Liebe, wahrhaft krank.

Eines Tages war ich in ihrem Zimmer. Es war im zweiten Jahr, und sie bewohnte zusammen mit anderen Studenten ein großes, baufälliges Haus. Ungefähr eine Woche zuvor hatten sie und Jonathan ihr Zimmer in einem hübschen Kobaltblau gestrichen. Das Mobiliar war typisch für eine Studentenbude: Es gab keins. Nur einen Futon. Der Holzfußboden war Stuhl, Schrank und Bücherregal in einem, und Elenas Schoß war ihr Tisch. Kleider und Bücher lagen verstreut. Ich bemerkte *Hundert Jahre Einsamkeit*, eine weitere dieser plumpen Ironien, die mir ins Auge sprangen. Sie hatte ein bißchen geschlafen und war eben wach geworden, ihr Haar war zerzaust, und sie war in einer verträumten Stimmung. Unser Gespräch bestand vorwiegend aus Schweigen. Ich konnte die Augen nicht von ihrem Bett wenden. Die zerwühlten Laken strahlten eine solche Intimität aus. Oh, könnte ich doch hinüberkriechen und zwischen ihnen liegen! (Sie zu küssen, mit ihr zu *schlafen* – das war nahezu unvorstellbar!) Doch ich konnte mich unmöglich in ihr Bett legen. Sie hätte vielleicht nicht protestiert, sie hätte gelacht, aber sie hätte mich merkwürdig gefunden. So blieb ich einfach auf dem Boden sitzen, nur anderthalb Meter von ihr entfernt, und schmorte in der Hölle, die Augen wimmelnd von Fischen, während wir über alles und nichts redeten. Sie fand *Hundert Jahre* toll.

Gegen Ende meines zweiten Studienjahres kam ich zu dem Schluß, daß ich in meinem ganzen Leben – ich war damals neunzehn – nur zwei originelle Ideen gehabt hatte (abgesehen von meiner frühen Theorie von der Liebe). Ich weiß nicht, weshalb ich so dachte, vielleicht lag es am Studium der Philosophie, aber das war der Schluß, zu dem ich kam: nur zwei. Jede andere Idee, die ich gehabt hatte, stammte irgendwie aus zweiter Hand. Von den beiden Ideen abgesehen, waren meine Gedanken ein Mischmasch, der wie Kinderbrei schmeckte.

Meine erste originelle Idee war eine Einsicht, die mit der Natur von Fragen zu tun hatte. Jede Äußerung gehört unweigerlich zu einer von zwei Kategorien: Sie ist entweder eine Aussage, oder sie ist eine Frage. Etwas anderes gibt es nicht. Es gibt unzählige Arten von Aussagen, aber ob sie nun deklarativer oder imperativer Art sind, einfach oder komplex, verständlich oder unsinnig, ihnen allen ist ein Charakteristikum gemeinsam: Sie sind selbständig. So ist zum Beispiel die Aussage »Elena schläft mit Jonathan« geradezu herrlich autark. Es ist eine Aussage, die sich einen Dreck um alles andere kümmert. Fragen hingegen sind nicht selbständig. Ihrer ganzen Natur nach implizieren sie die Existenz von etwas anderem: von Antworten nämlich. Fragen sind Tangotänzer auf der Suche nach Partnern. Meine Erkenntnis war die, daß eine Frage nur dann eine Frage ist, wenn es eine Antwort darauf gibt. Womit ich nicht meine, daß diese Antwort bekannt sein muß – es muß nur bekannt sein, daß es sie gibt. Der Beweis für den großen Fermatschen Satz zum Beispiel, daß die Gleichung $x^n + y^n = z^n$ für ganze Zahlen $n > 2$ keine ganzzahligen positiven Lösungen x, y und z hat, ist ein Rätsel, das die Mathematiker schon seit über 350 Jahren beschäftigt. Und doch bleibt das eine gültige Frage, ein Tangotänzer (wenn auch ein einsamer), weil eine definitive Antwort zumindest in der Theorie existiert. Es ist gleichgültig, ob die Antwort aus zweihundert Seiten mathematischer Mysterien besteht oder aus der einfachen Aussage »Es gibt keinen Beweis für den großen Fermatschen Satz« – in beiden Fällen könnten Frage und Antwort zu den Klängen von Django Reinhardt tanzen.

Doch es gibt Fragen oder sogenannte Fragen, die für immer am Rand der Tanzfläche bleiben werden, Mauerblümchen. Sie mögen wie Fragen aussehen, sie mögen wie Fragen klingen, man kann sie anpacken, wie man echte Fragen anpacken würde – doch sie sind keine echten Fragen, weil es auf sie keine Antworten gibt. Hier konnte meine Erkenntnis nützlich sein, denn wenn es einen Weg gab, falsche Fragen herauszupicken, dann blieb einem die unnütze Mühe erspart, nach dem Unmöglichen zu suchen: nach der Antwort auf eine Nicht-Frage.

Eine Frage ist nur dann eine Frage, wenn es etwas außerhalb von ihr gibt, etwas von ihr Getrenntes, was als Antwort fungieren kann. Eine Pseudofrage hingegen schlingt alle möglichen Antworten in sich hinein und bläht sich auf zu einer immer größeren Pseudofrage, bis sie schließlich das gesamte Universum verschlungen hat und es außerhalb ihrer selbst nichts mehr gibt, was als Antwort dienen kann. Manchmal bilden die gleichen Worte sowohl eine Frage als auch eine Pseudofrage. Wenn ein Arzt fragt: »Warum mußte Georgie sterben?«, und er meint damit den siebenjährigen Georgie, so stellt der Arzt eine berechtigte Frage, auf die »Leukämie« eine begründete, endgültige Antwort ist.

Doch nehmen wir an, Georgies Mutter stellt die gleiche Frage. »Warum mußte Georgie sterben?« Hört auf den Ton ihrer Stimme. Stellt sie wirklich eine Frage? Will sie »Leukämie« als Antwort hören? Nein. Wenn man ihr diese Antwort gäbe, würde sie fragen: »Warum gibt es Leukämie?« Würde sie eingehende Erklärungen zu Funktionsstörungen im Knochenmark hören wollen? Natürlich nicht. Jede mögliche Antwort, die man ihr geben könnte, würde sie mit einer größeren Frage in sich reinschlingen, jede neue weiter aufgebläht als die vorausgegangene: »Warum gibt es Schmerzen?« »Warum gibt es das Sein?« »Warum gibt es Gott?« »Warum gibt es überhaupt etwas?« Sind das Fragen? Kann man mit ihnen erfolgreich Tango tanzen? Nein. Die Fragen von Georgies Mutter sind in Wirklichkeit verkappte Aussagen. Wenn sie fragt: »Warum mußte Georgie sterben?«, so sagt sie im Grunde: »Ich kann diesen Verlust nicht akzeptieren.« Wenn sie fragt: »Warum gibt es Schmerzen?«, so sagt sie im Grunde: »Es tut so weh.« Die Aussagen, die den Pseudofragen zugrunde liegen, offenbaren in der Regel Furcht, Schmerz oder Bestürzung.

Wir verwenden manchmal viel Zeit auf die Suche nach Antworten, die es nicht geben kann. Es ist besser, wir machen uns klar, was wir fühlen, und arbeiten von da aus weiter, ohne falsche Fragen zu stellen.

Das war meine erste originelle Idee. Ich verdankte sie niemandem anders als mir selbst.

Meine zweite originelle Idee bestand darin, mich in Elena zu verlieben. Das kam aus meinem Innern wie eine starke Aufwallung. Ich sah Elena so, wie niemand sonst sie sah, ich liebte sie so, wie niemand sonst sie liebte. Mein Gefühl hatte seinen Ursprung allein in mir – zu meinem Unglück, bedenkt man den Schmerz, den es mir bereitete.

Dies waren meine beiden originellen Ideen. Mochte der große, böse Wolf auch schnauben, mochte auch ein eisiger

Wind durch mich hindurchwehen: Mit neunzehn waren es die beiden einzigen Dinge, die in mir von Bestand gewesen wären: ein Gedanke in bezug auf Fragen und die Liebe zu einem Mädchen.

Das Problem bestand darin, daß die beiden Ideen einander aufhoben. Meine erste Idee lehrte mich, festzustellen, was ich fühlte, und erst danach Fragen zu stellen. Meine zweite Idee sagte mir genau, was ich fühlte, führte mich aber zu solchen Fragen wie »Warum liebt sie mich nicht?«. Was, wie ich als erste einräumen will, eine Frage ist, auf die es keine Antwort gibt. Es ist eindeutig eine Pseudofrage, jedoch eine, die ich wochen- und monatelang zu beantworten suchte.

In all der Betriebsamkeit meines Studentenlebens begannen die Dinge schiefzulaufen. Es war nicht nur Elena – mir grummelten noch andere Fragen im Hinterkopf (dieser existentiell bedrohte Affe, den ich schon erwähnt habe. Es scheint sehr melodramatisch, wenn ich das sage, sehr studentenhaft, aber ich sah in meinem Leben keinen Sinn, keinen Zweck, keine Richtung). An der Universität voranzukommen fand ich zunehmend schwierig. Was ich an Kursen für das zweite Studienjahr gewählt hatte, erwies sich als eine Katastrophe für meine Gemütsverfassung. Ich wurde zu einer großen Verteidigerin des Relativismus in der Moralphilosophie (Hobbes, Pascal, Cudworth, Locke, Price, Hume. J. S. Mill, Sidgwick, G. E. Moore, Rawls). Es hatte einen verwegenen Reiz, jeden Gedanken an ein inhärent Gutes wegzuwischen, jeden Wegweiser an der Gabelung zwischen Gut und Böse niederzureißen. Ich erinnere mich noch an lebhafte Diskussionen über die Annahme, daß es unbedenklich sei, Säuglinge ins Feuer zu werfen. Schlimmer noch, Ironie der Ironien, war ein Kurs zum Existentialismus. Nietzsche, Kierkegaard, Camus, Sartre, Merleau-Ponty, Heidegger –

ich war mir sicher gewesen, daß sie mir etwas zu sagen hätten, aber nichts dergleichen. Was die Philosophie des neunzehnten Jahrhunderts anging (Fichte, Hegel, William James, J. S. Mill, Marx, Nietzsche, C. S. Peirce, Schopenhauer), so saß ich sie ab in einem stummen, verständnislosen Stupor. Eine der bedrückendsten Erfahrungen, die ich bei dieser Gelegenheit machte, war der Verlust meiner Lesefähigkeit. Ich mußte Arbeiten abfassen, die Gedanken von Denkern verdauen und aufzeichnen, doch ich wurde unfähig, diese Denker zu lesen, ganz zu schweigen davon, etwa über sie zu schreiben. Ich brachte Stunde um trostlose Stunde in der S-M-Bibliothek damit hin, auf ein und denselben Absatz von Sartre oder Hegel zu starren. Selbst die Fähigkeit, Literatur zu lesen, verließ mich fast völlig. Ich humpelte durch eine Vorlesung über Autoren des frühen zwanzigsten Jahrhunderts (Conrad, Ford, Forster, Lawrence, Gide, Mann, Lyriker des Ersten Weltkriegs), doch nur die grimmigen Gedichte von Sassoon, Owen, Rosenberg, Blok und Graves erregten mein Interesse. Meine Zensuren im zweiten Jahr waren eine Mischung aus nachsichtigen »Ausreichend« und kläglichen »Durchgefallen«. Ich dachte an Aussteigen (aber wo sollte ich hin?).

Ich ging morgens und abends schwimmen, drei Stunden pro Tag, jeden Tag, um in der Amnesie des Körpers Trost zu finden. Ich verschwendete Stunden über den Kreuzworträtseln der *New York Times*. Ich machte endlose Spaziergänge.

Ich verzichtete auf meinen Sitz im Senat der Universität, ohne auch nur die Hälfte der zweijährigen Wahlperiode hinter mich gebracht zu haben, und gab mein Vorhaben auf, Premierminister zu werden (»Ich habe mich dafür entschieden, nicht zu kandidieren«, sagte Calvin Coolidge. »Sollte man mich nominieren, werde ich nicht kandidieren; sollte man mich wählen, werde ich mein Amt nicht antreten«, sagte William Tecumseh Sherman). Die Politik ist nichts für

Leute mit gefoltertem Herzen. Bist du erst einmal gefoltert, taugst du nicht mehr dafür, bist du auf dem absteigenden Ast. Die verantwortungsvolle Ausübung der Macht verlangt eine stumpfe Gewißheit, eine beschränkte Geradlinigkeit, die man »Weitblick« nennt. Um an fremde Türen zu klopfen und Wähler zu bearbeiten, um aufzustehen und parteiische Reden zu halten, um Prioritäten zu setzen und Entscheidungen zu treffen – kurz, um tagein, tagaus mit Überzeugungen hausieren zu gehen – braucht man »Weitblick«. Ich hatte und habe keinen.

Im Winter meines zweiten Studienjahres schrieb ich ein Theaterstück. Ich hatte eine Idee gehabt, und ich hatte eine unbeholfene, aber detaillierte Skizze von Ausstattung und Bühne gezeichnet. Indem ich diese beiden Dinge bedachte, die verblasene Idee in meinem Kopf und das Bühnenbild ohne Handlung, fühlte ich mich verpflichtet, die Sache hinzuschreiben, diese Bühne zu bevölkern. Das Ergebnis war furchtbar, ein wahrhaft schrecklicher Einakter. Über eine junge Frau, die sich in eine Tür verliebt und die Selbstmord begeht, als diese Tür, ihr Romeo, ausgehängt und von einem anmaßend-wohlmeinenden Freund ins Meer geworfen wird. Ich zeigte das Stück drei älteren Leuten, deren Meinung ich achtete. Zweien entlockte mein herzzerreißendes Drama wahre Lachsalven. Sie hielten es für eine Parodie auf Tragödien. »Ich hoffe, das ist nicht autobiographisch«, bemerkte der eine. Ich war tief gekränkt, lachte aber mit. Mein dritter Leser, ein Writer-in-residence an der Ellis aus Schottland, schickte mir ein paar taktvolle Zeilen, in denen er mich zu einigen Punkten beglückwünschte und hinzufügte, mein Stück sei ein »intellektuell erspürtes Melodram«. Die kritische Spitze in dieser Wendung war hinreichend mehrdeutig, so daß ich eine gewisse Befriedigung empfinden konnte. Das half mir, mich von meinen ersten beiden Lesern zu erholen, und ich war imstande, alle vier Exemplare des Stücks mit leidlicher Gelassenheit zu zerstören. Aber es zu schreiben, hatte mir Vergnügen bereitet, und das blieb mir erhalten. Davor und danach war ich voller Unruhe; aber während es vonstatten ging, war ich ganz konzentriert. Ein Zeichen dafür, wie sehr mich die schöpferische Arbeit in Anspruch nahm, war die Bedeutung, die das Stück in meinen Gedanken einnahm. Mein Zimmer mochte niederbrennen, das College, die ganze Stadt – mir würde es gutgehen, wenn ich nur die bekritzelten Blätter rettete. Während ich daran arbeitete, war mir das Stück der wertvollste Besitz der Welt.

Nach dieser ersten Bemühung versuchte ich, dem bekannten Sprichwort zu folgen und mich auf das zu beschränken, was ich am besten konnte, was freilich sehr wenig war. Meine erste vollendete Geschichte handelte von einer Sache, die sich während des ersten Studienjahrs in einer Psychologievorlesung zugetragen hatte. Wir – das heißt dreihundert Studenten – warteten darauf, daß die Vorlesung begänne. Die Luft war erfüllt von lastendem Lärm; war auch jeder einzelne Bestandteil davon nichts weiter als ein leiser Wortwechsel oder ein Rascheln oder ein Husten, so ergab das in der Summe eine dissonante, aber merkwürdig gleichmäßige Geräuschmasse, die Hunderte von Kilos zu wiegen schien. In diese Schwere hinein wurden ein paar Gramm Musik geworfen. Ein Student hatte sich aus der Gruppe gelöst, sich ans Klavier gesetzt und zu spielen begonnen. Das Klavier stand immer da, ein Möbelstück, ein leeres Gehäuse. Mit dem ersten Ton wehte Stille über uns hin wie ein Wind. Die Luft war rein, es gab nur diese Töne. Er spielte ein oder zwei Minuten, was es war, könnte ich nur beschreiben als etwas Durchsichtiges, etwas in einer höheren Tonlage. Dann hörte er auf, Applaus tröpfelte, zufällig erschien in diesem Augenblick der Professor, und noch ehe das Gewicht des Lärms wieder einsetzen konnte, begann die

Vorlesung. Vor der nächsten Vorlesung spielte er wieder, doch mit weniger Erfolg. Wir erwarteten ihn. Während er zum Klavier hinaufstieg, herrschte Stille und folglich Spannung. Er lieferte seine Töne mit weniger Selbstvertrauen ab. Zur Vorlesung danach spielte er nicht. Ich beobachtete ihn. Er blickte hinauf zum Klavier, dachte sicher daran, es wieder zu versuchen, blieb aber sitzen. Spontan hatte es am besten funktioniert.

Ich schrieb die Geschichte als inneren Monolog in drei Teilen, je einen Teil für jede Vorlesung. Die Emotionen reichten von bloßer Laune über Sorglosigkeit, Anmaßung und Eitelkeit bis zur Niederlage. Die Geschichte begann mit den Worten »Ich werde spielen« und endete mit »Ich werde zuhören«. Sie war nicht besonders spannend, und ich hatte sie kaum fertig, da las ich sie auch schon durch, dachte »Hmmm« und zerriß sie. Aber ich weiß noch, daß ich glaubte, die Modulation der Emotionen gut getroffen zu haben.

Die meisten meiner Stücke und Geschichten gab ich schon nach wenigen Seiten auf. In meinem Kopf, hoch oben in der Luft, waren meine Einfälle voller Grazie und Kraft, wie ein aufsteigender Albatros. Sobald sie vor mir auf der Seite landeten, machte mir ihre Gesellschaft keine Freude mehr – ganz abgesehen von dem Umstand, daß sie ebenso unbeholfen wirkten wie große Vögel am Boden. Denn was niedergeschrieben war, war vorbei. Ich mußte weiterziehen. Vielleicht mußte ich die Gedanken an Elena ertragen, vielleicht mußte ich meine Einsamkeit so lange aushalten, bis ich eine andere Geschichte erfinden konnte. Damit komme ich wohl einer Erklärung dafür am nächsten, weshalb ich zu schreiben begann: nicht um des Schreibens willen, sondern um Gesellschaft zu haben.

Ich beschloß, den Sommer zwischen meinem zweiten und dritten Studienjahr in Griechenland zu verbringen, und zwar zu einem Flugpreis, der, versicherungsmathematisch ausgedrückt, dem Wert eines Fingers meiner Eltern entsprach. Ich hatte gehört, in dem Land sei es preiswert und schön, und Elena würde ohnehin nicht in Roetown sein. Sie wollte nach Hause. Die Sache mit Jonathan lief so lala, und sie war durcheinander und wußte nicht so recht, was sie eigentlich an der Universität sollte. Sie war sich nicht sicher, ob sie an die Ellis zurückkehren würde. Wir verabschiedeten uns auf der Straße voneinander. Wir umarmten uns – es war das erste und einzige Mal, daß ich ihre Brüste an den meinen spürte –, und ich küßte sie auf beide Wangen, wie es die Franzosen und angehende Liebesleute tun. Sie gab mir die Anschrift ihrer Mutter. (Lange Zeit sprang die Anschrift mir in die Augen, wenn ich mein Adreßbuch durchblätterte. Heute ist sie ein überwachsener Grabstein hinten in einem Garten.)

Auf Griechenland war ich besser vorbereitet als zuvor auf Portugal. Ich las Literatur über das Land, ich kaufte einen guten, praktischen Reiseführer, mein Rucksack brachte sechs Kilo auf die Waage, ich hatte das Gefühl, ich konnte Situationen besser beurteilen, auch besser feilschen; kurz, der nahende Sonnenuntergang machte mir weniger angst. Doch wie schon beim vorigen Mal fühlte ich mich deprimiert, einsam und nervös, als ich Kanada verließ. Ich kannte niemanden, niemand kannte mich, wohin ging ich? warum tat ich das? – so fragte ich mich wieder und wieder.

Blau und Weiß sind die Farben von Griechenland, das Blau des Meeres, das Weiß des Marmors, und das alles in einer Luft, die auf eine ganz bestimmte Weise leuchtet. Inmitten dieser einfachen Elemente entdeckte ich drei Tage nach meiner Landung in Athen die Freuden des Reisens wieder. Der Poseidontempel am Kap Sunion, eine Busfahrt von wenigen Stunden von der Hauptstadt aus über die attische Halbinsel, das ist Griechenland in seiner reinsten, archetypischsten Form: ein einsamer dorischer Tempel auf einem felsigen Vorgebirge, mit einem Ausblick über eine unermeßliche Weite von glitzerndem Blau. Dort verbrachte ich den ganzen Tag in ekstatischer Träumerei. Alles würde gut werden, alles würde gut werden.

Während meiner Zeit in Griechenland war ich ein Chamäleon, das Blau und Weiß bevorzugte (und Schwarz, das Schwarz der Milliarden von Oliven, die von den Bäumen fielen und den hügeligen, dürren Boden pfefferten). Inmitten dieser Farben war ich ruhig und glücklich. Womit ich meine, daß es mir genügte, nichts zu tun, als auf den Puls, das Rauschen, das Wogen der Zeit zu hören, die dahinströmte; es war nicht wie ein Ticktack, das etwas Vergehendes markiert, sondern wie etwas unablässig Wachsendes, in dem all die Sekunden sich zu einem Ganzen summieren.

Ich reiste auf gemütliche Art, ich schaute mir die wichtigsten Sehenswürdigkeiten an, weil es verrückt gewesen wäre, ihnen gegenüber die Augen zu verschließen, verirrte mich aber auch an Orte, die normalerweise nicht von Touristen besucht werden. Ich las Gedichte von Cavafy und Romane von Kazantzakis.

Es gehört zu den Ironien des Reisens im späten zwanzigsten Jahrhundert, daß man – außer mit viel Glück oder besonderer Anstrengung – Australiern begegnet, wenn man nach England fährt, Deutschen, wenn man nach Ägypten fährt, Schweden in Griechenland und so weiter. Und während ich die Pracht Griechenlands sah, während ich sie roch, während ich sie aß, während ich auf ihr umherwanderte, begegnete mir – Amerika.

Nach meiner Ankunft in Pilos auf dem südwestlichen Peloponnes ging ich in den Hügeln außerhalb der Stadt spazieren. Eigentlich war es mehr ein Dorf; die Grenze zwischen Siedlung und Wildnis war ungewiß. Früh am Morgen hatte ich mich in Kalamata von einem kanadischen Schlagzeuger und einem holländischen Architekten verabschiedet, die nach Athen zurückkehrten. Wir hatten zusammen Mistra und Sparta besucht, und wir hatten uns lebhaft unterhalten und viel gelacht. Ich fühlte mich in Pilos ein bißchen allein gelassen. Ich lief stundenlang zwischen Bienenstöcken herum und wanderte über zahllose Schafspfade, die nirgendwohin führten.

Am Abend war ich sehr müde, und ich beschloß, in meinem kleinen Hotel zu essen. Es wurde von einer Familie betrieben, und ihr Restaurant war eher die Erweiterung ihrer eigenen Küche als ein richtiggehendes Speiselokal. Auf der Speisekarte standen x Gerichte, von denen x-1 nicht zu haben waren. Später erfuhr ich von Ruth, daß die Auswahl entweder von einer Laune der Familie bestimmt wurde oder, wenn sie an dem betreffenden Tag guter Stimmung waren, von dem Ergebnis einer flüchtigen Meinungsumfrage, die am Morgen unter den Gästen abgehalten wurde, einer Beratung, in der die Demokratie siegen konnte. An den Tagen, an denen die Familienlaune am Werke war, reichte man den Gästen Speisekarten, damit sie im Druck sehen konnten, was sie essen – und nicht essen – würden. An demokratischen Tagen wurde auf Speisekarten verzichtet – da die Gäste ja bereits wußten, was sie essen würden – außer für neue Gäste, die die Übung noch zu absolvieren hatten, bei jedem Gericht, mit Ausnahme eines einzigen, abgewiesen zu werden. Mein erster Abend war, wie sich herausstellte, von der Laune der Familie bestimmt.

All das schicke ich voraus, um das folgende zu sagen: daß man mir eine Speisekarte gab, daß das erste Gericht, das ich im Kopf von der Liste strich, Moussaka war – ich hatte inzwischen genug von Moussakas aus fettigem, körnig durchgedrehtem Lammfleisch, das von Öl troff –, daß ich aber schließlich Moussaka bestellte.

Eine Frau an einem Nachbartisch, offenkundig eine Touristin, lächelte mir während des Speisenausschließungsprozesses zu. Als der Mann mit der vorherbestimmten Bestellung verschwunden war, sagte sie: »Es ist eigentlich nicht übel. Die Wirtsleute essen das selber auch.«

»Gut – und wenn wir sterben, sterben wir alle gemeinsam.«

Sie lachte leise. »Sind Sie Amerikanerin?« fragte sie.

»Nein, von nebenan.«

»Ah.« Pause. »Buenos días, cómo está usted?«

Ich sah sie an. Rasch ging mir eine Reihe von antiamerikanischen Gedanken durch den Kopf.

Sie lächelte. »Nur ein Spaß. Ich habe eine Tochter, die in Britisch-Kolumbien studiert.«

Ich lachte. Zum Teufel mit meinem Dünkel, zum Teufel damit.

Bis zu diesem Augenblick war ich müde gewesen, so müde, daß ich auf der Stelle hätte einschlafen können. Doch plötzlich fühlte ich mich wieder aufgeladen. Bald waren wir nicht mehr Nachbarn an verschiedenen Tischen, sondern Nachbarn an einem Tisch. Sie hieß Ruth, und sie kam aus Philadelphia. Sie war in den Vierzigern, und sie war allein; es hatten sich weder ein Ehemann noch eine Familie zum Essen verspätet. Bis zur Woche zuvor war sie mit einer Freundin zusammengewesen. Sie hatten von Bari das Schiff nach Korfu genommen und sich südwärts vorgearbeitet. Ihre Freundin war von Athen aus in die USA zurückgekehrt – Verpflichtungen, Bindungen, Obliegenheiten –, doch Ruths Ticket war offen. Zum erstenmal in ihrem Leben hatte sie beschlossen, allein zu reisen, »wie eine Studentin«, sagte sie. Auch sie hatte Verpflichtungen, Bindungen, Obliegenheiten, aber die konnten »sich einmal allein ernähren, reinigen und chauffieren«, sagte sie lachend (obwohl sie ihren neunjährigen Sohn Danny wirklich vermißte und sich um ihn Sorgen machte. Von ihm war regelmäßig die Rede).

Ich weiß nicht mehr, wann ich all die Dinge aus Ruths Leben erfuhr. Wir sind etwas mehr als zwei Monate zusammen gereist, und an Einzelheiten kann ich mich recht gut erinnern, nicht aber an die Chronologie. An jenem ersten Abend war sie noch eine Fremde für mich (wie fremd das klingt – Ruth, eine Fremde für mich. Schon bald konnte ich mich durchaus nicht mehr daran erinnern, wie sie als Fremde gewesen war. Erste Eindrücke können so sonderbar sein). Korinth hatte uns beiden gefallen – das neue, das alte, das klassische –, doch danach hatte sie nichts weiter gesehen vom Peloponnes, weil sie vom Isthmus aus mit dem Bus quer über die Halbinsel direkt nach Pilos gefahren war, wodurch sie sich verpflichtet fühlte, alles zu besuchen, was dazwischen lag. Ihre Entschlußkraft brauchte diese Krücke. (Wir sollten noch bis zur türkisch-iranischen Grenze kommen.)

Das Moussaka kam und ging ziemlich unbemerkt, und als es Zeit war zum Schlafengehen, kamen wir überein, am folgenden Morgen miteinander zu frühstücken.

Die nächsten Tage in Pilos verbrachten wir gemeinsam. Wir gingen spazieren und redeten und spielten auf meinem kleinen magnetischen Brett Backgammon. Die Dinge entwickelten sich ganz natürlich. In unseren normalen Umfeldern hätten Ruth und ich uns nie in der Weise kennengelernt, wie das in Griechenland geschah. Unsere Unterschiede hätten uns voneinander ferngehalten. Aber hier waren es genau diese Unterschiede, die uns füreinander interessant machten, wenn auch Ruth für mich eine viel größere Entdeckung war als ich für sie; ihre Tochter Tuesday, die die Simon-Fraser-Universität besuchte, war ein Jahr älter als ich, und eine zweite Tochter, Sandra, war zwei Jahre jünger. Ihr Stiefsohn, Graham, war in Tuesdays Alter. Sie waren, wie Danny auch, »alle gute Kids«, wie sie sagte. Sie benutzte das

Wort »Kids«. Ich war wohl kaum die erste Zwanzigjährige, mit der sie zu tun hatte.

Ich hingegen merkte mit Erstaunen, daß ich mich bis dahin noch nie mit einer erwachsenen Frau wirklich unterhalten hatte, daß ich über Äußerliches und Praktisches noch nie hinausgelangt war, daß ich noch nie so richtig ausführlich mit einer solchen Frau geredet hatte. Mit wem ich zwanzig Jahre hindurch gesprochen hatte, weiß ich nicht, aber wohl nicht mit reifen Frauen. Das war es, was mich zu Ruth hinzog. Neben ihr kam ich mir so nagelneu und so dumm vor. Gegenüber ihrem abgewetzten Leder fühlte ich mich wie ein Stück Kunststoff. Sie war sechsundvierzig Jahre alt, und sie sah so aus. Sie war zweimal geschieden, und sie hatte drei Kinder und einen Stiefsohn. Ihren ersten Mann hatte sie mit neunzehn geheiratet, er war Gynäkologe und Geburtshelfer, liebte das Geld und war ein Arschloch (das ist alles, was ich über ihn erfuhr. »Arschloch« beschrieb offensichtlich sein Wesen umfassend, mehr mußte nicht gesagt werden. Worte können manchmal so wunderbar treffend sein). Er war der ferne Vater ihrer beiden Töchter. Ihr zweiter Mann war der Mann ihrer besten Freundin gewesen, aber eines Tages war ihre beste Freundin mit ihrem kleinen Sohn, Graham, schwimmen gewesen, und sie waren von einer Rückströmung erfaßt und ins Meer hinausgespült worden. Die Freundin hatte all ihre Kräfte aufgeboten, um ihren Sohn in Sicherheit zu bringen, was ihr auch gelungen war – Graham schaffte es, sich bis zum Strand durchzukämpfen –, doch sie hatte dann keine Kraft mehr gehabt für sich selber und war ertrunken. In der Trauer um ihre Freundin war Ruth dem Ehemann nähergekommen, und schließlich hatte sie ihn geheiratet – mehr aus einem Gefühl der Verantwortung für Graham als aus irgendeiner romantischen Neigung. Er war kein schlechter Mann, er meinte es gut, aber er hatte seine Schwierigkeiten mit dem Leben, und er war Alkoholiker. Sie ließ sich von ihm scheiden und nahm von ihm eine verspätete Gabe mit, den kleinen Danny. In den stilleren Strudeln dieses Aufruhrs hatte sie, wohl ahnend, daß sie eines Tages selbst würde Geld verdienen müssen, einen Kurs für Computerprogrammierung besucht. Sie arbeitete für einen Kleinunternehmer, ein Job, der für sie weder von Bedeutung noch von Interesse war und nichts mit ihr zu tun hatte, der ihr aber erlaubte, Geld zu verdienen, was sie an fünf Tagen in der Woche je acht Stunden Tageslicht kostete.

All das war nicht in ihr Gesicht eingegraben, denn sechsundvierzig ist noch kein Alter, aber es hatte ihr Verhalten geprägt. Sie strahlte eine Lebenserfahrung aus, die von einem langen Weg herrührte, eine Erfahrung, die in mir den Wunsch weckte, ihr zuzuhören. Ich haßte meine Jugend, die sich in zu vielen Worten ausdrückte, in zu vielen Meinungen, zu vielen Gefühlen. Ich wollte ihre Ruhe haben, ihre einfache Art, Dinge anzupacken. Einmal, später, hatten wir einen Streit. Das heißt – genauer gesagt –, ich hatte mich über sie geärgert. Das war in Marmaris, in der Türkei. Ich weiß nicht mehr, weshalb oder worüber. Ich explodierte und war zugleich eingeschnappt. Es endete damit, daß sie zu mir trat, mich leicht am Unterarm berührte – drei Fingerspitzen, die drei Punkte meiner Haut berührten – und sagte: »Es tut mir leid.« Dann ging sie ins Bett. Ich war sofort entwaffnet. Sie hatte ihre vier Worte klar und endgültig gesprochen. Sie drückten all das aus, was sie empfand und zu sagen hatte. Ich dachte darüber nach, wie ich mich zehnmal entschuldigt hätte, in übertriebener Rührseligkeit und mit unnötigen Gesten. Ich ging zu ihr hin und entschuldigte mich dafür, daß ich mich über sie verärgert gezeigt hatte, wobei ich versuchte, es ihr an Aufrichtigkeit und an Kürze des Ausdrucks gleichzutun.

Doch Ruth sah die Dinge nicht so. Sie konnte nicht glauben, daß sie sechsundvierzig war. Sie hatte das Gefühl, daß das Leben ihr zugestoßen war, daß es keine Richtung hatte. In manchen Dingen war sie stark verunsichert. So führte sie zum Beispiel ein Tagebuch, sie machte das schon seit Anfang Zwanzig, aber mir zeigte sie es nie, weil sie meinte, in der Oberschule hätte sie nie ordentlich Schreiben gelernt. Ich hingegen! Sie beneidete mich. Sie fand mich zu Anfang sogar ein bißchen einschüchternd, wie sie mir sagte. Sie hielt mich für so gescheit, so wagemutig. Soviel Energie, soviel Enthusiasmus. Und ich war soviel gereist. Und welche Tragödie, daß ich meine Eltern auf solche Weise verloren hatte.

In der Regel spielten sich die Dinge auf die folgende Weise ab. Stellt euch dieses Stück vor:

DRAMATIS PERSONAE:

JUGEND

ALTER

KOMISCH AUSSEHENDE WOLKE

ORT DER HANDLUNG: *ein heißer, sonniger Strand im Südwesten des Peloponnes*

(*Der Vorhang hebt sich.* Jugend *und* Alter *liegen am Strand, dem Meer und der Sonne zugewandt.*)

JUGEND: (*plappert dahin mit einer Geschwindigkeit von hundertsechzig, während* Alter *zuhört.*)

(Komische Wolke *betritt von rechts die Bühne.*)

Alter (*zeigt darauf*): Ist das nicht eine komische Wolke?

Jugend (*schaut hin, lächelt*): Ja, tatsächlich.

(*Sie verfolgen beide* Komische Wolke, *bis sie links von der Bühne schwebt. Lange Pause.*)

Jugend: (*plappert dahin mit einer Geschwindigkeit von hundertsechzig, während* Alter *zuhört.*)

VORHANG

Nach einem Besuch von Pilos sollte man selbstverständlich Methóni und Koróni besuchen, die beiden anderen Städte am Ende der Messenischen Halbinsel, des westlichsten der drei Finger, die den Süden des Peloponnes bilden. Es war ebenso selbstverständlich, daß Ruth und ich das zusammen machten. Wir waren beide froh, eine Reisegefährtin zu haben.

Um Geld zu sparen, nahmen wir uns in Methóni ein gemeinsames Zimmer. Es war ein großer Raum mit hellen, weiß getünchten Wänden und einfachem Mobiliar, das so willkürlich verteilt war, daß es wie Absicht schien. Der Schrank stand einen Meter von der Wand entfernt. Die beiden Betten, in entgegengesetzten Ecken des Zimmers, standen ebenfalls in einiger Entfernung von der Wand, jedoch schief, mit einer ungriechischen Blindheit für Ausrichtung und Symmetrie. Ähnlich der Tisch. Es war wohl alles dazu gedacht, das Fegen und Bettenmachen zu erleichtern, aber da jedes einzelne Möbelstück dadurch herausgehoben wurde, allein auf seinem eigenen Raum, wirkte das Zimmer wie eine Bühne. Als ich die Jalousien öffnete, drang eine solche Fülle von Licht herein, daß es war, als wäre das Sonnengestirn selbst ins Zimmer eingetreten. Das Fenster war von grünen, zudringlichen Kletterpflanzen mit schweren weißen Blüten umgeben, die einen köstlichen Duft verströmten. Ich glaube nicht, daß ich je einen so freundlichen Raum gesehen hatte, so hell, hell, hell.

Methóni ist hübscher als Pilos, und Ruth und ich spazierten den ganzen Tag umher. Da waren die Ruinen einer Burg und außerdem Dünen und Wege. Am späten Nachmittag waren wir müde, und wir kehrten in unser Zimmer zurück. Eine von uns beiden schlug Fußmassagen vor.

Während ich massierte, meine Daumen in die Sohlen von Ruths warmen Füßen drückte, spürte ich es zum erstenmal. Es überkam mich jäh, wie ein Einfall.

Verlangen. Ich wollte Ruth nah sein – nicht nur in Worten, sondern auch in Taten.

Ich stand auf. Mir war etwas schwindlig. In dem Zimmer

war *soviel* Licht – es war wie eine Flüssigkeit, und ich trieb darin herum. Ich blickte hinunter auf meine nackten Füße. Die Fliesen waren kühl. Ich blickte zum Fenster, hinaus in die Welt. Aber in diesem Augenblick interessierte mich da draußen nichts.

Ruth lag noch immer auf dem Bett. Ich setzte mich neben sie. Ich war nicht nervös. Vielmehr war ich unglaublich wach. Obgleich ich nur dasaß, nichts tat, war mir, als geschähe eine Menge. Ich war ganz gespannte Aufmerksamkeit.

Unsere Blicke trafen sich. Eine Zeile von T. S. Eliot kam mir in den Kopf, ich versuchte, mich an sie genau zu erinnern, es war ein Gedanke ohne Bedeutung, nichts als ein erneutes Zurückscheuen vor meinem Verlangen, ein Bemühen, nach etwas zu greifen, ohne es anzusehen. Ich beugte mich nieder, und wir küßten uns. Ich bin noch heute verblüfft, daß ich so kühn war, daß ich, jungfräulich unerfahren, nicht darauf wartete, daß sie, die Erfahrene, den ersten Schritt tat. Ruth sagte mir später, sie hätte es niemals gewagt.

Zwischen einem Kuß und dem nächsten sagte Ruth leise »Ich hatte mich gefragt …« und spielte dabei mit meinem Haar, das inzwischen lang war und ihr nun ins Gesicht fiel.

Ich hätte ewig küssen können. Es hatte für mich nichts von einem Vorspiel. Bis dahin waren meine Lippen Werkzeuge zum Sprechen gewesen und zum Lächeln, nichts weiter. Doch dies hier war viel besser als alle Worte, um Welten besser. Ruth scherzte einmal über meine Vorliebe für das Küssen (»aber ich liebe es«, sagte sie mit glänzenden Augen und gab mir nur einen ganz schnellen Kuß, weil wir uns an einem möglicherweise öffentlichen Ort befanden). Wahr ist, wenn ich sie küßte, verweilte ich gern. Es gab soviel zu tun – links und rechts, oben und unten und stracks geradeaus. Da war die flache Glätte ihrer Schneidezähne, die Rundheit und Spitzigkeit ihrer oberen Eckzähne, die Robustheit ihrer unteren Backenzähne. Falls Götter die Erde küßten, würden sie nicht auf den Bergen verweilen? Und dann war da ihre Zunge, dieser emsige Einsiedler, dieses seltsame, unteilbare Organ, das vor Persönlichkeit barst. Ich liebte es, Ruth zu küssen. Sie wandte sich manchmal ab und lachte und sagte: »Ich fühle mich wie *so* ein Teenager!« Und dann küßten wir uns weiter.

Sacht legte ich mich neben sie. Ich preßte mich an sie, eines ihrer Beine zwischen den meinen, und versuchte, von ihrem Körper soviel wie möglich an meinem zu spüren. Mir war, als sei ich betrunken. Ich dachte, ich hätte noch nie so stark empfunden, während ich doch so wenig tat.

»Ich kann nicht glauben, daß wir das tun«, sagte sie, lächelnd und außer Atem.

»Es ist schön, *sehr* schön«, erwiderte ich, mein Gesicht an ihrem Hals bergend.

»Ich habe die letzten Nächte masturbiert und dabei an dich gedacht«, flüsterte sie.

»Wirklich?« Ich sah hoch. Mir gefiel es, daß sie dieses Wort benutzt hatte.

»Genau gesagt, als du vorschlugst, daß wir gemeinsam ein Zimmer nehmen, war mein erster Gedanke: *O nein, wo soll ich bloß masturbieren?*«

Wir lachten. Wie merkwürdig, daß der gleiche Gedanke mir nicht auch gekommen war. Ich masturbierte jede Nacht vor dem Einschlafen, und stets im Bett. Doch es war mir nie eingefallen, daß es störend sein könnte, Ruth im selben Zimmer zu haben. Wieder küßten wir uns.

Endlich mit Elena Schluß machen können. Jemand anders begehren.

»Hast du je mit anderen Frauen geschlafen?«

»Nein. Einmal, vor langer Zeit, wahrscheinlich bevor du geboren wurdest – Gott, fühl' ich mich alt.«

»Ja?« drängte ich.

»Diese Freundin und ich, wir haben uns ein bißchen geküßt und ein wenig herumgealbert. Aber das war's dann schon.«

Wir schwiegen.

Das Gefühl der Trunkenheit verschärfte sich. Ich war unglaublich geil. Ich hielt ihr Bein fest umfangen und rieb mich an ihr. Ich war vollkommen naß.

Sie lächelte, es war ein wissendes Lächeln, sie stützte sich auf einen Ellbogen und wandte sich mir zu, sah mich an. Sie strich mir das Haar aus dem Gesicht und ließ ihre Finger von meiner Stirn aus sanft abwärts wandern, mit Küssen ihren Weg verfolgend. Ihre Hand glitt über meinen Körper, verweilte auf meinen Brüsten, drängte zwischen meine Beine.

Plötzlich erhob sie sich. »Viel zu hell«, sagte sie. Sie schloß die Jalousien und zog die Vorhänge zu. Das Halbdunkel der Intimität. Sie kontrollierte die Tür, blieb vor mir stehen und betrachtete mich. Ich kniete auf dem Bett. Ich war himmlisch erregt.

Sie kam wieder ganz nah an mich heran, und während wir uns küßten, begannen sich unsere Hände aus eigenem Antrieb zu bewegen. Die ihren knöpften langsam meine Bluse auf, lösten meinen BH, faßten und liebkosten meine Brüste. Die meinen schwebten unschlüssig in der Luft, halfen Kleidungsstücke entfernen und ließen sich dann auf ihren Schultern nieder. Ich stand auf dem Bett, Hose und Slip wurden mir heruntergestreift – und ich war völlig nackt. Sanft nahm Ruth eine meiner Brüste in den Mund. Sie ließ die Hände langsam über meinen Rücken gleiten, vom Höcker des Schulterblatts bis zur Rundung des Hinterns.

Ich half ihr weniger beim Ausziehen, als daß ich meine Hände nachfolgen ließ, während dies geschah. Sobald sie Hose und Slip abgelegt hatte – ich sehe es noch vor mir: sie beugte sich nieder, hielt sich im Gleichgewicht, eine Hand auf meiner Hüfte, erst ein Bein, dann das andere, richtete sich dann auf –, berührte ich sie zwischen den Beinen. Ihre hellbraunen Haare waren seidig, weicher als meine, und sie war naß, naß bei der ersten Berührung. Was für ein unglaubliches Gefühl, eine Gleichheit, die jemand anders ist. Sie hielt den Atem an.

Sie schob mich auf das Bett. Wir lagen Leib an Leib, die Haut erst etwas kühl, bald sehr warm. Wir sprachen wenig; unsere Sätze waren kurz und praktisch – es war eine untergeordnete Sprache. Wir sprachen vor allem mit unseren Händen. Eine Art von Kommunikation, die sogar die Struktur einer Unterhaltung hatte: Sie sprach mit ihren Händen, und mein Körper hörte zu, ohne sie zu unterbrechen, dann antworteten meine Hände auf ihrem Körper.

Eine so entzückende Form, die weibliche Form – so weich, so offen, so empfänglich. Ruth hatte kleine Brüste, sie waren kleiner als meine, mit Brustwarzen, die zwei Mädchen und einen Jungen genährt hatten. Ihr euphemistisches Bäuchlein, das drei Babys produziert hatte, siebenundzwanzig Monate harter Arbeit, hatte eine kleine Wölbung, die sie nicht leiden konnte und die ich liebte. Ich legte gern meine Hand darauf, wie man sie auf einen Globus legen würde, und genauso kam mir ihr Bauch vor – eine leichte Krümmung, die eine Geschichte und eine Geographie erkennen ließ. Ein Globus, der den Planeten Tuesday darstellte (Ich war jung und eifrig: Ich wollte *alles* in Worte fassen. Meine Metaphern – an denen ich hart arbeitete – ließen Ruth mit den Augen rollen. »Ein Planet! Oh, was noch? Diese Studenten!« sagte sie und lachte und küßte mich. Stets ein Kuß). Mein Körper eignete sich nur für einfache Adjektive: jung, schlank, behende. Ich mochte ihn sehr, ich kann nichts anderes sagen, er hat mir immer treu gedient – ich hatte hübsche Brüste, nicht groß, aber von erfreulicher Form, und wenn auch meine Beine ein bißchen dünn waren, so war ich doch gut proportioniert – aber für reiche Metaphern war er dürrer Boden. Mich verlangte nach einer sexuellen Vergangenheit.

Ruth sprach bei diesem erstenmal das meiste. Mit ihren Händen, meine ich (später sprach sie zu mir mit ihrem Mund, oje, ojemine). Ich lag auf dem Rücken, sie auf der Seite, dicht bei mir, ihre angezogenen Beine unter meinen Beinen gegen meinen Hintern geschmiegt. Ihre Finger wanderten umher und drifteten schließlich zum Gravitationszentrum meiner Lust.

Als ich kam, preßte ich die Beine zusammen, und ich drückte mit meinen Händen auf ihre Hand, um sie dort zu halten, auf mir, in mir. Es war unglaublich und ganz und gar unbeschreiblich. Dieses Gefühl des Schwebens.

Mir war schwindlig vor Leben, ich floß davon über. Wenn ich in diesem Augenblick eine Glühlampe zu fassen bekommen hätte, sie hätte aufgeleuchtet.

»Gut?« fragte Ruth.

Ich fing an zu lachen. Ausnahmsweise versuchte ich nicht, die Dinge in Worte zu fassen. Ich drehte mich zu ihr und küßte sie und küßte ihre Brüste und ließ meine Hand hinuntergleiten. Sie war so naß, so, so naß. Während ich meinen Kopf auf ihrer Brust ruhen ließ und ihre Hand, deren Finger nach mir rochen, wie verträumt mit meinem Haar spielte, liebkoste ich diese Nässe. Als ihr Atem rascher ging, faßte ich sie fester. Als ihr Körper sich straffte und sie barst vor innerer Lust, schloß ich die Augen. In der Dunkelheit sah ich die Fische umherschnellen.

Ich habe dieses erste Mal mit Ruth, auf jener schimmernd dunklen, weißen Bühne eines Zimmers in Griechenland, als einen Augenblick vollkommenen Glücks in Erinnerung.

Nach Methóni kam Koróni an die Reihe. Nach Koróni Kalamáta. Nach Kalamáta Mistra und Sparta (»Das ist es? Das ist es *wirklich?«* fragte Ruth ungläubig und blickte auf einen fast vollständig von Gras überwucherten Säulenstumpf, wie er für die wenigen Überreste des großen, alten, männlichen Sparta typisch ist. »Ja, aber keine Sorge«, antwortete ich. »Mistra wird dir gefallen. Die Byzantiner waren wunderbar«). Dann die Halbinsel Mani hinunter. Dann hinüber nach Monemvasia. Mit jedem weiteren Schritt schob Ruth ihren Rückflug, der nicht fest gebucht war, freudig immer weiter hinaus. Soweit ich mich erinnere, diskutierten wir nicht, *ob* wir weiterreisen sollten, sondern nur, wohin. Ruth rief regelmäßig in Philadelphia an, um mit Tuesday, Sandra und Danny in Verbindung zu bleiben (Graham war bei seinem Vater in Baton Rouge). Die drei Kinder hörten dann an verschiedenen Apparaten im Haus mit. Tuesday, die die Aufsicht führte – sie war den Sommer über von der Simon-Fraser-Universität nach Hause gekommen –, sagte ihrer Mutter, daß Danny jedem, der zuhören wollte, Wort für Wort wiederholte, was sie ihm erzählte; wenn Ruth sagte: »Wir sind auf, äh, Rhodos, wie der Koloß, und wir fahren morgen weiter, äh, mit dem Schiff nach Marmelade oder wie das heißt in, äh, der Türkei. Oh! es heißt Marmaris«, dann erzählte Danny jedem: »Mami ist auf, äh, Rhodos, wie der Koloß, und sie fährt morgen weiter, äh, mit dem Schiff nach Marmelade oder wie das heißt in, äh, der Türkei. Oh! es heißt Marmaris.« Er wiederholte die Worte laut, auch wenn er allein war, »wie ein Mantra«, bis Ruth wieder anrief und ihm ein neues Mantra gab, sagte Tuesday. »Er weiß nicht einmal, wo die Türkei liegt oder was der Koloß von Rhodos ist«, fügte sie hinzu. In ihrer Stimme lag eine Spur von Bosheit, sagte Ruth. Ich denke, sie hatten recht, wenn sie sich fragten, was ihre Mutter im Schilde führte, deren Ungefähr-zwei-Wochen-Trip schon in den zweiten Monat ging, ohne daß ein Ende abzusehen war. Als von *Türkei!* die Rede war, was immer ausgesprochen wurde, als schriebe es sich mit einem Ausrufezeichen, brach die Hölle los – das Land von Möchtegern-Papstmördern und des Mitternacht-Expresses (»Aber ich bin nicht der Papst, und ich handle nicht mit Drogen, und die Türken sind eigentlich sehr nett, wirklich viel netter als die Griechen, und ich habe dir gerade einen wunderschönen Teppich gekauft«, sagte Ruth; »aber Mami ist nicht der Papst, und sie handelt nicht mit Drogen, und die Türken sind eigentlich sehr nett, wirklich viel netter als die Griechen, und sie hat Tuesday gerade einen wunderschönen Teppich gekauft«, sagte Danny sagte Tuesday sagte Ruth zu mir). Und doch reiste sie, reisten wir weiter. Die Anrufe nach Philadelphia wurden um so länger, je länger wir in der Türkei waren, und Ruth schleppte einen sorgfältig verpackten Kern mütterlichen Schuldgefühls wegen Danny mit sich herum, doch wir reisten weiter.

Wir hörten, daß die griechischen Inseln in jenem Sommer von Touristen überrannt waren, vor allem von Briten, und so beschlossen wir, sie links liegenzulassen und nach Kreta zu fahren. Wir fuhren von Monemvasia aus zurück zu der verfallenen Hafenstadt Gytheion – wo wir in einem winzigen Freilichtkino einen zum lauten Rasseln des Projektors auf ein Bettlaken projizierten Film sahen, den wohl übelsten Schinken der amerikanischen Filmgeschichte, ein so schändlich schlechtes, aber todernst gemeintes Machwerk, *Das Schaumbad-Massaker*, mit blonden Nobodys in den Hauptrollen, daß es mir jahrelang in Erinnerung blieb, genau wie große Kunst –, und von Gytheion aus nahmen wir eine Fähre nach Kreta.

Wir liefen durch Städte, wir mieteten uns Mopeds und knatterten in entlegene Bergdörfer (eines feierte gerade sein alljährliches Fest), wir erhaschten Ausblicke über prächtige, grüne Weiten, wir lagen an menschenleeren Stränden (einer war so unzugänglich, daß wir uns auszogen und nackt schwammen), wir wanderten durch die Samaria-Schlucht, wir besuchten Museen und Ausgrabungsstätten, wir benutzten lärmende, überfüllte Busse, in Herakleion ließen wir Ruths Kamera reparieren, und jede Nacht, jeden Tag liebten wir uns und schliefen miteinander in billigen Hotels.

Jeder nahm an, daß Ruth meine Mutter sei, und wir beließen es dabei, da es die Dinge erleichterte. Doch zwischen uns wurde es zu einem ständigen Scherz, daß Ruth jedesmal, wenn das passierte, leise murmelte »Ich-bin-nicht-deine-Mutter.«

Wir waren am linken Ende von Kreta gelandet. Als wir das rechte Ende der Insel erreicht hatten, brauchten wir ein neues Ziel.

Ich schlug vor: die Türkei!, die so nahe war und so riesig und wo es bestimmt weniger Touristen gab. Wir zögerten – das Land hatte damals *wirklich* einen schlechten Ruf –, doch dann beschlossen wir, es zu probieren. Nach einer Nacht in Rhodos schifften wir uns auf einer Nußschale nach Marmaris ein und beruhigten uns damit, daß Ruths Kreditkarte unser Zauberteppich sein würde, mit dem wir wegkämen, wenn die Sache schiefginge.

Am Zoll waren wir nervös – wir hatten beide den Film gesehen –, aber nur den türkischen Passagieren wurde sämtliches Gepäck geöffnet und durchsucht, während wir mit breitem Lächeln durchgewinkt wurden. In unsere Pässe wurden Stempel gedonnert, als wollte man sie lebenslang zum Krüppel machen. Mister Arme-dicht-behaart hieb die Stempel mit einer solchen Begeisterung hinein, daß ich dachte, eigentlich hätte man *ihn* auf Drogen untersuchen sollen.

Wir überschritten eine Schwelle und gingen ein paar Schritte. Die Sonne schien mir warm ins Gesicht. Ich bemerkte einen jungen Mann, der meinen Blick abzufangen versuchte.

Ich ließ meinen Blick abfangen.

»Suchen Sie ein Zimmer?« fragte er mit einem Lächeln, das weder Drohung noch Bosheit enthielt, sondern einfach freundlich war.

»Ja«, sagte ich, mein erstes Wort in der Türkei.

Oh, was für ein Land! Seltsam, wie ein so großes Gebiet, ein solcher Malstrom der Geschichte doch in mein Herz passen kann.

Das Zimmer, das man uns zeigte, war sauber und schlicht, mit hellen Bettdecken und Teppichen, in einem vierhundert Jahre alten Haus mit einer nur anderthalb Meter hohen Tür, und es war sehr billig.

Als wir allein waren, setzten wir uns auf eines der Betten. »Das ist hübsch«, sagte Ruth.

»Ja«, sagte ich wieder.

Ein paar Tage nach unserer Ankunft hatten wir eine unangenehme Begegnung. Wir befanden uns an einem ruhigen, verlassenen Strand, als ein paar amerikanische Soldaten auftauchten. Als sie merkten, daß wir englisch sprachen und eine von uns noch dazu Amerikanerin war, kamen sie herüber, um mit uns zu reden. Freundlichkeit ist eine gute Eigenschaft, aber sie sollte noch mit anderen Qualitäten einhergehen. Sonst ist es, als wickelte man eine leere Schachtel in Geschenkpapier. Diese Jungen – ich sage Jungen, obwohl sie älter waren als ich – waren auf einem NATO-Stützpunkt in der Türkei stationiert und erholten sich gerade ein paar Tage. Sie haßten die Türkei. Nichts zu tun, nichts zu besichtigen, mir fehlt mein Mädchen, mir fehlt meine Frau, mir fehlt mein Football – sie hatten feiste Nacken, und ihre Hirne hätten einen Fingerhut nicht zum Überlaufen gebracht. Einer ging mir ganz besonders auf den Geist. Vielleicht dachte er, ich fühlte mich ausgeschlossen. Um mir zu versichern, daß ich kein Waisenkind sei, daß auch ich wirklich zur Großen Amerikanischen Familie gehörte, erklärte er mir, es gebe keinen Unterschied zwischen Amerikanern und Kanadiern. Er sei aus Michigan, so seine Beweisführung. Die gleiche Sprache, das gleiche Fernsehen, die gleiche Kultur, alles das gleiche. Er trug eine verspiegelte Fliegerbrille, so daß ich seine Augen nicht sehen konnte, er paradierte vor mir mit seiner dürren weißen Brust, als sei sie ein Werk Michelangelos, sein Tonfall erlaubte keinen Zweifel daran, daß er die reine, allgemeingültige Wahrheit sprach, und – als ob das noch nicht gereicht hätte, um meine innere Wut zum Schäumen zu bringen – mir fiel wenig ein, um seine grenztilgenden Argumente zu widerlegen. Ich betonte, daß sowohl Australier als auch Neuseeländer englisch sprächen und doch verschiedenen Ländern angehörten. Tja, aber Neusee, wie er es nannte, hätte ja zu Australien gehören können, wenn es nur gewollt hätte, wie Tasmanien. Oder wie Hawaii und die Vereinigten Staaten. Sie benutzten das Meer als bloße Ausrede, nur um ihr eigenes Land zu haben. Oder nimm Österreich und Deutschland, fuhr er unbeirrt fort, ein Bulldozer an Selbstsicherheit. Ich war in Süddeutschland stationiert, so sein Beweis. Zwischen den beiden Ländern gibt es keinen wirklichen Unterschied. Österreich könnte sehr gut ein Teil von Deutschland sein. Wirklich. Gleiche Sprache, gleiche Kultur, gleiches Land, so sehe ich die Sache, sagte er.

Mir fehlten die Worte. Ich suchte unter den Ikonen der kanadischen *Identität* – Ahornsirup, Biber, Freundlichkeit, die Königin, keine Schußwaffen – nach einem wesentlichen Unterschied, nach etwas Eigenem, nach so etwas wie dem Krieg-von-1812. Doch der einzige unwiderlegliche Unterschied, der mir einfiel, war der, daß ich anders sein *wollte*. Ich betrachtete meinen alles beherrschenden Tröster, und ich dachte,

Je ne veux pas être comme	Ich will nicht sein wie
toi, je ne veux pas être comme	du, ich will nicht sein wie

toi, je ne veux pas être comme
toi, je ne veux pas être comme
toi, je ne veux pas être comme
toi, je ne veux pas être comme
toi.

du, ich will nicht sein wie
du, ich will nicht sein wie
du, ich will nicht sein wie
du, ich will nicht sein wie
du.

Um ihn von seinem Thema abzubringen, fragte ich ihn, was er beim Heer mache.

Bei den Luftstreitkräften, berichtigte er mich. Er sei Mechaniker für Düsenjäger.

Schließlich gingen sie. Mit ihren Frisbees, Fußbällen, Kofferheulen und mit ihrem Bier, das sie uns angeboten hatten – aber nein danke.

»Die regt das nicht besonders auf, daß sie in der Türkei sind, was?« sagte Ruth.

»Nein.«

Sie strich mir über den Oberschenkel. »Es war zu sehen, daß dieser Mechaniker dir auf den Geist gegangen ist.«

»Ich bin keine Amerikanerin.«

»*Natürlich* nicht. Und ich bin auch nicht deine Mutter. Die Kanadier sind in vielen kleinen, wichtigen Punkten ganz anders als Amerikaner. Ich würde dich *nie* für eine Amerikanerin halten.«

Ich grinste. »Du Lügnerin! Als wir uns kennenlernten, hast du gedacht, ich sei Amerikanerin.«

»Oh. Stimmt.«

Wir lachten.

Pause. Suche nach grundlegenden Unterschieden.

»Meinst du, wir könnten hier oben ohne liegen?« fragte sie.

»Ich weiß nicht recht«, antwortete ich, während ich mich umschaute. »Ich denke, eher nicht.«

»Wahrscheinlich hast du recht.« Sie blickte hinaus aufs Wasser. »Gehen wir in unser Zimmer zurück«, sagte sie fröhlich mit diesem besonderen Funkeln in den Augen.

»Okay.«

Auf dem Rückweg sagte sie: »Und natürlich bist du anders. Du kannst gar keine Amerikanerin sein, du hast keinen amerikanischen Paß. Und in Quebec sprichst du französisch.« Was sie Kwiebeck aussprach, solange ich sie kannte.

Es waren die einzigen Amerikaner, denen wir in der Türkei begegneten.

Während unseres Aufenthalts in der Türkei wohnten wir in allen möglichen billigen Hotels und Pensionen: Manche waren einzigartig wie die kappadozischen Höhlen; manche schlicht; einige zweckmäßig, man vergaß sie leicht; und ein paar waren dreckig, mit schmutzigen Laken und üblem Geruch. Aus dieser letzteren Kategorie werde ich ein Hotelzimmer nicht vergessen, dessen eine Wand so verschimmelt und so morsch war, daß ich sie mit der Hand mehrere Zentimeter eindrücken konnte, was etwaige Nachbarn einigermaßen erschreckt haben dürfte. Wenn ich losließ, kehrte die Wand langsam wieder in ihre ursprüngliche Lage zurück. Gern hätte ich Buster Keaton nebenan gehabt, wir hätten uns prächtig amüsiert. Die Urteile über die Hotelzimmer fällte Ruth, denn ich hätte so ziemlich alles genommen. Ich war eine Anhängerin der Je-anspruchsloser-desto-lebendiger-Schule des Reisens. Wenn ein Hotelzimmer mich nicht umbrachte, machte es mich besser. Ruth verließ manch ein Zimmer wieder mit den Worten: »Das hier bringt mich um.« Aber diese Frau war wirklich erstaunlich und unverwüstlich, und sie entwickelte eine Toleranz gegenüber Schmutz, die der meinen gleichkam. Gegen Ende unserer Reise spähten wir in Zimmer, die verkommene Verliese waren, Ställe, die selbst Schweine hätten erbleichen lassen, und Ruth gab ein kurzes, unironisches »Großartig« von sich und legte ihren Rucksack auf das Bett. Dabei kam uns zustatten, daß uns das Geld auszugehen begann. Die Not ist die Mutter der Toleranz.

In Kusadasi kauften wir zwei Doppelbett-Laken. Ich trug das eine und Ruth das andere. Jede Nacht taten wir sie zusammen. Gab es dazu noch eine Dusche mit mindestens einem Hauch von lauwarmem Wasser, so waren wir zufrieden.

Wir wurden zu angehenden Expertinnen für türkische Teppiche und lernten verdammt gut feilschen; wir konnten Gallonen von süßem Tee trinken und allen möglichen Arten von Lächeln und allen Tricks widerstehen, mit denen wir dazu gebracht werden sollten, Dinge zu kaufen, die wir nicht wollten. Ein Teppich, den Ruth kaufte, hatte ein wahnsinnig kniffliges Muster von Gold und Grün. Als ich ihn später in Philadelphia sah, kräuselte sich eine Flut durch meine Erinnerung, ein wäßriger Teppich von flüchtigen Bildern und wortlosen Empfindungen. Ich kaufte mir einen Kelim, den einzigen Schmuck meiner kahlen Studentenzimmer, und so, wie er mir von Ruth erzählte, war es ein Zauberteppich.

»Der Samen aller Dinge ist von feuchter Natur«, sagte ich zu Ruth in Milet.

Sie blickte von ihrer Tasche hoch und blinzelte. »Was ist das?« fragte sie. Sie saß auf einem großen Löwen, einst bestimmt ein stolzes und gefährliches Tier, jetzt aber alt und zermürbt und halb im Sand versunken.

»Hier begann die griechische Philosophie. Ein Kerl namens Thales. Er sagte, der Urgrund aller Dinge sei das Wasser.«

Sie blickte sich um. »Nun, er hat recht.«

Milet, einst ein Hafen von solchem Wohlstand, daß er sich Philosophie leisten konnte, ist heute eine Wüste, nachdem der Fluß Mäander verschlammt ist und das Meer zurückgedrängt hat. Es ist ein trockener, dürrer Ort. Ruth holte eine Cola heraus. Sie war unverbesserlich amerikanisch.

»Und er hat gesagt: ›Alles ist voll von Göttern.‹« Gerade als ich das sagte, zog Ruth an der Lasche der Büchse. Es gab eine Gischtexplosion. »Siehst du. Zu voll, komprimierte Götter.«

Sie lachte. »Möchtest du?«

Wie gewöhnlich machte ich eine beleidigte Miene und trank dann doch die Hälfte.

Wir waren allein; Ruth ließ ihre Hand in meine gleiten. Wir liefen herum, zogen einander hierhin und dorthin, ohne Grund, nur aus dem Vergnügen, zu wissen, daß die andere da war. Wir küßten uns an einer Säule. Der Samen aller Dinge ... Ich wünschte, wir wären wieder in unserem Zimmer.

Nach Ephesus an der ägäischen Küste faßten wir den Entschluß, uns nach Osten zu wenden. Wir machten Rast in den Travertinbecken von Pamukkale – über Jahrtausende hinweg geschaffen von einem anhaltenden Strom mineralhaltigen Wassers, Becken von reinstem Weiß, die überquollen von heißem, kalziumreichem Wasser. Ruth packte sich Schlamm auf den Kopf.

Das Land zog uns mit. Pamukkale war nicht weit von Kappadozien, Wunder der Wunder, Zuflucht der frühen Christen, die sich Wohnstätten in den bröckeligen Fels gruben, ein Mondlandschaft wie nirgends sonst auf Erden. Und dazwischen Konya, die Stadt der wirbelnden Derwische. Und dahinter, dicht dahinter, lag Nemrut Dagi, ein Heiligtum auf einem Berg mit seinen gewaltigen Steinfiguren. Von dort war der Schritt nach Dogubayazit mit dem kurdischen Palast von Ishak Pasa (und außerdem dem Kleinen und dem Großen Ararat) naheliegend.

In Dogubayazit nahmen wir ein Taxi zur Grenze. Wir warfen einen Blick in die Islamische Republik Iran. Ich wäre hinübergegangen, wäre die Grenze nicht wegen des Krieges zwischen Iran und Irak geschlossen gewesen. Ruth sah mich an. »Klar«, sagte sie. »Bestimmt. Wir machen's morgen. Wir sausen nur noch mal in die Stadt und ersetzen unsere Bikinis durch Einteiler, dann sind wir für Iran gerüstet.« Zur gleichen Zeit wie wir war auch James Irwin in Dogubayazit, der amerikanische Astronaut, der auf dem Mond spazieren gegangen war (und ihn vermutlich voll Gott gefunden hatte) und nun auf dem Berg Ararat erfolglos nach Noahs Arche Ausschau hielt; mit seinem Team füllte er das beste Hotel der Stadt. »Suchen wir den Spinner«, sagte Ruth. Aber Mr. Irwin war auf dem Berg schwer bei der Arbeit.

Wir nahmen unseren Rückweg in westlicher Richtung an der Schwarzmeerküste entlang bis Samsun, wo wir uns landeinwärts nach Ankara wandten. Ich bedauerte, daß wir Urfa und Harran im alten Mesopotamien nahe der syrischen Grenze nicht gesehen hatten und daß uns die ganze Mittelmeerküste entgehen würde, aber so ist es immer mit den beiden Vektoren, die unser Leben regieren: Der Raum ist wahrhaft unendlich, dafür haben wir umfassende Beweise, aber es würde aller Erfahrung ins Gesicht schlagen, wollten wir das gleiche auch von der Zeit sagen.

Die einzige Geschichte, die ich in der Türkei geschrieben habe, kam mir in Ankara. Ankara ist zum Teil eine auf dem Reißbrett entworfene Stadt; Atatürk riß sie 1923 aus provinzieller Vergessenheit, um die Hauptstadt dieser europäischen Nation fest in Asien zu verankern. Es ist eine moderne, geschäftige Stadt. Doch Ankara hat auch sein eigenes Gedächtnis, seine eigene Geschichte. Nachdem wir die Zitadelle aus dem neunten Jahrhundert besucht hatten, gingen Ruth und ich durch die Altstadt, durch die schmalen, verwinkelten, hügeligen Straßen mit den niedrigen Häusern in ihren manchmal lebhaften Farben. Es hatte geregnet, doch nun war die Sonne hervorgekommen. Die Luft war von erfrischender Kühle. Pfützen waren Spiegel. Wir gingen ohne Ziel, nur mit der einfachen Freude an der Bewegung, ein freiwilliges Verirrtsein. Angelockt von einer Topfpflanze oder von der Tönung einer blauen Mauer, wandten wir uns nach links oder nach rechts. Auf den Straßen spielten Kinder. Einige, die nicht zu eifrig bei ihrem Spiel waren, hielten inne und sahen uns schweigend an. Andere riefen uns zwischen Auffangen und Werfen des Balls mit kreischenden Stimmen etwas zu. »Grüß euch auch«, antwortete dann eine von uns, was sehr oft einen kakophonen Chor von Schreien und Kichern hervorrief, eine Stimme schriller als die andere, Laute, die der menschlichen Spezies weltweit vertraut sind. Ein kleines Mädchen, nicht älter als drei, wurde von dem Tumult, den unser Auftauchen verursachte, so gepackt, daß sie vollkommen außer sich geriet. Sie zitterte, ihr Blick wurde starr, Speichel lief ihr aus dem Mund – sie sah aus, als werde sie gleich platzen. Doch sie reckte sich, schloß die Augen und stieß einen Schrei aus, so laut und durchdringend, daß er Kristall hätte zerspringen lassen können. »Na, du kleiner Schreihals?« sagte Ruth, beugte sich hinunter und machte große Augen. Plötzlich sah ich sie in einem anderen Licht. Sie war mit Kindern vertraut, dreifach vertraut. Ich sah sie selten in dieser Haltung, selbst wenn sie von ihren Küken in Philadelphia sprach. Die Mutter des Schreihalses kam heraus und schloß die kleine Diva in die Arme. Sie und Ruth tauschten Blicke und lächelten einander zu, Frauen mit verschiedenen Sprachen, doch Mütter sie beide.

Auch andere beobachteten uns, jedoch schweigend. Alte, schlecht rasierte Männer, die uns mit den Augen folgten und mitunter nickten, wenn ihre Blicke sich mit den unseren trafen.

Die Straße war für Autos zu eng. Wir trafen auf eine Frau, die unter einem offenen Fenster auf einem Teppich saß, offenkundig vor ihrer eigenen Wohnung. Neben ihr lag ein schlafender Säugling. Sie nähte. Sie nahm von uns kaum Notiz.

Wir gingen an ihr vorüber.

In einer Biegung der gleiche Anblick, nur zweifach. Zwei alte Frauen auf Teppichen einander gegenüber, eine mit einem Säugling, der ruhig vor sich hin brabbelte und mit einem Stück Stoff spielte. Alt waren sie, diese Frauen mit den hellen, vielschichtigen Kleidern und mit nur wenigen Zähnen. Sie waren in lebhafter Unterhaltung. Als sie uns sahen, winkten sie und lächelten und redeten mit uns. Ich lächelte zurück und zeigte nach vorn, womit ich sagen wollte, wir seien auf einem Spaziergang, und dort vorn sei unser Ziel. Im gleichen Augenblick schwiegen sie beide und schauten in die Richtung, in die ich gedeutet hatte, als ob ich auf etwas gezeigt hätte, was nicht stimmte, vielleicht auf einen Zementlaster, der in ihre Richtung rollte. Sie blickten wieder zu uns herüber, und beide wiederholten meine Handbewegung, wohl ohne zu wissen, was sie damit meinten, einfach nur den Fremden zuliebe. Die eine hielt ein leeres Glas hoch. Eine Einladung zu einem Tee. Wir ließen uns nieder und tranken Tee und unterhielten uns, wie wir es überall in der Türkei mit Frauen schon oft getan hatten, wo man viel spricht, kein Wort versteht und einander doch viel mitteilt. Ruth wies auf den Säugling und sagte: »Ist das Ihr Enkel?«, und sogleich landete der Säugling zunächst auf ihrem Schoß und dann auf meinem. »Doktor Livingstone, wie ich vermute?« sagte ich zu dem glucksenden Kind.

Als es Zeit war zu gehen, nach vielen nachdrücklichen Recht-vielen-Dank, auf türkisch *Teşekkür ederim*, erhoben wir uns, betraten behutsam die paar Zentimeter Straße, die zwischen den Teppichen der beiden Frauen noch übrig waren, und gingen weiter.

Und wieder, diesmal aber dreifach, vierfach, fünffach. Zu

unserer Linken und zu unserer Rechten, immer, wenn wir zu einer Querstraße kamen. Frauen, Säuglinge, Teppiche. Ruth und ich, wir sahen einander an. »Mir ist, als seien wir *Eindringlinge*«, sagte sie. Genau das war es. Wir hatten das Gefühl, als seien wir unmerklich vom öffentlichen Raum der Straße in die private Sphäre des Hauses vorgedrungen. Aus diesem Gefühl heraus entwickelte sich meine Geschichte.

Sie handelte von einem Mann, der den Atatürk Bulvari entlanggeht, Ankaras Aorta, breit, von Bäumen gesäumt, belebt. Doch unser Mann ist selber beschäftigt; er hat keine Zeit für Ablenkungen. Er denkt über ein wichtiges Geschäft nach. Er biegt vom Atatürk Bulvari in eine ruhigere Straße ein; sagen wir, es handelt sich um eine Arterie. Unser Mann ist tief in Gedanken. Er achtet nicht auf seine Umgebung. Was ihm im Augenblick wichtig ist, läuft in seinem Kopf ab. Das Hupen eines Autos, der Ruf eines Straßenhändlers – irgend etwas läßt ihn aufschrecken. Ohne zu überlegen, biegt er wieder ab, diesmal in eine Arteriole. Jetzt gibt es keine Ablenkungen mehr. Keine Autos, keine Menschen. Er kann in Ruhe weitergehen und sich voll auf seine Überlegungen konzentrieren. Seine Augen sind offen, doch sie sehen nichts. Nur seine Füße spüren Veränderungen. Unser Mann ist noch nicht zu einer Entscheidung gekommen, als er sich der Tatsache bewußt wird, daß er stehengeblieben ist und auf einen kleinen Tisch blickt, auf dem eine Brille liegt. Was ist das, fragt er sich, noch immer abwesend. Er würde gerne weitergehen und weiter nachdenken, aber seine Füße wissen nicht mehr, wohin sie sich wenden sollen. Er erkennt, daß neben dem kleinen Tisch ein großes ungemachtes Himmelbett steht. Er bemerkt Blutstropfen auf den Laken. Verblüfft betrachtet er sie. Er fährt herum. Er befindet sich in einem Schlafzimmer. Sagen wir in einer Kapillare. Das Zimmer wird ausführlich beschrieben, denn es ist stilvoll eingerichtet. Unser Mann ist einer Panik nahe. »Was mache ich hier? Wie bin ich hierhergekommen?« fragt er sich. Rasch verläßt er das Zimmer. Er findet sich in einer Bibliothek wieder, dann in einem Wohnzimmer. Er geht weiter: ein Speisezimmer. Dann eine Küche. Er öffnet eine Tür und läuft durch einen Korridor. Da sind mehrere Türen; eine führt in ein Bad, eine andere in ein Schlafzimmer, eine weitere in eine kleine Kammer. Am Ende des Korridors eine Treppe. Er rast nach oben. Doch es geht weiter: Wohnzimmer, Schlafzimmer, Badezimmer, Küchen, Speisekammern, Bibliothekszimmer, Eßzimmer, Kammern, Korridore – keine Tür, die nach draußen führt, kein Fenster, durch das er hinausklettern kann. Eine endlose häusliche Honigwabe. Die Geschichte endet mit den Schreien des Mannes, mit seiner Verzweiflung, die der Verzweiflung einer Frau gleicht, die einkaufen geht und dann entdeckt, daß sie den Weg nach Hause nicht mehr finden kann, sondern für immer in den belebten, lärmenden Straßen umherstreifen muß.

Welches sind die Orte, wo Männer sich unbehaglich fühlen? Auktionshallen, Busbahnhöfe, Computerläden, Dorfkneipen, Erotikshops, Fahrstühle, Generalsbetten, Hotels, Iglus, Jesuitenseminare, Kriegsgebiete, Lexikographenbüros, malerische kleine Gassen, Nordsee-Ölplattformen, Opiumhöhlen, Pferderennen, Quantentheorie-Konferenzen, Raumflug-Leitzentralen, Südamerika, Taxis, U-Boote, Volleyballplätze, Wartezimmer, Xylophon-Schulen, Yak-Schmusezoos, Zeitungsredaktionsräume, Armeehauptquartiere, Bergwiesen, Chefetagen, da Vincis Atelier, Effektenbörsen, Flugzeug-Cockpits, Gefängnisse, Hochgebirgsexpeditionen, Islam-Konferenzen, Jazzfestivals, Kranzniederlegungen, Lynch-Parties, der Mond, Nobelpreisträgertreffen, Orchestergräben, Parkplätze, Quarterdecks, Regierungsbüros, sonnige Sandstrände, Tankstellen, U-Bahnsteige, der Vatikan, Wahlkabinen, xenophobische Demonstrationen, Yawls,

Zikkurats, Ausschüsse zur Untersuchung unamerikanischer Tätigkeit, Baustellen, Chaotentreffen, Dartsmeisterschaften, Entziehungsanstalten, Fernfahrerlokale, Gerichtshöfe, Hahnenkampfarenen, Ingenieurakademien, Jagdscheinausgabestellen, Kolonien für Leprakranke, Landwirtschaftsausstellungen, Modelleisenbahnertreffen, nachts, Oxford, Platos Höhle, Querfeldeinrennen, ruhige Orte, Schrottplätze, Throne, Unterführungen, Vaterländer, Waldwege, X-Chromosomen-Forschungslaboratorien, Yogaschulen, Zusammenkünfte der Malteserritter? Nein. An all diesen Orten wird man einem Mann niemals sagen, daß er nicht erwünscht ist, weil er ein Mann ist.

In der Türkei zu reisen war manchmal nicht leicht. Es gab auch Scherereien. Weil sie sich unter der Sonne eines exotischen Landes ereigneten, wurden sie oftmals zu *Abenteuern*, etwas, was nicht nur leichter zu verkraften war, sondern, was man sogar suchte. Durch dieses bizarre Paradoxon des Reisens wird noch die schlimmste Tour – die endlose Busfahrt, die Matratze mit der Million von Krabbeltierchen, das Hotel mit den vergammelten Schwabbelwänden – zur besten Tour, an die man sich am liebsten erinnert. Aber wenn ich jetzt zurückdenke, waren einige der Scherereien einfach unannehmbar. Ihnen war eines gemeinsam: Männer. Männer, die uns ganz offen von oben bis unten musterten. Männer, die bei unserem Anblick einander zufeixten und sich ihren Freunden zuwandten, mit einer Kopfbewegung auf uns deutend. Männer, die uns streiften, wenn sie auf einer gar nicht belebten Straße an uns vorübergingen. Männer, die uns streiften, wenn sie auf einer gar nicht belebten Straße an uns vorübergingen *und* ihre Hände über unsere Brüste gleiten ließen. Der junge Mann, der mich in einer dunklen Straße in Ankara im Laufschritt einholte, mich in den Arsch kniff und ebenso schnell wieder verschwand. Ebenso der in Istanbul. Männer, die uns zuschnalzten. Jungen, die uns zuschnalzten. Männer, die meinten, sie hätten das Recht, uns mit ihren schmierigen, unerwünschten Aufmerksamkeiten zu überschütten, und zwar ohne Rücksicht auf unsere Worte und Reaktionen oder unsere Gleichgültigkeit. Männer, die meinten, daß sie wüßten, was wir wollten, welches Ziel, welches Produkt, welche Dienstleistung, welchen Preis, noch ehe wir auch nur den Mund aufgemacht hatten. Der Busfahrer, der mich auf der hintersten Sitzbank schlafen sah, den Bus auf dem Seitenstreifen anhielt, nach hinten kam und mich küßte, so daß ich im Aufwachen diesen Fremden bedrohlich über mir sah und ihn wütend zurückstieß, während ich nach Ruth rief, worauf er wieder nach vorn ging, lächelnd, lachend, stolz auf sich. Der Mann, der sich an einer Haltestelle vor mir entblößte, grinste und an sich herumspielte.

All das schüttelten wir ab. Wir waren abgehärtet, wir wurden abgehärtet. Als wir schließlich den Zug von Istanbul nach Athen bestiegen, waren wir Veteranen der Reiseschlacht. Obwohl wir uns jeden Tag wuschen, hatten wir das Gefühl, seit Monaten nicht gebadet zu haben. Wir waren nicht gebräunt – wir waren wettergegerbt. Unsere Lungen, unser Gemüt waren voll von jener schmerzhaften Müdigkeit, die in freier Natur verbrachte Zeit hinterläßt. Wir waren wachsam, listig, skeptisch, streitlustig, abweisend. Kein Johnnie Türk würde an uns rumfummeln. Wären wir länger geblieben, so wäre uns eine Rüstung zugewachsen, die beim Gehen gerasselt hätte.

Doch wir waren keine Sherman-Panzer. Wir waren zwei Frauen, die traditionelle Baumwollkleider trugen und durch ein großes, männliches Land reisten. Es verschliß uns. Mehr, als wir uns klarmachten. Einige Türen wurden für uns in der Türkei sehr wichtig: die Türen unserer Hotelzimmer. Wenn wir sie zumachten und abschlossen, so nicht, um Ruths Kamera zu sichern, sondern um unsere Zuflucht zu sichern.

Zuflucht war ein Ort, wo man zusammensein konnte – und außer Reichweite für andere.

Was nicht heißen soll, daß wir keine türkischen Männer getroffen hätten, die nett waren. Wir haben welche getroffen. Eine Menge. Die nett waren; anständig; höflich; freundlich. Aber dieser Ansatz – ein paar gute Türken, ein paar schlechte Türken – ist ganz falsch. Was ich meine, hat weder mit Demographie noch mit Demokratie zu tun, denn es waren nicht in erster Linie einzelne, die auf mich einen bestimmten Eindruck machten, es war vielmehr eine bestimmte Haltung. Und eine Haltung kann herumschwappen wie die See, in dem einen Mann steigend, in dem anderen abebbend, in einem dritten wieder hochbrandend – alles jenseits jeder statistischen Betrachtungsweise.

Ich würde sagen, in der Türkei war die See rauh, und sie brandete hoch. Ruth und ich konnten ohne Schwierigkeiten hindurchsegeln, aber ich frage mich, wie es meinen türkischen Schwestern ergeht. Wenn wir uns in der Türkei in der Öffentlichkeit bewegten, trafen wir türkische Frauen zehnmal so selten wie Männer und fast immer ohne männliche Begleitung – auf dem Markt oder in Bussen oder auf Teppichen in den Nebenstraßen Ankaras. Sie sprachen mit uns, sie lächelten, sie saßen neben uns, sie berührten uns, wir sprachen mit Händen und Füßen und nickten mit dem Kopf; bei ihnen konnten wir uns entspannen und uns ungezwungen bewegen. Sie waren wohl glücklich – das Glück ist eine so unglaublich zähe Pflanze –, aber ich glaube, es war ein Glück innerhalb enger Grenzen, wie bei Pflanzen, die in Töpfen wachsen.

Wir lernten eine Frau kennen, die in Ankara bei einer Bank arbeitete, nicht im Kassenraum, sondern an etwas höherer Stelle, und wir aßen mit ihr zu Abend. Meral erklärte uns, sie würde es in ihrer Bank niemals zum Manager bringen, niemals, weil sie eine Frau sei. »Vor sechzig Jahren, unter Atatürk, war es besser«, sagte sie. »Er gab uns das

Wahlrecht. Er glaubte an die Frauen.« Darauf wollte ich hinaus, das wollte ich in meiner Geschichte über einen in einem Honigwabenhaus gefangenen Mann verarbeiten.

Ich zeigte sie Ruth.

»Ich bin *schrecklich gern* Hausfrau gewesen«, sagte sie. »Ich gehe nicht gern arbeiten. Wer braucht das? Das einzige Problem waren meine Ehemänner. Du hättest Tuesday sehen sollen, als sie noch klein war. Sie war ein solcher Clown. Dannys beste Freunde sind Hispanoamerikaner, und sie bringen ihm Spanisch bei. Damit würzt er sein Englisch. Das ist urkomisch. Wenn mein Sohn sich für etwas begeistert, bricht es plötzlich aus ihm heraus: ›Yo soy Pancho Villa!‹, und er stolziert mit einem imaginären Sombrero und mit Pistolen im Zimmer auf und ab. Ich könnte mich kaputtlachen. Als ich mit Jerry zusammen war, hatten wir ein hübsches Haus mit einem Garten, und ich hatte mein eigenes Auto. Gott, ich könnte jederzeit wieder Hausfrau sein. Wenn ich nur einen guten Mann hätte.«

Sie wollte mit ihren Worten lediglich ihre eigene Erfahrung beschreiben. Dies ist meine Erfahrung, nur meine – das war es, was ihr Tonfall vermittelte.

Doch es war eine Stimme, die für mich Gewicht hatte. Die Unerfahrenheit meiner Prosa schien an der Endgültigkeit ihrer Erfahrung zunichte zu werden. Meine Geschichte war steif und simpel, das barocke Element schrecklich gewollt, das ganze Ding ein dürftiges Nichts. Ich folgerte daraus, ich sei noch zu jung. Ich hatte meine Geschichte mit einer Entrüstung genährt, die einherstolzierte wie Dannys Pancho Villa. Auf Felder, auf die ich mich noch nicht vorgetastet hatte – Männer, Mutterschaft, Arbeit – hatte ich ein großes Gerüst von Ideen projiziert.

Ich bewahrte mir mein Staunen über diese Frauen in Ankara, die die Straßen mit häuslichem Leben erfüllten, ich behielt meine Empörung über die Stellung der Männer in der

Türkei, aber ich warf meine Geschichte weg. Ich war verletzt und enttäuscht. Nicht Ruths wegen. Im allgemeinen. Ich weiß noch, wie ich meine Geschichte methodisch in quadratische Schnipsel riß und mich dabei fragte, warum die Dinge so einfach und zugleich so kompliziert sein mußten. Ich erklärte feierlich, daß ich niemals Kinder bekommen würde. Nicht mit mir, nie im Leben! Und nie würde ein Mann über mich verfügen.

Ruth sagte: »Gönnen wir uns etwas Milchreis«, und damit war das erledigt. In der Türkei gibt es vorzüglichen Milchreis, cremig und mit viel Zimt. Das war stets der Ausweg aus unseren Problemen: die Sinne. Milchreis oder eine Liebkosung ihrer Hand auf meinen Brüsten, ein Auberginen-Gericht oder daß ich Ruth aufs Bett zog.

Wir begegneten ihm auf einer dieser endlosen Busfahrten, die Ruth und ich durchstanden. Möglicherweise war es zwischen Kayseri und Malatya. Eine glänzende schwarze Schlange von einer Straße wand sich durch die wogend-grünen, baumlosen Ebenen Ostanatoliens. Ein einziger Bus, kein Verkehr. Er war wohl Bauer. Ein Mann des Landes, vermählt mit der schwarzen Erde. Er stieg, wie es schien, aus dem Nirgendwo zu und an einem ganz ähnlichen Ort wieder aus. Zwischen beiden Punkten trafen wir uns, unsere parallelen Leben berührten sich. Er schien Ende Zwanzig zu sein, und er hatte das markante, sehr männliche Äußere, wie es für gutaussehende türkische Männer so charakteristisch ist: ebenmäßige, klassische Gesichtszüge, makellose weiße Zähne, klare Augen, ein dicker, schwarzer Schnurrbart und ein mit Muskeln und Haaren bepackter Körper. Die Kleidung saß ihm straff am Oberkörper, und seine Unterarme waren so behaart, daß die Haut kaum hervorschien. Oben aus seinem Hemd brachen Haare hervor wie Flammen aus dem Fenster eines brennenden Hauses.

Ich weiß nicht mehr, wie wir drei ins Gespräch kamen. Ich vermute, auf die übliche Art: Augen, die einander wahrnahmen, weil er herschaute, Nicken und Lächeln, sein erstes zögerndes Wort. Ihm standen weniger englische Worte zur Verfügung, als er Finger hatte, Worte, die er in längst vergangenen Schultagen gelernt haben mußte. Doch er war so begierig und so entschlossen, mit uns Gedanken auszutauschen, daß es fast einem Jesuswunder gleichkam: Er verwandelte seine wenigen Tropfen Englisch in ganze Krüge voll reicher Bedeutung. Den Namen meines Landes sprach er mit einer solchen feierlichen, ernsten Betonung aus – Cah-nah-dah –, daß ich etwas tat, was ich lange Zeit nicht getan hatte: Ich betrachtete ihn gleichsam von außen, als hörte ich ihn zum erstenmal. Was für ein seltsamer Name das doch ist, der so sehr nach einem Nonsens-Wort klingt, nach dem Babbeln eines Kindes, mit dem riesigen C und den drei Silben, die drei Tanzschritten gleichen.

Wir verständigten uns in anschaulichen Gefühlen, wie Menschen, die sich aus einiger Entfernung zuwinken. Er lächelte und neigte häufig den Kopf. Wenn er gerührt war, und das geschah oft, dann schlug er sich mit beiden Händen gegen die Brust, was einen dröhnenden Laut erzeugte. Er war ein liebenswürdiger Mann, wohlgesittet wie ein Roman aus dem neunzehnten Jahrhundert. Wir lobten sein Land überschwenglich. Das ließ ihm fast die Tränen in die Augen treten. Ich sagte: »Atatürk!« und schüttelte die Faust, was »Großer Führer!« bedeutete. Er schlug sich dröhnend gegen die Brust und rief »Atatürk!«, was gemeint war, wußte ich nicht genau, aber es war etwas Positives. Tatsächlich waren die Worte »Atatürk!« »Atatürk!« die letzten, die wir tauschten, ehe er ausstieg, als ob wir Mitglieder einer Atatürk-Erweckungsgesellschaft wären.

Als er nur noch ein Punkt am Horizont war und wir sein Winken nicht mehr sehen konnten, lehnten wir uns zurück.

»War das nicht ein freundlicher Mann«, sagte Ruth.

»Ja«, erwiderte ich träumerisch. Ich verweilte bei dem Gedanken an seine Freundlichkeit, seine Rechtschaffenheit. Ich brauchte ein paar lange Minuten, bis meine unklaren Gedanken ihre Schärfe zurückgewannen. Er war ein liebenswürdiger Mann – und einer, den ich begehrte. Dieser Gedanke, das plötzliche Auftauchen des Wortes »Begierde« in meinem Kopf, schockierte mich. Nach einem Mann! Nach ihm! Mit ihm schlafen zu wollen! Was für ein Gedanke! Ich ließ die Vorhänge meiner Augen herunter und näherte mich dem Objekt meines Begehrens. Alles, was mich noch nie zuvor angemacht hatte, machte mich nun an. Gewicht, Haar, Geruch. Ich zog ihm das Hemd aus und stellte mir seine behaarte, muskulöse Brust vor. Stellte mir vor, wie ich meine Hände darüber hingleiten ließ. Wie ich meine nackte Brust dagegen preßte, die im Vergleich dazu so schmächtig und so unbehaart war. Es war seine warme, behaarte, kräftige Gestalt, die mich erregte. Sein Kopf, der so mächtig war und so struppig, so tiefbraun und gegerbt. Sein Mund, in den er eine meiner Brüste nahm. Seine Hände, kräftig, rauh und sanft, die über meinen Körper streiften, auf meiner Klitoris verweilten. Er stand vollkommen nackt vor mir, sein steifer Schwanz ragte machtvoll vor. Ich konnte mir nicht vorstellen, wie er in mich eindrang, weder in der Wirklichkeit noch in meinem Traum. Aber meine Hände glitten über seine Schenkel. Ich sah mich ihn halten. Ihn saugen.

Hätte ich in diesem Augenblick masturbieren können, ich hätte es getan. Doch ich mußte mich zügeln und mit dem Traum vorliebnehmen, während der Bus weiter durch Anatolien fuhr.

Den Entschluß, den Zug Istanbul–Athen zu nehmen, faßten wir in Ankara. Von diesem Augenblick an wußten wir, daß unsere Reise, unsere Odyssee zu Ende ging. Jeder praktische

Schritt machte das klar – die Platzreservierungen für Zug und Flugzeug, die Rechnerei, um in der Türkei nicht einen weiteren Reisescheck einlösen zu müssen.

Beim Besuch Istanbuls waren wir voll innerer Unruhe. Nach einer zweiwöchigen Reise, die fast drei Monate gedauert hatte, nach dem Entschluß, ihren offenen Rückflug endlich zu buchen, brannte Ruth nun darauf, ihre Kinder zu sehen. Wir brachten Stunden auf dem Großen Basar zu, wo sie alle möglichen großen und kleinen Geschenke kaufte, ein paar für Freunde, die meisten aber für Tuesday, Graham, Sandra und Danny – ein Geschenk für jeden Tag, den sie fort gewesen war, so schien es. Ich kaufte Ruth eine schöne Silberbrosche mit einer Einlegearbeit aus Bernstein. Sie war fröhlich, weil ihr plötzlich bewußt geworden war, wie sehr sie ihr Zuhause vermißt hatte und wie bald sie wieder dort sein würde. Ich war einer Rückkehr nach Roetown zwar nicht abgeneigt, doch würde das kaum eine Heimkehr zu nennen sein.

Auf mein Betreiben hin machten wir lange Gänge durch Istanbul. Ich wollte aus unserer gemeinsamen Zeit so viel an Reise wie irgend möglich herausschlagen. Doch in vielerlei Hinsicht war Ruth bereits abgereist. Im Bett waren wir eher Bettgenossinnen denn Liebende. Sie zog sich nicht absichtlich zurück – sie lud mich nachdrücklich über Weihnachten nach Philadelphia ein –, aber es wurde immer deutlicher, wenn es auch unausgesprochen blieb, daß wir aus enorm verschiedenen Welten kamen und daß nur der Schwebezustand des Reisens, diese abnorme Verschränkung von Zeit und Raum, unsere Romanze hatte erblühen lassen. Es war eine Romanze, der keine Reise über die Reise hinaus beschieden war. Der Umschwung, dieser innere Umschwung, der dic Wahrnehmung der Wirklichkeit verändert, war beidseitig; es war nur so, daß ich Ruth ein bißchen hinterherhinkte. Ich möchte nicht, daß es so dramatisch klingt, doch außer ihr hatte ich niemanden. Die ganze Reise war ein atemloser Taumel gewesen, jede Minute ein Vergnügen und ein Abenteuer. Nun mußte ich Atem schöpfen.

Die Zugfahrt nach Athen war lang, sonnig und melancholisch. Ich war dankbar, daß die griechische Landschaft so schön war. Jeder Kilometer zehrte eine Träne auf, so daß ich auf dem Flughafen lächeln konnte.

Unseren letzten gemeinsamen Tag brachten wir damit zu, in der Plaka umherzustreifen. In einem bewußten letzten Augenblick der Leidenschaft, in einem Torweg im Schatten des Parthenons, küßten wir uns, wie Liebende sich küssen. Auf dem Flughafen war es traurig, aber nüchtern. Ruth schwankte zwischen freudiger Erregung und Erinnerung, zwischen *Bald seh' ich meine Kinder* und *Oh! Was für eine schöne Zeit wir hatten*. Ich nickte. Ich hatte mein Gleichgewicht gefunden. Der Kopf hieß das Herz schweigen.

Aus irgendeinem Grund fiel mir in diesem Augenblick das Grün ihrer Augen auf. Sie wandte sich um, fand ihren amerikanischen Paß und reichte ihn mit einem Lächeln dem Uniformierten; sie hob ihre schwere Bordtasche auf die Schulter; sie ging ein paar Schritte in den zollfreien Bereich; drehte sich um; wir winkten einander zu, Auge in Auge; sie ging davon.

In jener Nacht nahm ich ein Einzelzimmer. Allein im Bett, brach ich in Tränen aus.

Es war gegen Ende August. Ich verbrachte ein paar Tage in Griechenland, wo das Reisen so leicht und problemlos war nach der Türkei. Ich übernachtete in verschiedenen Herbergen, ich streifte durch Athen, ich besuchte noch einmal den Tempel des Poseidon am Kap Sunion, und dann flog ich zurück nach Kah-nah-dah.

Es war überraschend wohltuend, wieder in Roetown zu sein. Die Vorlesungen hatten noch nicht begonnen, und es waren nur wenige Studenten da. Ich hatte mehrere Tage der Ruhe. Ich hatte erwartet, daß ich ziemlich deprimiert sein würde, doch in der veränderten Umgebung stellte sich eine andere Stimmung ein. Ruth würde ich zu Weihnachten sehen, und ich hatte ihre Telefonnummer und konnte sie immer anrufen, wenn ich niedergeschlagen war – warum sollte ich also niedergeschlagen sein? Dies und einsame Spaziergänge im warmen, sonnigen Roetown und der Gedanke an die Kurse des kommenden Jahres und die Abwesenheit von Elena – all das munterte mich auf. Sie würde nicht an die Ellis zurückkehren. Im Strathcona-Milne-College lag für mich ein Brief von ihr. Sie schrieb, sie wisse nicht, weshalb sie studiere, was sie studiere, und so habe sie beschlossen aufzuhören. Sie werde eine Weile arbeiten und dann herausfinden, was sie tun wolle.

Vor dem Sommer war ich mit einer Gruppe von Freunden übereingekommen, im Zentrum von Roetown ein Haus zu mieten. Es war das letzte Haus der Straße, es lag versteckt hinter einem Hügel. Die Straße endete nach einer scharfen Biegung auf einem Parkplatz. Er diente einer benachbarten Fabrik, etwas unterhalb von unserem Haus gelegen, dort, wo das Gelände flacher wurde. Es war eine Keks-, Müsli- und Haferflockenfabrik. Ich glaube mich zu erinnern, daß die Luft im Herbst und im Frühling manchmal den Duft von geröstetem Hafer herübertrug, doch das ist wohl Einbildung, geboren aus Wunschdenken.

Vor dem Haus befand sich das städtische Gefängnis mit seinen stacheldrahtbewehrten Mauern und einer schwenkbaren Kamera. Von meinem Schreibtisch aus hatte ich das ganze Jahr über diese Mauer im Blick, und ich fragte mich, ob ich vielleicht sehen würde, wie plötzlich ein Verbrecher auftauchte, unter dem Stacheldraht hindurchkroch, heruntersprang und das Weite suchte. Aber einen solchen Ausbruch gab es nie – oder er ereignete sich, während ich den

Kopf gesenkt hielt, gefangen in der Falle des albernen Romans, den ich begonnen hatte.

Ich war die erste, die einzog. Es war leer und sah fürchterlich aus, und ich brachte mehrere Stunden mit planlosem, rasendem Saubermachen hin. Einige Zeit schlief ich auf einer alten Matratze, die ich gefunden hatte, fleckig von der Inkontinenz, der Menstruation und den Liebesübungen früherer Benutzer. Das widerte mich nicht an. Die Flecken waren trocken, alte Geschichte. Doch die Matratze war alles andere als bequem, und das brachte mich dazu, einen weißen, makellosen Futon zu kaufen. Ich nahm zwei kleine Zimmer im ersten Stock: das eine zur Straße hin als Arbeitszimmer; das andere, noch kleinere, als Schlafzimmer.

Ich machte lange Spaziergänge. Ich staunte darüber, wie unauffällig ich wirkte; nach türkischen Maßstäben war ich geradezu unsichtbar. Das trug erheblich zu meiner guten Laune bei. Es war erholsam und befreiend, unbemerkt durch eine Straße zu gehen, allein mit meinen Tagträumen; zu sprechen und sofort verstanden zu werden; sich umzuschauen und sich dazugehörig zu fühlen. Dies ist meine Straße, mein Park, mein Haus, mein Land. Das sind meine Leute, das ist mein Grund und Boden.

Nach und nach fanden sich meine Mitmieter ein. Wir waren keine dicken Freunde, doch das verlangte das Haus auch nicht von uns – es war geräumig genug, um Distanz zu ermöglichen –, und der Alltag des Studienbetriebs füllte uns aus. Für alle Fälle aber bauten wir jene guten Zäune, die für gute Nachbarschaft sorgen, Zäune, die Robert Frost so beklagte. Wir teilten den Kühlschrank in fünf Parzellen auf (fünf Stück Cheddar-Käse unterschiedlichen Reifegrades, fünf getrennte Liter VollTeilentrahmterMagermilch, fünf usw.), und auch die Schränke teilten wir in fünf Parzellen ein (fünf Packungen Teigwaren, fünf Dosen Thunfisch, fünf usw.). Ich glaube, die einzigen Lebensmittel, die wir miteinander teilten, waren Salz und Pfeffer. Im Bad gab es fünf Stück Seife und Haarpflegemittel in Hülle und Fülle (aber stets teilbar durch fünf). Wir teilten miteinander das Klopapier. In den Beziehungen, die wir zueinander hatten, waren die Dinge im allgemeinen ebenfalls durch fünf geteilt. Fünfmal Freude und Schmerz hinter fünf verschlossenen Türen. Ich sage »im allgemeinen«, weil es doch ein Wohnzimmer gab, ein gemeinsames Gebiet, und es war durchaus so, daß wir zusammen herumhingen und redeten und Musik hörten und Sarahs klobigen Fernseher benutzten; und im Laufe des Jahres bildeten wir tatsächlich ein paar intime Duos. Offene Reibereien gab es nur wegen des Geschirrspülens. Hinterließ jemand ein oder zwei schmutzige Teller in der Spüle, so brachte das die anderen derart auf, daß sich alsbald ein riesiger Stapel schmutzigen Geschirrs auftürmte.

Da war Daniel, ein außerordentlich intelligenter Junge, der in seinen Geschichtsarbeiten stets eine A+ bekam und sich später ein wichtiges internationales Stipendium an Land zog, emotional aber sehr fragil, von jener Art von Fragilität, die am Ende Lithium als Klebstoff brauchen würde, um ihn zusammenzuhalten; Karen, fröhlich und selbständig, die im Laufe der zwei Jahre, in denen ich sie sah, von einem netten Kleinstadttrampel zu einer Schauspielerin erblühte, deren Ophelia mich in Erstaunen versetzte; Martha, verzagt, in sich gekehrt und geistreich, die den größten Teil ihrer Zeit bei ihrem Freund wohnte; und Sarah, mit der ich am engsten befreundet war, schön, klug, unbeschwert und lustig und ungefähr ebenso verloren und verwirrt wie ich, die sich nach einem halben Jahr aus der akademischen Welt sacht in die Welt des Kellnerns verabschiedete; und Spanakopita, trotz seines großartigen Namens und seines großartigen Aussehens (braun und orangefarben und dick) ein sehr mürrischer Kater, der die Beweise meiner Zuneigung niemals erwiderte.

Das einzige, was wir fünf gemeinsam hatten, so wird mir jetzt klar, war, in verschiedenen Graden, Verlorenheit und Verwirrung – Karen, die eine natürliche Veranlagung zum Glücklichsein zu besitzen schien, noch am wenigsten, während wir anderen die Skala, die das Glücklichsein mißt, auf und ab glitten, manchmal voller Freude, oftmals elend. Vielleicht war das eine normale Verlorenheit, wie sie für unser Alter typisch war – vielleicht sogar heilsam. Gewiß war ich nicht neidisch auf die tödliche Sicherheit, die manche Betriebswirtschaftler an den Tag legten, die es eilig hatten, ihre Prüfungen abzulegen und sich mit dreiundzwanzig in der Art und Weise zu etablieren, wie sie mit dreiundsechzig leben würden. Aber mit dieser Art von Verlorenheit war nicht leicht zurechtzukommen, zumindest nicht in meinem Fall. Sie ist besser in der Erinnerung oder in der Phantasie zu ertragen als in der Realität. Ich glaube, es war diese Verlorenheit, die uns davon abhielt, einander näherzukommen. Jeder von uns hütete eifersüchtig die eigene Wüste.

Das Semester, der Rundgang in der Cafeteria der Weisheit, begann. Ich beschloß, nur drei Gänge zu nehmen, zwei weniger als eine volle Mahlzeit. Ich wurde Teilzeitknabberer von Religionsphilosophie, neuerer Philosophie (Descartes, Spinoza, Leibniz, Locke, Berkeley, Hume, Kant) und englischer Literatur, in diesem Fall der Amerikanischen Renaissance (de Tocqueville, Emerson, Thoreau, Melville, Hawthorne, Poe, Whitman). Die zusätzliche Zeit, die ich gewann, verwendete ich auf die entmutigende, glückselige Aufgabe, einen Roman zu schreiben, und ich genoß die Freuden des Müßigganges.

Viele beneideten mich um meine Reisen. »Die Türkei! Wow! Ich habe den Sommer im langweiligen (zur Auswahl: Belleville, London, Ottawa, Burlington, Oshawa, Mississauga) damit zugebracht, nichts zu tun/zu arbeiten als (zur

Auswahl: Rettungsschwimmer, Maler, Kellnerin, Bibliothekar, Bürogehilfin, Tankwart).« Wenn es auch stimmt, daß ich den Sommer lieber in der Türkei als in Belleville verbringen würde, so dachte ich doch: »Bringt doch eure Eltern um. Führt das Zündkabel ihres Autos direkt zum Benzintank, damit er explodiert, so daß sie außen verkohlt, verkrustet und schwarz aussehen und innen rot und flüssig. Wie erstarrende Lava. Wie meine Eltern vor dem Salzwasser und den Haien. Dann kassiert das Geld und haut ab.«

Ein wichtiger Unterschied zwischen meinen WG-Gefährten und mir war der Umstand, daß sie alle in festen Händen waren. Daniel hatte Isabella, Karen hatte James, Martha hatte Lawrence, und Sarah hatte mehrere. Doch ich war ganz und gar nicht neidisch auf diese romantischen Beziehungen. Marthas Lawrence war ein großspuriger Blödmann. Ein- oder zweimal sah ich, wie Karen sich in ein winselndes, widerlich schmeichelndes Kätzchen verwandelte, als James nicht das tat, was sie wollte, ein demütigender Anblick, an dem er sich aber weidete, den er auskostete bis zum letzten. Und mich beeindruckte, was Sarah mir einmal sagte: daß sie seit ihrem zwölften Lebensjahr nie ohne Freund gewesen sei. Sie hatte im Sommer mit einem mehrjährigen Freund Schluß gemacht, und sie war deshalb erkennbar unglücklich und aus dem Gleichgewicht. Ich fragte mich, ob sie überhaupt imstande sei, zugleich allein und glücklich zu sein. Nachts, wenn ich in meinem winzigen Schlafzimmer auf meinem Futon lag, konnte ich gelegentlich hören, wie sie miteinander schliefen – Daniel und Isabella zu meiner Linken, sehr leise, kaum mehr als ein oder zwei heftige Seufzer, oder Sarah und wer immer zu meiner Rechten, etwas stürmischer. Mich machte nur froh, daß ich unabhängig war und ohne Fesseln. Ein paar Gedanken an Ruth, ab und zu eine ekstatische Masturbation, viele Gedanken an meinen Roman – und ich fiel in einen gesunden Schlaf und war am nächsten Morgen frei, frei zu sein.

Ich strich mein Arbeitszimmer ganz und gar weiß – die Wände, den Boden, den Fensterrahmen, die Tür, meinen kleinen Schreibtisch, meinen Stuhl. Mir war, als sei ich im Innern einer Wolke, besonders, wenn ich aus meinem Fenster auf die Welt schaute. Und aus dem Inneren dieser Kumuluswolke stellte ich mir die Aufgabe, eine kleine Göttin zu sein.

Es sollte ein Roman der Körperlichkeit sein, voller übler Gerüche und roher Empfindungen. Aus der Zeit, als ich gerade meinen eigenen Körper entdeckte, all die Genüsse, die er geben konnte, das Schöne inmitten des Üblen, hingen mir noch drei Monate griechisch-türkischer Toiletten in der Nase. Und da war auch ein Furz; auch er eines dieser Puzzleglieder zwischen Faktum und Fiktion, wie sie die Geisteswissenschaftler so gern erforschen. Ich war gerade auf einer Toilette auf dem Hauptgelände der Uni und pinkelte – ein unschuldiges Pinkeln –, als ich den Drang verspürte zu furzen. Also los. Diskret einen Wind abgehen lassen, nichts weiter. Mein Magen war noch dabei, sich in der Ernährung von der Türkei auf Kanada umzustellen. Doch es dröhnte wie ein Kanonenschlag, es war ein Laut, der so viel Selbstbewußtsein besaß, daß er den Beifall eines Echos forderte. »Was war das?« fragte eine Stimme außerhalb der Kabine erschrocken. Ein oder zwei Sekunden der Stille folgten, und ich war mir sicher, daß man auf die Tür meiner Kabine zeigte. Ich hörte unterdrücktes Gekicher. Ich ärgerte mich. In der Türkei hatten Ruth und ich über das Scheißen ganz natürlich geredet. Es handelte sich nicht einfach um Fäkalien; es handelte sich um Kommuniqués, um kurze Statements. Weshalb wir uns die Haufen ansahen, ehe wir sie mit einem Krug Wasser in das Loch spülten – damit wir sie lesen und etwas über uns erfahren konnten. Farbe, Beschaffenheit, Menge, Geruch – so viele Kapitel in einer Autobiographie. In der Türkei wäre ich nach einem solchen Atomschlag aus dem Gedärm zu Ruth gegangen und hätte gesagt: »Ruth, ich habe eben einen Furz gelassen, der gedröhnt hat wie ein Kanonenschlag, es war ein Laut, der so viel Selbstbewußtsein besaß, daß er den Beifall eines Echos forderte.« »Ach?« hätte sie geantwortet und mir ihre volle Aufmerksamkeit zugewandt und sich eine Hand auf den Bauch gelegt. »Aber mir geht es gut. Ich habe seit Stunden nicht gefurzt. Hast du auch geschissen? Wie war es? Wie fühlst du dich? Hast du rülpsen müssen? Haben wir heute nachmittag nicht das gleiche gegessen?« Und wir hätten ein paar Minuten lang darüber gesprochen. Aber in Kanada wurde das als peinlich empfunden. Diese Beobachtung trat neben eine andere, die ich eine Minute zuvor gemacht hatte: Als ich den Waschraum betrat, wie der Euphemismus lautet, fiel mir auf, daß der erste Geruch, den meine Nase wahrnahm, weder von Pisse noch von Scheiße herrührte, sondern von Haarspray. Drei Mädchen, drei Weihnachtsbäume waren gerade dabei, sich vor dem Spiegel zurechtzumachen, eine jede die einzige Schauspielerin und Zuschauerin ihrer Eitelkeit. »Hier sollte es doch eigentlich übel riechen«, dachte ich, »und nicht nach Chemie. Es *müßte* nach Scheiße riechen.« Ich gelobte, mein Roman sollte von Scheiße voll sein bis zum Rand.

Auch wollte ich mich dem Thema Gott zuwenden. In stillen Augenblicken hatte ich zuweilen bemerkt, daß uns – dir und mir – nach dem Abschied von Gott nicht die Fülle des Lebens blieb, wie ich erwartet hatte, weil ein Scheinwesen keinen Raum einnehmen kann, sondern ein Vakuum, eine saugende Leere. Konnte dieses Scheinwesen einen wesentlichen Raum besetzen, einen Raum, der ausgefüllt zu werden verlangte? Es geschah nicht oft, daß ich das empfand, zum Beispiel, wenn ich an meine Eltern dachte, aber bei solchen

Gelegenheiten schien mir das Leben nicht mehr zu sein denn ein kurzes, bedeutungsloses Schlurfen über eine geringe Entfernung. Es fehlte der Geist, der jeden Schritt in einen Tanzschritt verwandelt hätte mit dem passenden Takt, Rhythmus und Charme. Ich bedauerte das nicht wirklich – mein Leben schien eine größere Herausforderung zu sein, weil es geistig verwaist war –, doch gelegentlich kam mir intuitiv zu Bewußtsein, wieviel großartiger der Gang des Lebens wäre, wenn Gott *existierte*. In solchen Augenblicken erschien die Wahrheit oder Unwahrheit Gottes unwesentlich. Es war eine Fiktion solchen Ausmaßes – warum sollte man nicht daran glauben? Was gewann man durch eine Wahrheit, die einem ein Gefühl der Leere bescherte? Ohne Gott konnte ich auskommen in der trügerischen Unendlichkeit meiner täglichen Stunden, aber wenn ich mich in einem Flugzeug befände, das im Begriff war abzustürzen, würde Er mir dann nicht fehlen? Würde ich Ihn nicht erschaffen? Und wenn ich überlebte, würde ich Ihn ein zweites Mal verwerfen? In meinem Roman wollte ich mich der religiösen Spiritualität nicht in der Absicht nähern, irgend etwas zu beweisen, sondern einfach nur, um zu sehen, wie es wäre zu glauben, ohne Rücksicht auf Beweise.

Mein Roman, dem ich den Arbeitstitel *Verrückte Jane* gab, war eine religiöse Allegorie, in der ersten Person geschrieben und angesiedelt im Jahr 1939 in einem kleinen portugiesischen Dorf, ein paar Tagereisen von Fatima entfernt. Meinen Bedürfnissen entsprechend, versah ich das Land mit hohen, wüsten Bergen. Es gab eine ganze Reihe von Personen, doch die drei Protagonisten waren Corto, ein Hirte, dem ich einen Klumpfuß gab; ein prächtiger hölzerner Christus am Kreuz, der Stolz des Dorfes, geschnitzt von einem portugiesischen Meister des 16. Jahrhunderts, João Ribéra do Nova (»Renaissance mit ihrer anatomisch genauen Darstellung des leidenden Leibes Christi, einer großen Masse gefolterten Holzes, an ein Kreuz genagelt und zugleich *hängend* – man beachte die Spannung in Seinen Händen! man beachte die Verrenkung und Überdehnung Seines herrlichen Brustkorbes – und doch wahrhaft göttlich in der Würde Seines Ausdrucks«); und die Erzählerin, der wir auf der ersten Seite begegnen würden, wie sie in der Mitte der Hauptstraße des Dorfes sitzt, sozusagen ruhig aus dem Roman blickend, auf uns wartend: Cortos Hündin, ein freundlicher, redseliger Mischling voller frommer Inbrunst. Der Hauptteil des Romans würde von dieser Hündin erzählt werden. Sie würde uns begrüßen (»Hallo!« wäre das erste Wort meines ersten Romans), in die Mitte der Straße scheißen (»Ohnurnocheinstückmehr! Ahhhhhhhhh welch Entzücken. Amen!«) und uns dann beiseite nehmen, um uns mit dem Dorf und seinen Bewohnern bekannt zu machen, hier und da hinpissend, um das Gebiet unserer Fiktion zu markieren. Eine sowohl skatologische als auch religiöse Hündin (»Ich habe schon immer das Gefühl gehabt, daß ich einem religiösen Orden angehören sollte. Meine Tage bestimmt zu sehen durch den Ruf zum Gebet, von der Anbetung der Frühmetten, frisch und funkelnd wie der Tau, bis zu der sanften, müden Erhebung der Komplete, tröstlich wie Schlaf, das wäre mein *Summum bonum*«) erschien mir als das Gleichgewicht zwischen Körper und Geist, das ich suchte.

Die Geschichte würde sich einer Pilgerreise zuwenden, die die Dorfbewohner unternehmen, um ihren gekreuzigten Jesus durch den Erzbischof von Fatima segnen zu lassen. Versehen mit Lebensmitteln und Trinkwasser, das Kreuz abwechselnd tragend, würden sie aufbrechen, und Cortos Hündin würde hinterdreinlaufen und uns berichten. Es würde ein leichtes Wandern sein. Zeit zum Reden und Lachen und Beten und Teetrinken bei Sonnenuntergang. Aber die Pilger würden sich in den hohen, wüsten Bergen verirren. Es würde schreckliche Schneestürme geben. Lebensmittel und Feuerholz würden ihnen ausgehen. Voller Verzweiflung – und sich jedesmal auf die Knie werfend, um Gottes Vergebung zu erflehen – würden sie sich daranmachen, jene Dorfbewohner aufzuessen, die an Hunger und Entkräftung gestorben waren, sie rösteten sie – und wärmten sich dabei –, indem sie den gekreuzigten Jesus verbrannten, zunächst das Kreuz (»Behutsam nahmen sie Unseren Heiland von Seinem Kreuz ab«), dann aber auch Christus selbst. Aber bald würde es ihnen an Leichen fehlen und an Dem Leichnam ebenso. Als letzten Akt, wahnsinnig vor Hunger und dem Wunsch weiterzuleben, würden sie die Hündin essen, und Corto selbst würde sie töten (»weinend wie Abraham«). Aber das würde nicht den Verlust unserer Erzählerin bedeuten. Ihr würde mit einem Stein der Kopf eingeschlagen werden, und sie würde aufgespießt und über Jesu brennendem Kopf geröstet werden, aber wir würden sie trotzdem noch hören. Erst wenn sie zerstückelt und unter die zwölf Überlebenden aufgeteilt wäre, würden wir sie auf andere Weise hören: In diesem Augenblick würde sich ihre Stimme in die zwölf Stimmen der Überlebenden aufspalten. Der Roman würde mit diesen Stimmen enden. Das letzte Wort der Hündin, am Ende der Seite, würde das allumfassende Wort »und« sein (»Denn was bedeutet es schon, das Leben zu lassen, wenn Christus so nahe ist? Er hat Seinen Kopf gewandt. Er schaut mich an. Er lächelt! Oh! Da ist soviel Licht! Nimm mich und«); die nächsten Seiten des Buches würden sich ausklappen lassen, und es würde zwölf parallele Absätze geben, jeder verschieden von den übrigen, aber jeder mit diesem rätselhaften Wort »ich« beginnend, etwa so: »Ich bekam einen Teil vom rechten Bein der Hündin, und obwohl ich nicht sagen kann, daß es gut schmeckte, so nährte es mich doch, und ich konnte spüren, wie in meinen ermatteten Körper etwas Kraft zurückkehrte, und ich wünschte, an dem Bein wäre mehr Fleisch gewesen ...« oder: »Ich hatte nicht solches Glück und bekam den knochigen Kopf der Hündin, deren Hirn verlorengegangen war, als sie getötet wurde, und die Augen schmolzen zu meinem verhungerten Bedauern dahin, als sie geröstet wurde, und ich mußte mich mit ihren knusprigen Ohren, ihren gummiartigen Lippen und Wangen und ihrer unerwartet wohlschmeckenden, aber kleinen Zunge begnügen, doch sollte ich hinzufügen, daß ich zwar wenig fleischliche Freude an diesem Festmahl hatte, daß es mir aber eine andere Art von Nahrung gab, denn als ich diese kleine, sehr warme Kugel in den Händen hielt, mußte ich an die Zeit denken, als ich noch klein war und ich mich von Mutter, der ich half, in die leere Kirche davonstahl und mit dem Abendmahlskelch spielte – er hatte etwa die Größe dieses Schädels –, ihn auf der Handfläche balancierte, ihn in die Luft warf und wieder auffing, wohl wissend, daß ich in Teufels Küche käme, wenn ich ihn zerbräche, doch ich zerbrach ihn nicht, und die Erinnerung daran gab mir Trost und Kraft, genug, um ...«, und jede Stimme würde die gleiche Geschichte auf eine andere Art erzählen, wie die Bücher des Neuen Testaments: wie die Gruppe es am folgenden Morgen, dank der aus dem Verspeisen der Hündin gewonnenen Kraft, schaffen würde, die letzten paar Dutzend Kilometer den Berg hinabzuwanken und Fatima zu erreichen, wo sie sich, dankbar, verschont worden zu sein, in der Basilika versammeln und Gott preisen würden, im Glauben unerschüttert, João Ribéra do Novas Gekreuzigter nun in dem allerlieblichsten, aber auch allerschwierigsten Material modelliert, in Luft. Nach ein paar weiteren Worten darüber, wie es einem jeden nach dieser Tragödie ergangen war, würden die zwölf Stimmen mit einem gemeinsamen Wort enden: »Auf Wiedersehen.«

Indem ich die Stimme der Hündin in zwölf Stimmen aufspaltete, wollte ich Demokratie in die Stimme bringen. Was ich mangels Glauben, mangels Einer Stimme tun konnte, das war, Stimmen zu feiern, zuerst eine schwache, dann zwölf, dann mehr, je nach den Launen von Liebe und Geburt. Mir schwebte eine Hymne auf die Polyphonie vor.

Die Wände meines Arbeitszimmers bedeckten sich mit Karteikarten. Diese Karten waren die verschiedenen Puzzle-Teile meines Romans – Drehpunkte der Fabel; stilistische Gedächtnishilfen; Dialogfetzen; Skizzen; Stichworte, um die ich einen langen Satz bauen würde, vielleicht sogar eine Szene (»Bettlerblick«); Themen, die nicht vergessen werden sollten; Einsichten, die der Ausführung oder des richtigen Kontextes bedurften; und so weiter. Ich umrandete jede Karteikarte sauber in einer anderen Farbe – blau, braun, grün, schwarz, oder sie blieb ohne Umrandung, weiß –, je nach ihrer Bedeutung für meine Geschichte. Zunächst gab es lediglich ein paar Notizen, die über meinem Schreibtisch angepinnt waren, kleine Helfer in der schöpferischen Arbeit. Mit der Zeit vermehrten sich die Karten und wurden zu meinem Roman, zu all dem, was er war, zu all dem, was er sein würde.

Dieser geographische Talmud wuchs empor, bis er beinahe die Decke erreichte, und abwärts bis zum Fußboden. In mittlerer Höhe verlief ein Fluß, die blauen Karten, mit richtigen Sätzen und Absätzen des Romans; er begann am Lichtschalter links von der Tür mit einer Karte, auf der das Wort »Hallo!« stand, und lief von da aus um mein ganzes Arbeitszimmer herum, wie ein Panoramabild, bis er am Türrahmen in das Meer der Zwölf Aufwiedersehen mündete. Über und unter den blauen Karten waren die braunen, Anweisungen, die unentbehrlich waren, um einer Episode eine Bedeutung zu verleihen – die Ufer des Flusses –, und unmittelbar daran anschließend die grünen – die Felder der guten, aber im allgemeinen bleibenden Ideen. Weiter entfernt dann die schwarzen Karten unbestimmteren Werts – die weniger nutzbaren, könnte ich sagen –, obwohl ich gelegentlich eine von ihnen herunternahm und sie abschrieb und ihr eine andere Farbe gab. Ganz an den Rändern meines Romans schließlich waren die nicht markierten Karteikarten, weiß wie schneebedeckte Gipfel. Einfälle, die sich als unbrauchbar erwiesen hatten, verworfene Figuren, getilgte Episoden – es war nichts als ängstliches Hamstern, wenn ich diese Notizen nicht zerstörte. Meines Tuns nicht sicher, war ich mir auch des Wertes meiner Worte nicht sicher.

Die einzige Unterbrechung in meiner Galerie war das Fenster, eine Landschaft, die in eine andere einbrach. Ich neigte dazu, auf diese zweite Landschaft zu starren, wenn ich Inspiration und Entschlußkraft suchte.

Ich stellte meinen Schreibtisch und meinen Stuhl in der Mitte meines Arbeitszimmers auf, möglichst weitab von jeder Wand, so daß ich meinen Blick ohne Mühe über die Topographie gleiten lassen konnte. Was ich jeweils stundenlang tat, Woche um Woche, Monat um Monat. Mein Blick schwebte ... schwebte ... schwebte – und dann stieß ich plötzlich hinab und packte eine Karteikarte. Ich trug sie zu meinem Schreibtisch und arbeitete daran, der Text floß über auf eine weitere Karte oder auf zwei oder drei, trotz meiner Bemühungen, meine Handschrift mikroskopisch klein zu machen. An manchen Stellen der Wand, wo ich auf geringem Raum viel zu sagen hatte, wurde das Land hügelig, und der Fluß teilte sich in Stromschnellen und Wasserfälle.

Von meinem Arbeitszimmer hätte ich Fotos machen sollen, als meine Wände in voller Blüte standen. Die Künstlerin und ihr Studio: ein Roman in Zwölf Kodachrome-Aufnahmen.

In Wahrheit hatte ich keine Ahnung, wie man einen Roman schreibt. Ich war ein Doktor Frankenstein, der eine imposante Sammlung von Körperteilen zusammengetragen hatte, und ich wußte sogar, wie sie zusammenpaßten, welche Teile wohin gehörten, aber das Geheimnis des Lebens entzog sich mir dennoch. In regelmäßigen Abständen stellte sich bei mir das Gefühl ein, daß ein ganz wesentlicher Akt der Schöpfung unterblieben war, aber ich kann mich nicht erinnern, daß ich deshalb sehr niedergeschlagen oder besorgt gewesen wäre. Ich war ein fröhlicher Beobachter meiner eigenen Erfindung. Ich redete laut mit mir selber, ruderte mit den Armen, spielte Szenen durch, wenn mir ein glänzender neuer Einfall kam – wie zum Beispiel die herrliche Szene mit einem Hund, der in einer leeren Kirche ein Mädchen beobachtet, das mit einem Abendmahlskelch spielt – ich fing ihn ein wie einen vorüberflatternden Schmetterling und spießte ihn fröhlich an die Wand.

Mein Roman war ein Traum – und er hatte den Wert eines Traumes. Es war eine Art Probe.

Wie im Verlauf von drei oder vier Telefongesprächen vereinbart (es war jedesmal eine Erschütterung, ihre Stimme zu hören, die ein Flut von Erinnerungen auslöste), verbrachte ich Weihnachten und Neujahr bei Ruth und ihrer Familie in Philadelphia. Ich lernte die berühmten Kinder Tuesday, Sandra und Danny kennen (aber nicht Graham). Von jedem hatte ich mir ein genaues Bild gemacht, indem ich Ruths Schilderungen in Fotografien verwandelte. Doch Ruths Zeugnis beschrieb ihren kleinen Clan ebenso treffend, wie die Form von Wolken eine Landschaft beschreiben würde. Ihre Kinder sahen auch nicht annähernd so aus, wie ich sie mir vorgestellt hatte, und sie benahmen sich auch nicht so. Haarfarbe, Gesichtsausdruck, Größe, Gewicht, Kleidung, Stimme – ich hatte mir reine Phantasiebilder geschaffen. Da mir ausschließlich die mütterliche Betrachtungsweise der Dinge nahegebracht worden war, hatte ich mir die Kinder kindlich vorgestellt. Da ich von ihnen nur aus zweiter Hand gehört hatte, hatte ich sie zu passiven Gestalten gemacht, zu Geistern, die entschwanden, sobald wir nicht mehr von ihnen sprachen, so wie sie mir in der Türkei entschwunden waren. Aber Tuesday und Sandra waren durchaus keine Kinder, und Danny war alles andere als passiv. In diesem Haus – das in Wirklichkeit nicht in Philadelphia stand, sondern in einem der Vororte – gab es unverkennbar vier sehr lebendige Menschen. Tuesday war ein Jahr älter und ein Studienjahr weiter als ich, sie studierte Volkswirtschaft und Soziologie, von dem existentiell bedrohten Affen anscheinend ganz unberührt. Sandra war in der 12. Klasse, freundlich, aber ruhelos und manchmal reizbar. Danny war ein zehnjähriger amerikanischer Junge, linkisch, laut und quengelig; es gab mehrere Gelegenheiten, bei denen ich ihn hätte umbringen mögen. Und ich war die »Freundin«, die ihre Mutter in Griechenland kennengelernt hatte und mit der sie durch die »Türkei!« gereist war.

Die Gruppendynamik war etwas seltsam. Eigentlich hätte mich mit Tuesday das meiste verbinden müssen. Wir sprachen über die Unis, die Ellis und die Simon Fraser, über unsere unterschiedlichen Studienrichtungen, über Roetown und Burnaby, über Filme – wir brachten alle Aspekte zur Sprache, die unser Studentenleben ausmachten. Dennoch war es klar: Was wirklich zählte, war meine Beziehung zu ihrer Mutter. Vor Tuesdays Augen konnte die Kluft verschwinden, die Ruth und mich trennte, dieser Abstand von mehr als zwanzig Jahren, und plötzlich erschien ihr die eigene Mutter wie eine Fremde. Das mochte geschehen, während eine Anekdote erzählt wurde. Wir kamen in Schwung, wir lachten, wir fielen einander ins Wort, sei es, daß wir einen kleinen Hieb mit humorvoller Empörung parierten oder daß wir etwas klarstellten, sei es, daß wir einen bestimmten Sachverhalt um der dramatischen Wirkung willen übertrieben. Die Laken waren vor Schmutz so starr wie

Sperrholz! Das Eis war der reinste Kaugummi, du kriegtest es nicht runter, du mußtest es ausspucken! Die Busfahrt dauerte achtundvierzig Stunden! Kostete achtundvierzig Cent! Daß wir einander sehr, sehr gut kannten, unsere Schwächen, unsere Stärken, unsere wunden Punkte, unsere empfindlichen Stellen, das war offenkundig. Plötzlich war Tuesday *tatsächlich* ein Kind, und Ruth und ich bestimmten die Themen der Unterhaltung, lenkten sie, bereit, das Kind wegzuscheuchen, wenn es ein zu ungebärdiger Zuschauer wurde. Dann machte das Kind passende Bemerkungen, meistens mit einem Hauch von Sarkasmus, wie es verstimmte Erwachsene gern tun, und Ruth ging darauf ein, und plötzlich verwandelten sich ganze Landschaften auf unbestimmte Weise, Strömungen änderten sich, Winde drehten sich – ein Erdbeben unmittelbar jenseits der sinnlichen Wahrnehmung –, und Ruth wurde für mich zur Fremden; sie spielte diese Rolle, Quelle von Freude und Wut, durch die sie sich im großen und ganzen bestimmte. Ich dachte: »Sie könnte auch meine Mutter sein. Sie ist etwas mehr als doppelt so alt wie ich«, und ich nahm ihre Falten wahr, ihre Hände, die Hände einer reifen Frau, ihre Art, sich zu geben, die Kluft zwischen uns.

Es war Weihnachten, und es gab einen Wust von glitzerndem Geschenkpapier – Ruth schenkte mir einen Ratgeber: wie man sich durch die Welt schlägt, von der Weinlese in Frankreich über das Erteilen von Englischunterricht in der Tschechoslowakei, das Kibbuzleben in Israel, die Arbeit als Fotomodell in Japan bis zur Schafschur in Australien; ich schenkte ihr Kazantzakis' *Alexis Sorbas* –, und es gab das große Weihnachtsessen mit dem Trubel gemeinschaftlichen Kochens – ich machte den Kartoffelbrei mit sehr viel Knoblauch –, und wir gingen zwischen Weihnachten und Neujahr ein paarmal in die Stadt. Meine touristischen Vorbereitungen auf Philadelphia hatten darin bestanden, einen langen

Essay von Octavio Paz über Duchamps *Die Braut von ihren Junggesellen entblößt, sogar* zu lesen. Ich sah die *Braut* mit ihrer Schokoladenreibe und den Sprüngen im Glas im Museum of Art, zufällig, aber oh, so passend, und ich hätte vielleicht sogar ein Gefühl für die Junggesellen, für ihre Absichten bekommen können, aber Tuesday wollte weiter, wie ich merkte. Ich brauche in Museen ewig. Ihre Mutter konnte mit mir ebenfalls ungeduldig werden. In einem Kino von der Größe eines Schuhkartons, untergebracht in einem Einkaufszentrum von der Größe einer Stadt, mit riesigen Parkplätzen, sahen wir einen Film (der Film war unerwartetermaßen gut und komisch – *Splash* von Ron Howard, und ich lachte mich schief). Wir machten Spiele, die Erwachsenen spielten Canasta, mit Danny spielten wir Monopoly, der aber, man stelle sich das vor, jedesmal gewann, selbst wenn ich Hotels auf Atlantic, Ventnor und Marvin Gardens, Pacific, North Carolina und Pennsylvania, Park Place und Boardwalk hatte *und* alle vier Eisenbahnen kontrollierte. Ruth erklärte mir, daß Danny nicht gern verlor.

Die ganze Zeit über hatte ich das Gefühl, daß in mir ein Zählwerk, das nichts mit dem zu Ende gehenden Jahr zu tun hatte, auf die 999 zulief und im Begriff war umzuspringen.

Mein Zimmer lag dem von Ruth direkt gegenüber. Das hätte etwas bedeuten können, aber das Gästezimmer war nun einmal dort. Es war ein kleines Zimmer, dessen kahle, beige Wände leicht bedrückend wirkten, da das einzige Fenster sich so weit oben befand, daß man eine Trittleiter brauchte, um hinauszusehen. Diese Brunnentiefe teilte ich mit der Nähmaschine. Ich erwähne das, weil ich diese Maschinen faszinierend finde, und an die von Ruth erinnere ich mich ganz deutlich. Nachts, wenn ich die Nachttischlampe ausgeschaltet hatte, sickerte vom Fenster her Licht herein und verdünnte die Dunkelheit so weit, daß ich die Nähmaschine ausmachen konnte. Ich sah sie mir an. Was für merkwürdige, unverwechselbare Umrisse. Ein mechanischer Specht. Ich hatte gelesen, Nähmaschinen seien hochkompliziert Erzeugnisse der Ingenieurkunst, die zu entwickeln es großer Erfindungsgabe bedurft hatte. Ich stellte mir jenen Singer, der Millionen gemacht hatte, als den halb unwürdigen Enkel des bescheidenen, hart arbeitenden Erfinders vor, dessen Maschine im neunzehnten Jahrhundert die Frauen aus dem Mittelstand von beträchtlicher Schinderei im Haushalt befreite und die Arbeiter zu Fabriksklaven degradierte, aber ich habe keine Ahnung davon, ich sage das einfach so. Nach weiteren vagen Gedanken, bei denen ich meine Gefühle nicht eindeutig in Worte zu bringen wußte, fiel ich dann in einen gesunden Schlaf. Da ich kein eigenes Zuhause habe, schlafe ich bei anderen Leuten immer gut.

Die ersten Tage nach meiner Ankunft verständigten Ruth und ich uns durch flüchtige Blicke und durch ein kaum merkliches Lächeln, wenn andere es nicht bemerken konnten. Die wenigen Male, wo wir miteinander allein waren, waren unsere Blicke stetiger, aber was wir sprachen, war noch immer verschwommen. Wenn diese Blicke hätten sprechen können – ich bin mir nicht sicher, was sie ausgedrückt hätten. Verlangen? Begierde? Vorfreude? Abschied? Schließlich, eines späten Abends, als alle anderen mit Sicherheit schliefen, öffneten sich leise unsere beiden Türen zur gleichen Zeit, wie zwei Augen, und wir standen in unseren Türrahmen und sahen einander an. Ich trug ein T-Shirt, Ruth ein Nachthemd. Ich kann wirklich nicht sagen, was dann geschah. Da war Verlangen – wenn sie mir ein Zeichen gegeben hätte, so wäre ich hinübergegangen; als ich den Rückzug in mein Zimmer antrat, tat ich das zum Teil in der Hoffnung, sie zu mir hereinzulocken – und da waren Erinnerungen an Schmerz und Erlösung und salzige Haut, und da war Widerstand – ich bin siebenundvierzig, ich bin Mutter, ich habe Familie, es darf nicht sein; ich bin zwanzig, Studentin, ich bin Ausländerin, es darf nicht sein –, doch inmitten dieses komplizierten Wirbels gab es noch etwas anderes, ein Erstaunen, Vorbote eines leisen Gefühls, das in mir flüsterte – Zwiespältigkeit. In diesem Augenblick sah ich Ruth als ganzen Menschen, nicht als Geliebte in der Türkei, nicht als Mutter in Philadelphia, sondern als ganzen Menschen. Und ich wollte nicht.

Wir sahen einander an, ungefähr eine Minute lang. Wir sagten kein einziges Wort. Zum Teil aus Furcht, die kleinste Silbe könnte Tuesday wecken. Doch was gab es auch zu sagen? Unsere Blicke grüßten einander, dann irrten sie einige Sekunden lang umher, bis wir zu unserem Blick von ehedem zurückkehrten, Auge in Auge, Lächeln in Lächeln, Erinnerung in Erinnerung. Und mit ruhigem Abschiedslächeln zogen wir uns zurück in unsere Zimmer und in unsere Rollen, sie ging in ihr breites heterosexuelles Bett, ich in mein unsicheres Einzelbett. Es war vorbei. Wir müssen die Dinge vergehen lassen. Ich schlüpfte zwischen die Laken. Ich spürte einen Anflug von Bedauern, einen plötzlichen Drang, in Tränen auszubrechen. Was hast du getan? Was hast du weggeworfen? Geh jetzt zu ihr. Kriech zur ihr ins Bett, kuschel dich an sie. Recke ihr deine Brüste entgegen, streck deine rechte Hand aus, und laß sie wie selbstverständlich hinabgleiten. Küsse sie. Nein. Stop. Ich sank ins Bett zurück. Die Augen auf die Nähmaschine geheftet, arbeitete ich mich durch meine Verwirrung.

Mein Zählwerk war umgesprungen. Ich war bei 001.

Als Ruth mich an einem kalten, sonnigen Tag im neuen Jahr zum Busbahnhof fuhr, küßten wir uns sacht auf den Mund und nahmen mit einem Gefühl des Friedens voneinander Abschied. Ich werde mich stets mit großer Zärtlichkeit an Ruth erinnern, und ich wünsche ihr und ihrer Familie nichts als Glück und Erfolg. Graham, den ich nie kennengelernt habe – dieser arme Zehnjährige, der sich ans

Ufer kämpfte, den schrillen Ruf »Weiter, Graham, weiter!« in den Ohren, während seine Mutter in den Fluten versank –, hat seitdem meine Phantasie über Jahre gequält.

Ich schlief noch einmal mit einer Frau – sie schmiß sich an mich ran, und ich machte spontan mit –, aber das ist nichts, was zu erzählen sich lohnte; alles, woran ich mich noch erinnere, ist ein gähnendes Gefühl von Langeweile. Ruth und Elena behielten ihre Aura von sinnlicher Verlockung, jedoch im Museumsteil meiner Erinnerung, wo sie eher ein Lächeln und eine warme Zärtlichkeit hervorlockten als eine Handbewegung zwischen meine Beine.

Ich bin nicht sicher, weshalb ich als Frau anfing, Männer zu begehren. Nach einem Augenblick der Überraschung wurde es zu einer Gefühlssache – und ich handelte nach diesem Gefühl, ohne darüber nachzudenken. Das Verlangen anzuzweifeln ist ohnehin eine merkwürdige Sache.

Äußerlich änderte sich mein Leben nicht sonderlich. Irritiert von der Möglichkeit, relegiert zu werden, strengte ich mich im Studium etwas mehr an. Ich las *Moby Dick* innerhalb von sechzehn Stunden, packte meine erschöpften Gedanken, Note: gut, in einen Aufsatz: befriedigend, und bekam dafür ein Ausreichend, weil er schon vor Weihnachten fällig gewesen war (meine Begeisterung für Emerson, Thoreau und Hawthorne aus dem ersten Semester bewahrte mich jedoch davor, durchzufallen). Religionsphilosophie machte mir Spaß, wenn auch mit Schwankungen. Berkeley und Hume halfen mir, die neuere Philosophie zu überleben. Doch selbst dort, wo meine Fächer für mich von intellektuellem Interesse waren, fiel es mir schwer dabeizubleiben. Irgendwie verfehlten sie immer das Wesentliche. Meine Bedürfnisse lagen woanders.

Ich arbeitete weiter an meinem Wandbild, was mir eine

fortdauernde Befriedigung verschaffte, in die sich nur manchmal Anwandlungen von Qual mischten. Meine Wände waren nun so dick mit Karteikarten bepflastert, daß sie mich von der Außenwelt sicher besser isolierten als Prousts Korkwände. Ich war der Erzeugung eines lebensfähigen Stücks Prosa nicht nähergekommen, doch diese Feststellung zu treffen machte ich mir nie die Mühe, obgleich ich in der Tat mehr Zeit damit zubrachte, aus dem Fenster zu starren.

In meinem ersten Studienjahr hatten schüchterne, unerfahrene junge Männer stundenlang auf meinem Zimmer gehockt, die weder gehen noch zudringlich werden wollten, was mir nur recht sein konnte, da ich damals nicht im mindesten geneigt war, mit einem Jungen zu schlafen, obwohl mir ihre Gesellschaft angenehm war, lenkte sie mich doch von Elena ab. Die kühneren, älteren, die ihre Absichten deutlicher machten, verjagte ich unter Ausbrüchen von Gelächter und Spottworten, deren mehrmalige Wiederholung ihrer Hartnäckigkeit ein Ende machte. Ich nehme an, ich erwarb mir den Ruf, daß an mich schwer heranzukommen sei.

Nun wünschte ich, einige von ihnen kehrten zurück, kämen die Straße zum städtischen Gefängnis heraufspaziert und statteten mir einen Besuch ab. Unglücklicherweise waren die meisten meiner Freunde weiblichen Geschlechts und die übrigen unwiderruflich schwul. Einmal fragte ich Joe, ob er je mit einer Frau geschlafen habe.

»Pfui Teufel! Was für ein widerlicher Gedanke.«

»Und wie ist es mit einem Schwein, Joe? Hast du je ein Schwein gefickt?«

»Nein. Aber ich habe einmal versucht, einen norwegischen Elchhund zu sodomisieren. Im Sommerlager im Duschraum. Beim ersten Aufjaulen hab' ich ihn losgelassen. Es war schrecklich, Jungfrau zu sein.«

Der Mangel an Liebesbeziehungen frustrierte mich allmählich. Unabhängigkeit – wovon? Freiheit – wozu? Was für eine Dummheit. Jemandem nah zu sein erschien mir als die einzige sinnvolle Quelle des Glücks. Die rührseligen, süßlich-romantischen Aspekte in den Beziehungen meiner Mitbewohner stießen mich nicht länger ab. Nur würde ich an die Sache anders herangehen, das war alles. Eher so wie Joe und sein Freund Egon – frei von vorherbestimmten Rollen.

Da ich Männer noch nie zuvor begehrt hatte, machte ich mich daran, herauszufinden, was ich an ihnen eigentlich begehrenswert fand. All das war sehr seltsam. Ich hatte einen Prozeß der Induktion durchlaufen, in dem ich zum Allgemeinen – Männer – gelangt war ohne irgendeinen Bezug zum Einzelnen. Ich begann, nach dem Einzelnen Ausschau zu halten. Meine lebhafte Aufmerksamkeit in bezug auf den Mann richtete sich nun auf Körperbeschaffenheit und Symmetrie, Auftreten, Lächeln, Gang und Haar. Ich durchforschte meine Erinnerung und betrachtete die Männer, die ich darin fand, in einem neuen Licht. Ich begann, auf die Blicke der Männer zu achten, auf jene belästigenden Blicke, die Männer Frauen zuwerfen. Ich prüfte einen jeden dieser Blicke, und wenn es auch nur für den Bruchteil einer Sekunde war, um zu sehen, was er zu bieten hatte.

In den meisten Fällen nährte meine Einbildungskraft mein Sehvermögen und fungierte als enge Ratgeberin für seine Aussage. In diesem Fall jedoch war meine Phantasie nahezu leer und mußte beschickt werden, ehe sie befeuert werden konnte. Der einzige Rat, den sie meinen Augen zu geben vermochte, rührte von einem türkischen Bauern her, dem ich einst in einem Bus begegnet war, mit einem Körper, kräftig und behaart, aber geschmeidig, mit einem schönen Kopf und einer vollen Erektion, die sich zwischen seinen Haaren erhob – etwas undeutlich in den Umrissen, doch unfehlbar in der Wirkung auf mich. Dieser eine Glutbrocken leuchtete feuerrot in meiner Seele.

Ich saß in der Bibliothek auf dem Hauptcampus, in einen bequemen Sessel gekuschelt, ein aufgeschlagenes Buch müßig auf dem Schoß. Ich bemerkte einen schlecht rasierten und eher ungepflegten Studenten, der sich die Bücher in den Regalen ansah. Er trug eine kleine Brille mit Goldrand und eine Reihe von Kleidungsstücken, die er eher einem Sturm als einer eigenen Entscheidung zu verdanken schien. Es war kurz nach zwei Uhr nachmittags, und mein Tag hatte mehr als sechs Stunden zuvor begonnen; er sah aus, als sei er gerade vor einer Minute aufgestanden und fünfundvierzig Sekunden später wach geworden. Er wippte auf den Füßen und sah sich die Buchtitel an. Seinem Gesichtsausdruck nach zu urteilen, schrien ihn all die Bücher an. Er war schlank und gutaussehend, sein strohblondes Haar war wirr. Vielleicht spürte er meinen Blick, er drehte leicht den Kopf und lächelte mir zu. Ich erwiderte sein Lächeln. Fast flüsternd sagte er: »In der Kirche ist es leichter. Nur ein einziges Buch.«

Ich antwortete: »Du solltest es mit einem Swimmingpool versuchen. Überhaupt keine Bücher.«

Er lachte in sich hinein und wandte sich wieder seiner Suche zu. Nach ein paar Minuten nahm er drei Bücher heraus. Im Gehen: »Tschüs.« Und noch ein Lächeln.

Mir wurde bewußt, welch weiten Weg ich zurückgelegt hatte, als der Gedanke, ihn zu küssen und von ihm wiedergeküßt zu werden, nicht nur als vorstellbar erschien, sondern als heftig zu wünschen. *Ihn* zu küssen – nicht einen abstrakten Mann, sondern *ihn* und keinen andern. *Ihn* nackt zu sehen, mich begehrend und mir seine Begierde zeigend. Mein Herz begann zu hämmern. Ich schloß die Beine.

So ergriff meine Phantasie Besitz von den Männern.

Eines der Anzeichen des Frühlings in Roetown – oder eines, das ich rasch ausmachte, schneller als die Knospen an den

Bäumen – war das Auftauchen von Plakaten und Handzetteln, die das Festival »Canadian Images« ankündigten. Diese leuchtend hervorgehobenen Worte, meistens mit einer Zelluloidschleife versehen, die die Jahreszahl wiedergab, sagten mir, daß die Kälte des Winters bald vorüber sein würde.

»Canadian Images« war ein einwöchiger Ausbruch von Filmkultur, der jeden nur möglichen Vorführort an der Universität und in der Stadt in Beschlag nahm. Er kam und ging wie ein Frühlingsschauer. Eine Woche lang waren die Wolken aus Zelluloid, und sie überschütteten unter dem heftigen Klicketi-klick der Projektoren die Stadt mit Filmen.

Jedes Jahr kaufte ich ein Programm und ging es sorgfältig durch, wobei ich versuchte, dem Text zu entnehmen, wie die Filme sein würden. Es war ein Auswahlprozeß, der manchmal leicht war und manchmal schwer. Das Ergebnis war ein großes Blatt Papier mit einem straffen Terminkalender, eine diplomatische Leistung, die die Gebote Interesse, Verkehrsverbindung und Hunger miteinander versöhnte. Einen Festivalausweis in der Hand, blieb ich den Vorlesungen und sogar dem Schreiben und dem Schwimmen fern und verschwand ganz einfach. Obgleich in dieser Jahreszeit die Tage immer länger und heller wurden, war für mich zur Mittagszeit Sonnenfinsternis – an manchen Tagen sogar von 10 Uhr morgens bis 10 Uhr abends. Hungrig, müde, mit entzündeten Augen und dem kaum erträglichen Drang zu pinkeln, saß ich da und konsumierte jede nur erdenkliche Art von Filmen. Um auf der Filmwoche »Canadian Images« gezeigt zu werden, mußte ein Film aus Kanada stammen, das war das einzige Kriterium. Wovon er handelte oder wie lang er war, hatte nicht das mindeste zu sagen. Was da über die Leinwand flackerte, reichte vom seriös Dokumentarischen bis zum verrückt Artistischen, vom Realistischen bis zum Surrealistischen, von einer Minute bis zur Spielfilm-Länge, es umfaßte alles und jedes, was im kanadischen Schatten Amerikas gedreht wurde. Im Grunde gab es nur weniges von Spielfilmlänge, da derlei orchestrale Produktionen die Möglichkeiten der meisten kanadischen Filmemacher überstiegen. Was man an Spielfilmen zeigte, war normalerweise scheußlich – blasse, billige Imitationen amerikanischer Rezepte. Der größte Teil der gebotenen Kost waren Kurzfilme und Streifen von mittlerer Länge – Solo- und Kammerstücke, könnte man sagen –, die mehr von Originalität und Leidenschaft als von Dollars lebten. Und dazu bestimmt waren, der Vergessenheit anheimzufallen. Denn außer auf ein oder zwei Festivals würden sie nirgendwo sonst gezeigt werden.

Was wirklich bedauerlich war. Auf der Woche der »Canadian Images« sah ich unbekannte schöpferische Leistungen, die seither unablässig in meiner Erinnerung leuchten.

Ein Mann lehnte sich zu mir herüber und flüsterte: »Jetzt kommt mein Film.«

Er trug den Titel *Schneeflocken*. Es gab keine Handlung, keine Geschichte, keine Musik. Der Mann neben mir hatte Hunderte von Nahaufnahmen von Schneeflocken gemacht und sie aneinandergereiht. Jede Sekunde huschten drei oder vier vorbei. Wie er es fertiggebracht hatte, seine Sternchen zu vergrößern, ohne sie unter der Hitze der Aufmerksamkeit zum Schmelzen zu bringen, weiß ich nicht. Aber er hatte es geschafft, und man sah, in einer Sequenz: fünfhundert Verbrecherfotos von Schneeflocken. Jede einzelne sauber, gestochen scharf und zart und doch kräftig genug, um das Licht zu brechen, so daß hier und da winzige spektralfarbene Punkte auffunkelten. Jedes Kristall war von der gleichen Größe und hatte sechs Spitzen, doch damit endeten die Ähnlichkeiten. Die strukturellen Variationen – in den Widerhaken, in den Strebebögen, in den konzentrischen Hexagonen – waren allesamt vollkommen geometrisch und anscheinend endlos an Zahl. Ich konnte darüber nur endlos staunen. Stimmt es, daß Schneeflocken einzigartige Individuen sind und keine einer anderen gleicht? Nach drei Minuten, als der Film zu Ende war, fragte ich das Produktionsteam neben mir, ob dies so sei.

»Ich weiß nicht«, antwortete er. »Es waren zu viele.«

Er blickte noch immer auf die Leinwand, die nun leer war. Sein eigenes Werk hatte ihn sichtlich verzaubert. Es gab Applaus – nicht genug, um Wellen zu schlagen, aber durchaus ein paar recht klangvolle Tropfen, würde ich sagen. Er schien es nicht zu bemerken. Ich fand das ergreifend. Er brauchte nur einen einzigen Zuschauer: sich selbst. Er hatte etwas geschaffen, fand es schön, war glücklich. Ein runder schöpferischer Akt. Als das Licht ausging für den nächsten Film, erhob er sich, um zu gehen. Ich beugte mich vor und sagte: »Das war sehr gut. Es hat mir gefallen.«

»Oh. Danke.«

Er blieb einen Augenblick stehen.

»Ich arbeite jetzt über Sand«, verriet er. Und dann lief er wie wild die Stufen hinauf, ehe es wieder dunkel wurde. Ich würde gern sagen, daß er tagsüber einen guten Job hatte, daß er Zahnarzt war, aber darüber weiß ich nichts.

Ein anderes Juwel von weniger als zehn Minuten war *Eine Untersuchung der Schäden, die Wörterbüchern durch Schußwaffen zugefügt werden*. Der Streifen war in Schwarzweiß gedreht – mit jener quälenden visuellen Schärfe, die das Fehlen von Farbe den Dingen zu verleihen scheint. Die ganze Zeit über wurde leise ein Stück für Streicher gespielt, zart und nach innen gewandt. Es wurde nicht überblendet – jeder Knall, jedes Krachen eines Schusses brachte es zum Schweigen –, doch stets kam es wieder, leise wie ein Flüstern, und mit einer ähnlichen magnetischen Beharrlichkeit.

Der Film bot, was der Titel versprach. In einem Feld stand

auf einem Sockel *The Shorter Oxford Dictionary of the English Language* wie ein Soldat in Habtachtstellung. Ein Mann im Laborkittel, in den Händen eine Schrotflinte, trat in unser Blickfeld und schoß aus einer Entfernung von etwa einem Meter auf das Wörterbuch. Das Geräusch war ein wütendes, komprimiertes Brüllen, ein wütender Löwe, der sich binnen einer Sekunde abreagieren mußte. Das Buch mit seinen gut fünf Kilo segelte durch die Luft und knallte zu Boden. Aufgeregt flatterten Papierschmetterlinge herum. Der Schuß wurde noch einmal gezeigt, diesmal aber in Zeitlupe, jenem filmischen Lebenselixier, das es einer Sekunde gestattet, zwanzig Sekunden zu leben. Alles war deutlich zu sehen: der Rückstoß der Schrotflinte, die Anspannung im Gesicht des Mannes und das unwillkürliche Schließen seiner Augen, das verschwommene Erbrochene, das aus der Mündung des Gewehrs auftauchte und dem Wörterbuch zustrebte, das Einschlagen der Schrotkörner und das Pulverisieren des Einbands, der ruckartige Abflug des Buches entlang einer horizontalen Linie, die Explosion des Papiers, das schwere, unbeholfene Aufschlagen auf dem Boden, das einem Menschen sämtliche Knochen gebrochen hätte. Und dann war jedesmal das Stück für Streicher zu hören.

In den nachfolgenden Minuten wurde wir Zeugen ähnlicher Exekutionen mittels einer Reihe von Schrotflinten, Handfeuerwaffen und Gewehren. Jede neue Schußwaffe sah furchterregender aus als die vorige. Die letzte war ein Gerät, das mehr durch Elektronik als durch Schießpulver angetrieben zu werden schien, mit einer merkwürdigen Kammer, einem elektronischen Visier und dem zierlichsten Abzug, den man sich vorstellen konnte. Sie gab nur ein gedämpftes *Tack* von sich, wenn sie abgefeuert wurde.

Der Film schloß mit Nahaufnahmen der verwundeten Wörterbücher, ein jedes aufgebahrt auf einem weißen Tisch neben der Waffe, aus der es beschossen worden war. Die

Verstümmelungen waren von unterschiedlicher Art. Einige Wörterbücher waren gesichtslose Leichen, die auf dem Rücken lagen. Anderen war der Rücken weggeschossen worden, und sie lagen unbeholfen auf der Seite. Eine kleine Anzahl schien nur wenig verunstaltet, hatte aber schwere innere Verletzungen. Das letzte Wörterbuch, ebenjenes, das von dem Gewehr mit dem harmlos aussehenden Abzug getroffen worden war, bestand aus wenig mehr als einem verwüsteten vorderen Buchdeckel, an dem Fetzen von einzelnen Seiten hingen. Der Rest des Buchkörpers, oder was sich davon noch fand, war fast nur noch Pulver.

Das Stück für Streicher war von Schubert, wie es im Abspann hieß. Der Film endete mit einer Widmung: *In memoriam Marie-France Desmeules.*

Auf der Filmwoche »Canadian Images« lernte ich Tom kennen. Den Tom der zehn wundervollen Tage. Ich kam zur Vorführung dreier mittellanger Filme im Tecumseh-Saal, dem größten Spielort der Ellis, gerade in dem Moment an, als die Lichter ausgingen. Ich glaube, es war am dritten Tag des Festivals. An die Tageszeit erinnere ich mich nicht mehr; mein Kopf hatte sich bereits an die zeitlose Dunkelheit eines arktischen Winters gewöhnt. Ich suchte den Saal rasch nach einem freien Platz ab. Die Veranstaltung war gut besucht. Ich sah eine winkende Hand. Es war Joe; neben ihm war ein Platz frei. Als ich dort anlangte, war es stockdunkel, und Joes ausgestreckte Hand dirigierte mich zu dem Sitz.

»Hallo, Schätzchen«, flüsterte Joe.

»Hallo, Liebling. Danke für den Platz.«

So begrüßten wir uns immer.

»Hallo, Darling.«

Oh. Das war Egon.

»Hallo, Egon. Ich hab' dich nicht gesehen.«

»Mein trauriges Los«, erwiderte er.

»Hi«, ließ sich eine weitere Flüsterstimme vernehmen, eine unbekannte diesmal.

»Hi«, antwortete ich ins Dunkel.

Der Film begann. Eine kleine Komödie, zum Schreien komisch. Ein junger Mann blickt hinab auf einen anderen jungen Mann, der im Bett liegt. »Frank«, sagt er, indem er den jungen Mann weckt, »in der Spüle war ein schmutziger Teller. Ich hab's satt. Ich gehe.«

»Was?« sagt Frank. Er richtet sich auf und fängt an, die Zuschauer fest im Blick, sich in trockenem Ton über die Unberechenbarkeit menschlicher Beziehungen zu verbreiten. Die Ringe des Saturn, das Beseitigen abgeschnittener Zehennägel, die fortwährende Trächtigkeit männlicher Seepferdchen, die Vertiefungen, die den Luftwiderstand an Golfbällen vermindern, die Bedeutung einer guten Körperhaltung, Buster Keatons Zähne und die Geschichte der Doughnuts in Nordamerika finden allesamt gehörige Erwähnung.

Zwischen Frank und seinem pingeligen Freund und dem nächsten Film ging für ein paar Minuten das Licht wieder an. Ich wurde mit dem Nachbarn von Egon, Tom, bekannt gemacht, der mich so aus dem Nichts heraus begrüßt hatte. Wir schüttelten einander die Hand. Er kam aus Halifax und war bei Egon und dessen Zimmergenossen einquartiert. Er arbeitete für ein alternatives Kino in Dalhousie, das dank einer Teilförderung durch ein örtliches Reisebüro – doch da ging das Licht wieder aus, und es ist seltsam, wie die Dunkelheit einen am Sprechen hindern kann, so als ob das gesprochene Wort Farbe hätte.

Ein weiterer Film wurde gezeigt, der weniger gelungen war als der vorangegangene, denn ich habe ihn vollständig vergessen, und ich erfuhr, daß Tom von seinem alternativen Kino herübergeschickt worden war, um zu begutachten, was sich dieses Jahr im kanadischen Film tat. Er sollte sich möglichst viele Filme ansehen und eine Auswahl treffen, die das Slocum-Pocum Movie-Shmovie House in Halifax zeigen würde (Wegen des Namens habe ich mich erkundigt. Joshua Slocum war der erste Mann, der solo um die Welt gesegelt ist, und zwar in den neunziger Jahren des vorigen Jahrhunderts mit der *Spray*, einem Boot von elf Metern; er stammte aus Neuschottland). Tom hatte einen Terminplan, der sogar noch voller war als meiner. Ich fragte ihn, ob er *Eine Untersuchung* gesehen hätte – aber das Licht verlosch, und Joe, der gern herumkommandierte, hieß uns schweigen.

»Den mit den Wörterbüchern?« fragte Tom, als sich die Dunkelheit hob.

»Ja.«

»Mir hat er gefallen. Ich habe schon an den Filmemacher geschrieben. Wir werden ihn bestimmt zeigen.«

Joe und Egon hatten den Film nicht gesehen, und so mußten wir erklären, worum es ging. Sie gaben sich skeptisch, immerhin sagte Egon, daß er Schubert liebe. Joe, der kein musikalisches Gehör besaß und den es verdroß, wenn jemand sich in der Musik auskannte und einen Sinn dafür hatte, erwiderte: »Nun, mir ist der Webster lieber als das Oxford. Ich kann's nicht ändern. Ich bin fürs Moderne. Tut mir leid.« Und er sah Egon an und wandte den Blick ab. Könnten Blicke Haken sein, so wären die von Joe groß und spitz gewesen, mit einem dicken, fetten Wurm dran, der, die Daumen an den Schläfen, mit den Fingern winkt und singt: »Komm und hol mich, na-na-na-na.« Egon riß die Augen weit auf und schluckte das Ganze, Angelhaken, Schnur und Senkgewicht. »Na, na, Jo-Jo, nur weil du so musikalisch bist wie eine Dose Thunfisch, mußt du deine Wut ja nicht gleich am Oxford auslassen«, sagte er – und los ging es, aus dem Nichts, Joe-Sprachgebrauch gegen Egon-Historische-Prinzipien, mit ein paar Ausfällen gegen den armen Schubert als Dreingabe, und nun war es an mir, ihnen zu sagen, sie sollten still sein, da der nächste Film anfing.

Dem ich kaum folgte. Meine Gedanken waren anderswo. Ich mußte an Tom denken. Unbestimmte, prickelnde Gedanken.

Als der Film zu Ende war, standen wir alle auf.

»Ich glaube, heute reicht's uns mit dem Zelluloid«, sagte Egon.

»Ja«, stimmte Joe zu.

Nach einer winzigen unsicheren Pause, die möglicherweise nur ich allein wahrnahm, waren sie fort, quietschvergnügt darüber zusammenzusein, und Wörterbücher interessierten sie einen Scheißdreck, nur Egon drehte sich um und sagte: »Du hast einen Schlüssel, ja, Tom?« Tom nickte und bekam ein Lächeln zurück und ein Winken, und wir beide standen allein da.

»Was siehst du dir als nächstes an?« fragte ich, und ich hatte meine Antwort auf seine Antwort schon bereit – »Oh, ich auch« –, selbst wenn es noch einmal der Dokumentarfilm über die Kartoffel der Prinz-Edward-Insel hätte sein müssen.

»Äh« – er schlug sein Programm auf – »ich wollte mir *The Wars* ansehen.«

»Oh, ich auch.« Was stimmte. Es war einer der hochgelobten Spielfilme des Festivals, und Regisseur Phillips und Drehbuchautor Findley würden anwesend sein. Gezeigt wurde er in einem Kino in der Innenstadt. Es war mit dem Bus leicht zu erreichen.

»Oh, gut.«

Ohne ein weiteres Wort machten wir uns auf den Weg, einfach so, in vollkommen gleichem Schritt.

Wir redeten und machten uns an diese seltsame, anspruchsvolle Aufgabe, jemanden kennenzulernen, indem man versucht, aus wenigen Wortfetzen eine Persönlichkeit zu extrapolieren. Er hatte seine Sache organisatorisch gut im Griff, sagte er, mußte sie im Griff haben. Am Ende eines jeden Tages setzte er sich hin und schrieb an die Filmemacher und die Verleihfirmen, deren Filme er für das Slocum-Pocum haben wollte. Ich sah seinen Stapel von Briefen, manchmal waren es zehn pro Nacht; auf der Reiseschreibmaschine, die er mitgebracht hatte, knallte er sie auf Slocum-Pocum-Briefkopf fehlerfrei herunter (Joshua in seiner Schaluppe, die Hand am Ruder, aber das Ruder ist ein Projektor, und das Segel ist eine Leinwand. »Du kannst es nicht erkennen, aber das auf dem Segel soll *Citizen Kane* sein«, sagte Tom). Das Papier war schweres, steifes Postpapier (»Werbegeschenk«), und es machte den Umschlag dick und bauschig. Der Schöpfer von *Schneeflocken* würde entzückt sein, einen solchen Umschlag zu erhalten. Tom hatte den Film nicht gesehen, aber er glaubte mir aufs Wort, daß der Besuch sich lohnen würde. Ich meldete mich freiwillig zum Briefmarkenlecken.

Nach *The Wars* (so lala) wollte Tom in einen Film gehen, von dem ich dummerweise gesagt hatte, daß ich ihn schon am ersten Tag gesehen hatte. Hätte ich ihn mir zwei Tage später schon wieder angesehen, so wäre die Zwanglosigkeit unseres Zusammenseins nicht mehr glaubhaft gewesen, und so verabschiedeten wir uns voneinander. Ich fügte noch hinzu, daß ich anderntags wahrscheinlich wieder auf ihn stoßen würde, da wir beide solch begeisterte Filmfans seien.

»Das wäre toll«, sagte er (was ich sogleich sorgsam abwog. Nicht *Ja*, nicht *Vielleicht*, sondern *Das wäre toll*. Toll).

Er war etwas kleiner als ich, ungefähr zwei, drei Zentimeter. Er hatte drahtiges schwarzes Haar, glänzende dunkle Augen und ein Lächeln, das schnell kam und schnell schwand. Er war ein bißchen dicklich, aber auf angenehme Weise; sein Bauch sah aus, als ob er das Zentrum von irgend etwas wäre, eher die angemessene Umgebung für einen Nabel denn etwas Übermäßiges. Seine Glieder harmonierten miteinander und waren gut geölt, womit ich meine, daß er sich auf eine vollkommen unbefangene Art bewegte, etwas, was ich nie geschafft habe. Er war älter als ich, zweiundzwanzig, im vierten Studienjahr, Politikwissenschaft, liebte Bergman, Buñuel und Cocteau, und ich spürte Schmetterlinge in meinem Bauch, wenn ich auf eine ganz bestimmte Weise an ihn dachte.

Am folgenden Tag erblickte er mich zuerst. Gegen zwei Uhr, nach einem bodenlos schlechten Film mit Donald Sutherland. Sicher konnte nur eine verzweifelte Finanzlage den großen Künstler veranlaßt haben, einen Mountie mit rotschwarzer Montur und Pferd zu spielen. Blödes Drehbuch, plumpe Dialoge, Pappmachéfiguren, beleidigende Klischees, unechte Gefühle, schwache Handlung, unecht wirkende Szenenbilder, glänzende Stirnen, süßliche Musik – die einzige Freude bestand darin, Donald Sutherland zu sehen und zu hören. Ich grübelte noch über die Scheußlichkeit des Films nach, über das Wie und das Warum, als mich eine Stimme rief, *seine* Stimme. Ich drehte mich um. Von beiden Seiten ein Lächeln, seines sekundenschnell, meines etwas länger. Sofort hatten wir über so vieles zu reden. Er war zu spät gekommen, deshalb hatte ich ihn nicht gesehen. Mit grimmiger Schadenfreude machten wir uns daran, den Film zu zerfetzen. Da unser beider Köpfe am Werk waren, entdeckten wir sogar noch weitere abscheuliche Mängel. Die Reitkunst! Das Schuhwerk! Die Bestecke! Also, es war der größte Schmarren aller Zeiten! Sogar noch schlechter als *Das Schaumbad-Massaker*, von dem ich Tom erzählte.

»Aber klar«, sagte er, »ich muß ihn für das Slocum-Pocum haben.«

»Was!«

»Aber ja. Donald Sutherland kommt aus Neuschottland.«

Ach so. Später schickte mir Tom das Slocum-Pocum-Movie-Shmovie-Monats-Schmonzes-Programm. Der Pressetext warb: »Sehen Sie Donald Sutherlands gräßlichsten Film! Ein großer Schauspieler in einer schrecklichen kanadischen Produktion. Bis auf den Sohn Neuschottlands stimmt nichts an diesem Film. Sehen Sie die totale Einsamkeit eines Genies. Sehen Sie, wie es mit Schund fertig wird. Ansehen Pflicht!«

Unsere Terminkalender paßten mühelos zueinander. Oft dachten wir über die Filme ganz ähnlich. War das nicht der Fall, um so besser: Wir balgten uns darum wie zwei Hunde, die denselben Knochen ergattern wollen. Tom hatte eine außergewöhnlich kritische Ader, die der meinen entsprach, würde ich sagen. Wir bejubelten den Gummiadler in *Der diskrete Charme der Bourgeoisie* und hatten fröhliche Kontroversen über *La Grande Illusion*, *Der letzte Tango in Paris*, Kubrick, *Die Blechtrommel*, Otto Preminger.

An einem warmen Freitagabend ließen wir die Filme Filme sein. Es gab eine Claude-Jutras-Retrospektive, aber *Mon Oncle Antoine* hatten wir beide schon gesehen. Statt dessen aßen wir bei Egon zu Abend (was mich daran erinnert, daß ich eine gußeiserne Bratpfanne mitbrachte, die ich nie zurückbekam). Egon war da und sein Mitbewohner Terry (nicht schwul), Joe und Tom und ich. Egon machte eine köstliche Pizza mit gebratenen Auberginen, roten Paprika und reifem Schafskäse, ich mixte einen echten Caesar Salad, Tom brachte drei Flaschen kalifornischen Rotwein, Joe buk eine wundervolle Pekan-Karamel-Pie, und anschließend wurde das Ganze damit verbundene Geschirrchaos dank Terrys Marihuana wie im Traum von allen wieder beseitigt. Es war ein großartiger Abend. Ich bin noch nie ein Herdenmensch gewesen, und normalerweise fürchte ich mich vor verabredeter Fröhlichkeit, aber dieser Abend war wirklich fröhlich.

Wir sprachen über Malerei. Joe war Maler, obendrein

noch ein sehr guter. Wenn er von seinen Bildern sprach, geschah das für gewöhnlich mit einer stacheligen, abwehrenden Arroganz, mit ganzen Arien sinnlosen Kauderwelschs. Aber an jenem Abend waren wir heiter und empfänglich und high; wir drehten das Sofa einem seiner besten Bilder zu – einem sehr farbenfrohen Acrylporträt eines Ohrs, und Joe fand ausnahmsweise klare, einfache, treffende Worte. Die Farbtöne des Gemäldes waren Fleisch, Ocker, geröstete Mandeln und Schwarz. In der Mitte des Ohrs, tief in seinem Innern, war die winzige Zeichnung eines leeren Stuhls, eines Symbols der Erwartung, sagte Joe; ein leerer Stuhl ist ein »erwartungsvoller Stuhl, ein nostalgischer Stuhl«.

Gegen zwei Uhr morgens waren wir auf dem Sofa alle am Einschlafen. Ich erhob mich mit Mühe und sagte, ich würde nun gehen. Ich konnte kaum noch die Augen offenhalten. Tom erbot sich, mich nach Hause zu bringen. Mit schläfriger Eilfertigkeit sagte ich ja. Ich bin mir nicht sicher, was ich dabei dachte, aber gedacht habe ich.

Als wir durch die stillen, verlassenen Straßen von Roetown in Richtung meiner Wohnung gingen, kamen wir wieder zu Atem. Die Luft war angenehm kühl. Hin und wieder blieben wir stehen und sahen uns die eine oder andere Kirche an.

Als wir den Hügel hinanstiegen, hinter dem ich wohnte, bekam ich Herzklopfen. Was jetzt? Ich war furchtbar nervös.

Wir waren vor meinem Haus angelangt.

Im Wohnzimmer konnte ich Licht sehen. Jemand war noch auf. Ich fühlte mich unerträglich befangen. Was sollte ich machen mit dem Abstand zwischen uns? Wohin sollte ich meine Augen wenden? Ich wies Tom auf die Hafermehlfabrik hin und auf das Gefängnis mit seiner schwenkbaren Kamera – mitten in der Nacht alles ziemlich uninteressant, es sei denn, der Feind heißt Schweigen.

Während wir uns dem faszinierenden Thema Löwenzahn widmeten, wovon es auf dem kleinen Rasengeviert vor der Tür fünf oder sechs Stück gab, gelang es mir, mit meiner Frage herauszuplatzen.

»Möchtest du« – warum kratze ich dabei mit meinem Schuh auf dem Gehsteig herum? – »hereinkommen« – wirst du ihn wohl ansehen! – »auf eine Tasse Tee?«

»Aber gern.«

Gut, eine Gnadenfrist. Jetzt konnten wir mit dem Gerede aufhören und normal miteinander sprechen. Wir stiegen die Betonstufen hinauf.

Im Wohnzimmer war nicht nur Licht, sondern auch Musik, eine britische Folk-Rock-Gruppe von Sarahs Schallplatte. »*Everything but the Girl*«, sagte Tom, worauf ich erwiderte: »Richtig.« Doch es war niemand da. Sarah hatte eine altmodische Stereoanlage, so eine, die in der Mitte einen langen Stift hat und einen Plastikarm, mit der mehrere Platten nacheinander abgespielt werden können. Das Gerät war billig, aber zuverlässig. Geradezu hartnäckig; manchmal fing es von allein an zu spielen. So zum Beispiel an jenem Abend. Der mürrische Spanakopita thronte auf dem Sofa. Martin, Sarahs jüngster und liebster Freund, mochte Katzen nicht, und wenn er über Nacht blieb, flog der Kater aus Sarahs Zimmer raus, was in der Regel ein Drama in drei Akten nach sich zog, vom Miauen übers Sofakratzen bis zum guerrillakriegerischen Scheißen (da ich diesbezügliche Erfahrungen aus erster Hand hatte, hielt ich meine Zimmer stets geschlossen). Offensichtlich hatten wir gerade den zweiten Akt erwischt. Spanakopita war dabei, das Sofa methodisch zu kneten und zu zerkratzen.

Aber mein erster Gedanke war: »Ist das nicht hübsch?«, und ich lächelte. Ist es nicht hübsch, um zwei Uhr morgens nach Hause zu kommen, und eine rotbeschirmte Vierzigwattlampe verbreitet ihren gedämpften Charme zum Dröhnen der Musik, und niemand ist da? Obgleich ich auf Toms munteres »Oh, eine Katze« rasch erwiderte, daß ich an seiner Stelle den fauchenden Vierbeiner nicht anfassen würde.

Ich erinnere mich noch deutlich an dieses »Ist das nicht hübsch?«. Eine kleine Gefühlsregung äußerte sich in diesen Worten, und dann überflutete sie mich. In diesem Augenblick, so glaube ich, kam mir eindringlich zu Bewußtsein, daß ich mit Tom schlafen wollte. Es machte mich glücklich, daß wir unsere Schuhe auszogen und in Socken umhertappten.

Wir gingen in die Küche und widmeten uns dem einfachen, angenehmen Ritual der Teezubereitung. Mit einer vollen Teekanne und zwei großen Tassen machten wir uns auf den Weg ins Wohnzimmer. Spanakopita hatte sich nicht vom Fleck gerührt und hatte noch immer diesen starren Blick einer Katze, die Böses im Schilde führt, und so ließen wir uns auf dem Fußboden nieder. Ich lehnte mich mit dem Rücken gegen das Sofa. Wir waren munter und hätten noch stundenlang durchhalten können.

Während die Stereoanlage wieder und wieder die Seite A von *Everything but the Girl* spielte, redeten wir über dieses und jenes, über nichts und alles, das Leben in der Zukunft, das Leben in der Vergangenheit. Das Thema Eltern kam zur Sprache und der Umstand, daß ich keine hatte, was bei Tom ein längeres Schweigen auslöste, das ich brach, indem ich sagte, schon in Ordnung, und was machten eigentlich seine Eltern, und die Antwort lautete: Vater Lehrer, Mutter Vorsitzende des Tierschutzvereins Halifax. Spanakopita sprang vom Sofa und stolzierte schweigend davon. Uns stand der dritte Akt bevor. Ich sagte mir, sollte ich vergessen haben, die Tür zu meinem Schlafzimmer zu schließen, und dieser Kater würde wieder auf mein Kissen scheißen, dann wäre er am nächsten Morgen ein Fall für den Tierschutzverein von Roetown.

Tom erhob sich, um frischen Tee zu machen. Als er zurückkam, stellte er die Kanne neben mir auf den Boden und setzte sich aufs Sofa, ein Bein behaglich an meiner Schulter.

»Hier, ich massiere dich ein bißchen«, sagte er und schwang das Bein über mich hinweg, so daß er nun direkt hinter mir saß.

Ich konnte spüren, wie seine Hände mein Haar sammelten, seine Finger meinen Nacken streiften. Ich hob die Arme und hielt mein Haar mit den Händen, so daß Nacken und Schultern für seine Berührung frei waren.

Mit einem hörbaren Seufzer des Vergnügens gab ich mich seinen drängenden, forschenden, kreisenden Fingern hin, die das Kruzifix meiner Schultern und meiner Wirbelsäule bearbeiteten. Ich richtete mich auf, und er rückte näher an mich heran. Ich legte meine Arme auf seine Knie. Er arbeitete sich nach Ost und West vor bis zum Ansatz meiner Arme, nach Norden etwas über den Haaransatz hinaus, nach Süden, bis es kitzelte, und ringsherum auf meinen Trapezii, jenen Muskeln, die die Welt zusammenzuhalten scheinen. Es war so entspannend, daß ich spüren konnte, wie die vier Punkte meines Kompasses auseinanderglitten, eine höchst angenehme Art, gevierteilt zu werden. Die ganze Zeit über war ich mir bewußt, daß es Toms Finger waren, die auf meinen Schultern spielten. Jedesmal, wenn sie die Träger meines Büstenhalters querten, fragte ich mich, was er wohl dachte.

Nach einer ganzen Weile, als sämtlicher Tee schon kalt geworden war, hielt er inne, und seine Hände blieben auf meinem Nacken ruhen. Zwei seiner Finger kraulten mich träge. Ich schlang meine Arme um Toms Beine.

»Ich bin erschöpft«, sagte er. Er legte seinen Kopf auf den meinen, Kinn auf Scheitel. Während ich dieses Gewicht zu balancieren suchte, kam mir das Bild eines Mädchens aus der dritten Welt in den Sinn, das einen Krug Wasser trägt.

Mein Herz, das mir vorauseilte, mir zuvorkam, begann

plötzlich sehr heftig zu klopfen, genau in dem richtigen Rhythmus, so daß mein ganzer Körper ins Zittern geriet, wie durch jene leichte Brise, die in den USA eine große Hängebrücke zum Einsturz gebracht hatte. Ich wechselte die Stellung, um aus dem Rhythmus auszubrechen.

»Du kannst hier über Nacht bleiben, wenn du möchtest«, sagte ich ruhig in einem Tonfall, von dem ich hoffte, er möchte einem Koffer gleichen, Aussehen neutral und der Inhalt je nach Bestimmungsort auswechselbar.

»Das wäre schön«, sagte er und küßte mich auf den Kopf. Was ich wie ein Echo spürte.

Ich war hin und her gerissen zwischen Schock und Erregung.

»Gehen wir schlafen«, sagte ich und nahm seine Hand in meine, ohne ihn direkt anzusehen.

Ich besaß noch die Geistesgegenwart – die sich ansonsten rasch verflüchtigte –, den Stecker der Stereoanlage herauszuziehen. Wir gingen auf Zehenspitzen die Stufen hinauf, ich vor ihm. Der Treppenabsatz war spanakopitafrei und die Tür zu meinem Zimmer geschlossen.

Ich öffnete sie, wir traten ein. Ich verriegelte sie hinter uns. Das Klickklack des Schlosses tat mir kund: *Jetzt passiert's, jetzt passiert's.*

Ich drehte mich um, wir lächelten, er trat zu mir und küßte mich auf den Mund.

Er ist ein Mann. Dies ist Homosexualität. Ich bin homosexuell. Das war mir unten durch den Kopf geschossen, als Tom mich auf den Scheitel geküßt hatte, und es kreiste in meinem Kopf, sobald unsere Lippen sich berührten. Ich lehnte an der Wand und Tom an mir, nicht derb, aber unmißverständlich, eine Hand auf meiner linken Schulter, die andere an der Wand. Das leichte Kratzen seiner Haut, das Gefühl, seinen Körper an meinem zu spüren, seine Art zu küssen, so verschieden von Ruths Art, der Rhythmus schneller, die Erkundungen ein bißchen wild: *Er ist ein Mann. Das ist Homosexualität. Ich bin homosexuell.* Was verrückt ist, wie ich weiß. Wir taten das vollkommen heterosexuell Normale, sogar das Banale, aber der Gedanke kam wieder und wieder, *er ist ein Mann, ich bin homosexuell,* obgleich diese Empfindung, das Verbotene zu tun, nichts verbot, nur meine Beine zitterten, und ich brauchte frische Luft. Ich brach das Küssen ab und rückte ein wenig weg, ließ aber beide Hände auf seinen Schultern.

»Du bist nervös«, sagte Tom.

»Ich hab'«, – Pause – »das« – Pause – »ist für mich das erstemal.« Es dauerte etwas, bis es heraus war, doch ich dachte sofort: »Ist aber in Ordnung.«

Ich rückte wieder nahe an ihn heran und küßte ihn, und dabei wanderte meine Zunge hinaus.

Er ließ die Hände über meinen Körper gleiten. Ich legte meine Hand auf seinen Brustkorb, auf seine eindeutig männliche Brust.

Er knöpfte mir die Bluse auf und half mir heraus. Ich streifte meinen BH ab.

Er zog sein Hemd aus. Schwarze Haarwirbel kamen zum Vorschein. *Er ist ein Mann. Das ...*

Wieder umarmten wir uns, warme Haut an warmer Haut. Meine Brustwarzen waren steif geworden; sie nahmen jede Berührung seiner Brust wahr. Er hatte weiches Haar. Eines seiner Beine preßte sich zwischen die meinen. Ich konnte spüren, wie feucht ich war, konnte dieses merkwürdige Quengeln um Aufmerksamkeit da unten fühlen. Ich wünschte, mein Herz würde nicht mehr so heftig klopfen. Wenn er es mir doch mit dem Mund besorgen wollte. Er beugte sich zu meinen Brüsten. Er liebkoste sie abwechselnd mit den Händen, etwas kühl, dann mit dem Mund, ein Temperatursprung.

Ich faßte ihm mit einer Hand zwischen die Beine und drückte. Es fühlte sich hart an. Tom machte sich los und zog sich die Hose aus. Zusammen mit der Unterhose streifte er sie sich in einer Bewegung ab und schleuderte sie mit dem Fuß fort. Mit zwei Bewegungen, die Daumen zu Haken gekrümmt, entledigte er sich seiner Socken.

Ich konnte meine Augen nicht von dem Anblick wenden. Unter einem kleinen, hübschen Flecken dunklen, buschigen Haars stand ein erigierter Penis. Mein Atmen war flach und heftig. Automatisch streckte ich die Hand aus. Umschloß ihn. Drückte. Zog und schob. Er war so warm! Beinahe heiß. Ich konnte nicht mehr stehen. Ich würde zu Boden fallen, wenn ich das Bett nicht erreichte.

Rasch entledigte ich mich der übrigen Kleider, riß das obere Laken beiseite und fiel aufs Bett. Er legte sich neben mich.

Wir hielten uns in den Armen, rollten umeinander, preßten unsere Leiber aneinander, liebkosten und küßten uns. Ich spürte jede Berührung seines glühenden Schwanzes. Ich packte ihn wieder und stützte mich auf, um ihn zu betrachten. Sanft schob ich die weiche Haut vor und zurück, die Eichel abwechselnd entblößend und bedeckend.

»Ich habe keine Kondome dabei«, flüsterte er.

»Oh. Ich auch nicht.«

Meine Fruchtbarkeit? Das war das letzte, woran ich dachte. Die Idee, daß ich *schwanger* werden könnte, erschien unwirklich. Ich konnte es mir nicht einmal vorstellen. Ohnehin schien es eine verrückte Idee, mir dieses Ding reinzustecken: Es war entschieden zu groß, um bequem reinzupassen, wie naß und scharf auf Zuwendung ich da unten auch sein mochte, und das Vergnügen, das sich aus der Sache ziehen ließ, erschien höchst zweifelhaft. Ein Finger, eine Zunge – das war alles, was ich brauchte.

Ich überlegte, ob ich ihn in den Mund nehmen sollte. Die bloße Vorstellung ließ mich am ganzen Körper erschauern. In meinen Mund. Seinen Schwanz. Oh!

Ich hörte auf, darüber nachzudenken, als Tom seine Hand genau dorthin führte, wo ich sie haben wollte. Oh, gut! Ich legte mich zurück und schloß die Augen. Ich ließ den Penis los, drängte mich aber dicht an seinen Körper, damit ich ihn an mir spüren konnte.

Ich kann nicht sagen, daß er in dem, was er machte, außerordentlich geschickt war – etwas zu schnell, zu hart, zu wenig Vorspiel sozusagen –, aber in ebendieser Unvollkommenheit lag die Vollkommenheit des Augenblicks. Es war eine *männliche* Hand, das war es, was mich anmachte.

Er hielt inne. Alarmiert schlug ich die Augen auf. Er konnte doch jetzt nicht aufhören. Nicht in diesem Moment schmerzhafter Begier.

»Ich fahr' nur ein kleines Stück weit rein. Ich werd' nicht kommen, ich versprech's.«

»Okay.« Auch das klang vielversprechend.

Er schob sich zwischen meine Beine. Er beugte sich hinunter. Ich konnte spüren, wie seine harte Derbheit auf mich eindrang – zu tief – da – da – das war die richtige Stelle, dachte ich – AH! Aber es tut weh!

Es ist nicht, als ob ein Knochen bricht, aber dort verletzt, ja, zerrissen zu werden, wo ich sonst das erlesenste Vergnügen spürte, ließ mich zusammenzucken, als hätte ich einen elektrischen Schlag bekommen.

»Es tut weh!« flüsterte ich eindringlich.

»Tut mir leid. Ich geh' nicht so tief.«

Er benutzte seinen kleinen Spielraum und zog sich zurück, als ich anfing, ihn mit meinen Armen fortzustoßen.

Schließlich zog er ihn raus.

»Tut mir leid«, sagte ich. Ich fragte mich, ob er vielleicht sauer sei.

»Oh, mach dir keine Sorgen. Ich wollte dich nicht verletzen. Mann, bin ich müde.«

Er lachte und ließ sich neben mich plumpsen.

Ich wollte gern etwas für ihn tun und überlegte wieder, ob ich ihn nicht in den Mund nehmen sollte. Ich beugte mich hinunter und bekam ihn mit meiner rechten Hand zu fassen. Auf und ab, ohne Druck. Ich hatte diese komische Linie an der Unterseite des Penis ganz vergessen, die wie eine Naht aussieht, mit der er zugenäht worden ist. Wenn ich ihn drückte, perlte aus dem Schlitz ein heller Tropfen.

Ich öffnete den Mund und steckte ihn mir hinein. Zunächst schmeckte ich mich selbst; dann nicht viel mehr als einen schwach sauren Geschmack. Ich machte mich ans Saugen. Es gefiel mir, die Geilheit erregte mich, doch sie wurde durch gewisse Schwierigkeiten wieder gedämpft. Meine Zähne waren im Weg, schon bald taten mir die Lippen weh, und manchmal mußte ich würgen.

Der Penis begann schlaff zu werden. Ich war enttäuscht. Ich hob den Kopf und sah ihn an.

»Sag mir, was ich tun soll.«

»Ist schon gut. Hier, komm hierher.« Seine Stimme klang freundlich und keineswegs enttäuscht, und er streckte die Hände nach mir aus. Ich rutschte nach oben, neben ihn. »Hörst du die Vögel?« sagte er.

Das Fenster über dem Futon ließ das verblassende Blau einer sterbenden Nacht erkennen, während ein Zirpen hier und da den Morgen verkündete. Wir knieten am Fenster, das ich weiter öffnete. Eine kühle Brise wehte uns entgegen. Rasch, doch in unbeschreiblicher Zartheit wurde es Tag. Ich konnte mich nicht mehr erinnern, wann ich zuletzt einen Tag hatte anbrechen sehen mit seiner dunstigen Helle und seiner immer lebhafteren Palette von Farben. Das Bild ist mir geblieben: Tom und ich knien nackt auf meinem Futon, unsere Ellbogen auf dem Fensterstock, wir sind vor Erschöpfung wie betäubt und blicken hinaus in den neuen Tag. Er ließ mir eine Hand sacht kraulend über den Rücken gleiten. Wir sprachen davon, daß wir uns anziehen und uns zu einem Spaziergang und zu einem zeitigen Frühstück aufmachen sollten, doch es blieb bei Worten. Vielmehr blickte er auf meine Brüste und berührte sie mit dem Mund.

Wir ließen uns aufs Bett fallen, deckten uns zu und fielen für mehrere Stunden in einen unruhigen Schlaf. Tom hielt mich von rückwärts umfangen. Selbst wenn wir uns nicht berührten, spürte ich, daß er da war. Ich war froh darüber, konnte aber deswegen nicht schlafen.

Am Morgen oder vielmehr am späten Vormittag duschten wir gemeinsam, was mir großen Spaß machte. Wir küßten uns, bis das Wasser kalt wurde. Das Anziehen kam mir merkwürdig vor – zu sehen, wie Tom unter seinen Kleidern verschwand, Stück für Stück. Und wie wir dann, wieder in unserer Normalausstattung, aus meinem Zimmer traten, als sei nichts Außergewöhnliches geschehen. Der angezogene Tom sah jetzt aus wie jemand anders. Ich fragte mich, was Sarah sagen würde.

Aber es war niemand zu Hause außer Karen, die aus ihrem Souterrain-Zimmer heraufgeeilt kam und sich auf dem Weg zur Probe ihr Frühstück schnappte. Sie mag gedacht haben, Tom sei erst wenige Minuten zuvor gekommen. Sie mag gar nichts gedacht haben.

Wir tranken einen Kaffee und gingen dann auf ein einfaches Frühstück zu Morrie's. Und dann ins Kino, denn es war der letzte Tag der »Canadian Images«.

Tom und ich verbrachten die ganze folgende Woche zusammen. In Roetown und in Toronto, wohin er nicht sehr oft kam. An einem dieser Tage – ich kann mich noch an das Bett, das Zimmer, die Umstände erinnern, aber nicht an das Datum – verlor ich meine Jungfräulichkeit, meine anatomische Jungfräulichkeit, ein Ereignis, das ich als einen unangenehmen physiologischen Akt bezeichnen würde, einigermaßen schmerzhaft, wenn auch weniger schmerzhaft als beim ersten Versuch, und dies dank eines stinkenden Gleitkondoms und gemeinsamer Anstrengung, was mir aber gewiß kein Vergnügen bereitete. Es kam auch Blut, mehr als ich erwartete, und sogar am folgenden Tag noch etwas; es war, als hätte ich eine Mini-Periode. Unmittelbar danach, während Tom sich ausruhte und vor sich hin träumte, ging ich duschen, und Blut tröpfelte mir die Schenkel hinab. Ich weiß noch, wie ich dachte: »Das ist es nun also. Ich bin zwanzig und nicht mehr Jungfrau«, und wie ich, allein mit mir, die Achseln zuckte.

Da mein klopfendes Herz meine Erinnerungen schreibt, erinnere ich mich deutlicher daran, wie ich Tom kennenlernte, erinnere ich mich deutlicher an meine erste Nacht mit ihm und an meine letzte, erinnere ich mich deutlicher daran, wie ich mit ihm Hand in Hand die Bloor Street entlangging.

Zumindest das Zimmer war denkwürdig. Wir wohnten in einer Absteige in einer Seitenstraße der Spadina Avenue. Das Zimmer war heruntergekommen, schäbig und aufregend. Es roch nicht, nicht im mindesten, nicht ein Molekül von Geruch, doch in Anbetracht der Farbe und der Beschaffenheit der Teppiche, des Zustands und Stils der Möbel war dies verdächtig. Es war ein Zimmer, das hätte riechen *müssen*.

Wir blieben fünf Nächte und fünf faule Vormittage in diesem Zimmer. Ich masturbierte Tom mehrmals; unter der Dusche nahm ich seinen Schwanz drei- oder viermal in den Mund – mit etwas besserem Erfolg, obgleich er nie kam; ich hatte meinen ersten Orgasmus mit einem Mann dank eines Systems, das ich mit ein paar raschen Worten einführte: ein leichter Abwärtsdruck auf seinen Unterarm hieß »etwas derber«, ein leichter Aufwärtsdruck »etwas sanfter«; wir kraulten und massierten einander systematisch; wir sprachen Bände und lachten Salven; wir küßten uns; und wir liebten uns noch zwei weitere Male, in der letzten Nacht und am folgenden Morgen.

Nach meiner ersten Erfahrung mit dem Geschlechtsverkehr war ich geneigt, es eine Weile sein zu lassen, besonders am folgenden Tag und am Tag nach diesem und so weiter, am besten, die Frage erhob sich einfach nicht, aber *er*, Toms *er*, er erhob sich die ganze Zeit, sehr zu unserem beiderseitigen Vergnügen, und schließlich, während ich auf Toms Unterarm Horowitz spielte – fortissimo! ... piano ... piano ... fortissimo! –, warf er die Frage auf, was wir mit *ihm* tun könnten, und schließlich, in einem fortgeschrittenen Stadium lüsterner Auflösung dachte ich: *Ach, zum Teufel, versuchen wir's noch einmal. Wie Schmerz und Blut sich in Lust verwandeln können, weiß ich zwar nicht. Schade, daß du nicht durch deine hübschen Finger ejakulierst, aber wir wollen uns um diesen geifernden Schwanz kümmern, ehe er verrückt wird vor Qual. Rein mit ihm.* Nur daß es diesmal nicht weh tat. Immer noch keine Lust, aber auch kein Zerreißen, keine zuckenden Nerven, nichts von dieser angespannten Ist-es-bald-vorbei-Unsicherheit. Eine Lockerung für Körper und Geist. Nichts als ein Kerl, der bei mir rein- und rausfährt, ein merkwürdiges Gefühl. Ich verlagerte mein Gewicht und stellte die Beine so, daß es bequemer war. Ich musterte das klägliche Zimmer, ich träumte ein bißchen vor mich hin, ich lauschte Tom, ich ließ meine Hände über seinen eifrigen Hintern gleiten. Diesmal, als er seine seltsamen ersterbenden Laute in mein Ohr hauchte, lächelte ich. Vielleicht könnte ich mich daran gewöhnen, wenn es ihn so glücklich macht. Hatte mir nichts gebracht, eigentlich nichts, nichts, was der magischen Fingerarbeit gleichkam oder der Sache mit dem Mund, was er freilich noch nicht gemacht hatte, aber das muß ich ihm mal sagen, es wäre oh! – aber in gewisser Weise *hatte* mir dieser schlüpfrige Kontakt etwas gebracht. Etwas Nahes und Intensives, was Hitze erzeugte. Und Anhänglichkeit.

Ich küßte ihn und umfing ihn mit Armen und Beinen,

während er schwer und reglos auf mir lag. Wir schliefen ein. Am Morgen passierte es wieder.

Dann ging er. Sagte mir am Busbahnhof, während wir auf seinen Bus zum Flughafen warteten, daß, äh, er es nicht vor mir verheimlichen wolle, äh, denn er mochte mich sehr, aber, äh, er habe in Halifax eine Freundin. Nicht, daß es mit ihr immer das reinste Zuckerschlecken wäre, aber, äh, sie sei da, also, sie existierte.

Oh, ist ja in Ordnung, sagte ich, ihn rasch in Schutz nehmend, und beinahe hätte ich Ruth erwähnt, aber sie war nicht da, es gab sie nicht, nicht mehr, und so wiederholte ich, ist in Ordnung. Die unverbindlichen Einladungen, einander im fernen Halifax und im fernen Roetown zu besuchen, sollten bedeuten »als gute Freunde«. Und wer hatte denn etwas von »Beziehung« gesagt? Stimmt. Er lächelte, und als der Bus da war, küßte er mich zum Abschied auf den Mund. Und mein klopfendes Herz grub *das* in meine Erinnerung ein, seinen direkten, mit gespitzten Lippen schnurgerade auf meinen Mund gesetzten Kuß.

Im Bus nach Roetown mußte ich daran denken, wie er reagiert hatte, als ich ihm meinen Arbeitsraum gezeigt hatte, mein Allerheiligstes, meinen Roman. Ein »Huh« und ein Blick in die Runde, der an Interesselosigkeit grenzte. Nicht ein Schritt vorwärts, um die Karteikarten genauer zu betrachten, so daß ich hätte *Nein, nein, nein* sagen und ihn in gespieltem Entsetzen fortscheuchen müssen. Und er war ein bißchen großspurig und nahm sein Slocum-Pocum-Ich sehr ernst. Und er hatte es mir nie mit dem Mund gemacht, der selbstsüchtige Lümmel. Und wer wollte schon einen Sommer in Halifax verbringen? Ebensogut konnte ich ihn in Belleville verbringen.

Als ich Sarah in der Küche sah, lächelte sie verschmitzt und sagte: »Wir hatten schon gedacht, du kommst überhaupt nicht mehr wieder.«

»Ich bin wieder da.«

»Und?«

»Und was?«

»Nun, wie war's? Hast du dich gut amüsiert?«

»Es war schön. Interessante Ausstellung im Royal Ontario Museum.«

Sarahs Martin war auch so einer, der sich selbst sehr ernst nahm, diesmal als einen Helden der katholischen Arbeiterklasse. Sie sagte mir einmal, sie sei in ihn *total* verknallt. Ich sehe noch ihr Kopfschütteln, mit dem sie das *total* unterstrich, und das Echo ihres schwarzen seidigen Haars auf diese Bewegung. Am Ende würde sie ein Kind von ihm bekommen, da er nichts von Empfängnisverhütung wissen wollte. Wir im Hause wollten nichts von Martin wissen. Was Tom betraf, so sagte ich mir, daß ich in ihn bestimmt nicht verliebt sei, weder *total* noch auch nur ein bißchen. Mit ihm hatte ich lediglich für eine Woche meinen Spaß gehabt. Nun mußte ich zurück an meinen Roman.

Einige Zeit danach erzählte ich Sarah eines späten Abends von Toms Äh-Freundin. Sarah war sehr nett und sagte ein paar mitfühlende Worte. Danke, Sarah.

Bevor ich Roger traf (oder vielmehr wiedertraf), hatte ich noch ein paar andere Affären. Mit »noch ein paar andere« meine ich drei. Aber keine, über die näher zu reden sich lohnte. Wie es dazu kam, was wir machten – in jedem Fall klopfte mir das Herz, aber danach, im Erschlaffen erfüllter Begierde (meistens der seinen), reckte sich mein Verstand wieder – wie ein Papagei, wenn man das Tuch von seinem Käfig zieht – und fragte mich: »Wer ist dieser Kerl? Kennst du ihn? *Legst du Wert drauf,* ihn zu kennen? Warum herrscht jetzt Schweigen? Vergiß es, sag' ich dir, vergiß es«, und dann zog das Gedächtnis gehorsam einen Schlußstrich. Was mir jetzt auffällt, ist nicht, wieviel ich vergessen habe, sondern wie wenig Lust ich habe, mich zu erinnern. Es war das Vergnügen eines Augenblicks – wie ein Feuerwerk. Jenseits der Begierde gab es keinen Zauber, nichts, worüber man sprechen, nichts, was man teilen konnte.

Es gibt nur ein Bild, ein Verlangen, an das ich mich spontan erinnere: Ich bin unter diesem wirklich riesigen Kerl von einem Schwimmer, der dumm ist wie ein Ochse, aber mit einer Schwimmerbrust, bedeckt mit blondem Haar, und es ist heiß, und wir beide glänzen vor Schweiß, und er ist so groß, daß ich mir unter diesem prachtvollen Brustkasten und seinen gestreckten Armen, zwei korinthischen Säulen, ziemlich allein vorkomme, und ich klammere mich an ihn und fühle mich wie ein Faultier am Amazonas, das an seinem Ast hängt, nur mit viel weniger Ruhe, denn dieser Kerl von einem Schwimmer fährt unter Ächzen mit machtvollen Stößen rein und raus, ja, mitten durch mich hindurch, und es ist kraftvoll und phantastisch und wird mit jeder Sekunde besser, und ich denke: »Daran könnte ich mich wirklich, *wirklich* gewöhnen, o ja.«

Ich war zu weiteren intimen Beziehungen fest entschlossen. Nachts schien jedes Stöhnen von Sarah in meinem Zimmer sein Echo zu finden, ein Widerhall meiner Einsamkeit.

Es kam der Sommer und mit ihm das Ende des Studienjahres. Die Studenten zerstreuten sich in ihre Heimatorte. Ich beschloß, nicht zu reisen. Ich konnte mir nicht vorstellen, daß ich das gleiche Glück haben würde wie das letzte Mal, und mein Roman lieferte mir die perfekte Ausrede: Ich würde in Roetown bleiben und ihn fertigstellen. Sarah und ich waren die einzigen, die im Haus blieben. Die übrigen Zimmer konnten wir untervermieten.

Ich kannte Roger schon seit der ersten Woche des ersten Studienjahres. Jeder am Strathcona-Milne-College kannte Roger. Er hatte eine Amtszeit als Rektor hinter sich und war in College-Angelegenheiten noch sehr stark engagiert. Während seines Rektorats hatte die Universität erwogen, die beiden Colleges in der Stadt zu schließen und alles zentral auf dem Hauptcampus unterzubringen. Das hätte fast den ersten bewaffneten Aufstand in der Geschichte der Ellis-Universität ausgelöst. Es gab Meetings, Demonstrationen, Petitionen, Sitzstreiks. Um das Hauptgebäude von S-M wurden Barrikaden errichtet, die eine Zeitlang Tag und Nacht besetzt waren. Das sollte zwar ein symbolischer Akt sein, doch zum Leidwesen der Universitätsverwaltung waren die Theaterfreunde der Ellis vor allem am S-M konzentriert, und sie widmeten sich dem Bau dieser Barrikaden mit revolutionärem Eifer. Sie sahen vollkommen echt aus. Man mußte bis auf einen Meter an den Stacheldraht herantreten, ehe man merkte, daß es sich um Strickgarn handelte. Studenten in bunten pseudomilitärischen Uniformen hielten Wache und schrien: »Halt! Wer da? Was wollen Sie?«, sobald sich jemand näherte, der sich mit Dem Feind in Verbindung bringen ließ, und richteten ihre Holzgewehre auf die Brust des armen Feindes. Waren die Feinde hinlänglich widerwärtig, so bekamen sie eine Eskorte von zwei »Soldaten«, die es sich zur Aufgabe machten, sich auf die verrückteste Weise so abscheulich wie möglich aufzuführen.

Der führende Kopf des Ganzen, derjenige, der die Forderungen und Ablehnungen und Drohungen formulierte, um die Colleges in der Stadt zu verteidigen, war Roger. Als die Universität nachgegeben hatte, erschien in der *Stechfliege*, der Studentenzeitung, eine Karikatur, in der Roger als Cäsar in Siegerpose auf einem Streitwagen dahergefahren kam, während der Universitätspräsident sich in Ketten hinterdreinschleppte. All das geschah zwei Jahre bevor ich an die Ellis kam, aber die anspornende Wirkung auf die Colleges in der Stadt hatte lange angehalten. Es war sogar zu einem Stück Folklore geworden: Während meines ersten Studienjahres gab es ein Theaterstück im Artspace, das die Ereignisse pries. Der Schauspieler, der Roger spielte, war auf Che Guevara getrimmt.

Als mein Studienjahr Roger kennenlernte, war er wieder Professor für englische Literatur, spezialisiert auf Joseph Conrad, doch war er einer von den Leuten, die offenbar ständig überall anzutreffen waren – im Gespräch mit jemandem, beim Betreten oder Verlassen dieses oder jenes Gebäudes, beim Kaffee im Speisesaal, beim Go-Spiel in der College-Kneipe und so weiter. Roger kannte jeder.

Und doch kannte ihn kaum jemand wirklich, jedenfalls unter den Studenten. Als ich ihm näherkam, entdeckte ich, daß dieser vermeintliche Revolutionär, Erstürmer der Bastille, Trompeter vor den Mauern von Jericho, Guerillero im Dschungel von Bolivien in Wirklichkeit ein altmodischer Ästhet war, der sich einen Dreck um Politik kümmerte. Ich meine das nicht abwertend – altmodisch –, es überraschte mich nur. Es hätte keine Überraschung sein müssen, denn als ich mich an unsere ersten Gespräche erinnerte, wurde mir bewußt, daß sie sich stets um Kunst gedreht hatten. Meine erste Erinnerung im Zusammenhang mit Roger: Ich hörte, wie er sich mit jemandem über *Nostromo* unterhielt, ein Buch, das ich damals noch nicht gelesen hatte. Mein erstes Gespräch mit ihm drehte sich um den Roman *Der Geheimagent*; mein zögerliches Daranherumkritteln wurde abgeschnitten durch sein endgültiges: »Nein. Der Roman ist vollkommen. Mir fällt nicht ein einziger Schwachpunkt ein. Ein Drama, in dem das zentrale, treibende Ereignis nie beschrieben wird, eine Gegenwart, die eine Abwesenheit ist, wie ein Stein, der das Wasser noch kräuselt, wenn er schon längst verschwunden ist, ein ganzes Bauwerk, in dessen Zentrum sich nichts befindet – ich habe dergleichen noch nie gesehen.« Der erste Schritt, der in ein gemeinsames Bett führte, wurde getan, als ich ihn in einem verlassenen Café traf, wo er über einem Abschnitt aus *Almayers Wahn* grübelte. Und als ich ihn das letzte Mal sah, dachte ich, daß Kurtz' Verlobte Kurtz nicht sehr gut gekannt haben konnte, wenn sie Marlows Lüge glaubte.

Denn dies war der Anfang, die Mitte und das Ende von Roger: Joseph Conrad, eigentlich Josef Teodor Konrad Korzeniowski, 1857–1924. Das war der Faden, der sich durch sein ganzes Dasein zog, vom zwölften Lebensjahr an bis zum neunundvierzigsten, länger, als er seine Ex-Frau gekannt hatte oder seine Kinder. Nur seine Eltern konnten von sich behaupten, daß es sie länger gab. Roger war einer jener glücklichen Menschen, die herausgefunden hatten, daß sie mit dem, was ihnen Spaß machte, ihren Lebensunterhalt verdienen konnten. Der Autor der Abenteuergeschichten seiner Kindheit in Indiana wurde zum Gegenstand seiner Doktorarbeit in Oxford, wurde zum Paß für ein Leben in der akademischen Welt. Roger liebte Conrad auf eine Weise, die sich veränderte, während er sich veränderte. Als er jung war, segelte er im Sessel übers Meer – mit dem *Nigger von der »Narcissus«*, mit *Taifun*, mit *Geschichten der Unrast*, mit *Sieg*. Dann wurde er reif für *Lord Jim*, einen Roman, der ihm mit der Zeit gezwungen und als Unterrichtsstoff etwas ermüdend erschien, und für *Der Geheimagent*. In der Zeit, in der ich ihn kannte, kreisten seine Gedanken um die Haupterkenntnis aus *Das Herz der Finsternis* – zu viel gelesen, zu wenig verstanden – und um das Monument, das *Nostromo* darstellt, sowie um Conrad selbst. Wenn in Rogers Leben Politik und Revolution vorkamen, so war es nur das, was er in *Nostromo* und *Mit den Augen des Westens* erlebte. Seine ungeprüfte Abneigung gegen jede Unordnung leitete er von Conrads übermäßig geprüfter Abneigung ab. Wie es bei Conrad keinen Humor gibt, so versuchte auch Roger nur selten, die Dinge auf eine humorvolle Art zu sehen, was nicht heißt, daß er schwerfällig, mürrisch oder unfreundlich gewesen wäre, Lachen war einfach nicht das Ventil, das er bevorzugte. Er hatte das Gefühl, es sei eine schwache Katharsis. Roger war in einem positiven Sinn ernst, ernst, wie das Leben ernst ist. Er war der erste Intellektuelle, dem ich begegnete, der mit Ironie wenig anzufangen wußte.

Was die Oktoberrevolution anging, die die innerstädtischen Colleges rettete, sagte Roger ganz schlicht: »Es ist einfach passiert. Sie sollten geschlossen werden, einige Leute waren dagegen, ich war zufällig Rektor von S-M. Ich bin einfach an der Spitze des Zuges mitgetrottet.«

Das war es, was mich an Roger faszinierte – daß Conrad Das Wort, Das Buch und Der Weg war, obgleich er das nie sagte. Roger hielt auch Vorlesungen über andere Schriftsteller – die übrigen Geburtshelfer dieses Jahrhunderts –, und er hatte mehr zu bieten als nur die Bücher, die er gelesen hatte. Doch da ich in verstockter Weise unfähig bin, an Gott zu glauben, interessiere ich mich für weltliche Religionen. Roger nahm das Leben durch Conrad wahr. Conrad war sein idealisiertes Double. Die Wahl des Propheten war willkürlich – es hätte Kafka sein können oder Bach oder Matisse oder der Anarchosyndikalismus oder der Zionismus oder der Tierschutz oder Baseball, je nachdem, was ein Zwölfjähriger an einem Tag gerade trieb –, doch es ist genau diese Willkürlichkeit, die mich interessiert, der Umstand, daß wir *entscheiden*, an welche Sache, an welchen Gott wir glauben, und daß wir uns, in dieser Weise begrenzt, der Welt öffnen.

Wenn Roger und ich durch die Straßen von Roetown gingen, bogen wir um Ecken, als segelten wir um die Biegungen eines tropischen Flusses. Es konnte gut sein, daß wir einen Leoparden überraschten, der am Ufer trank, ein Juwel in einer grünen Fassung. Oder daß wir auf den Anblick und den Lärm von Wilden stießen, die zum Takt von Tamtams um einen hemmungslosen Kurtz tanzten. Oder auf einen stillen Bürger mit unbewegter Miene, was nicht weniger furchterregend war. Roger zeigte mir, daß Roetown nicht eine stille kleine kanadische Provinzstadt war, sondern ein Malaiischer Archipel, ein Kongostrom, wo Wahnsinn, Zusammenbruch und Explosion jederzeit möglich waren.

Heute denke ich nicht sehr oft an Roger, aber er hat mich mehr beeinflußt, als mir damals bewußt war. Verletzt hat Tito mich nur selten; so einmal, als er sagte, ich neigte manchmal zum Konservatismus. Es war der gleiche Vorwurf, den ich gegen Roger erhoben hatte, und ich war tief gekränkt. Positiv läßt sich vermerken, daß ich während der Zeit mit Roger meine erste Geschichte schrieb, die auch veröffentlicht wurde, die über Zahnprothesen, und daß Vorstellungen von Kunst und Sinn sich mir auf eine einigermaßen verständliche Art und Weise zusammenfügten. Und wir schliefen wunderbar miteinander – auch dies verdanke ich Roger: Augenblicke lodernder Sinnlichkeit.

Zusammen brachte uns ein zufällig übereinstimmendes Verlangen nach Pecannuß-Pie. In jenem Sommer hatte ich mir einen strengen Arbeitsplan verordnet: jeden Tag um acht Uhr aufstehen, dann drei Romanseiten, ehe ich aus dem Haus ging. Was Unsinn war. Zwar stand ich um acht Uhr auf, aber die drei Seiten wurden stets auf den nächsten Tag verschoben; denn zunächst bereitete ich mich vor, arbeitete am Wandgemälde und an der Feinabstimmung bestimmter Dinge. Ich litt an jener schöpferischen Lähmung, die der Schrecken und die Qual aller Schöpfer ist, doch das interessiert andere Leute nicht, die einfach arbeiten und danach das Leben genießen. Vermutlich hätte ich das verdammte Ding einfach anfangen, mich einfach hinsetzen und loslegen sollen:

Hallo! Wie geht es dir? Es ist mir eine große Freude, dich

willkommen zu heißen und dich als dein christlicher Führer durch diesen Roman zu begleiten. Ich bin ein Mischling in der sechsten Generation, dies ist mein Dorf, Corto ist mein Herrchen und Christus ist mein Herr. Wir befinden uns in Portugal, einer vom Menschen geschaffenen geographischen Einheit, die dir sicher etwas sagen wird. Eintausendneunhundertundneununddreißig Jahre sind vergangen, seit Er die Last unserer Sünden auf sich nahm. Es ist frühmorgens. Wie du siehst, ist dies die Hauptstraße unseres Dorfes. Die Kirche befindet sich in deinem Rücken, zu deiner Linken. Wir werden sie besuchen, keine Sorge. Es gibt etwas, oh, so Besonderes in ihr, die Erleuchtung meines Lebens. Aber warte! Geh noch nicht! Ich versichere dir, es ist noch genug Zeit. Laß deine Erwartung wachsen, laß sie dich peinigen. Das Vergnügen, sie zu befriedigen, wird dann um so größer sein, und deine Stimmung wird um so höher steigen. Da ich gerade von der Erwartung spreche – die Aussicht, mit dir zusammenzutreffen, hat mich so erregt, daß ich wirklich ganz außer mir bin und noch nicht einmal die innere Ruhe hatte zu meinem ersten Schiß am heutigen Tag. Daher laß mich Zeit und Ort unseres Treffens mit diesem kleinen Monument feiern. Ahhhhhhhhhhhhhhhhhhhhhhhhhhhhhhhhhhhhhhhhhh. Oooooooooooooooo ooooooooooooooooooh. Ahhhhhhh. Ohnurnocheinstückmehr! Ahhhhhhhhh, was für eine Wonne. Amen! Hier, ich werde dir das Dorf zeigen. Sozusagen unser Territorium markieren. Und du mußt die Dorfbewohner kennenlernen. Es sind brave, schwer arbeitende Katholiken. Sobald du ihre Bekanntschaft gemacht hast, nach dem ersten verlegenen Geplauder, nach dem Lächeln und Händeschütteln, das du so liebst, gehen wir in die Kirche, und ich werde dich dort ungefähr zwanzig Minuten in der Stille allein lassen. Dann werde ich dich aus deinem Gebet herausbellen, und wir werden mit dem Schauspiel anfangen. Mit dem Wo, dem Wie, dem Warum. Denn alles beginnt mit dem Priester. Mit dem Priester und mit der heiligen Stadt Fatima, die hinter jenen hohen, wilden Bergen liegt, die du im Westen sehen kannst. Du kennst doch Fatima? Nein! Nun, dann müssen wir mit Fatima beginnen. Im Jahre Unseres Herrn 1917 – ah, hier kommt der Friseur. Friseur. Friseur, hör mal! Komm, mach dich mit unserem Leser bekannt.

Aber ich war nicht dazu imstande. Sobald ich etwas anfangen wollte, bedrängten mich Fragen und Bedenken. Was zu tun ich im Begriff stand, war so wichtig, so bedeutsam, daß es stets weitere Überlegung erforderte. Immer wieder verpuffte meine Spontaneität. Ich verschob mein Werk um einen weiteren Tag. Morgen um acht Uhr dreißig würde ich bestimmt anfangen. In dieser freudigen Erwartung machte ich erst einmal einen Spaziergang, und danach las ich.

An einem solchen Tag, ich glaube, es war Mitte Juni, früher Nachmittag, verspürte ich plötzlich das Verlangen nach dem süßen Knirschen eines Stücks Pecannuß-Pie. Ganz in der Nähe gab es ein Café, einen ruhigen, angenehmen Ort, wo man Dutzende Sorten von Tee bekam.

Dort saß Roger. Es war niemand sonst da – nur er mit einem Buch und die träge arbeitende Kellnerin. Bis dahin war er, wie ich sagen würde, ein Bekannter. Wir grüßten einander, wenn unsere Wege sich kreuzten, und wir hatten uns hier und da einmal unterhalten, selten unter vier Augen, meistens in einer Gruppe. Er wußte einiges über mich – meine Eltern und Kuba, mein früheres Engagement in Studentenangelegenheiten, mein Hauptfach, Philosophie, daneben mein Interesse an englischer Literatur –, und ich wußte einiges über ihn. Ich mochte ihn, wie Studenten ihre Lehrer mögen, obgleich ich nie einen Kurs bei ihm besucht hatte.

Unter dem Klingeling der Türglocke betrat ich das Café. Er blickte hoch, und wir sagten hallo.

»Was tust du hier noch?« fragte er.

»Ich bleibe den Sommer über in Roetown.«

»Mich hat die Abteilung dazu verleitet, einen Sommerkurs über D. H. Lawrence abzuhalten. *Söhne und Liebhaber*, *Liebende Frauen*, *Der Regenbogen*, *Känguruh* – ich kann es kaum ertragen.«

Ich lächelte. Ich wollte ihm nicht sagen, weshalb ich den Sommer über dablieb.

»Setz dich doch zu mir«, fügte er hinzu.

Ich bestellte ein Stück Pecannuß-Pie und einen Pfirsich-Vanille-Kräutertee.

»Hast du das gelesen?« fragte er und hielt *Almayers Wahn* hoch.

»Ja.«

»Also, je älter ich werde, desto mehr schätze ich diesen Romanerstling. Diese Stelle hier …«

Er zeigte mir einen kurzen Absatz. Es war die Interpunktion, die er bewunderte, ein besonders geschickter Gebrauch von Semikolons. Wir sprachen über Interpunktion.

Eine enge Beziehung beginnt dann, wenn die ersten Schranken fallen. Die erste, die für mich fiel, war die des Alters, die einschüchternde Vorstellung, daß Roger mehr als doppelt so alt war wie ich. Ich war erst wenige Tage zuvor einundzwanzig geworden; er war neunundvierzig. Ruth war ebenfalls viel älter als ich, aber mit ihr war es anders gewesen. Von Anfang an schien das nichts auszumachen. War es die fremde Umgebung? Der Umstand, daß wir Frauen waren? Einfach die Art, wie unsere Charaktere zueinander paßten? Ich weiß es nicht – vielleicht eine Mischung aller drei Komponenten. Bei Roger spürte ich zunächst in jedem Augenblick, bei jeder Unterhaltung den Altersunterschied. Er war ein klares Maß für unsere jeweilige Lebenserfahrung, unsere Reife und Weisheit. Zuvor hatte ich mich mit ihm voller Selbstvertrauen unterhalten, doch plötzlich war ich durcheinander und brachte keinen vernünftigen Satz heraus. Ständig sagte ich etwas und dachte gleich darauf: »Warum habe ich das gesagt?«

Der Altersunterschied wurde durch Worte getilgt. Je mehr wir an jenem Tag und an den nachfolgenden Tagen, als wir einander ständig in die Arme zu laufen schienen, redeten, um so mehr hatte ich das Gefühl, daß wir eine Art von Gleichheit erreichten, eine mühelose Osmose zwischen zwei Persönlichkeiten. Dies hatte viel mit einem Umstand zu tun, den ich schon erwähnt habe: Er hatte keinen Sinn für Ironie. Roger nahm mich ernst – und so nahm ich mich selber ernst.

Ziemlich bald, als wir noch bloße Freunde waren und keine Ahnung davon hatten – jedenfalls ich nicht –, daß wir etwas anderes werden würden, gestand ich ihm, daß ich an einem Roman arbeitete. Daß ich das in diesem Ton vorbrachte, ist mir äußerst peinlich, aber so kam es heraus, als ein Geständnis. Wenn *ich* mir zugehört hätte, dann hätte ich mit den Augen gerollt. Aber Roger sagte: »Wirklich?«, es gab eine Pause, und dann fragte er: »Wovon handelt er?« Ich erklärte die groben Umrisse, den Erzählerstandpunkt, das Aufsplittern Der Stimme in viele Stimmen, das Thema des starken, lebenserhaltenden Glaubens, die Beziehung zwischen Idealen und ihren materiellen Symbolen, doch ich warnte ihn – und schützte mich –, indem ich sagte, daß ich ziemlich festsäße, daß es sich weniger um die Arbeit an einem Roman handele als um die Absicht, an einem Roman zu arbeiten.

Nach einem Augenblick des Nachdenkens sagte er: »Ich habe in meinem ganzen Leben nie auch nur ein schöpferisches Wort geschrieben. Alles, was ich gemacht habe, hing von der Kreativität anderer ab. Ich war immer Zuschauer, ob es sich nun um Bücher handelte, um die Schwangerschaften meiner Frau oder das Heranwachsen meiner Kinder. Wohlgemerkt, ich bedaure nichts. Ich bin ein guter Zuschauer. Ich stelle hohe Ansprüche. Und doch bin ich nichts als ein besserer Verkehrspolizist: Ich gebe Leuten in großen, leistungsstarken Autos Zeichen – hier lang! da lang! –, und sie donnern vorüber, während ich stillstehe.« Und mit einem Schulterzucken, was-kann-man-machen?, lächelte er mir zu.

Am nächsten Tag zeigte ich ihm mein Arbeitszimmer. Er sah es sich sehr genau an, stellte sich auf die Zehenspitzen, bückte sich, segelte von der Quelle zum See. Ich konnte nur hoffen, er würde die Karteikarten über Scheiße nicht bemerken.

»Scheint ein tolles Ding zu sein. Aber du sitzt fest, wie du sagst.«

»Vollkommen. Es ist in meinem Kopf und an diesen Wänden und nirgendwo sonst. Bestimmt nicht auf einem Blatt Papier.«

»Nun, es sieht wie eine phantastische Skulptur aus.«

»Ja.« Ein neutrales Ja.

Er sah mich an. »Das Festsitzen bringt dir nichts. Wenn du wirklich festsitzt, solltest du das alles vielleicht vernichten und neu beginnen.«

Eine einfache, kühne Idee, die mir nie gekommen war.

Es passierte nicht gleich, auch nicht in der folgenden Woche, aber nicht sehr lange danach. Es war erstaunlich leicht. Draußen vor dem Haus stand ein Metalltonne, die streikende Arbeiter aus der Hafermehlfabrik im Winter als Feuerstelle benutzt hatten. Eben schienen meine Karten noch so ewig zu sein wie der Ganges, und im nächsten Augenblick schon brannten sie in dieser Tonne zusammen mit einem beträchtlichen Teil der Farbe von den Wänden. Die Sonne schien an diesem Tag so kräftig, daß ich keinerlei Flammen sehen konnte, nur Karteikarten, die sich im Schwarzwerden krümmten, Rauchfetzen erzeugten und verschwanden. Ich war froh. Ich fühlte mich frei, neu zu beginnen.

Als Roger das erstemal zu mir kam, war Sarah da, und ich sagte: »Sarah, du kennst Professor Memling, nicht wahr?«

»Hi, Sarah«, sagte Professor Memling.

»Hi, Roger«, sagte Sarah.

Ich spürte einen Stich von Eifersucht, einen törichten Stich von Eifersucht.

Der Funke, der erotische Funke, der in meinem Organismus einen Adrenalinstoß auslöste, sprang eines heißen Abends in seinem Arbeitszimmer über. Nach einem Lachen, das von ihm so selten zu hören war, standen wir nahe beieinander, es war eine absichtliche, uneingestandene Nähe, eine Art offenes Geheimnis. Ich lächelte ohne Grund. Unsere Blicke trafen sich und flohen sich, trafen sich und flohen sich. Eine seiner Hände schwebte in der Luft und zögerte in der Nähe meiner Schulter. Sie landete. Er küßte mich. Ich schlang die Arme um ihn.

Nun, da die Dinge offenlagen, konnten sie in Fluß kommen, und sie kamen in Fluß, und wie. Nur Minuten, nachdem wir begonnen hatten, uns zu küssen, hatte ich ihn rückwärts auf sein kleines Sofa manövriert, mich zwischen seine Beine gekniet, den Reißverschluß seiner Hose geöffnet und seinen steifen Penis herausgeholt. Roger hatte einen ansehnlichen Schwanz, gerade, groß, aber nicht zu groß, mit einem vollen, warmen Teint – und in meiner Gegenwart immerfort in Habachtstellung. Ich saugte, bis er sich ergoß. Es war warm und schleimig und schmeckte seltsam. Nicht gerade das, was man sich im Supermarkt in Form von Speiseeis kaufen würde, aber in dem Stadium sexueller Erregung, in dem ich mich befand, überlief es mich, als er in meinem Mund explodierte – sein Schwanz *pulsierte.*

Oft trieben wir es in seinem Arbeitszimmer. Es war ein Kitzel, keine Notwendigkeit; sein Haus war in der Nähe. Es an einem Ort zu tun, der so zweckbetont und öffentlich war, hatte etwas herrlich Geiles. Roger hielt seine Seminare in seinem Arbeitszimmer ab. Es war groß genug für neun Studenten – sieben auf Stühlen, zwei auf dem Sofa – und einen Professor in seinem bequemen Drehstuhl. In jenem Jahr besuchte ich sein Conrad-Seminar für das vierte Studienjahr, und ich achtete darauf, daß ich stets auf dem Sofa saß, auf dem ich noch am selben Tag nackt liegen würde, Roger über mir oder, den Kopf zwischen meinen Beinen, vor mir kniend. Während des Unterrichts trug er einen vollkommenen Gleichmut zur Schau und erwog meine Fragen und Einwürfe mit der gleichen Bedachtsamkeit wie die der anderen Studenten. Selbst im Blickkontakt, in seinen Nebenbemerkungen, in seinen Begeisterungsäußerungen achtete er auf Gleichbehandlung. Nachts aber beklagte er sich bei mir darüber, welches Unbehagen ihm dabei unerwünschte Erektionen bereiteten.

Roger wohnte in einer Straße oberhalb von S-M, die nichts weiter war als ein holperiger Asphaltstreifen ohne Bürgersteig, den die Stadt Jahrzehnte zuvor auf einem Moränenhügel angelegt und seither vergessen hatte. In der Stille dieser städtischen Amnesie wuchsen die Bäume zu enormer Größe heran, die Häuser wurden älter, sonst ereignete sich nichts Neues, wenn man davon absah, daß die Zerklüftung der Straße fortschritt. Eine Eiche, hartnäckig darum bemüht, verlorenes Terrain zurückzugewinnen, hatte so viele wurzelige Kniescheiben durch den Asphalt getrieben, daß die Straße aussah wie der Balg eines Akkordeons. Wenn ich mein Fahrrad die Straße entlangmanövrierte, mußte ich immer an jene Zeile aus Albees *Zoogeschichte* denken: »Manchmal muß man einen sehr langen Umweg machen, um über eine kurze Strecke den richtigen Weg zurückzufinden.«

Rogers pfirsichfarbenes Holzhaus lag zwischen zwei größeren Häusern, die näher an der Straße standen, am Ende eines rissigen Betonwegs hinter einem dichten Busch versteckt. Mit seiner Veranda, den großen Fenstern und der ganzen Holzkonstruktion sah es eher wie ein Cottage aus. Es war ein Traum von einem sonnendurchfluteten Versteck. Mir gefiel es auf den ersten Blick. Es war klein – Jeremy und Leah, Rogers Kinder, mußten noch immer in einem Zimmer schlafen, wenn sie auf Besuch kamen –, die Dielen waren aus Hartholz, die Möbel waren alle alt und restauriert, es war ein Durcheinander von Büchern und Papieren, und alles knarrte: die Dielen, das Bett, die Tische und Stühle, bei Wind oder Sturm das ganze Haus, *alles*. Wenn man jemanden am Telefon verstehen oder den Fernsehton richtig hören wollte, durfte man sich nicht bewegen. Das Stöhnen und Schreien gequälten Holzes bildet die Tonspur meiner Erinnerungen an diesen Ort. Dies und das Stöhnen und Schreien zweier Wesen, die unersättlich fickten.

Der Garten war so ungepflegt wie das Haus. Jahre zuvor, ehe Jeremy und Leah geboren wurden, waren Roger und seine Frau Penny in Mexiko gewesen, in jenem Waldgebiet, wo der Monarchfalter überwintert. Sie waren dagewesen, als die Monarchen ihre Kokons verließen. »Millionen«, sagte Roger. »Jedes Blatt ein Schmetterling. Schwarz und orange rings um dich her. Es war wie in einem kalten Feuer.« Er zeigte mir Fotos, doch leider waren sie schwarzweiß, nicht schwarz und orange. Als Roger las, daß sein grüner Rasen eine dem Monarchen schädliche Monokultur sei, grub er seinen Garten um und verbrachte einen ganzen Sommer damit, eine Wildnis zu orchestrieren. Er pflanzte Goldruten, Löwenzahn, Astern, Wilde Möhren, Disteln, Blutwurz, Maiäpfel, Leberblümchen, Anemonen, Glockenblumen und was er sonst noch auf den Feldern fand. Als er seinen ersten einsamen, vorsichtigen Monarchen sah, jubelte er. Das war schon lange her. Die Wildnis hatte inzwischen ihren eigenen Maestro und ihr eigenes Repertoire gefunden. Jeden Sommer mähte Roger hier und da eine Stelle ab. Auch auf einer Decke trieben wir es, umgeben vom Rascheln und *bsssss bsssss bsssss* der Natur.

Roger hatte sich einer Vasektomie unterzogen – »Mein Vergnügen soll keine Folgen haben«, sagte er (ich hätte das zur Kenntnis nehmen sollen) –, und so mußten wir uns darüber keine Sorgen machen und konnten es tun, wann und wo wir wollten. Es ist seltsam, daß es *Kategorien* von Erinnerungen gibt, Erinnerungen, die sich auf dieselbe Person beziehen, die sich aber nicht miteinander vermischen. Einerseits erinnere ich mich an einen profunden Conrad-Forscher, der mich in vieler Hinsicht beeinflußt hat, dem zu begegnen für mich intellektuelle Folgen hatte, andererseits erinnere ich mich sehr deutlich an einen wohlbestallten Satyr und seinen potenten, sterilen Schwanz. Gegenüber diesen beiden Personen hatte ich das Gefühl, ein und dieselbe zu sein. Nackt oder angezogen, ich war ich. Er aber – die Kleidung machte allen Unterschied. Kleider oder das Fehlen von Kleidern veränderten den Mann.

Auf dem Sofa, auf dem Schreibtisch, auf dem Fußboden, gegen die Wand; im Wohnzimmer, in der Dusche, im Korridor, vor Spiegeln, in der Küche, auf dem Bett (mehr Schaumstoff als Matratze); im Garten; einmal, spätabends, in der S-M-Sauna (er wurde bleich und wäre beinahe in Ohnmacht gefallen. Ich mußte ihn hinausschleifen und ihn vierzig Minuten ausruhen lassen); in einem Kino arbeitete er sich mit der Hand zu meinem Saftknopf vor und verschaffte mir einen Gewaltigen, während ich mich nicht regen und keinen Laut von mir geben durfte, die reinste Folter; einmal auf dem Friedhof am Kleinen See, aber nicht ungestört; einmal, wenige Minuten vor dem Unterricht, einen geblasen, dann die ganze Zeit den Geschmack im Mund und die Unsicherheit, die Sorge wegen meines Atems; langsam; schnell; mit geschlossenen Augen; mit offenen Augen – es mußte irgendeinen chemischen Spurenstoff geben, der von der Haut abgesondert wurde, brennbares Pheromon, das wir abgaben. Roger sagte einmal, er wollte, ich wäre sieben Zentimeter groß – dann könnte er mich in den Mund nehmen und mich überall ablecken. Er leckte mich sowieso überall ab, und zwar mit der Zielstrebigkeit eines Hundes. Unauslöschlich ist für mich die Erinnerung daran, wie wir beide auf seinem Bett liegen. Das obere Laken und die Decke sind verschwunden. Ich liege auf dem Rücken; Roger ist auf den Knien. Mit einer Hand spielt er mit seinem steifen Schwanz, während die andere meinen rechten Knöchel festhält. Er hat meine Zehen im Mund – und knabbert und leckt an ihnen und spielt auf ihnen wie auf einer Harmonika. Manchmal verschwindet der gesamte Vorderteil meines Fußes in seinem Mund, und später zeigen die Abdrücke seiner Zähne, wie weit er reinging. Mein Fuß ist in Speichel gebadet. Roger verschlingt mich mit den Augen, während ich masturbiere und ihn dabei ansehe. Er hat einen Gesichtsausdruck wie aus dem *Kabinett des Dr. Caligari* und macht Geräusche wie ein verhungerter Kannibale. Ich bin kurz davor zu kommen, halte mich aber zurück. Es ist ein Gefühl, als sei ich gefroren und zugleich am Schmelzen. Dann wird es dunkel im Raum, nicht weil es finster wird, sondern weil ich mich ganz und gar fallenlasse und die Augen zusammenkneife. Begleitet von einem glucksenden Stöhnen und einem heftigen Biß in meinen Fuß schießt in diesem Augenblick über mir Sperma durch die Luft. Ich sehe es wie eine Sternschnuppe.

Es machte nicht das mindeste aus, wenn ich menstruierte. Im Gegenteil: Es erregte Roger, schon die Vorstellung allein, und dann auch, daß er hinterher um die Wurzel seiner erlahmenden Erektion einen Ring geronnenen Blutes sah und auf dem Laken Streifen von Blut, sauber begrenzt durch die auseinanderstrebenden Linien meiner Schenkelinnenseiten, was sich auf dem riesigen Laken ausnahm wie das Werk eines fiebernden minimalistischen Malers.

Meistens lag er oben. Ich mochte es so; ich konnte ihn spüren und beobachten und berühren. Auch von hinten machten wir es. Zunächst sträubte ich mich etwas. Er würde ... sehen. Ich würde mein ... zur Schau stellen. Ich glaube, es ist die Zone, wo das Schamgefühl zuletzt schwindet. Doch Roger war anal fixiert. Weit davon entfernt, so zu tun, als sei es nicht vorhanden, schnurrte er schon beim erstenmal »Ein schönes Arschloch« und steckte mir als erstes einen eingeölten Finger rein. Nach einem Moment des Schocks fand ich das ganz angenehm. Als er in mich eindrang, hatte ich das Gefühl, doppelt ausgefüllt zu sein, bis nahe an die Grenze meiner Aufnahmefähigkeit. Ich bog mich noch weiter zurück, mein Scheu war verflogen. Ein paarmal sodomisierte er mich regelrecht mit seinem rundum eingefetteten Schwanz, doch dafür konnte ich mich weniger erwärmen. Wenn mein Schließmuskel sich zusammenziehen wollte, während er kam, tat es weh; und wenn ich entspannt war und offen, fühlte es sich an, als sei ich am Scheißen, und ich merkte, daß ich nicht aktiv bei der Sache war, sondern abwartete. Obwohl mich die schiere Anstößigkeit unseres Tuns zugleich anmachte.

War ich besonders erregt, so hatte ich einen Orgasmus, während Roger rein- und rausfuhr. Das passierte immer, wenn er oben war, und es schien aus dem Nirgendwo zu kommen. Normalerweise aber kam ich kurz vor oder nach seinem Erguß, wenn er mit seinen Fingern herumspielte oder mich abschleckte – das waren die *echten* vulkanartigen Champagner-Knaller.

Nach solchen Zeiten totaler, wiederholter Fleischeslust

war ich manchmal derart wund, daß ich kaum laufen konnte.

Ein längst entschwundenes Gefühl: so ausgiebig zu ficken, daß es schmerzte.

Ich verbrachte den Sommer mit der Lektüre von Conrad und mit Ficken. Roger gab mir einen Schlüssel für sein Haus. Nun lachte ich, wenn Sarah sagte: »Wir hatten schon gedacht, du kommst überhaupt nicht mehr wieder.« Als die Vorlesungen begannen, mußten wir diskret sein, doch wir verbrachten noch immer einen Großteil der Zeit in seinem Haus (wenn auch weit weniger Nächte, ein wunder Punkt). Nur wenn seine Kinder zu Besuch kamen, ließ ich mich überhaupt nicht sehen. Leah war in meinem Alter, Jeremy älter – es wäre peinlicher gewesen als mit Tuesday. Besser, es gab mich in ihren Augen überhaupt nicht. Oder in den Augen anderer. Obgleich bestimmt viele Lehrkräfte und Studenten Bescheid wußten, verhielten wir uns in der Öffentlichkeit beinahe wie Fremde, und zu geselligen Anlässen und Feiern erschienen wir nie gemeinsam, auch dann nicht, wenn wir beide hingingen.

Meine Zahnprothesengeschichte schrieb ich in Rogers Haus, während er nicht da war. Der Ort erschien mir für schöpferisches Arbeiten vorteilhaft – es hatte mit dem Holz zu tun, mit den Büchern, der Stille und dem Wissen, daß die Zeit begrenzt war: In ein paar Stunden, in ein paar Minuten würde er auftauchen, und dann würde ich mit dem Schreiben aufhören. Da auf dem Schreibtisch in seinem Arbeitszimmer ein viel zu großes Durcheinander herrschte, schrieb ich die Geschichte auf einem kleinen Schreibpult im Wohnzimmer. Das schräge Oberteil ließ sich hochklappen, ähnlich wie bei einem Pult in der Schule, aber es war viel eleganter: Es hatte eine eingesetzte Schreibfläche aus Leder und Löwenprankenfüße. In dem Pult fand ich alte Briefe und vereinzelte Papiere sowie eine kleine Hard-cover-Ausgabe von La Fontaines *Fabeln*. Das Buch maß etwa acht mal zehn Zentimeter und befand sich im Stadium des Zerfalls. Ich sicherte die Buchdeckel mit Klebstreifen und beschloß, jeden Tag eine Fabel auswendig zu lernen, bis ich meine Geschichte zu Ende geschrieben hatte. Ich kam bis zur fünfzehnten Fabel des dritten Buchs, was bedeutet, daß ich meine Geschichte in sechsundfünfzig Sitzungen von unterschiedlicher Dauer schrieb, angefangen von ein paar Stunden bis zu einem ganzen Tag, und zwei weitere Sitzungen wurden darauf verwandt, sie auf Rogers Computer abzutippen. Ich hütete mich, den Fehler zu wiederholen, den ich bei meinem Roman gemacht hatte; ich übertrieb es nicht mit der Planung. Neue Einfälle notierte ich rasch auf einem Block, den ich bei mir trug, neben meinem Manuskript hatte ich ein Blatt, auf dem ich Gedächtnisstützen von unmittelbarer Bedeutung festhielt; sonst aber schrieb ich die Geschichte direkt aus dem Kopf auf.

Ich stellte fest, daß ich um so mehr zu sagen hatte, je mehr ich schrieb, ein Einfall führte zum anderen. Es erwies sich als eine ziemlich lange Geschichte, etwas über vierzig Seiten. Das war zum Teil das Ergebnis von Recherchen, durch die ich an das Faktengerüst kam, um das ich meine Geschichte flechten konnte. Ich stehe in der Schuld einer Frau vom Kundendienst eines großen amerikanischen Gebißreiniger- und Klebstoffherstellers, die mir stapelweise Informationen geschickt hat, eine vollständige historische Übersicht, würdig der Encyclopedia Britannica. Ich las mehr, als ich wollte oder brauchte – über George Washingtons hölzerne Zähne, viktorianische Elfenbeingebisse, die Entwicklung polymerer Kunststoffe nach dem Zweiten Weltkrieg, das Herstellungsverfahren für Gebisse und künstliche Zähne und die richtige Pflege des Gebisses. Fakten, Zahlen, Einblicke, Anekdoten – diese Frau in Michigan lieferte mir all das, und jeder Briefbogen trug über einem schimmernden Gebiß das Motto Wir helfen ihnen, ihr Lächeln zu erhalten.

Bei dieser Geschichte erinnere ich mich noch deutlich an den Augenblick, als mir die Idee dazu kam. Es hatte mit Rogers Vasektomie zu tun. Manchmal gefiel es Roger, wenn ich von rückwärts mit seinem steifen Schwanz spielte, das heißt, wenn ich ihm von hinten zwischen die Beine langte. Eines Tages Mitte September, es war ein Sonnabend oder ein Sonntag, war ich dabei, ihn auf eben diese Art zu verwöhnen. Wir lagen in seinem Bett auf der Seite, ich hinter ihm und etwas weiter unten, einen Arm zwischen seinen Beinen, den Kopf auf seiner Hüfte, und ich beobachtete, was meine Hand anstellte. Etwas Samen war bereits ausgetreten, und meine Hin- und Herbewegung hatte ihn in Schaum verwandelt. Er ejakulierte. Es hat mich stets überrascht, wie dieses ganze Arbeiten – das schwere Atmen, das Keuchen und Stöhnen aus der Tiefe, die Anspannung und das Zittern seines Körpers – nichts als ein paar Spritzer hervorbringen konnte, drei Milliliter vielleicht. Während er dalag und sich von seiner Lust erholte, blickte ich auf die Kleckse auf dem Laken. In diesem Augenblick, bei dem Gedanken, wie diese lächerlich winzige Menge Kleister so wirksam sein konnte, wenn auch nicht in diesem besonderen Fall, verschränkten sich in meinem Kopf die Worte »zahnlose Ejakulation« miteinander.

Das Endprodukt hatte mit Vasektomien oder Ejakulationen überhaupt nichts zu tun, aber dies war sein Ursprung.

Meine Geschichte handelte von einer jungen Frau, die keine Zähne mehr hat, und von der Beziehung zwischen ihr und ihrer Zahnprothese und einem um vieles älteren früheren Premierminister mit gesunden Zähnen, der ihr Liebhaber wird. Im Kopf hatte ich das Bild von einer schönen, zahnlosen jungen Frau, die mit ihrem alternden Liebhaber im Bett liegt, beide nackt nebeneinander wie zwei Löffel, wobei sie der innere Löffel war, und beide schauen auf ein Glas Wasser mit ihrer Prothese. Ich teilte die Geschichte in Kapitel ein, insgesamt sechzehn, ein jedes mit einem eigenen Titel. Das gestattete es mir, die Erzählerstimme zu variieren. Einige Kapitel beschreibender Natur waren von einem Standpunkt der Allwissenheit her erzählt und konzentrierten sich auf ein Ereignis – das Reinigen ihrer Zähne zum Beispiel, mit dem Sprudeln der Reinigungstabletten und mit dem sorgfältigen Bürsten. Andere waren in einer »Ich«-Stimme ausgeführt, seiner oder ihrer. Wieder andere bestanden fast nur aus Dialog. Im Zentrum der Geschichte stand bei mir ein einfaches Spannungsverhältnis: Die Liebesaffäre muß geheim bleiben, weil der Liebhaber der jungen Frau sehr berühmt und bedeutend älter ist, und dieser Zwang zur Geheimhaltung macht ihr zunehmend zu schaffen. Sie kommt sich ohnmächtig vor – daher das Symbol der Zahnprothesen.

Es war eine perfekte Geschichte, womit ich in aller Bescheidenheit sagen will, daß alles umfassend geplant, daß jede Vieldeutigkeit präzis umschrieben war. Ich war mit dem Ergebnis zufrieden.

Ich wagte es, um die Aufmerksamkeit der Welt zu werben. Ich wählte eine bekannte Literaturzeitschrift in den Vereinigten Staaten aus – da ich das Gefühl hatte, dort unten veröffentlicht zu werden, sei das *einzig Wahre* – und schickte meine Geschichte ab. Die Geschwindigkeit und Schroffheit, mit der sie abgelehnt wurde – innerhalb von *acht Tagen* nach dem Einwurf in den Briefkasten erhielt ich ein Formschreiben, Länge: ein Absatz, Datum: Gummistempel, »Sehr geehrter Autor!« –, vermittelte mir das Gefühl, daß ich einen schwachen, alten Pfeil über die Grenze in den amerikanischen Dschungel geschossen hatte und daß als Antwort in Sekundenschnelle eine Kugel an meinem Kopf vorbeigezischt war. Die Redaktion hatte es so eilig gehabt, meine Geschichte aus den USA abzuschieben, daß sie den von mir adressierten Rückumschlag, den ich pflichtschuldigst beigelegt hatte, nicht einmal ordnungsgemäß frankiert hatten. Da es nicht möglich ist, in Kanada amerikanische Briefmarken zu kaufen, hatte ich einen Internationalen Postcoupon, wie er bei jedem Postamt gegen die entsprechende Briefmarke eingetauscht werden kann, mit einer Büroklammer an meinen Umschlag geheftet. Mit derlei Feinheiten hielt sich die Redaktion jedoch nicht auf: Es war der Coupon selbst, ein höchst unbriefmarkenartiges Stück grünes Papier, der als Paß für die Heimreise meiner Geschichte diente, mit Klebeband unbeholfen in jener Ecke befestigt, in der ich das Sternenbanner oder einen amerikanischen Weißköpfigen Seeadler erwartete. Ich probierte es bei anderen amerikanischen Zeitschriften, angefangen von den großen, berühmten bis hin zu den kleinen, aber hochgeschätzten. Keine erreichte die schnelle Schroffheit der ersten, was ich mit der Zeit sogar bedauern sollte. Als nämlich Monate ins Land gingen und ich von meiner geliebten Geschichte nichts mehr hörte, wurde mir klar, daß es besser war, gelyncht zu werden, als endlose Zeit in der Todeszelle zuzubringen. Lange nachdem meine Geschichte nicht nur in Kanada veröffentlicht, sondern auch noch in einer *Anthologie* erschienen war, erhielt ich in Montreal eine zerknitterte, nachgesandte, weltmüde Postkarte aus Mississippi, auf der mir freundlich mitgeteilt wurde, daß man sich unter großem Bedauern nicht in der Lage sähe, meine Geschichte anzunehmen, daß ich aber ruhig wieder von mir hören lassen solle.

In meinem Heimatland hatte ich schließlich mehr Glück. Eine Literaturzeitschrift in Britisch-Kolumbien gab mir ihren Segen. Ein Formularbrief mit ausgefüllten Spalten, einer Geburtsurkunde ähnlich, teilte mir mit, daß ich geboren wurde, und ein handschriftliches P S äußerte sich ausführlicher zur Sache. Es gab die Freude an den Fahnen und bei Erscheinen ein bißchen Geld. Nun besaß ich mit knapper Not die Mindestqualifikation, mich Schriftstellerin zu nennen. Ich erzählte niemandem an der Ellis davon – auch nicht Roger, obgleich ich ihm aus Montreal ein Exemplar der Zeitschrift schickte –, aber in meinem Kopf war es die große Neuigkeit in der Stadt. Als die Geschichte in einer jährlich erscheinenden Sammlung mit dem Titel »Die besten kanadischen Kurzgeschichten« nachgedruckt worden war, in einem richtigen Buch aus einem richtigen Verlag, verspürte ich jene wohldokumentierte Befriedigung angesichts der Tatsache, daß die Autorin zwar sterben mag, aber daß sie fortleben wird, und sei es auch nur in einer einzigen Geschichte in einer Anthologie.

Ich dachte daran, die Geschichte »R. M.« zu widmen – die Huldigung schaffte es sogar bis in die Druckfahnen –, aber da hatte ich Roetown schon verlassen, und die Sache mit Roger war vorbei. Ich trug ihm nichts nach, aber ich sah auch keinen Grund, ihm zu schmeicheln, auch nicht auf so unbedeutende Art und Weise. Ich strich die Widmung aus.

Für meinen Bachelor-Grad mußte ich zwei Philosophiekurse belegen (ich wählte Sprachphilosophie und Philosophie und Naturwissenschaften), und ich entschied mich zugleich für Rogers Sommerkurs. So wurde die Betätigung eines Sommers – Conrad und Ficken – um ein ganzes Jahr verlängert. Zusammen mit meinen privaten Schöpfermühen und der Notwendigkeit, zu schlafen, zu essen und ein bißchen zu schwimmen, war es ein ausgefülltes Jahr.

Es endete so, wie es begonnen hatte: mit dem gleichen Wetter und dem gleichen Zustand scheinbarer Entvölkerung – ein studentenloses Roetown in der Sommerschwüle. Wiederum war er dazu »verleitet« worden, einen Sommerkurs abzuhalten. Ich wußte, er würde nicht vor neun Uhr abends zurück sein. Ich stöpselte die Badewanne und das Waschbecken zu, verstopfte bei beiden den Überlauf und drehte die Warmwasserhähne auf. Der Wasserdruck bei Roger war hoch; die Hähne waren wahre Springquellen. Als der Teppich im Korridor eine dunklere Tönung von Rot annahm, schrieb ich mit seiner Rasiercreme DU SCHEISSKERL auf sein Bett. Gerade als ich unten im Erdgeschoß mit der Auswahl der Bücher zu Ende war, die ich stehlen würde – so viele, wie ich tragen konnte, darunter den kleinen Band von La Fontaines *Fabeln* –, verwandelte seine Treppe sich mit einem Kräuseln, das sehr hübsch war, in den Teil einer Fontäne. Ich verließ das Haus, kurz bevor das Wasser kam. Man könnte denken, nachdem ich diese unreifen Aktionen gebeichtet habe, spüre ich Reue. Ganz im Gegenteil. Ich war zu jung, um die Kühnheit zu besitzen, sein Haus niederzubrennen; das ist das einzige, was ich bedaure. Ein Feuer ist die einzige angemessene Strafe für einen Mann, der ein kaltes, selbstsüchtiges Herz hat. Das Schlimmste, was er bei seiner Rückkehr vorfand, war ein von Kongo-Wasser überflutetes Haus mit gequollenen Dielen, die ausnahmsweise einmal nicht knarrten, während er sie pitsch-patsch querte und treppauf eilte. Ich bin mir sicher, ihm entging das kleine Detail, daß dieses kalte Wasser einmal heiß gewesen war.

Ich will nicht so weit gehen, ihn einen Schwindler zu nennen. Aber wer mit einer solchen Diskrepanz zwischen Intellekt und körperlicher Leidenschaft lebt, offenbart einen Mangel an Integrität. Von mir wurde erwartet, daß ich mich nicht nur vor anderen verborgen hielt, sondern auch vor Roger selbst. Ich durfte von der Familie, den Professoren, den Studenten nicht gesehen werden; und was am wichtigsten war: Ich durfte von Joseph Conrad nicht gesehen werden. Ich war etwas, wovon Rogers Kopf säuberlich und bequem gereinigt war. Für ihn war ich nichts weiter als toller Sex. Die Leidenschaft ging bei ihm nicht weiter als bis in seine Lenden, sicher nicht bis in sein Herz – und genau das suchte er zu verbergen, diesen Abgrund zwischen kalter Gleichgültigkeit und wilder Hemmungslosigkeit, diesen Abstand zwischen dem, was er fühlte, und dem, was er tat. Conrad hätte das gewiß nicht gebilligt, er, der die überraschenden Wendungen eingehend beschrieb, die Menschen durchlaufen konnten, während er sicher an seiner Jessie vertäut war. Wenn Roger sich anzog, so machte er sich nicht nur für die Welt, sondern auch für sich selbst präsentabel. Er legte ein Gewand von Höflichkeit und Selbstprüfung an, das fein darauf zugeschnitten war, die Torheit des Menschengeschlechts widerzuspiegeln, wie es sich in Handelsniederlassungen und auf Schiffen auf dem fernen Malaiischen Archipel darbot – aber nicht in Roetown. In Roetown war alles gesittet und in seinem Sinne wohlgeordnet. So fickten wir nach seinem Zeitplan, ganz, wie es ihm in den Kram paßte. Er hatte nicht nur kein Interesse daran, zum Beispiel Südamerika zu besuchen, eine Sache, bei der mir schon der bloße Gedanke die Sinne in einen traumartigen Schnellgang versetzte, sondern auch nicht das geringste Interesse, auch nur einen Fingerbreit von seinem eigenen Pfad abzuweichen. Wäre Roger unterwegs gewesen, um Milch zu holen, und ich wäre auf der anderen Straßenseite gewesen und hätte ihm gesagt, wenn er nicht herüberkäme, wäre es aus zwischen uns, dann hätte er gerufen: »Nein, ich geh' gerade Milch holen«, und er wäre weitergegangen.

Mittlerweile hatte ich mein ganzes Gefühl in ihn investiert, ohne zu merken, daß ich ebenso ersetzbar war wie ein Liter zweiprozentiger Milch. Ich hatte nie das Gefühl, Kompromisse zu machen, denn es machte stets Freude, mit ihm zusammenzusein. Da ich eine undisziplinierte Studentin war, hatte ich stets Zeit für ihn. Erst als ich begriff, wie wenig Anziehungskraft ich für ihn besaß – gar keine –, sah ich alles als Kompromiß, sah ich, daß es nie irgendein Gleichgewicht gegeben hatte, nur einen Herrn und sein Schoßhündchen, einen Punkt und einen Kreis drum herum. Wie wir es miteinander trieben, war toll, das kann ich nicht leugnen. Die Erinnerung daran knistert noch in meinem Kopf wie ein Reisigfeuer. Aber von einer Sekunde zur anderen kam ich von »Wann das nächste Mal?« zu »Nie wieder«. Zwischen dem letzten Mal sorgloser Fleischeslust und dem Moment, da ich fast sein Haus zerstörte, lagen nur wenige Tage und eine Unterhaltung, die damit begann, daß ich mich im Bett zu Roger herumdrehte, als wir – danach – lasen, und ihn zum erstenmal fragte: »Roger, was sind wir? Ich meine, du und ich, was sind wir? Was ist das für eine Beziehung?« Es war ein Gespräch, das er lieber nicht geführt hätte. Worte mit ihren genauen Bedeutungen, selbst wenn sie sehr vorsichtig geäußert oder zurückgenommen wurden, konnten ihn in eine Falle locken. Genau das geschah. Als ich mich schweigend wieder meinem Buch zuwandte und auf die Seite starrte, wirbelten in mir zwei Gefühle herum: Überraschung und Bestätigung. Mein Kopf war ganz damit beschäftigt, Geschehnisse Revue passieren zu lassen, Wortwechsel neu zu bewerten, Dinge zu begreifen.

Danach brachte ich es nicht mehr fertig. Sein Schwanz war derselbe, aber in mir hatte sich etwas verändert. Er war ein vulgärer Mensch – wie kann man Vulgarität ficken?

Ich habe ihn nicht geliebt, das muß ich klarstellen. Was Liebesromane auch immer behaupten mögen, wie alles Lebendige läßt die Liebe sich dort nieder, wo sie spürt, daß sie eine Zukunft hat. Ich habe nie gedacht, daß Roger und ich eine Zukunft hätten. Ich hatte nie im Auge, mich mit ihm in Roetown in einer dauerhaften häuslichen Ordnung einzurichten. Es gab zu viele Unterschiede – nicht so sehr in uns selber als vielmehr in unser beider Leben. Er war fünfzig, ich war zweiundzwanzig, er war etabliert, ich war es nicht; und so weiter. Unser Vergnügen war also ein Vergnügen des

Augenblicks. Mein Fehler bestand darin, zu glauben, daß er an diesen Augenblick glaubte. Er tat es nicht. Seine Vasektomie, diese kleine Narbe an seinem Skrotum, widerspiegelte nicht nur, was sein Penis vermochte, sondern auch, was sein Herz vermochte. Wenn ich nicht mehr da wäre, wenn ich im Wade ertränke, würde er sich eine andere frische junge Fotze suchen. Aber ich bezweifle, daß sie den Schlüssel zu seinem Haus bekäme.

Ich verließ Roetown auf einen Ritt, in einem Atemzug. Mit Büchern beladen, ging ich von Rogers Haus zu meinem, und ich blieb nur einmal stehen, um seinen Schlüssel in den Wade zu werfen (dachte er, ich hätte ihn behalten? Ließ er aus Angst, ich könnte zurückkommen, die Schlösser auswechseln?). Ich packte meine Sachen, warf schnell ein paar Abschiedsbriefe aufs Papier, machte ein paar Anrufe, verabschiedete mich von Sarah, stellte meinen Mietanteil für den Rest des Sommers zur Verfügung, stiftete meinen Futon für einen künftigen Bewohner des Hauses, verkaufte Martin für ein Butterbrot meinen Schreibtisch und meinen Stuhl, überließ es ein paar alten Kleidern, sich selbst durchs Leben zu schlagen, belud ein Taxi wie einen Maulesel – aber der Fahrer wollte mein Fahrrad nicht mitnehmen, so daß ich zum Busbahnhof radelte, während das Taxi leer hinfuhr – und reiste ab nach Montreal.

Nur wenn man jung ist oder in der Nähe eines Vulkans wohnt, kann man binnen drei Stunden seine Wurzeln kappen. Im Haus meiner Tante in Montreal kam ich nicht überstürzt an, ich kam nur unerwartet, und ich war ziemlich erschöpft. Und ich machte dort nicht halt. Als ich mir schließlich gestattete, Atem zu schöpfen und nachzudenken, war ich schon in Mexiko – an dem preisgünstigsten exotischen Reiseziel, das ich so kurzfristig hatte finden können.

(Manche mögen sich darüber wundern, wie kurz meine

einzige lebende Verwandte hier wegkommt. Meine kinderlose Tante – und wie ihr Mann verströmte sie geradezu Kinderlosigkeit – war eine konventionelle Frau. Ihr Leben war geflossen wie Zement: veränderlich nur in frischem Zustand, bald erstarrt. Leben war für sie Versteinern, nicht Sichmausern. Ich erinnere mich noch, wie ich eines Morgens runterkam und sah, daß sie meine Kleider bügelte. Sie hatte gerade die Winterdecken ihres Hundes gebügelt und sich gesagt, bei dieser Gelegenheit könne sie die paar Sachen von mir gleich mit plätten. Neben zwei Hundejäckchen aus Schottenstoff – es war ein Scotchterrier – lagen ein oder zwei sorgsam gefaltete Blusen, ein Rock, eine Hose und ein Männerhemd. Sie hatte sie auf zwei getrennte Stapel gelegt: Der eine bestand aus den Blusen und dem Rock, der andere aus der Hose und dem Hemd. Als sie mit der letzten Bluse fertig war, dankte ich ihr, vereinte ihre beiden Stapel ostentativ zu einem einzigen und trug meine Sachen fort. Näher berührten wir die Privatsache Sexualität nie. Unser Lächeln war der Klebstoff, der unsere Masken festhielt: Hinter der ihren war eine ältere Frau, die schockiert und entrüstet war; hinter der meinen eine junge Frau, die ganz zufrieden war mit sich selbst. Ihr Mann, ein pensionierter Ingenieur, machte sich zumeist anderswo im Haus zu schaffen.)

Auf dem Flugplatz von Cancún traf mich in aller Härte die Frage: »Was in aller Welt will ich hier?« Schon dachte ich daran, nach Roetown zurückzuhasten und zu versuchen, die Dinge mit Roger zu kitten, doch ich konnte mich fangen. Ich verbrachte zweieinhalb Monate im Land der Maya. Ich lernte Françoise kennen, eine Französin; gemeinsam erkundeten wir jede Maya-Stätte, von der wir gehört oder gelesen hatten, was wegen der geringen Zahl öffentlicher Verkehrsmittel und der Entlegenheit vieler der kleineren, weniger bekannten Ruinen häufig mit Fußmärschen, einigem beharrlichen Winken, wenn gelegentlich ein Lkw, Pkw oder Maultier vorbeikam, und dann und wann mit einer Nacht in unseren Schlafsäcken unter freiem Himmel verbunden war. Einmal wurden wir auf der Pritsche eines Lastwagens mitgenommen, mitten unter Landarbeitern, die auf die Felder fuhren. Unsere Anwesenheit entlockte diesen freundlichen, bescheidenen Männern manches Lächeln und manches zurückhaltende Lachen. Ich idealisiere sie, wenn ich das sage, doch ich fand, daß sie ein einfaches, rundes Leben führten. Sie hatten beide Beine auf der Erde, Zehen wie Wurzeln, und wenn sie, die Hacken schwingend, die Hände hoch über den Kopf hoben, berührten sie den blauen Himmel. Ich beneidete sie.

Von der Maya-Kultur ist mir am deutlichsten eine abgelegene Stätte in Erinnerung geblieben, deren Namen ich vergessen habe, nichts weiter als ein paar Ruinen, die im Dschungel ums Überleben kämpfen. Françoise und ich hatten den Ort ganz für uns. Auf einem kleinen Hügel lagen die Überreste eines quadratischen Tempels. Die Launen des Verfalls hatten dazu geführt, daß alle vier Wände des Erdgeschosses eingesunken waren und nur die Ecken den Bau noch hielten, das ganze Obergeschoß, mit Ausnahme einer Wandfläche, war eingestürzt. Das Ergebnis war eine Struktur, die einem riesigen Stuhl ähnelte, einem Stuhl für die Götter. Ich mußte an Joes Gemälde denken. Doch in dieser Umgebung erschien mir dieser Stuhl, allein auf einem Hügel, zum Himmel aufragend, umgeben von einem würgenden Dschungel, als ein Symbol nicht der Erwartung, sondern des Todes. An den anderen Maya-Stätten, die wir besuchten, konnte ich mir die Menschen, die einst dort eilig ein und aus und umhergegangen waren, nie so richtig vorstellen. Doch beim Anblick dieser Ruine, die sich in etwas Neues, Unbeabsichtigtes und Überdimensionales verwandelt hatte, spürte ich auf eindrucksvolle Art das endlose Vergehen der Zeit und das Schweigen derer, die sie zurückläßt.

In einem Dorf nördlich von Mérida wurden wir Zeugen eines grausamen Schauspiels. Da wir ein paar Stunden totzuschlagen hatten, bis der nächste Bus zurück zur Stadt fuhr, wähnten wir uns glücklich, daß wir auf eine *fiesta taurina*, ein Stierkampf-Festival stießen. Françoise und ich fanden das toll. Es war die perfekte Ergänzung zu dem strengen Schweigen der Ruinen. Wir unterhielten uns angeregt mit den Menschen rings um uns. *O nein, unser Spanisch ist nicht so gut, aber danke schön ... Einen Monat ... Nach Mérida und dann nach Quintana Roo ... Oh, wundervoll, es gefällt uns.* Das Wort Kah-nah-dah machte die Runde. Stets kam mein Land besser weg als das von Françoise. Eine Trompete, schlecht gespielt, zerriß die Luft.

Diese *fiesta taurina* war eigentlich weder ein Festival – es war eine Einzelveranstaltung, die kurz nach unserer Ankunft begann, als die Sonne gerade unterging – noch ein Stierkampf, denn es gab weder einen Matador noch einen *toro bravo*. In dieser behelfsmäßigen *plaza de toros* gab es kein furchterregendes Tier mit tödlichen Hörnern, das wütend in der Arena kreiste, sondern nur einen verdutzten Hausbullen, ein grasfressendes Rind mit einem kamelartigen Fetthöcker im Nacken, das hereintrottete, mit wedelnden Dackelohren, und dann stehenblieb, überrascht von der Menschenmenge und dem Lärm. Es blickte sich mit seinen feuchten, schwarzen Augen um, die ich mir als kurzsichtig vorstellte. Es senkte den Kopf, wahrscheinlich auf der Suche nach Gras. Was den vermeintlichen Stierkämpfer angeht, so gab es nicht einen, sondern viele, die sich dem einen Tier entgegenstellten, und sie waren nicht als Matadore gekleidet, sondern als Frauen. Diese schnurrbärtigen Kuhpiesacker trugen übertriebenes Make-up, lange Kleider, gepolsterte Hüften und riesige Ballontitten, die fortwährend wackelten – zum endlosen Gaudium des größtenteils männlichen Publikums. Sie stießen den Bullen, sie traten ihn, sie zogen ihn am Schwanz, sie spuckten ihm in die Augen, sie taten alles, um ihn zum Angreifen zu bewegen. Doch er muhte nur und schüttelte sich und hopste ein bißchen – die Grenzen seines kämpferischen Könnens –, und so wurde das Spektakel aus einem Stierkampf zum Rodeo: Wenn er schon nicht angriff, wer konnte dann am längsten auf ihm reiten? Als uns klar wurde, daß in dem Vieh nicht mehr *bronco* war als *toro*, wurde »Wie viele?« zur Frage des Tages. Der Bulle torkelte, als drei, dann vier, dann fünf Männer auf ihn kletterten. Als der sechste es versuchte, brach er zusammen, was mit brüllendem Gelächter quittiert wurde. Ein Messer blitzte, und ein Mann in Frauenkleidern stach das Tier in den Nacken. Im Rhythmus eines schlagenden Herzens quoll rotes Blut heraus. *Das* würde die Sache in Schwung bringen. *Olé, olé, olé,* schrien die Leute. Und wirklich. Der Wiederkäuer brüllte, wie er noch nie gebrüllt hatte. Er brachte sogar ein paar verhaltene Angriffe zustande, die mit ziemlichem Radau begrüßt wurden. Kleider wirbelten. Ein Degen tauchte auf. Das Vieh würde wie ein echter Stier zu Tode gebracht werden, indem man ihm eine Klinge zwischen die Schulterblätter senkte, direkt ins Herz. *Olé, olé, olé.* Wehende weiße Handtücher. Nur daß dieser mißliche Fetthöcker an genau der Stelle war, wo der Degen hineinstoßen sollte. Wie auch immer, er würde es versuchen; in der Pose eines Matadors stellte er sich direkt vor den Bullen und stieß zu. Doch der Degen blieb ihm in dem Höcker stecken, mehr brachte der Pisser nicht zustande. Der Bulle quiekte. Mit wildem Blick, sabbernd, warf er sich gegen einen Lastwagen, der einen Teil der Arenawand bildete, in der Hoffnung, das Fahrzeug beiseite schieben und entkommen zu können, während Männer und Jungen ihm Fußtritte versetzten und freudig lachten. Da standen wir auf und gingen.

Ich spürte ein eisiges Gefühl des Abscheus – einen Sturz um mehrere Grad Celsius in meiner Brust. In einer verlassenen Straße heulten wir vor Zorn und Schmerz. Eine Frau in einer Einfahrt bemerkte uns und machte ein betroffenes Gesicht. Wir wandten uns ab und steuerten auf die Bushaltestelle zu.

Dann und wann machte ich mich auf meiner Reise an eine neue Geschichte. Meinem Leben fehlte jede Struktur, jeder Plan, es schien von einem Herzschlag zum nächsten zu taumeln. Dies aber würde ihm Stetigkeit geben. Ich weiß noch, wie ich an einem kleinen, wackeligen Tisch vor der weißgetünchten Wand eines Hotelzimmers im schönen Mérida an der Geschichte arbeitete. Papier, Stift, ein paar Einfälle – und ich, wieder allein.

Ich hätte meine Reise fortsetzen können, aber es war wieder September, und mein Kopf funktionierte noch immer wie der eines Studenten: September war der Monat, in dem Ordnung und Disziplin einsetzten, wenn ich auch den Plan aufgegeben hatte, an der Ellis ein Spezialisierungsjahr zu absolvieren.

Ich kehrte nach Montreal zurück, und ohne anderen Grund als den, daß mein Flugzeug da gelandet war, beschloß ich dortzubleiben. Ich suchte mir eine gemütliche Bude im Plateau Mont-Royal, möblierte sie mit billigem Krimskrams, den ich in der Rue Ontario erstand, mit Küchensachen, die ich in einem jüdischen Laden weiter oben in derselben Straße besorgte, und mit einem dünnen, harten Futon, den ich in der Rue St.-Denis kaufte und auf dem Rücken nach Hause trug. Es war das erste Mal, daß ich allein wohnte, und wenn meine Behausung auch, wie ich glaube, ziemlich unwohnlich war, so war ich doch von ihr entzückt. Es war *meine* Behausung; der altmodische Gasofen ging nur für mich an, die Wanne füllte sich nur für mich mit warmem Wasser, die Post im Kasten war nur für mich bestimmt.

Meine Nachbarn waren ein typisch kanadisches Allerlei. Mir gegenüber wohnte eine alte Polin, blaß, runzelig und gebeugt, die weder Französisch noch Englisch sprach. Sie war Alkoholikerin und ein bißchen senil. Wenn ich im Bad war, konnte ich manchmal hören, wie sie vor sich hin brabbelte und mit sich selbst redete. Ich trug ihr das Einkaufswägelchen nach oben, sooft ich ihr am Fuß der Treppe begegnete. Ich fragte mich stets, wie lange sie schon darauf gewartet hatte, daß jemand vorbeikäme. In regelmäßigen, nicht sehr häufigen Abständen besuchte sie ein Mann mittleren Alters, ihr Sohn. Er war entweder schüchtern oder mürrisch, ich weiß nicht, was; wenn ich ihm hin und wieder auf dem speigrünen Korridor begegnete, zeigte er nie, daß er mich erkannte, auch nicht durch einen flüchtigen Blick. Einmal grüßte ich mit einem »Hallo«; es blieb unerwidert. Er war Klempner.

Die wenigen Informationen über die beiden verdanke ich dem Hausmeister, einem redseligen haitianischen Taxifahrer, der ständig in kleinere Karambolagen verwickelt war.

Direkt über mir wohnte ein Paar aus Indien oder Sri Lanka mit einem Säugling. Am Ende des Korridors, auf der gegenüberliegenden Seite, wohnte ein Englisch sprechendes schwules Paar; wir stellten gutnachbarliche Beziehungen her, grüßten einander und tauschten belanglose Worte. Um die Ecke wohnte ein junger Mann irgendwo aus der Karibik, der gleichfalls Englisch sprach, ein Koch.

Und es gab andere, mit denen ich durch Kopfnicken verkehrte. Ein Mann mit einem Fahrradlenker-Schnauzbart. Eine ernste Portugiesin mittleren Alters, die stets in Eile zu sein schien. Ein Rentnerehepaar, Griechen, glaube ich – jedesmal, wenn ich die beiden sah, nörgelte der Ehemann wegen irgend etwas herum. Ein paar schwer einzuordnende Leute in den Zwanzigern oder Dreißigern.

Rings um uns: das Plateau; das heißt, eine Gegend, in der

die Ladenschilder französisch waren, wo man aber drinnen neben Französisch auch Griechisch, Portugiesisch, Jiddisch, Spanisch, Arabisch und andere Sprachen hören konnte, und wo das Volapük oft ein funktionales, zertrampeltes Englisch war, gewürzt mit zahllosen Akzenten. Die in unterschiedlichem Maße assimilierten ethnischen Gruppen, die englischsprachigen Studenten, die Hipster, coolen Typen und Möchtegerne, und die französischsprachigen Quebecer schienen gut miteinander auszukommen. So jedenfalls erschien es mir. Ich konnte mich mit bis zu dreien dieser Gruppen identifizieren, was mich freilich eher zu einem Chamäleon als zu einem Mischling machte. Je nachdem, mit wem ich gerade sprach, konnte ich meine Rolle wechseln, obgleich mein Quebecer Akzent leider nicht sehr gut war, weil ich als Kind in Frankreich gelebt hatte, so daß ich, weit davon entfernt, mich einzufügen, nur um so mehr auffiel. Gelegentlich, wenn ich den *faux pas* beging, einen nationalistischen Québécois auf englisch anzusprechen und eine Antwort auf französisch bekam, was dann mein französisches Französisch hervorlockte, wurde ich von *une maudite anglaise* zu *une maudite française*. Indem ich ein bißchen auf spanisch tratschte, wie ich es ein paarmal in einem nahegelegenen Eckladen tat, machte ich der älteren Generation eine Freunde, verprellte aber die jüngeren Leute, die vielleicht dachten, ich wolle ihre Fähigkeit, Französisch zu sprechen, in Frage stellen. Das sind die Schmerzen und die Freuden grenznahen Lebens.

Eine logische Folge meiner schwelenden existentiellen Krise (die ich nur beiläufig erwähnt habe – der Affe, nicht wahr?) bestand darin, daß sich jede Vorstellung von einem bestimmten Beruf verflüchtigte. Es hätte mich vollkommen glücklich gemacht, mich einem Wissensgebiet zu widmen, mich zum Beispiel der Ethnomusikwissenschaft zu verschreiben oder der vergleichenden Literaturwissenschaft oder der Wissenschaftsgeschichte oder Rom und Griechenland – allem, nur nicht der Zahnheilkunde. Im Laufe der folgenden Jahre wurde ich zu einer ständigen besessenen Leserin der Vorlesungsverzeichnisse von Universitäten, jener Gelben Seiten der Zivilisation, und ich war fasziniert von ihren säuberlich numerierten, äußerst kompakten Wissenspillen. »Geschichte des klassischen Altertums 205: Internationale Beziehungen in der griechischen Welt 500–146 v. Chr.«, »Kulturwissenschaft 260: Die Erschaffung des modernen Körpers«, »Wirtschaftswissenschaft 361: Wirtschaftsgeschichte der industriellen Revolution«, »Geschichte 472: Sozialgeschichte der Medizin«, »Mathematik 225: Einführung in die Geometrie«, »Soziologie 230: Das Ich und die Gesellschaft« – ein Fach interessanter als das andere. Ich würde an der Universität von Toronto studieren und den Abschluß als Anthropologe machen. Nein, an der McGill als Spezialist für russische Literatur. Cambridge, in die Griechen vertieft. Oder vielleicht würde ich noch einmal ganz neu mit Philosophie anfangen, aber diesmal in Oxford, und die ganze Tour, bis zu einem Dr. phil. über Hobbes. Nein. Mathematik in Canterbury, in Neuseeland. Oder als Dramatiker an der Tufts. Doch diese Anwandlungen dauerten nie länger als ein oder zwei Tage. An guten Tagen erschien mir diese Art von weit gestreutem Interesse allumfassend, fast schon renaissancehaft; an schlechten Tagen einfach oberflächlich. Genaugenommen lief es darauf hinaus, daß ich nie wieder zur Universität ging und nie irgend etwas Praktisches lernte.

Mir blieb das Schreiben – nicht der erste Punkt auf meiner Liste, sondern der allerletzte. Die einzige Sache, die mich nie im Stich gelassen hatte.

Die Geschichte, die ich in Mexiko begonnen und in Montreal beendet hatte, war eine kurze fiktive Biographie eines norwegischen Kronprinzen. Nachdem seine Eltern bei einem Flugzeugabsturz ums Leben gekommen sind, gerät er in einen Strudel der Qual. So schmerzhaft der Tod seiner Eltern ist, so sieht er doch mit schrecklicher Klarheit, um wieviel schmerzhafter der Tod seiner Kinder wäre. Er gelobt, nie welche zu zeugen. Aber ein König braucht einen Erben. Er beschließt, wenn er schon Kinder haben soll, dann wird er viele haben, um dadurch, wie er hofft, das emotionale Gewicht eines jeden zu verringern. Der König macht sich daran, mit den Frauen Norwegens durch künstliche Befruchtung Kinder zu zeugen. Im Laufe seiner Herrschaft wird er Vater von etwa neuntausend Kindern, Fremde allesamt, macht doch eine solche Zahl jede Art von Vertrautheit unmöglich. Dann wird ihm eines Tages mitgeteilt, daß einer seiner Söhne bei einem Reitunfall den Tod gefunden hat. Wie geplant, verspürt er keinen Schmerz, und er ist entsetzt.

In ihrem Aufbau ähnelte die Geschichte meiner Zahnprothesen-Geschichte, mit kurzen Kapiteln, jedes mit einer eigenen Überschrift. Sie wurde in einer Literaturzeitschrift in Saskatchewan veröffentlicht.

Ich begann, an einem Roman zu arbeiten. Im Laufe von mehreren Monaten sammelte ich Bruchstücke aus Shakespeare, Dante, Plato, Aristoteles, Goethe, Swift, Cicero, Lukrez, Horaz, Dostojewski, Galsworthy, Virgil, Chaucer, Gogol, Ovid, Byron, Aristophanes, Sallust, Gibbons, Epikur, Äschylus, Cäsar, Euripides, Owen, Erasmus, Seneca, Boccaccio, Petrarca, Pindar, Bacon, Thomas von Aquin, Pirandello, Turgenjew, Äsop, Zenon (von Elea), Thales, Anaximenes, Anaximander, Descartes, Proust, Blok, Milton, Hamsun, Heine, Henry James, Puschkin, Madox Ford, London, Emerson, Thoreau, Pascal, Herodot, Tzara, Ball, Hülsenbeck, Schwitters, Gurney, Mann (Thomas), Hawthorne, Hardy, Conrad, Spencer, der Bibel, Hesse, Camões, Sassoon, Ibsen, Tolstoi, Melville, Schopenhauer, Dickens, Chesterton, Quiller-Couch, Artaud, Kafka, Locke, Berkeley, Hume, Shelley, Leibniz, Augustinus, Hobbes, Nietzsche, Abälard, Hopkins und Averroës, allesamt tot und die meisten nicht mehr geschützt. Ich suchte absichtlich Wendungen und Sätze heraus, die wenig bemerkenswert waren. Nicht die Könige der Literatur – »Is this a dagger which I see before me?«, »Call me Ishmael«, »Longtemps je me suis couché de bonne heure ...« –, sondern die einfachen Bauern, die J. Alfred Prufrocks, die in Nebenrollen auftreten, nie in Hauptrollen. Diese Bruchstücke – manchmal so alltäglich, daß zwei Autoren sie zu Papier gebracht haben (Plagiat!), manchmal einzigartig und doch platt – würde ich wie eine Flickendecke zu einem Roman zusammennähen, der am Ende so glatt und einheitlich aussehen würde wie eine Wolldecke.

Die Geschichte, die ich erzählen wollte, war eine einfache Familiengeschichte. Im Sommer des Jahres 1914 wird der erwachsene Sohn einer Frau sehr krank, und sie bringt ihn in ein Haus an der See, um ihn zu pflegen. Er stirbt. »Heute, vor ein paar Minuten, ist mein John gestorben.« Sie denkt an seine Krankheit, an seine letzten Wochen, und von da an bewegt sie sich rückwärts, Jahr um Jahr. Der erwachsene Sohn wird ein mürrischer, rebellischer Halbwüchsiger, ein schwieriger Knabe, ein ungeduldiges Kleinkind, ein schöner Säugling. Der Roman sollte mit seiner Geburt enden. »Heute wurde mein kleiner John geboren.«

Mich trieb ein Zorn gegen Geschichte. Ich wollte das Universelle in das Persönliche integrieren und es dann sterben lassen, das heißt, ich wollte tabula rasa machen. So sind nur die Worte der Mutter Originaltext, ganz von mir. Meine sämtlichen Bruchstücke gingen in die Gestalt des Sohnes ein – in seine Gedanken, seine Worte, in das, was er tut, was er sieht, was er ißt. Zu der Zeit war ich gerade dabei, die Dadaisten zu entdecken, und vieles von dem, was ich las, insbesondere Tzara und Ball, brachte in mir eine verwandte Saite zum Klingen. In meinem Roman gibt es nichts Dadaistisches – sieht man ab von der schwittershaften Konstruktion des Sohnes –, aber etwas von der aufrührerischen Verzweiflung des Dada muß mich beseelt haben, als ich ihn schrieb. Jetzt frage ich mich, weshalb ich mich solch umständlichen Mühen unterzogen habe, um ein Muster einzuarbeiten, das niemand erkennen würde.

Ich arbeitete unbeirrt an dem Roman. Hier gab es keine Lähmung. Tag für Tag gewann er weiter an Gestalt.

Endlich komme ich zu Tito, Tito Imilac. Noch ehe ich vom Möhrenkochen gesprochen hatte, von der tröstlichen Liturgie des Wäschewaschens, von der Nahrung für Augenfische, hatte ich vorauseilen und zu Tito kommen wollen.

Ich lernte ihn in einem Restaurant kennen. Ich arbeitete dort als Kellnerin. Ich machte das zum erstenmal, es war meine erste Schicht, meine *letzte* Schicht, wie ich beschloß.

Zufällig hatte ich Daniela getroffen, kurz Danny genannt. Sie hatte ebenfalls an der Ellis studiert, im selben Jahr, am selben College, aber damals waren wir nicht so eng befreundet gewesen. Ich glaube, es lag daran, daß wir uns nie richtig kennengelernt hatten. Mit den eingebildeten Sorgen unseres Studentenlebens beschäftigt, hatten wir nie eine stille Minute gehabt, um zu merken, wie gut wir miteinander zurechtkamen. Es bedurfte dieses zufälligen Zusammentreffens auf dem Boulevard St. Laurent, jenes seltsamen psychologischen Vorgangs, einer Explosion nicht unähnlich, durch den man in einer Menschenmenge ganz plötzlich ein bestimmtes Gesicht erkennt. »Danny!« Fast schrie ich es. Sie blickte überrascht hoch und lächelte. Es folgte eine kurze Unterhaltung, jene wichtige Minute, und als wir auseinandergingen, ich zu meiner Deutschstunde, sie zur Arbeit, war der Zettel mit ihrer Telefonnummer, den ich in der

Hand hielt, kein Zeichen der Höflichkeit, sondern etwas Warmes, Kostbares, das ich sofort auswendig lernte, ein Gedicht aus sieben Ziffern. Danny war die erste echte Freundin, die ich in Montreal fand; es war die Art von Freundschaft, wo eine Trennung in Zeit und Raum nichts anderes ist als eine Pause in einer laufenden Unterhaltung.

Sie arbeitete in einem besseren Imbißrestaurant, in dem es ein tolles Frühstücksangebot und lecker-schleckere Burger mit Haute-Couture-Pommes-frites gab. Die Burger waren aufgeklappt und hatten Namen – California, mit Avocados und Luzernesprossen, Romanow, mit einer Rotwein-Pilz-Sauce, und so weiter. Auf jeder Portion Pommes frites, die mit Ketchup, Mayonnaise oder Pfeffersauce serviert wurde, thronte eine winzige belgische Flagge, die die gestreßten Kellnerinnen mit der gleichen Fieberhaftigkeit darauf pflanzten, mit der die amerikanischen Soldaten ihre Fahne auf Iwo Jima gehißt hatten. Das Lokal war mit viel Licht gesegnet und im Dekor mit einem *je ne sais quoi*, das in den Leuten den Wunsch weckte, länger zu verweilen und später wiederzukommen. Es ließ sich dort hervorragend essen, dort zu arbeiten war die Hölle. Der Besitzer, Alain, war ein jovialer Bursche, der wußte, daß sein Geschäft gut lief, und der wußte, wie er es in Schwung halten konnte. Seine Kellnerinnen behandelte er locker und rücksichtsvoll.

Eines Vormittags im Winter rief Danny mich an und sagte, sie steckten in einer Klemme und ich sollte mich doch mal als Kellnerin versuchen, statt mich den ganzen Tag über zum Schreiben einzusperren. Ich sagte: Ich? *Kellnern?* Das einzige, was ich in der Richtung jemals gemacht habe, besteht darin, mich selbst aus dem Kühlschrank zu bedienen.

Macht nichts, sagte Danny. Du wirst eine großartige Kellnerin abgeben.

Und so, einfach aus Jux – und weil ich mir sagte, daß das Blutgeld meiner Eltern nicht ewig reichen würde, auch froh darüber, daß ich einen handfesten Grund hatte, aus meiner Wohnung und von meinem Roman wegzukommen, ausstaffiert mit einem schwarzen Rock von Danny und einem weißen Hemd, das Alain gehörte, und völlig überfordert – fand ich mich in einem vielbesuchten Restaurant wieder, bat Gäste, ihre Bestellung zu wiederholen, schrieb mir alles in Langschrift auf, brachte alles durcheinander, servierte die Dinge von der falschen Seite und fragte diesen einen Gast – er war lässig gekleidet, sprach englisch –, wie er seinen Chickenburger, Verzeihung, seinen Louisiana haben wolle. Er blickte zu mir hoch, während ich auf ihn hinabblickte, den Kugelschreiber auf meinem Block. Er lächelte. Ein nettes Lächeln, wie ich mechanisch wahrnahm, während mir die Angst in den Fersen saß. »Blue«, sagte er.

»Danke. Igitt«, sagte ich, während ich lossauste, um den Zettel abzuliefern und jemandem das leere Glas zu füllen. Ich glaube, als ich mich fortwandte, versuchte er, mir ein Zeichen zu geben, aber ich sagte mir, daß ich binnen einer Minute wieder bei ihm sein würde. Erstaunlich, wie schwierig es ist, nicht etwa eine *gute* Kellnerin zu sein – Himmel, so weit ging mein Ehrgeiz nicht –, sondern einfach nur eine tüchtige. Da gibt es zum Beispiel den Mann, der wissen will, in welcher Sorte Öl die Pommes frites gebacken werden, das Kind, das *Honig* auf seinem Hamburger haben möchte, die Dame, die ihren Romanow ohne Fleisch haben will (»Es macht ja *so* dick« – und dann bestellt sie Schokoladentorte), die beiden Kerle, denen es mehr ums Glotzen als ums Bestellen geht, den leitenden Angestellten, dynamisch und sehr von sich eingenommen, der die Rechnung haben möchte, und zwar dalli, die Eheleute, die mit den Fingern auf dem Tisch herumtrommeln und endlich bestellen wollen, und wenn man an ihren Tisch kommt, zögern sie, und wenn man alles notiert hat, überlegen sie es sich doch anders, den Kerl, der es *ohne* Tomaten haben wollte, nicht mit zusätzlichen

Tomaten – es ist eine chaotische Tätigkeit, voller Verletzungen, Zorn, Angst und Roheit, wie Krieg.

Mein erster Eindruck, als Danny gemächlich die wenigen kaffeeschlürfenden, zeitunglesenden Gäste bediente, während sie mich herumführte und mir erklärte, was wo ist und wie man Cappuccinos macht, war günstig. Was für eine wunderbare, leichte Art, Geld zu verdienen, dachte ich.

Dann rückte der Minutenzeiger nur ein paar Millimeter weiter, und es war Mittag, und plötzlich, von einem Augenblick auf den anderen, waren hundert berufstätige Bürger da, die alle nach Burgern schrien. Wo ist Danny, fragte ich mich, wachsende Panik in der Stimme. Aber sie war weg, mußte selbst rennen wie verrückt. Sie hatte nicht den Zauberstab einer gewieften Kellnerin, der die Zeit langsamer ablaufen oder diese Leute verschwinden lassen würde. Es hieß: Ich gegen Die. Ich dachte, ich würde anfangen zu heulen.

Als ich das nächstemal in der Küche war und gerade belgische Flaggen steckte, sagte der Mann in Weiß zu mir: »He, Mary-Lou, was ist das? Der Kerl will seinen Louisiana *roh*?«

Ich sah auf die Bestellung. »Sag mal, Luigi, ißt man Huhn in Italien roh?« fragte ich.

»Nein, wir essen es gar. Ich heiß' nicht Luigi.«

»Und ich heiß' nicht Mary-Lou. Und *natürlich* will der Kerl seinen Chickenburger gar, *aber dazu ein Bier, ein Labatt's Blue.*«

»Oh.« Er beguckte sich die Bestellung noch einmal. »Getränke sollst du aber auf die andere Seite schreiben.«

»Irren ist kanadisch, vergeben ist italienisch«, sagte ich, während ich davonging, zwei Kanadier und zwei Romas auf den Armen balancierend.

Als ich draußen war, kam ich mit meiner künftigen wahren Liebe quer durch das Restaurant in Blickkontakt, und wir lächelten beide. Wieder nahm ich wahr, diesmal weniger mechanisch, daß er sehr nett lächeln konnte. Als ich an seinem Tisch war, sagte ich: »Tut mir leid.«

»Kein Grund. Es tut *mir* leid. Es war ein dummer Witz.«

Ich versuchte, ihn mir noch ein bißchen anzuschauen, während ich an anderen Tischen bediente, doch jedesmal trafen sich unsere Blicke.

Als ich ihm seinen Louisiana brachte, sagte ich: »Frisch aus dem Ofen.« Er lachte.

Danach nicht viel. Die unfehlbar eintretende menschliche Scheu. Blicke und Lächeln. Ein ausgedehnter Kaffee. Ein mathematisch exaktes Trinkgeld von 15 Prozent. Ein langsamer, zögernder, aber unwiderruflicher Abgang mitten im Getriebe.

Doch es war nicht alles verloren. Ich fragte Danny nach ihm. »Der Kerl mit der wilden Frisur? Ich habe ihn hier schon gesehen. Er kommt ziemlich regelmäßig. Aber normalerweise kommt er nicht zum Mittagessen. Er kommt sonst am späten Nachmittag oder am frühen Abend. Hat er einen Louisiana bestellt?«

»Ja.«

»Scharfen Senf dazu?«

»Nein.«

»Oh. Ich glaube, das ist der, der immer scharfen Senf verlangt.«

Eine Marotte, die sich mir ins Gedächtnis eingrub.

Alain fragte mich, wie ich mich fühlte. In dem Augenblick fühlte ich mich zu 99 Prozent fix und fertig, zu 1 Prozent beschwingt. »Prächtig«, sagte ich und wischte fast zwei Stunden Blitzkrieg mit einer Handbewegung beiseite.

»Gut. Du hast Glück gehabt. Heute war es um die Mittagszeit ziemlich ruhig. Die Verwaltungsleute hatten heute frei.«

Ich sah ihn an. »Ist nicht dein Ernst.«

»Doch. Du hättest es gestern erleben sollen. Es war zum Verrücktwerden.«

Der Grad meiner Erschöpfung stieg auf 99,5 Prozent. Ohne Tito wäre meine Kellnerinnenlaufbahn in dieser Minute zu Ende gewesen. Seinetwegen aber nahm ich an, als Alain mir regelmäßige Schichten anbot. Ich blendete die Hunderte von pingeligen, sich beschwerenden, lüstern blickenden, gehetzten, schäbigen, unverschämten Gästen völlig aus und verweilte in Gedanken bei dem einen, der so warm lächeln konnte.

Ich dachte an diesen Fremden, liebkoste die nächsten Tage hindurch den Gedanken an ihn. Während ich an meinem Roman arbeitete, vertieft in Krankheit und Sterben, tauchte er in meinen Gedanken auf wie ein Wal, der wassersprühend an die Oberfläche kommt, und mein Kopf füllte sich mit blauem Meer und glänzenden Fischen. Bis ich mich zwang, wieder an die Arbeit zu gehen. »Du weißt nicht einmal seinen Namen«, schalt ich mich dann.

Als ich ihn wiedersah, setzte mein Herz aus, und um ein Haar wären drei Teller auf dem Boden gelandet. Er sah *so* gut aus! Womit ich nicht nur meine, wie er in meinen Augen aussah, sondern auch, wie ich ihn *empfand*. Es war, als ob ich mich in einem entfernten Außenposten eines Körpers befände, in einem grenznahen großen Zeh etwa, und als wäre Titos Erscheinen die plötzliche, fast unvorstellbare Erfüllung eines Versprechens aus der Metropole, dem Herzen, eines Versprechens, das vor so langer Zeit schon gegeben wurde, daß es inzwischen nicht viel mehr ist als ein beharrliches Gerücht; daß nämlich frisches Blut unterwegs sei. Als er hereinkam – mit seinem schweren Wintermantel, sich die Füße abtrat, sich umblickte mit rotem Gesicht –, fühlte ich mich schon durch seinen bloßen Anblick neu belebt, frisch aufgeladen. Sofort, während ich den gierigen, flinken Maden Aas servierte – wenn ich das Essen auf die

Tische stellte, sah ich die Esser als blinde, weiche, beinlose Maden, deren Form durch ihre Funktion bestimmt war, nichts als Verdauungskanäle mit einer Öffnung über dem Tisch, die darauf wartete, Nahrung aufzunehmen, und einer anderen weiter unten, die darauf wartete, auszuscheiden – den Maden Fraß zu servieren ließ sich aushalten, und unter Druck zeigte ich eine Würde, wie sie selbst Hemingway beeindruckt hätte. Ohne ihn anzusehen, denn ich war nervös, ließ ich es geschehen, daß er sich einen Tisch suchte, hoffend, betend, er werde einen Platz in meinem Revier wählen.

Das tat er nicht. Mir war, als müßte ich ihm quer durch das Restaurant zurufen: »ENTSCHULDIGEN SIE, MISTER, ABER DORT KÖNNEN SIE SICH NICHT HINSETZEN, NICHT, WENN SIE WOLLEN, DASS WIR EINANDER KENNENLERNEN.« Aber er war nur einen Tisch weit außerhalb meines Reviers. Ich sagte zu Danny: »Ich kümmer' mich um den mit der wilden Frisur, okay? Er sitzt am ersten Tisch in deinem Revier.« Sie warf einen Blick hinüber. »Klar.« Als er sich niedergelassen hatte, ging ich in seine Nähe, aber ohne ihn zu beachten – ich tat so, als hätte ich an einem anderen Tisch zu tun; dann drehte ich mich um, sah ihm direkt in die Augen und lächelte, sagte »Hi!«, gab ihm eine Speisekarte und stellte ein Glas Wasser vor ihn hin, an dem Tropfen von Frische hinabperlten. Und fort war ich, während sein »Hi!« mir folgte und ein überraschter anderer mein überfließendes Lächeln bekam (und ich ein großes Trinkgeld). In diesem Augenblick war ich mit der Welt im Einklang, mit ihrem Gelärme und ihrem Gehaste.

»Wieder einen rohen Louisiana?« fragte ich ihn, als ich das nächstemal vorbeikam.

»Klar«, antwortete er, und wieder dieses Lächeln.

Wir waren nun für immer Mary-Lou und Luigi füreinander, und so sagte ich zu Luigi: »Luigi, mach diesen Louisiana ganz besonders gut, bitte, ja? Er ist für einen Freund«, und er erwiderte: »Sofort, Mary-Lou, sofort!«

Als ich einen Louisiana Super Supreme vor mir hatte, erinnerte ich mich zum Glück an ein kleines Detail: »Luigi, könntest du mir bitte einen Klacks scharfen Senf in einen Pappbecher geben?«

»Aber gern, Mary-Lou.«

»Danke.«

Ich achtete darauf, daß seine belgische Flagge aufrecht stand. Verrückt, dachte ich, du kennst den Kerl nicht einmal. Er ist vielleicht seit zehn Jahren verheiratet und hat Kinder.

Danach wiederum nicht viel. Aber das war in Ordnung. Unsere Grüße und unser Lächeln glichen geschäftigen Diplomaten auf Pendelmissionen, und was sie von ihren Verhandlungen mit zurückbrachten, verhieß Gutes.

Es dauerte vielleicht vier Tage, was eine lange Zeit zu sein schien, ehe ich ihn wiedersah. Es war mitten am Nachmittag. Hinter mir lagen mehrere Stunden Arbeit – richtige Arbeit, mein Roman –, und ich ging spazieren. Der Himmel war von einem enormen Blau, die Luft eiskalt und klar. Ich hatte noch anderthalb Stunden, bis die Arbeit begann – Geldarbeit, Sklavenarbeit –, und ich ging gerade die Rue Rachel hinauf und war auf dem Weg zum Mont Royal, um wie üblich zum Aussichtspunkt hinaufzusteigen. Ich war in aufgekratzter Stimmung. Vielleicht würde er während meiner Schicht ins Restaurant kommen.

Kaum hatte ich das gedacht, als er einen Häuserblock weiter um die Ecke bog. Wir sahen uns schon aus einiger Entfernung. Als wir näher kamen, bestätigten die Blicke, die wir einander zuwarfen, und das halbe Lächeln auf unseren Lippen, daß wir uns ansprechen würden. Wir blieben stehen.

»Hallo«, sagte er.

»Hi.«

Eine Pause. Was für ein köstlicher Augenblick der Verlegenheit. Doch wir mußten etwas sagen. Ich dachte ans Wetter. Er kam mir zuvor.

»Ein schöner Tag, nicht wahr?« sagte er.

»Hmmmm, ja, wunderbar.« Ich blickte mich um. »Ich gehe ein paar Schritte spazieren, um ihn zu genießen, ehe die Arbeit anfängt.«

»Den Berg hinauf?«

»Ja.« Sollte ich ihn einladen mitzukommen? Natürlich wollte ich das, aber wäre das nicht zu direkt? Schließlich war er ein Fremder. Nicht mal seinen Namen kannte ich. Besser, er fragte, ob er mitkommen könne, wäre das nicht großartig, wenn auch nicht sehr wahrscheinlich und von seiner Seite sehr kühn. Aber wenn er das täte, dann könnten wir reden und reden und reden, den ganzen Weg den Berg hinauf. Ich mochte seine Stimme. Er hatte einen Akzent, ein ungewöhnliches Timbre, das er wer weiß welcher Muttersprache verdankte, obgleich sein Englisch fehlerfrei war, und er sprach bedachtsam. Seine Worte kamen nicht als hastiger, unordentlicher Haufen daher wie die meinen, sondern ein jedes für sich, ein jedes mit der ihm eigenen Würde und Wappenpracht, eine Art akustischer Festzug. Ich registrierte jedes Wort, das er sprach, selbst die Vasallenworte wie *der*, *die*, *das* und *und*. Während ich ihm zuhörte, nahm ich nicht nur auf, was er sagte, ich wurde mir auch der Sprache bewußt, die wir sprachen, so, als befände ich mich irgendwie außerhalb und hörte Englisch zum erstenmal. Sein Mantel war nicht richtig geknöpft. Alle seine Knöpfe saßen ein Knopfloch zu weit oben. Es sah komisch aus. Am liebsten hätte ich selbst Hand angelegt und die Sache in Ordnung gebracht. Entschuldigen Sie, Mister, Ihr Mantel sieht aus wie eine geologische Verwerfungslinie. Sie müssen ein komischer, zerstreuter Herr sein. All das innerhalb einer Viertelsekunde. »Ich steige jeden Tag zum Aussichtspunkt hinauf. So möble ich mich für den höllischen Kellnerjob auf.«

Er blickte in Richtung Mont Royal, wandte sich dann aber mir zu und lachte, als ich den Satz über den Kellnerjob sagte.

»Es kann hektisch werden, nicht wahr?«

»Unvorstellbar.«

»Na, dann also bis später. Ich wollte heute abend auf einen Kaffee vorbeikommen.«

»Das wäre großartig.« Autsch, zu kühn.

Wir wollten uns schon entfernen, jeder in seine Richtung. Es war vorbei. Dann:

»Wie heißt du?« fragte er.

Da erfuhr ich, daß er Tito hieß. Während ich durch den Jeanne-Mance-Park den Berg hinaufhastete, war mir schwindelig vor Freude darüber, daß ich seinen Namen wußte. Tito, Tito, Tito, Tito, Tito. Was für ein komischer Name. Wie Marschall Tito von Jugoslawien, aber als Vorname. Auf der Stelle fand ich das Land faszinierend, eingeklemmt wie es war zwischen dem sowjetischen Herrschaftsgebiet und der westlichen Einflußsphäre. Ich versuchte, mir die Teilrepubliken ins Gedächtnis zu rufen. Tito, Tito, Tito, Tito, Tito. Dubrovnik und Split sollten ja richtiggehende Perlen sein. Ich hatte ein lustiges kleines Buch von Lawrence Durrell gelesen, das in Zagreb spielte, in Diplomatenkreisen. Und ich hatte von einem Roman gehört, der *Die Brücke über die* – hieß, nun, der Name irgendeines Flusses, von Ivo Andrić, der großartig sein sollte. Tito, Tito, Tito, Tito, Tito.

Aber Tito war ungarischer Herkunft, nicht jugoslawischer. Er sagte, er sei Madjar.

Er kam wirklich auf einen Kaffee vorbei. Gegen sieben. Im Lokal ging es einigermaßen ruhig zu, die Gäste hatten es weniger eilig als zur Mittagszeit. Viel Gelegenheit für kurze Gespräche, um so mehr, als er am Tresen saß, an den ich immer wieder zurückkehren mußte, um Nachtisch zu holen und Kaffee, Tee und heiße Schokolade zuzubereiten. Ich servierte ihm eine Pecannuß-Pie, die beste aller Pies, und setzte sie ihm nicht auf die Rechnung, eine der großartigen, illegalen Befugnisse, die eine Kellnerin hat. Wir tauschten Bruchstücke unserer Lebensläufe aus. Ich sagte immer wieder seinen Namen; schon war er mein ungarisches Lieblingswort, die Perle meiner Zunge. Wenn er meinen Namen sagte, führte ich mich ein paarmal auf wie ein Hund: Fast hätte ich alles fallen lassen, was ich gerade in der Hand hielt, und ich sah hoch, als ob man mich gerufen hätte.

Er war ungarischer Herkunft, kam aber nicht aus Ungarn. Er entstammte der ungarischen Minderheit, die in der Tschechoslowakei lebt, im Südwesten der Slowakei. 1968 war er mit seiner Mutter herübergekommen, unmittelbar nach dem sowjetischen Einmarsch, als er fünfzehn war. Sie hatten sich in Toronto niedergelassen. (Vater nicht erwähnt. Später erfuhr ich, er war dageblieben, ein liberaler Apparatschik, hatte sich an Hoffnungen geklammert, hatte elend dahingelebt, war an Krebs gestorben. Erinnerungen, ein paar Briefe, ein paar Fotos – das war alles, was Tito von ihm geblieben war.) Eine schnelle Rechnung sagte mir, daß er dreiunddreißig war, elf Jahre älter als ich.

Ich war die Tochter von Diplomaten, daher trug ich meine Wurzeln in einem Koffer, doch war der Koffer ursprünglich in Quebec gepackt worden, auch wenn mir daran nicht viel lag. Ich hatte an der Ellis-Universität in Roetown Philosophie studiert (er nickte, er wußte, wo das war), und danach war ich nach Montreal gezogen. Ich – ein langes Zögern, aber ich wollte mich von meiner besten Seite zeigen – ich schrieb, eine lange Kurzgeschichte war in *Die besten kanadischen Kurzgeschichten* erschienen (von meiner norwegischen Geschichte hatte ich noch nichts gehört).

»Worum geht es in deiner Kurzgeschichte?«

»Sie dreht sich um Zahnprothesen und Liebe.«

»Prothesen?«

»Ja. Künstliche Zähne, weißt du.«

»Künstliche Zähne und Liebe?«

»Ja. Du mußt die Geschichte lesen. Und was machst du?«

Er hatte etwas Verträumtes, Nachdenkliches an sich. Ich war neugierig darauf, wie er über seine Tagesstunden Rechenschaft geben würde. Zwischen der Frage und der Antwort hatte ich mehrere Bestellungen aufzunehmen und auszuführen.

»Ich verdiene meinen Lebensunterhalt«, sagte er in seiner sehr korrekten, leicht metronomischen Sprechweise, »als Unsichtbarer.«

Ich sah ihn mit einem verwirrten, amüsierten Ausdruck an. »Aber ich sehe dich jetzt, Tito.«

»Danke schön!« Er lächelte und streckte die Arme aus, als ob er soeben einen Zaubertrick ausgeführt hätte.

Was für ein Clown, dachte ich, während ich ein paar Cappuccinos und verschiedene Gerichte servierte.

»Ich stehe stets früh auf«, sagte er, als ich wieder hinterm Tresen war. »Ich weiß nicht warum. In meinem Organismus muß ein Wecker eingebaut sein, der zeitig klingelt. Ich weiß noch, als wir nach Kanada kamen – es war wohl ungefähr einen Monat nach unserer Ankunft –, ging ich eines Morgens spazieren. Es muß gegen sechs oder halb sieben gewesen sein. Ich wurde noch immer nicht damit fertig, wie reich das Land war. In einem einzigen Laden von Sears gab es mehr als in ganz Bratislava. Nun, jedenfalls, ich ging spazieren, und da sah ich diesen kanadischen Jungen« – aber an einem der Tische blickte jemand in meine Richtung und versuchte, meine Aufmerksamkeit auf sich zu lenken.

»Tut mir leid, ich halte dich von der Arbeit ab«, sagte er, als ich zu ihm zurückkam.

»Erzähl keinen Unsinn, Tito. Überhaupt nicht. Red weiter.«

»Dieser Junge machte etwas Merkwürdiges. Ich folgte ihm. Ich wollte wissen, was er da machte, aber ich wollte nicht fragen. Man kennt ja diese Geschichten von Einwanderern, die mit zwanzig Dollar in der Tasche nach Amerika kommen. Nun, meine Mutter und ich hatten zwar mehr als das, aber zusammen hatten wir vielleicht zwanzig Worte Englisch im Kopf. In Bratislava hatte ich zu Hause ungarisch gesprochen und in der Schule slowakisch, und die einzigen Fremdsprachen, die ich dort lernte, waren Russisch und Deutsch. Aber schließlich ging ich zu diesem Jungen hin und brachte es zustande, ihn zu fragen, was er da mache. Er sah mich komisch an und sagte das, was er offenkundig tat: Zeitungen austragen. In der Tschechoslowakei gab es so etwas nicht, Zeitungsjungen. Dort brachte der Briefträger auch die Zeitungen. Ich sagte mir: ›Das kann ich auch. Um Zeitungen zuzustellen, braucht man kein Englisch.‹ Der Junge gab mir eine Telefonnummer, und ich ließ meinen Onkel István dort anrufen. Ich bekam eine Tour. Ich fing an, den *Toronto Star* auszutragen. Das war mein erster Job als Unsichtbarer.«

Ich hatte dies und das zu erledigen.

»Ja, erzähl weiter.«

»Mein Onkel István fuhr Taxi. Als ich achtzehn wurde, fing ich an, nach der Schule Taxi zu fahren. Dem Gesetz nach hätte ich das nicht gedurft, aber ich fuhr vorsichtig. Da war mein Englisch schon ziemlich gut. Taxifahren war mein zweiter Job als Unsichtbarer.«

Als Tito an jenem Abend ging, wußte ich immer noch nicht, worin seine momentane Unsichtbarkeit bestand. Er erzählte mir Taxigeschichten – von Fahrten, bei denen Fahrgäste mit ihm redeten und er existent wurde. Es waren Leute, die in sein Taxi kamen wie in einen Beichtstuhl. Ein Mann, der versuchte, über seine Schwierigkeiten mit seiner Frau Rechenschaft abzulegen. Ein Junge, der auf dem Weg zum Zahnarzt war und den dieses Vorhaben ängstlich und gesprächig machte. Ein Mann mittleren Alters, dem sein Versagen in der Arbeit, in der Familie und im Leben erschütternd klar wurde, kaum daß er in Titos Taxi saß, und der, das Gesicht in den Händen, die ganze Fahrt über schluchzte. Ein alte Frau, die zu Tito sagte: »Sie sind so jung«, mit einer Mischung aus Neid und Arroganz, und die auf seine Frage, was das Leben sei, zur Antwort gab: »Das Leben? Leben heißt Lebensmittel aus dem Supermarkt holen.« Aber solche Leute waren sehr dünn gesät. Meistens wurde sehr wenig gesprochen, und Tito war nichts als ein Gespenst in einer Maschine, auf ungarisch *egy szellem egy gépben*, ein Gespenst, das gelegentlich über den Rückspiegel einen Blick auf seine Fahrgäste warf und sich fragte, wie sie wohl aussahen, sie und ihre Lebensläufe.

In den folgenden Wochen dieses kalten, gesegneten Winters lernte ich Tito genauer kennen. Er kam nun fast jeden Tag in das Restaurant, manchmal, um zu essen, manchmal auf einen Kaffee, meistens mitten am Nachmittag, wenn es ruhig war. Wir hatten keine Bedenken mehr, miteinander zu reden. Setz dich nicht hierhin, sagte ich ihm nun, setz dich dorthin.

»Istváns Taxi habe ich einige Jahre lang gefahren. Als ich die Oberschule beendet hatte, besuchte ich die Universität Toronto. Ich machte einen Abschluß in Hungaristik. Es war ein kleines Institut. Genauer gesagt, paßte es ins Taxi, vorn neben mich: Professor Arpád Ferenczi. Ich mochte ihn. Er kam oft zu uns zum Abendessen.«

Mir kam zum Bewußtsein, daß ich von Ungarn nicht die Bohne Ahnung hatte. Ein paar Fakten aus der Zeitung, Bartók, Kodály, Liszt – das war es auch schon; und daß Ungarisch eine verrückte Sprache war, die mit keiner anderen in der Gegend verwandt war, nur mit Finnisch. Ich schlug es in der Enzyklopädie nach: Ungarisch gehört zum ugrischen Zweig der finno-ugrischen Gruppe der uralischen Sprachen. Die einzigen anderen Sprachen im ugrischen Zweig sind Ostjakisch und Wogulisch, die beide ausschließlich im nordwestsibirischen Obtal gesprochen werden. Der Artikel über Ungarn war eine Liste von Namen und Ereignissen, die mir ebenso vertraut waren wie Ostjakisch und Wogulisch.

»Ein Bachelor-Grad in Hungaristik ist nicht besonders nützlich in Kanada, und so habe ich mich danach im Taxi dem Lesen gewidmet.«

Nun, da ich ihn kannte, mußte ich die ganze Zeit über an ihn denken. Wenn ich mich an ihn erinnerte, mit anderen Worten, wenn ich von neuem an ihn dachte, während ich an meinem Roman arbeitete oder servierte oder einkaufen ging oder badete, war ich erstaunt darüber, daß ich ihn auch nur für einen Augenblick hatte vergessen können – und das konnte nur einen Augenblick lang geschehen sein, denn schon der bloße Gedanke an ihn, das Wort »Tito«, löste in mir ein Glücksgefühl aus, eine sanfte Welle, die durch meinen Organismus flutete. Ich ging in einer tagtraumähnlichen Betäubung umher, in der nichts mich aus der Fassung bringen konnte, kein grober Gast im Restaurant, keine Schlange vor dem Bankschalter, keine ungeduldige Bibliothekarin, kein Streik bei den Verkehrsbetrieben, auch nicht das Glas Mixed Pickles, das mir im Supermarkt aus der Hand fiel und zu Bruch ging, nichts. Eine Reihe schlotternder Prostituierter, die eine häßliche Straße säumten, ließ mich an die Sinnlichkeit menschlichen Kontakts denken. Ein unrasierter, in eine Decke gewickelter Bettler, der Plastiktüten als Winterstiefel trug, erinnerte mich an die Leichtigkeit des Seins. Ein torkelnder Betrunkener war Bacchus in all seiner Pracht. In allem sah ich gegenwärtiges oder bevorstehendes Glück. Das war der natürliche Zustand der Welt. Regelrechtes Unglück – der Tod meiner Nachbarin, der alten Polin, die ausrutschte und sich die Hüfte brach und in ihrem Bad schätzungsweise drei Tage später starb; der Tod einer Siebenjährigen in Saskatchewan, die sich verlaufen hatte, als sie ihren Heimweg abkürzen wollte, und die nicht gefunden wurde, trotz der entschlossenen, fieberhaften Suche durch kanadische Soldaten und Hunderte von Freiwilligen, die erst aufgaben, als ein Sumpf ihre verwesende Leiche herausgab; Bilder einer Hungersnot in Afrika, verkörpert durch ein skelettartiges, geschlechtsloses Kind in den schwachen Armen seiner Mutter, beide so ausgedörrt wie die Landschaft rings um sie; ein Flugzeugabsturz, etwas, was mich eigentlich hätte versengen müssen – verwirrte mich, und dann verblaßte es in meiner Erinnerung. Schmerz und Elend ließ ich nur in meinem Roman zu, präzise gebändigt. Und da ich so strahlender Laune war, gefestigt und zuversichtlich, konnte ich um so besser daran arbeiten.

»Eines Tages habe ich einen Unfall beobachtet«, erzählte mir Tito. »Niemand verletzt, nur Sachschaden. Ein Lastwagen stieß mit einem anderen zusammen. Es war ein Postauto. Säcke mit Briefen flogen auf die Straße. Es war ein stürmischer Tag. Plötzlich fuhr ich durch einen Tornado von Briefen. Ich hielt nicht an – ich hatte einen Fahrgast. Stunden später regnete es. Ich schaltete die Scheibenwischer ein. Und was tauchte direkt vor mir auf, im Scheibenwischer eingeklemmt? Ein Brief. Ich sah ihn an, während er hin- und herwutschte. Die handgeschriebene Adresse begann sich durch den Regen zu verwischen. Ich hielt an und befreite den Brief. Ich trocknete ihn auf den Lüftungsschlitzen. Die Anschrift war noch zu lesen, aber nur sehr schwach. Ich zog sie sorgfältig nach. Dann hielt ich an einem Postamt und erklärte, was passiert war. Der Mann am Schalter nahm den

Brief und warf ihn in einen Briefkorb. Die folgenden Tage dachte ich über diesen Brief nach, über die seltsame Route, die er bis zu seinem Bestimmungsort genommen hatte. Kurz darauf fragte ich beim Postamt nach Arbeit nach.«

»Du arbeitest bei einem Postamt.«

»Ja.«

»Du bist Postbote.«

»Briefträger. Ja. Mein dritter Job als Unsichtbarer.«

»Gefällt es dir?«

»O ja. Im Winter manchmal weniger, aber ich bin gern draußen, und früh am Morgen ist es sehr ruhig. Und normalerweise bin ich bis zwei Uhr nachmittags fertig.«

Tito war von breiter Gestalt und hatte einen eigenartigen Gang, etwas gebeugt, stets gegen einen imaginären Gegenwind kämpfend, und er bewegte sich mit festem Tritt, als sei er mit jedem Schritt Kolumbus, der neues Gebiet erobert. Er hatte eine große, rundliche Nase, zerzaustes Haar schon in den Genen, Augen von einem leuchtenden Tiefbraun, eine reine Haut, die sich wenig für Bärte oder Schnurrbärte eignete, makellose weiße Zähne; und einen Geist, der diese Züge belebte, so daß sein Gesicht eine vitale Intelligenz ausstrahlte, eine Wachheit, die warm, engagiert und lebendig wirkte. Doch er war zurückhaltend, mein Tito. Geselligkeit war seine Sache nicht. Das ist ein Charakterzug, den ich vielleicht nicht so recht in Worte fassen kann, seine Art, die sich so wenig für das Zusammensein mit anderen eignete. Nicht, daß er in Gesellschaft unbeholfen gewesen wäre. Überhaupt nicht. Aber seine bedächtige Sprechweise war nichts für das maschinengewehrartige Rat-tat-tat einer Unterhaltung zu mehreren, in einer Gruppe. Und es war nicht nur seine Sprechweise; es war seine Persönlichkeit selbst, seine Aura, eine Anmut, die nach individueller Begegnung verlangte. Selbst seine Gesten schienen nur für den einzelnen bestimmt zu sein. Mein Tito war ein Theater mit nur einem Zuschauerplatz (und mein Wahlbezirk mit nur einem Wähler). Nur wenn er mit Ungarn zusammen war, verhielt er sich etwas geselliger.

»Hast du von diesem Stück gehört, das morgen abend gespielt wird, *Handlet?*«

»Du meinst *Hamlet*? Von dem berühmten ungarischen Dramatiker Witgom Szakespori?«

»Ja, von dem berühmten ungarischen Dramatiker Witgom Szakespori, aber in einer Bearbeitung. Es ist ein Puppenspiel. Es hört sich interessant an. Würdest du mitkommen?«

»Ja.«

Wenn ich ein einziges Wort wählen müßte, um meine Zeit mit Tito zu beschreiben, wäre es das: *Ja*.

An dem Abend mit *Handlet*, unserem ersten Rendezvous, entdeckte ich, mit welchem Entzücken und mit welcher Qual es verbunden sein kann, wenn man sich für einen Mann zurechtmacht.

Während wir durch die verschneiten Straßen gingen, stießen wir immer wieder gegeneinander. Hätten Wissenschaftler uns mit thermographischen Geräten überwacht, so wäre jede Berührung als ein heller, vielfarbiger Blitz registriert worden, als ein Auflodern starker Energie.

Handlet war wunderbar: *Hamlet* in der Bearbeitung durch zwei britische Puppenspieler, die auf einer Bühne von der Größe eines Fernsehapparats mit ihren vier Händen alles und jeden spielten. Als Ophelia ins Wasser ging, tauchte eine in ein Kleid gehüllte Hand mit einem kleinen Schrei von der Bühne ab, und wir hörten ein *Plum-platsch*, das einen an einen Elefanten denken ließ, der in ein Schwimmbecken stolperte. Die Zuschauer schütteten sich aus vor Lachen. Dann wieder war es todernst, und wir waren still und hingerissen; die Puppenspieler hatten ungemein ausdrucksvolle Stimmen. Handlet, Mikrozwergprinz von Dänemark, war ebenso bewegend wie jeder Hamlet, den ich gesehen habe. Yoricks Schädel war fingerhutgroß, doch niemand lachte.

An jenem Tag hatte schwerer Schneefall die Stadt zugedeckt. Es schneite noch immer, aber langsam, ohne den leisesten Windhauch. Große, dicke Schwärme von Schneeflocken klatschten auf unsere Gesichter oder beulten den Schneeteppich ein. Wir gingen durch eine Straße, die noch nicht geräumt worden war. Der Schnee lag kniehoch, doch er war leicht; er glitzerte, und ohne viel Mühe bahnten wir uns unseren Weg. Außer unseren Stimmen waren alle Laute gedämpft. In mir spürte ich eine wachsende Erregung. Für mich war der Schnee kein Schnee, sondern Goldstaub. Und die Straßenlaternen waren keine Straßenlaternen, sondern diamantenbesetzte Diademe, die durch die Nacht funkelten. Und jede andere Farbe war nicht einfach eine Farbe, sondern ein kostbarer Edelstein. Tito schlug vor, wir sollten Kaffee trinken gehen. Noch mehr Edelsteine. Liebe ist eine Form von Kindheit, denn wir werden wieder fähig, uns ganz und gar bezaubern zu lassen und so viel, so leicht, so stark zu glauben. Tito und ich verbrachten viele Stunden im Gespräch bei heißer Schokolade. Und danach gingen wir weiter. Als wir schließlich vor meiner Tür anlangten, tief, tief in der Nacht, blieben wir draußen stehen. Wir würden warten; das war unser beider Empfinden. Wir tauschten Telefonnummern und Anschriften aus. Wir glitten voneinander fort. »Tschüs, Tito. Bis morgen.« Es ist mir nur zweimal in meinem Leben passiert: Vor all den Fischen in meinen Augen konnte ich ihn kaum sehen. Dicht gedrängt: Segelflosser, Clownfische, Goldfische, Tigerfische, Seesterne, schwebender Seetang, eine elegante Kavalkade von Seepferdchen.

Ich schloß meine Wohnungstür und lehnte mich dagegen. »Heute habe ich jemanden gefunden, den ich lieben kann. Heute habe ich jemanden gefunden, den ich lieben kann.

Heute habe ich jemanden gefunden, den ich lieben kann.« Die Aussicht, die sich eröffnete, war unendlich. Es war kein Versprechen, keine Hoffnung, keine Verblendung. Es war eine einfache, klare Gewißheit.

In dieser Gewißheit habe ich nie geschwankt. Sprecht mir nicht von der ermüdenden Wirkung der Gewohnheit, davon, daß ihr eines Morgens aufwacht und euer Herz ist kalt gegen den Mann in eurem Bett. Das ist mir nie passiert. Ich war ungefähr drei Jahre mit Tito zusammen. Einmal, danach, habe ich die Tage gezählt, und ich kam auf 1001, woraufhin ich meine Maßeinheit von Tagen auf Nächte umstellte, und dann, da die Tage ebenso wichtig waren wie die Nächte, auf beides, so daß sich die Summe von 2002 Tagen und Nächten ergab. Doch auch der frühe Morgen war etwas Besonderes, ebenso die Nachmittage, wenn Tito von der Arbeit kam, und so wuchs die Summe auf 4004 Tage und Nächte und frühe Morgen und Nachmittage. Ich verfeinerte die Einheiten und erhöhte die Gesamtsumme einer Sache, die unteilbar und unendlich ist und die nie aufgehört oder sich verringert hat seit jener Nacht, in der ich den Kopf gegen die Tür meiner Wohnung gelehnt und mir ständig wiederholt hatte: »Heute habe ich jemanden gefunden, den ich lieben kann.«

»Warum bist du nach Montreal gezogen?«

»Meiner Mutter wegen. Sie hat wieder geheiratet, und er wohnte in Montreal. Zoltán Radnóti, ein pensionierter Elektroinstallateur. Er ist sehr nett, du wirst sehen. Ich bin regelmäßig hierhergekommen, um sie zu besuchen. Ich mochte die Stadt, sie hat so etwas Europäisches. Aber es war verrückt. Nachdem ich jahrelang Englisch gelernt und gelesen hatte, konnte ich es endlich fließend sprechen, und dann beschloß ich, nach Quebec zu ziehen, und wir schrieben das Jahr 1980, das Jahr des Referendums, und es sah so aus, als ob alle Englischsprechenden aus der Provinz weggingen. Ich habe manchmal das Gefühl, ich habe mein Leben damit zugebracht, Sprachkurse zu besuchen.«

Titos Französisch war mehr als nur zweckdienlich. Er konnte als Briefträger mit jeder Situation fertig werden, er kam in Restaurants und Geschäften zurecht, und in Filmen in französischem Französisch, die nicht untertitelt waren, entging ihm nicht allzu viel. Aber mit dem Quebecer Schnellfeuerfranzösisch kam er nicht mit. Wenn er sein Ungarisch gebrauchte wie seine bloßen Hände, Englisch wie getragene Lederhandschuhe, Slowakisch wie Fäustlinge, Deutsch und Russisch wie Messer und Gabel, dann handhabte er das Französische wie Eßstäbchen.

Das erste Mal war es bei mir. Er knöpfte mir das Hemd auf. Er ging mit Ernst und Zartgefühl vor, zog mir zunächst das Hemd aus der Hose und befaßte sich dann mit den Knöpfen von Norden nach Süden und mit einer sanften Ost-West-Dehnung, wenn der jeweilige Knopf durch sein Knopfloch geschoben wurde. Ich spürte eine Stille, als befände ich mich in einem vollkommenen Gleichgewicht, als sei jeder einzelne meiner Sinne in der Schwebe. Mein Büstenhalter, meine Söckchen, meine Hose, meine Unterwäsche verschwanden auf ganz ähnliche Weise. Jede Berührung, jeder kleine Kuß, jedes Atmen auf meiner Haut spürte ich doppelt: einmal am Punkt der Berührung, und dann den kleinsten Widerhall – ein Kitzeln in meiner Vulva. Solch ein süßes Sichauflösen. Ich kam auf etwas heftigere Art bis an seine Brust. Wir erreichten mein Bett. Er machte es mir mit der Zunge. Die Empfindung war überwältigend, fast unerträglich. Ich zog ihn herauf, drehte ihn auf den Rücken und kniete mich über ihn, und langsam umschloß ich ihn, so weit er hineinging, bis in meine innerste Mitte, aus der ich ihn nicht mehr fortlassen wollte, nie mehr, auch nicht, als er kam und dabei etwas Ungarisches murmelte. Wir schliefen ein. Das Licht war das klare, weiße Licht eines bewölkten Wintertages.

Doch wieder dachte ich mit keiner Silbe an Empfängnisverhütung. Meine Monatsblutung hatte ein paar Tage zuvor aufgehört. Tito entschuldigte sich dafür, daß er kein Wort von Verhütung gesagt hatte, doch ich machte nur eine Handbewegung und hob die Augenbrauen mit einer Miene, die besagte: Das passiert anderswo, nicht hier. Doch seine Samenflüssigkeit war reich an Spermien, potent, folgenträchtig. Aber ich hatte Glück – und hatte es wieder und wieder, als ich anfing, die Pille zu nehmen und sie ganz unregelmäßig nahm, manchmal früher, manchmal später, sie manchmal sogar einen Tag ganz und gar vergaß, woraufhin ich dann zwei nehmen mußte. Doch gab es nie eine andere Folge als das übliche Ziehen in meiner Gebärmutter, das anzeigte, daß es schließlich doch kein Baby geben würde und daß die Tapete verschwinden konnte.

Heute bedaure ich es sehr, daß ich solches Glück hatte. Selbst damals fühlte ich manchmal eine verwirrende Zwiespältigkeit. Nach dem Schock und nach der Angst, nach dem quälenden Tag mit dem Gedanken: »Das war's nun. Du wirst ein Kind bekommen. Du hast dein Leben weggeworfen, Mädchen«, kam das Blut wie eine Befreiung, und mir entrang sich ein tiefer Seufzer der Erleichterung. »Ich bin gerettet.« Aber es gab ein Nachglühen von Traurigkeit. Und wieder hast du die Fruchtbarkeit abgewürgt, flüsterte dann ein Teil meines Ichs. Und wieder hast du dich nicht voll auf das Leben eingelassen. Und wenn du dich nun trautest, wenn du dich nun trautest ...? Aber, wie schon gesagt, ich hatte stets Glück. Als das Glück mich verließ, war es zu spät.

Die nächsten Wochen und Monate verbrachten wir damit, unser beider Territorien zu erkunden. Seine Umgebung, meine Umgebung. Seine Freunde, meine Freunde. Sein Bett, mein Bett.

Ich verbrachte zahllose
Stunden in Gesellschaft der

ungarischen Sprache. Ich lernte die frühere Mrs. Imilac kennen, die heutige Mrs. Radnóti, für mich sehr bald Judit. Titos Mutter nahm mich auf wie ihre eigene Tochter. Sie war eine warmherzige und rücksichtsvolle Frau, die gern lächelte, ganz die Mutter ihres Sohnes. Sie hatte eine einzige breite Strähne von Grau, die durch ihr Haar ging, eine perfekte Ergänzung ihrer natürlich-eleganten Art. Ihr Englisch war sehr eigenwillig, ihr Französisch nicht vorhanden – sie hatte sich stets im Kreis von Ungarn bewegt, auch in den fast zwanzig Jahren in Kanada. Wenn sie mit ihrem Sohn sprach, lauschte ich ihren Stimmen. Da ich nicht ein Wort von dem, was sie sagten, verstehen konnte, achtete ich auf ihre Gefühlsnuancen. Sie hatten eine unbeschwerte, höfliche, respektvolle Art. Sie schienen einander nie zu unterbrechen. Es war deutlich, die Mutter vertraute dem Sohn, und

»Megérkeztünk. Ime lássad: ez a Kékszakállú vára. Nem tündököl, mint atyádé. Judit, jössz-e még utánam?«

»Megyek, megyek, Kékszakállú.«

»Megállsz Judit? Mennél vissza?«

»Nem. A szoknyám akadt csak fel. Felakadt szép selyem szoknyám.«

»Nyitva van még fent az ajtó.«

»Ez a Kékszakállú vára. Nincsen ablak? Nincsen erkély?«

»Nincsen.«

»Hiába is süt kint a nap?«

»Hiába.«

»Hideg marad? Sötét marad?«

»Hideg, sötét.«

»Milyen sötét a te várad. Vizes a fal. Kékszakállú, milyen víz hull a kezemre? Sír a várad!«

»Ugye, Judit, jobb volna most vőlegényed kastélyában: fehér falon fut a rózsa, cseréptetön táncol a nap.«

»Ne bánts, ne bánts, Kékszakállú. Nem kell rózsa, nem kell napfény. Nem kell. Milyen sötét a te várad. Szegény, szegény Kékszakállú.«

»Miért jöttél hozzám, Judit?«

der Sohn vertraute der Mutter. Mr. Radnóti – »Bitte! Nenn mich einfach Zoltán. Sonst klingt es ja wie alter Mann. Ich bin erst vierundsechzig« – war wirklich sehr nett. Er war ein lustiger, bescheidener Mann, der ein Talent dafür hatte, seine Frau zum Lachen zu bringen, was ihm sichtlich eine große Befriedigung bereitete.

Was die übrigen Ungarn anging, die ich kennenlernte, so kamen sie aus allen Altersgruppen und Berufen. Je jünger die Generation, um so besser natürlich ihr Französisch und Englisch, aber stets, wenn sie mir als Gruppe begegneten, wurde zwangsläufig Madjarisch gesprochen. Was mich selbst anging, so hatte ich nicht vergessen, daß es für mich undenkbar gewesen wäre, meine Eltern auf englisch anzureden. Wir sprachen französisch miteinander. Hätten wir uns in irgendeiner anderen Sprache mitgeteilt, so hätte das unsere Beziehung

»Nedves falát felszárítóm, ajakammal szárítom fel. Hideg kövét melegítem, a testemmel melegítem. Ugye szabad, Kékszakállú. Nem lesz sötét a te várad, megnyitjuk a falat ketten. Szél bejárjon, nap besüssön. Tündököljön a te várad.«

»Nem tündököl az én váram.«

»Gyere, vezess Kékszakállú, mindenhová vezess engem. Nagy csukott ajtókat látok, hét fekete csukott ajtót. Miért vannak az ajtók csukva?«

»Hogy ne lásson bele senki.«

»Nyisd ki, nyisd ki! Minden ajtó legyen nyitva. Szél bejárjon, nap besüssön.«

»Emlékezz rá, milyen hír jár.«

»Gyere, nyissuk velem gyere.«

»Áldott a te kezed, Judit.«

»Jaj!«

»Mit látsz? Mit látsz?«

»Láncok, kések, szöges karók, izzó nyársak ...«

entstellt. Und so war es mit diesen ungarischen Kanadiern. Tito machte sich Sorgen, ich könnte mich bei solchen Anlässen zu Tode langweilen, doch ich versicherte ihm, das sei nicht der Fall, und wirklich langweilte ich mich keineswegs. In einem Zimmer voller Ungarn zu sitzen war eine Fahrt ins Nahe Ausland, eine bewegungslose Art des Reisens. Denn das Madjarische ist sensationell unverständlich. Es täuscht, weil einem die lateinische Schrift vertraut erscheint, ebenso die Kleidung und das Verhalten seiner Sprecher, doch dann explodiert es – und man könnte ebensogut in China sein. Nicht ein einziges Morphem behelligt das Verständnis. Als ich Tito das erste Mal seine Muttersprache mit Leichtigkeit und Freude sprechen hörte, kiel mir die Finnlade herunter, wie ich später zu ihm sagte. Vor meinen Augen schien ein ganz neuer Tito zu entstehen. Mit ei-

»Ez a kínzókamra, Judit.«

»Szörnyü a te kínzókamrád, Kékszakállú. Szörnyü, szörnyü.«

»Félsz-e?«

»A te várad fala véres. A te várad vérzik.«

»Félsz-e?«

»Nem, nem félek. Nézd, derül már. Ugye derül? Nézd ezt a fényt. Látod? Szép fénypatak.«

»Piros patak, véres patak.«

»Minden ajtót ki kell nyitni. Szél bejárjon, nap besüssön, minden ajtót ki kell nyitni.«

»Nem tudod mii van mögöttük.«

»Minden ajtót ki kell nyitni. Minden ajtót.«

»Judit, mért akarod?«

»Mert szeretlek.«

»Vigyázz, vigyázz miránk, Judit.«

»Szépen, halkan fogom nyitni. Szépen, halkan. Add ide a többi kulcsot.«

»Nem tudod, mit rejt az ajtó.«

»Idejöttem, mert szeretlek. Itt vagyok, a tied ner veränderten Miene, mit einer anderen Stimmlage, mit einem Gesichtsausdruck und mit Gesten, wie ich sie noch nie zuvor bei ihm gesehen hatte. Ich war mir nicht sicher, ob ich diesen Tito kannte. Ich mußte ihm auf die Schulter tippen und ihn fragen: »Tito, bist du das?« Er lachte. »Ja, natürlich bin ich's.« Er war wieder Tito, und ich hatte einen weiteren Stempel in meinem Paß. Auch nach drei Jahren konnte ich über sein fließendes Kauderwelsch immer wieder staunen.

Wenn ich nicht verreisen, wenn ich abschalten wollte, wurde das Madjarische zu einer Küste, zu einem besänftigenden Hintergrundgeräusch, in dem meine Tagträume schweben konnten. Jedenfalls war ich nie lange allein, ob ich nun kostenlos mit der Malév flog oder am Ufer saß. Stets unterbrach der eine oder andere Ungar meine Träumerei mit Worten, die ich verstand. Die älteren mochten

vagyok. Most már vezess mindenhová. Most már nyiss ki minden ajtót.«

»Judit, Judit, hús és édes, nyitott sebből vér ha ömlik.«

»Nyisd ki a hetedik ajtót. Jaj, igaz hír, suttogó hír!«

»Judit!«

»Kékszakállú, nem kell, nem kell.«

»Tied a legdrágább kincsem.«

»Jaj, jaj, Kékszakállú vedd le.«

»Szép vagy, szép vagy, százszor szép vagy. Te voltál a legszebb asszony. És mindig is éjjel lesz már ... éjjel ... éjjel ...«

mich sehr. Ich erinnere mich noch an Imre, einen Methusalem, der keine anderthalb Meter maß, mit tiefliegenden, von zahllosen Runzeln umgebenen Augen – er war von Titos indoeuropäischer Freundin entzückt. Er setzte sich meistens direkt neben mich, baumelte mit den Beinen, ließ seine glücklichen Augen auf meinen indoeuropäischen Titten ruhen und redete in Englisch auf mich ein. Nach einer Weile klang infolge unbeabsichtigter Imitation mein Englisch so gebrochen wie seines. Ich denke, in der Liebe zu mir wurde er nur durch Tito übertroffen.

Wir können bleiben, solange du willst, habe ich Tito stets gesagt. Meinetwegen sollten wir nicht gehen.

Und so ging es weiter mit diesem Madjarisch – gesprochen, geschrien, gelacht, geflüstert.

Von Anfang an verbrachten wir all unsere Nächte zusammen. Das war ganz selbstverständlich. Eine Nacht ohne ihn war eine Nacht in einem kalten Bett. Selbst unsere schlafenden Leiber duldeten keine Distanz. Wir schliefen in unseren eigenen kleinen Sphären ein – Morpheus scheint ein schüchterner Jäger zu sein, der nur auf einsames Wild Jagd macht –, aber ich glaube nicht, daß wir es je eine ganze Nacht lang aushielten, ohne daß wenigstens einer von uns nach dem anderen getastet hätte. Wenn wir morgens erwachten, berührten wir uns stets an mindestens einer Stelle – mit einem Bein, einer Hand oder einem Arm, ich fand mich von ihm umschlungen oder gegen seinen Rücken gekuschelt. Als ob unsere Leiber Klatschbasen wären, darauf erpicht, ihr Geschnatter auch in der Stille der Nacht fortzusetzen.

Wer immer jenem Punkt, an dem die Schläfrigkeit siegt, näher war, bemühte sich um ein »Gute Nacht« und um einen Kuß, was der andere, nur um ein weniges wacher, dann erwiderte. Erst nach diesen beiden Worten und nach diesem Kuß ließen wir uns in den Schlaf sinken. Beides markierte offiziell das Ende unseres Tages.

Er wohnte in der Park Extension, weiter im Norden, so daß wir meist bei mir schliefen, wenn wir etwas in der Stadt unternahmen. An den Wochenenden oder an stillen Abenden blieben wir bei ihm. Seine Wohnung war größer und besser eingerichtet als meine.

In meinem Leben gab es jetzt einen Stundenplan, zeitliche Anforderungen, die ich einhalten mußte. Es gab Sklavenarbeitszeit, Romanarbeitszeit, Zeit für Verschiedenes und Titozeit. Ich mußte jonglieren, um sie alle in meinem Tag unterzubringen. Ich paßte mich Titos innerer Uhr an. Er mußte um sechs Uhr früh in der Verteilerstelle sein, um die Post zu sortieren. An den meisten Wochentagen wurde ich mit ihm um fünf Uhr wach. Das klingt hart, aber es ist eine Sache der Gewohnheit. Ich bin dankbar für all die Sonnenaufgänge, die ich sah. Und es war günstig für ein glückliches nachmittägliches Nickerchen zu zweit. Normalerweise verbrachte ich den Vormittag mit der Arbeit an meinem Roman, arbeitete die Mittagsschicht im Restaurant, traf mich um zwei oder halb drei mit Tito zu unserem Nickerchen, und abends arbeitete ich entweder an meinem Roman, oder ich unternahm etwas mit Tito, je nach Stimmung. Durch Früh- und Abendschichten gewann der Stundenplan Abwechslung. Kurz vor zehn gingen wir normalerweise zu Bett.

Je mehr ich unter Zeitdruck stand, um so weniger dachte ich paradoxerweise über Zeit nach, ganz anders als bei den meisten anderen Ressourcen. Daher schien meine Zeit mit Tito im Nu zu verfliegen. Und es fällt mir schwer, mich an die Reihenfolge der Dinge zu erinnern. In meiner Erinnerung beschreiben Präteritum und Präsens keine zeitliche Abfolge, sondern emotionales Gewicht. Was ich nicht vergessen kann, das wiederholt sich im Präsens.

Filmschleife Nummer 67: Langsam gleite ich empor ins Bewußtsein und spüre, daß jemand am Ufer mich aus meinem tiefblauen Dahintreiben heranwinkt. Widerwillig erreiche ich die Oberfläche und schlage ein Auge auf. Tatsächlich, Tito und seine beiden weit geöffneten Augen sind nur wenige Zentimeter von mir entfernt. Er entfernt zwei schützende Strähnen von brünettem Seetang von meinem Gesicht und schiebt sie auf das Kopfkissen. »Bist du wach?« verkündet er. Kategorisch weigere ich mich zu antworten, und mein Austernauge schnappt wieder zu. Ich mache mich erneut an meine Arbeit an dem Perlenreich des Schlafs. Ich weiß, es ist Sonnabend, und wir müssen nicht aufstehen.

Ich liege auf der Seite, ihm zugekehrt. Das Laken hebt sich – er sieht mich an. Ich spüre einen forschenden Finger den Hang meines Schenkels erklimmen, die Kuppe meiner Hüfte erreichen, zum Sattel meiner Taille hinabgleiten, dann sich hinaufbewegen, den Kamm meiner Rippen entlang bis zu dem vorhersagbaren Absturz hin zu meiner Brust, wo sich vier weitere Finger dem Vergnügen anschließen. Dann wagt sich der einzelne Finger nach Süden vor, verweilt über meinem Magen und stürzt in meinen Nabel, ehe er sich nach unten bewegt, um sanft meine Haare zu kratzen. Die Schlampe von einer Brustwarze verrät mich und beginnt hart zu werden. »Es ist *ein Uhr*, weißt du!« sagt Tito. »Was?« stöhne ich, darauf hereinfallend, und ich unterziehe mich der kolossalen Anstrengung, mich herumzudrehen und auf den Wecker zu sehen. Ich lasse mich wieder ins Kissen sinken. »Es ist früh halb sieben. Du hast den Wecker umgedreht.« – »Oh, tut mir leid«, sagt er. Ich drehe mich auf den Rücken. Er rückt näher heran, schmiegt sich an mich. »Großer Sandsturm gestern abend«, sagt er. Vorsichtig reibt er meine Augenwinkel und entfernt den Traumsand. Seine Hand, diesmal eine Schar fröhlicher Finger, schlendert wieder sacht über meinen Körper. Ich taste mit der Hand und packe seinen steifen Schwanz. »Et tu, Brute?« Er lacht. Ich sehe ihn aus müden, trüben, liebesunterlaufenen Augen an, und ich recke mich. Er vergräbt das Gesicht an meinem Hals und küßt mich gierig. Er nähert seinen Mund meinem Ohr. In einem explosiven Gewisper, ganz Sturmwind und heißer Atem, macht er mir einen unsittlichen Antrag. Ich lache und nicke. Sein Kopf verschwindet unter den Laken.

So wird die Nacht verscheucht. So geht die Sonne auf.

FILMSCHLEIFE NUMMER 15: Wir gehen den Berg hinauf. Es ist ein strahlender Frühlingstag. Auf dem Weg erscheint ein Mann mit einem Hund an der Leine. Es ist eine große, grunzende Bulldogge, wie aus dem Bilderbuch, mit stummelartigen krummen Vorderbeinen, ohne Hals, mit plattem Gesicht und einem scheußlichen vorgeschobenen Unterkiefer. Ich breche in ein Gekicher aus und gehe schnurstracks auf den Hund zu. Die hervorquellenden Augen des Geschöpfes kreisen voller Entzücken, als ich mich niederbeuge und mit seinen Mehrfachhautfalten spiele. Der Besitzer billigt gütig die Aufmerksamkeiten, die ich seinem Liebling erweise; er ist das wohl gewohnt. Die riesige Brust des Hundes wird von einem so kümmerlichen Hinterteil im Gleichgewicht gehalten, daß ich überrascht bin, daß er nicht nach vorn kippt und mit den Hinterbeinen verzweifelt in der Luft rudert, als ich ihm den Kopf tätschle.

Während wir davongehen, sagt Tito: »Was für ein Scheusal. Ich kann nicht glauben, daß er dir gefallen hat.«

Ich sehe ihn an und lache.

»Wie?« fragt er.

»Nun, ich hab' an Schwänze denken müssen.«

»Ich kann nicht ganz folgen.«

»Weißt du«, bringe ich heraus, noch immer lachend, »der Penis, der ist doch nicht gerade schön, meinst du nicht auch? Wenn er kalt ist und zusammengeschrumpelt, sieht er aus wie W. H. Auden als alter Mann; wenn er heiß ist, dann zappelt und baumelt er auf lächerliche Art herum; wenn er erregt ist, sieht er so gequält und ernst aus, daß man denken könnte, gleich bricht er in Tränen aus. Und der Hodensack! Daß etwas für das Überleben der Spezies so Lebenswichtiges, das voll verantwortlich ist für 50 Prozent der Zutaten – wenn auch in keiner Weise für die Arbeit –, frei vom Körper hängt, in einem winzigen, schutzlosen Hautsack. Ein Schlag, ein Biß, ein Riß mit der Pfote – und die richtige Höhe hat er ja auch für das durchschnittliche Tier, einen Hund, einen Löwen, einen Säbelzahntiger –, und das war's dann, Ende der Geschichte. Meinst du nicht, er hätte einen besseren Schutz verdient? Hinter irgendeinem Knochen zum Beispiel, wie bei uns? Was könnte besser sein als unser sich so hübsch verjüngender Eingang? Er ist diskret und elegant, geschickt und kompakt ist alles im Körper eingeschlossen, nichts hängt heraus als leichte Beute für eine sich schließende U-Bahn-Tür, und über allem ein hübsches Dreieck von Haar, wie ein Verkehrszeichen, sollte man vom Weg abkommen – einfach perfekt. Der Penis ist einfach so ein miserables Design. Prä-skandinavisch. Selbst Prä-Bauhaus.

Aber während ich Schwänze für so kläglich und unzulänglich halte, haben sie doch gleichzeitig auch etwas Liebenswertes. Man muß einfach eine gewisse Zärtlichkeit für sie empfinden. Verstehst du, was ich meine? An all das muß ich gerade denken, als« – ich fange wieder an zu lachen – »als dieser Hund auftaucht, das war's, es war perfekt. Ein wandelnder Schwanz. Mit seinen Massen von Vorhaut.«

Ich krümme mich vor Lachen. Tito setzt seine vorgeblich tief beleidigte Miene auf.

Filmschleife Nummer 193: In einem Brief teilt mir Joe mit, daß er und Egon HIV-positiv sind. Ihnen »geht es gut«, schreibt er. Ich weiß nicht, ob er das seelisch oder medizinisch meint. Titos Hemd ist vorn von meinen Tränen durchnäßt.

Filmschleife Nummer 125: Mein Weihnachtsgeschenk.

Filmschleife Nummer 242: Radtour über Land, ein heißer Tag. Im Schatten eines Baumes, wir sind allein, wölbt Tito seine Hände unter meinem T-Shirt um meine Brüste und findet sie kühl wie Joghurtbecher, wie er sich ausdrückt. »Wie ist es, wenn man Brüste hat?« fragt er.

»Es ist, als hätte man zwei kleine warme Gefährten«, antworte ich.

Filmschleife Nummer 1: »Ich kann mir nicht vorstellen, mit einem Mann zu schlafen.« Wir haben gerade einen Film in einem Filmkunstkino gesehen. Es hat nichts mit dem Film zu tun – sondern mit dem Paar direkt vor uns. Als die Lichter ausgehen, dreht sich ein junger Mann zur Seite und küßt seinen Freund auf den Mund. Es geschieht schnell und still, aber mit Leidenschaft, die Köpfe bewegen sich, die Augen sind geschlossen. Ehe er sich wieder zurechtsetzt, treffen sich unsere Blicke. Er ist glücklich. Er ist verliebt. Tito sagt es ohne Werturteil.

»Wirklich?« sage ich lächelnd. »Du kannst dir nicht vorstellen, einen Mann zu ficken? Ihn zu lutschen? Du kannst dir nicht vorstellen, einen Mann zu küssen?«

»Nein. Ich glaube nicht, daß ich in meinem ganzen Leben auch nur einen homosexuellen Gedanken gehabt habe.«

Ich lache und nehme seinen Arm. Wir gehen.

Filmschleife Nummer 186: In Titos rasenmäherlautem Lada machen wir eine Tagesfahrt nach Ottawa, um zum erstenmal die neue Nationalgalerie zu besuchen. Es ist ein wunderschönes Museum, sowohl das Gebäude als auch die Sammlungen. Wir verbringen einen herrlichen Tag.

Filmschleife Nummer 54: »Was meinst du damit: Du magst keinen scharfen Senf?«

»Ich bin nur nicht so verrückt danach.«

»Ich hatte gedacht, du liebst scharfen Senf.«

»Nein, tu' ich nicht.«

»Warum ißt du ihn dann immerzu?«

»Weil du ihn immerzu kaufst.«

»Aber Danny hat doch gesagt, du liebst scharfen Senf.«

»Wie kann sie das wissen?«

»Willst du mir sagen, du magst scharfen Senf nicht?«

»So ist es.«

Filmschleife Nummer 118: Und wieder hat der Mann seinen Mantel falsch zugeknöpft. Manchmal frage ich mich, wo er seinen Kopf hat. Ich gehe zu ihm hin, mache die Knöpfe auf und schließe sie richtig. »So ist's in Ordnung.«

Er sieht mich an, auf den Lippen den Anflug eines Lächelns. »Manchmal behandelst du mich, als ob ich zehn Jahre alt wäre.«

»Zehn? Du schmeichelst dir. Eher sieben.«

In den Archiven meiner Erinnerung gibt es zahllose solcher Filmschleifen. Sie zerreißen mich innerlich.

Wir zogen in unserem ersten Sommer zusammen, im Sommer 1986. Am ersten Juli, um genau zu sein, jenem schicksalhaften Datum für die Mehrzahl der Montrealer Wohnungsmietverhältnisse, an dem Tag, an dem die meisten Liebesverhältnisse und Wohngemeinschaften offiziell beginnen oder enden und an dem die ganze Stadt umzuziehen scheint. Ich räumte mein schäbiges Loch, das ich so sehr gemocht hatte, und zog bei Tito ein, in der farbenfrohen, unerschlossenen, leicht anrüchigen Park Extension, einer Gegend, die ich liebenlernte, wo die Nachbarn freundlich waren und von Balkon zu Balkon miteinander sprachen, wo Griechen, Inder, Srilanker, Italiener, Afrikaner, Westinder und, nicht zu vergessen, ein paar Ungarn mit anderen Kanadiern zusammenlebten und unverhohlen um ihren sozialen Aufstieg kämpften.

Einen Raum in meinem alten Mietshaus behielt ich als Arbeitszimmer. Ich wollte einen Ort außerhalb meines Zuhauses haben, wo ich arbeiten konnte, nichts als arbeiten. Das Haus lag nicht weit vom Restaurant und von Titos Tour, und ich konnte mich dort bequem mit Tito treffen und vor und nach dem Kellnern am Schreibtisch arbeiten.

Leo, der Hausmeister und unfallanfällige Taxifahrer, zeigte mir eine Einzimmerwohnung, die er schon immer schwer hatte vermieten können. Sie hatte anderthalb Jahre leer gestanden. Es war ein Kasten mit einem Fenster, das auf eine Feuertreppe hinausging – ein Käfig von Wohnraum, aber genau der richtige Ort, um meiner Phantasie freien Lauf zu lassen. Sie lag eine Etage über meiner alten Wohnung, aber am anderen Ende des Hauses. Die Küche war mehr Entwurf als Wirklichkeit, und es gab keinen Kühlschrank, aber einen Gasofen, und im Bad stand eine kleine

Wanne. Ich handelte die Miete auf 125 Dollar im Monat herunter, und Tito und ich strichen das Ganze, die Farbe bezahlte der Vermieter. Ich beschloß, kein Telefon legen zu lassen, damit ich vollkommene Ruhe hatte, und ich heizte den Raum lieber mit dem Gasofen als mit der kostspieligeren elektrischen Heizung. Als Arbeitsraum billiger war nur noch eine Parkbank. Und es war mein eigenes Zimmer, das ich nach der symbolischen Mühe eines kleinen Weges einzig zu dem Zweck betrat, zu arbeiten.

Aus Gründen puristischer Arbeitsmoral beschloß ich zunächst, meinen Futon nicht in das Zimmer zu bringen, aber Liebe auf dem Schreibtisch war unbequem, außerdem kamen meine Papiere in Unordnung, und auf dem Fußboden kann man unmöglich ein Nickerchen machen. So gab ich nach, und die Wohnung wurde sowohl mein Arbeitszimmer als auch unser Ruheraum.

Im Winter drehte ich den Ofen oftmals voll auf, denn es gibt nichts, was schöpferischer Arbeit weniger förderlich ist als Kältegrade. Wir strichen die Wände und die Decke in einem schimmernden Goldgelb. Wie kalt es auch draußen sein mochte, in meinem Arbeitszimmer fühlte man sich stets wie im Innern der Sonne.

Ich beendete meinen Roman. Es war ein schlechter Roman. Er war nicht stimmig. Trotzdem schickte ich ihn los, an einen kleinen und deshalb exklusiven, nicht rein »kommerziellen« Verlag – in der Hoffnung, daß man dort Begabung erkennen würde, wo ich keine sah. Ich bekam nie eine Antwort. Ich versuchte es bei einem anderen Verlag, einem ebenso kleinen. Innerhalb von fünf Wochen erhielt ich meinen Roman zurück, dazu ein Dankschreiben dafür, daß ich ihnen gestattet hatte, ihn zu lesen, was sie »mit Vergnügen« getan hätten, doch sei ihre Belletristik-Liste für die nächsten beiden Jahre bereits voll. Das dicke Gummiband, das mein

Manuskript zusammenhielt, bedeckte noch immer dieselbe Textzeile wie beim Versand, und da war auch noch der winzige Fetzen rosa Papier, den ich zwischen die Seiten 20 und 21 gelegt hatte wie das Blatt einer Rose, das man einem Liebesbrief beilegt.

Ich verabschiedete mich schrittweise von dem Roman, zunächst, indem ich mir selbst das Versprechen gab, daß ich noch einmal rangehen würde; dann, daß ich Teile retten und sie in meinen nächsten Roman einbauen würde; danach, daß ich Stücke heraustrennen und zu Kurzgeschichten verarbeiten würde. Schließlich sagte ich mir, daß er in die sprichwörtliche unterste Schublade gehöre.

Tito steckte seine Nase vorsichtig in meinen Roman, wie ein Goldfisch, der über den Rand des Riffs in die Tiefe späht, dorthin, wo ich Haifischarbeit leistete. Während ich daran arbeitete, sagte ich ihm nicht, worum es ging, und als der Roman fertig war, wollte ich ihn nicht herausrücken. Ich hatte Angst, daß ich keine Geheimnisse mehr haben würde, wenn er ihn gelesen hätte; ich wäre schmerzhaft durchschaubar für ihn; schlimmer noch, was da enthüllt wurde, würde sich als mittelmäßig erweisen, und er würde mich nicht mehr lieben. Schließlich ließ ich ihn den Roman doch lesen, und er sagte so zutreffende Dinge wie: daß er tatsächlich nicht so hervorragend sei wie meine Zahnprothesen-Geschichte oder meine norwegische Geschichte, Teile aber seien schon hervorragend; daß die Idee kühn und brillant sei; daß ich jung sei, dreiundzwanzig, was nicht heiße: unreif, fügte er rasch hinzu, sondern nur, daß ich mit meiner Kunst noch in den Kinderschuhen steckte – welcher Schriftsteller hätte schon so jung begonnen? Rimbaud, Mailer und ein paar andere, ja, aber die seien rasch ermattet oder bald gänzlich verloschen; daß dieser Roman nicht meine einzige Idee sei, ich sei nun frei, etwas Neues zu beginnen; und daß er mich natürlich noch immer liebe, was für eine Frage.

Einmal brach ich in seinen Armen in Tränen aus, einige Male ganz allein. Dann war es vorüber.

Wie in einer jeden Beziehung gab es Augenblicke, in denen wir uns voneinander zurückzogen, uns etwas voneinander entfernten. Doch das entsprach dem normalen Gang der Dinge. Das waren keine Anzeichen von Zweifel oder Ermüdung. Es erinnerte eher an eine Malerin, die von ihrem Bild zurücktritt, um es als ein Ganzes zu betrachten, und sich dann wieder nähert, um ihre Arbeit fortzusetzen.

Manchmal, wenn ich ins Bett ging, war ich müde und leer und froh, nicht berührt zu werden. Tito war dann still, schlief vielleicht schon, nachdem wir uns gute Nacht gesagt hatten. Ich saugte mich voll mit der Einsamkeit rings um mich. Wenn ich genug davon hatte, wenn ich angeschwollen war von Einsamkeit, dann rutschte ich manchmal nach unten und umfaßte sanft Titos warmen, schlafenden Penis. Der schwoll dann ein wenig an, während Titos Gesicht reglos blieb und sein Atmen tief und leicht. Dann schlief ich ein, während ich den Penis festhielt, als wäre er ein Pinsel und ich arbeitete an einem Detail zwischen seinen Beinen.

Mein Weihnachtsgeschenk kam in einer Box, die Löcher hatte. Die Box grunzte. Eine ganz junge Bulldogge. Braun und weiß gesprenkelt und abscheulich in ihrer Schönheit. Ich kreischte. »Ich hab' ihn von einem Züchter in Sherbrooke«, sagte Tito. »Der häßlichste aus dem Wurf, das kann ich dir versichern. Häßlicher als der, und du bist im Reich von Science-fiction.« Der Außerirdische hoppelte auf mich zu und grunzte wie ein Mezzosopran-Schwein. Ich mußte immerfort lächeln. Sofort fiel mir ein Name für ihn ein. »Feigenblatt. Wir nennen ihn Feigenblatt.«

»*Feigenblatt?*«

»Ja, Feigenblatt. Komm her, Feigenblatt.«

Feigenblatt pinkelte auf den Boden.

Als wir Feigenblatt das erste Mal ausführten, blieb ein Pärchen vor uns stehen. »Was für ein allerliebster Hund!« sagte die Frau. Sie beugte sich nieder. Ich tat das gleiche. Feigenblatt wurde ganz wild. Der Mann sah unbeeindruckt aus. »Es ist tatsächlich ein recht hübscher Hund. Sie wären überrascht, wie sehr Sie an ihm Gefallen finden können, besonders, wenn er größer wird«, sagte Tito.

»Oh, gewiß«, erwiderte der Mann höflich.

Auch bei den Ungarn war Feigenblatt eine große Attraktion. Es war eine wahre Explosion von Geschnatter. Er lenkte sogar Imre von dem üblichen Punkt seiner Aufmerksamkeit ab.

Feigenblatt war so ungelenk, daß ich vermute, sein Knochengerüst bestand aus einem einzigen Knochen. Ich machte mir Sorgen, wenn er die Treppe hinablief. Nur selten hatte er beim Hinunterlaufen zwei Beine auf der einen Stufe, zwei Beine auf der nächsten wie die meisten Hunde. Stufen, die dafür breit genug waren, nahm er in der Regel so, daß er sich parallel zur ersten Stufe ausrichtete, mit dem Richtungssinn eines Krebses, dann seitwärts hopste, eine Bewegung, die die geringe Amplitude und die dramatische Leichtigkeit eines Suizidsprungs hatte. War er ein Stufe darunter sicher auf allen vieren gelandet, so war er, ohne auch nur einen Augenblick innezuhalten, mit einem Satz schon auf der nächsten, und bewältigte in Suizidsprüngen so die ganze Treppe. Er tat das unglaublich schnell, selbst bei Treppen mit Biegungen. Er tat sich nie weh, aber ich hatte stets Angst, daß er sein Hopsen falsch berechnen oder allzu selbstsicher springen würde und daß ich mit ansehen müßte, wie er die Kontrolle verlor und Purzelbäume schlug und sich sein einteiliges Knochengerüst in drei oder vier Stücke brach.

Seiner Evel-Knievel-Geschicklichkeit treppab entsprach leider keine ähnliche Emsigkeit im Treppaufklettern. Feigenblatt ging nicht trepp*auf*. Selbstverständlich war das für ihn eine Mühe, aber im Universum gibt es eben auch Treppen, und man kann sie nicht immer nur hinuntergehen, und so ist halt das Leben. Aber als Feigenblatt noch klein und süß war, machten Tito und ich den Fehler, ihn auf unseren Armen emporzutragen, wann immer er sich auch nur einer einzigen Stufe gegenübersah. Diese frühe Konditionierung wirkte lebenslang, ganz gleich, welche Gegenkonditionierung wir versuchten, als er dann groß und süß war: verbale Ermutigung, zarte Leckerbissen drei Stufen weiter oben, Drohungen und was nicht noch. Mehr als einmal geriet ich in Wut und schrie: »DANN BLEIB DOCH DA UNTEN UND VERHUNGER, DU FAULES SCHWEIN!«, und ich gab mir das Versprechen, daß ich ihn unter gar keinen Umständen heraufholen würde. Was bei ihm dann sein Guerilla-Grunzen auslöste. Es war nicht laut oder wütend, obgleich es pausenlos weiterging; es war ein einzelnes Schweinegrunzen, das genau alle sechs Sekunden ausgestoßen wurde – ich habe es einmal kontrolliert – und das überall in der Wohnung zu hören war, selbst im Wandschrank. Je matter es war, um so wütender machte es mich. »Heute gibt es diesen Hund zum Abendessen, mit Apfelsauce«, murmelte ich dann vor mich hin. Und ich widmete mich meiner jeweiligen Beschäftigung mit noch größerer Taubheit und Zielstrebigkeit.

Aber wie jeder gute Guerillero schaffte er es, mich zu zermürben. Ich mußte an meine verstorbene polnische Nachbarin denken, die ebenfalls am unteren Ende der Treppe zu warten pflegte. Und was kann man machen, wenn man ohne Gelenke auf die Welt gekommen ist? Ich spähte die Treppe hinunter, und meine Wut begann zu weichen. Da stand er nun, blickte zu mir herauf, ruhig und still, und wahrscheinlich fror er, und wahrscheinlich war er hungrig. Mich überkam ein Schuldgefühl. Und dann ging ich hinunter und hob ihn hoch und trug ihn nach oben. Er fraß mit lautem Schmatzen, einzig und allein, um mir ein noch schlechteres Gewissen zu geben, dessen bin ich mir sicher, und dann ließ er sich zu meinen Füßen nieder, glücklich, wieder mit mir vereint zu sein – wie ich mit ihm.

Bei all seinen Überspanntheiten, was die Bewegung in der Vertikalen betraf, zeigte Feigenblatt in der Horizontalen nichts dergleichen. Er war ein großer Wanderer. Montrealer, die damals auf dem Plateau westlich von St. Denis zwischen Roy und Rachel wohnten, erinnern sich vielleicht an einen Briefträger, der aus der Unsichtbarkeit trat, indem er stets mit einer Bulldogge umherging. Besaß ein anderer Hund die Unverschämtheit, seinen Herrn anzubellen, so geriet Feigenblatt in eine empörte Grunzwut, die Unserem Herrn der Fliegen alle Ehre gemacht hätte.

Ich begann, an einem neuen Roman zu arbeiten. Eines Tages schüttete ich eine ganze Tasse Tee über meinen Thesaurus, meinen *New Roget's Thesaurus of English Words and Phrases* in Wörterbuchform, verbesserte Ausgabe, mehr als sechs Millionen Exemplare verkauft – eine billige Paperback-Edition, die ich zu Beginn meines ersten Jahres an der Ellis gekauft hatte und die schon ziemlich mitgenommen aussah, als ich sie mit Irish-Breakfast-Tee begoß. Na gut, dachte ich, das Buch war ohnehin am Auseinanderfallen. Grund, ein neues zu kaufen.

Ein paar Tage danach stand ich in einem Antiquariat und sah mir zwei Thesauri an. Einer, für fünfundsiebzig Cent, war genau die gleiche Ausgabe, die ich schon hatte. Der andere war ein dickes Hard cover. Ich blätterte ihn durch. Es war eine andere Art von Thesaurus, den ich noch nicht kannte. Statt die Wörter und ihre Synonyme alphabetisch aufzuführen, wie es logisch erscheinen würde, waren sie in diesem Thesaurus in numerierte Sachgruppen unterteilt, wobei jede Kategorie mit einer Liste von numerierten Querverweisen endete. Die Sachgruppen waren ebenfalls nicht alphabetisch geordnet. Es gab jeweils seitenweise eine gewisse Ordnung; in diesem Buch von Synonymen war es merkwürdigerweise eine Ordnung nach Antonymen: Auf Erhebung folgte Depression, auf Hören Taubheit, auf Hoffnung Hoffnungslosigkeit. Doch es gab keine erkennbare Ordnung größeren Maßstabs, oder zumindest keine, die ich auf einen Blick hätte erfassen können. Im hinteren Teil des Buches gab es ein Stichwortverzeichnis, das mehr als vierhundert Seiten umfaßte und offensichtlich den Eingang in das Labyrinth darstellte.

Ich fragte den Mann, der das Antiquariat leitete, nach diesem Thesaurus. »Das ist eine alte Ausgabe. Die ursprüngliche Aufmachung. Die Worte sind nach Sachgruppen geordnet; man schaut in das Stichwortverzeichnis, um festzustellen, welche Sachgruppe man braucht. Die Benutzung ist ein bißchen beschwerlich, aber die Ausgabe ist vollständiger.«

Ich kaufte sie, und so kann ich sagen, daß die Entstehung meines Romans mich acht Dollar gekostet hat.

Ich las die Einleitung zu meinem neuen alten Roget's Thesaurus in beschwerlicher Form, ältere Ausgabe, bestimmt nicht viele Exemplare verkauft. Es war der Nachdruck der Einleitung zur Originalausgabe von 1852, von einem Peter Mark Roget in einem heiteren, erlesenen und ach so viktorianischen Englisch geschrieben, mit Sätzen, die dahinfließen wie Ströme, lang und mäandernd, mit Kommas wie Schleusentore, Semikolons wie Wehre und einem Vertrauen ähnlich dem eines Stroms, der die Gewißheit hat, daß er eine bedürftige Welt bewässert – siehe, hier kommt ein Fischer mit seinem Skiff, dort pflügen ein paar Knechte ein Feld, ist es nicht eine strahlende Zukunft? Am Schluß seiner Einleitung drückt Roget die Hoffnung aus, daß sein Bestreben helfen werde, das größte Gut des Gedankenaustauschs herbeizuführen: eine universelle Sprache – und damit den Weltfrieden, »ein goldenes Zeitalter von Eintracht und Harmonie zwischen den verschiedenen Nationen und Rassen«, wie er in seinem Schlußsatz formuliert.

Bis dahin hatte ich über einen Thesaurus nie sonderlich viel nachgedacht. Das war ein Nachschlagewerk, über das manche, die auf ihre Wörterbücher allein schworen, die Stirn runzelten, das mir aber gelegentlich nützlich war. Im ganzen ein untergeordnetes Werkzeug, ein dienstbeflissenes Verzeichnis von Synonymen, das ist alles. Die Hoffnung, daß es mithelfen könnte, weltweite Brüderlichkeit herbeizuführen, erschien mir selbst nach den hochoktanigen, rosigen Maßstäben seiner Zeit als Donquichotterie.

Ich blätterte weiter bis zur biographischen Notiz über Peter Mark Roget, um zu sehen, wer dieser verstiegene Pedant gewesen war.

Er war einer dieser Viktorianer mit einem unerhört fruchtbaren Leben. Geboren 1779, gestorben 1869. Arzt. Gründer eines Armenhospitals in London, an dem er achtzehn Jahre lang unentgeltlich arbeitete. Einer der Gründer der Universität London, wo er Professor der Physiologie war. Ein bedeutender Universitätslehrer der Medizin und anderer Fächer. Vorsitzender einer Kommission für die Wasserversorgung von London, die die gleichzeitige Nutzung der Themse als Abwasserkanal und als Trinkwasserreservoir anprangerte. Mitglied der Royal Society, deren Sekretär er über mehr als zwanzig Jahre war, und der Medizinisch-Chirurgischen Gesellschaft. Schrieb Beiträge für die *Encyclopaedia Britannica*, die *Encyclopaedia Metropolitana*, *Ree's Cyclopaedia* und die *Cyclopaedia of Popular Medicine*. Mitbegründer der Gesellschaft für die Verbreitung nützlicher Kenntnisse. Autor eines maßgeblichen Werkes *Über die Physiologie von Tieren und Pflanzen unter Berücksichtigung der Theologie der Natur*, eines zweibändigen Werkes über Phrenologie und von Artikeln, die allerorten veröffentlicht wurden. Erfinder einer besonderen Art von Rechenschieber. Ein begeisterter Schachspieler, der Schachprobleme in *The Illustrated London News* veröffentlichte und das erste Taschenschachbrett entwickelte.

Und – als ob das noch nicht genug wäre – Autor dieses Thesaurus – ein Wort, das bis dahin einfach ein Schatzhaus oder eine Fundgrube des Wissens bezeichnete und deshalb Wörterbücher und Enzyklopädien einschloß, und an dem Roget seinen Namen fest verankerte, wodurch er sich im englischen Sprachraum Unsterblichkeit sicherte. Er begann sich dieser Aufgabe im reifen Alter von einundsiebzig Jahren zu widmen, und als er starb, war er einundneunzig. John Lewis Roget gab die späteren Auflagen des Thesaurus seines Vaters heraus und nach ihm Samuel Romilly Roget, Peters Enkel.

Roget & Familie, Weltverbesserer, Inc.

Ich legte den Band beiseite und lachte vor mich hin.

Eine Woche später ging mir Peter Mark Roget – selbst sein Name ist strahlend und ohne Tragik – noch nicht aus dem Sinn. Seine Gesellschaft zur Verbreitung nützlicher Kenntnisse erinnerte mich antonymisch an Kurtz und sein hingekritzeltes »Ausrotten die Hunde!«.

Ich wandte mich wieder dem Thesaurus zu und sah ihn mir gründlich an. Obwohl Roget das in seiner Einleitung deutlich sagt, fiel mir erst jetzt ins Auge, was nahelag: daß sein Buch ein Verzeichnis von Wörtern und Wendungen war, die nicht nach ihrer Schreibung angeordnet sind wie in einem Wörterbuch, sondern nach den Begriffen, die sie ausdrücken. Um sie nach der Schreibung zu ordnen, braucht man lediglich ein Alphabet, doch um sie nach der Bedeutung zu ordnen, muß man die Entsprechung eines Alphabets für Begriffe finden – eine Großtat, die Roget geglückt ist. In knapp über tausend Sachgebieten von (1) Sein bis (1042)

Religiöse Bauwerke hatte er das Wortuniversum erfaßt, die Gesamtheit der Begriffe, die der menschliche Geist auszudrücken vermag. Ganz gleich, worum es sich handelte, körperlich oder unkörperlich, Wurst oder Traurigkeit, es paßte in eines seiner Sachgebiete. Die Sprache war ein Dorf von tausend Großfamilien, jede Familie bevölkert mit Geschwistern, echten Synonymen und Vettern und angeheirateten Verwandten des einen oder anderen Grades.

Ich war überrascht. Plötzlich staunte ich über dieses Buch, das mir zuvor so farblos erschienen war. Rogets Tat schien mir der göttlichen Tat von Babel ebenbürtig zu sein, nur in umgekehrtem Sinn. Wo *Er* geteilt und verwirrt hatte, hatte *er* klassifiziert und harmonisiert. Auch waren seine Bemühungen nicht auf eine Sprache beschränkt. In dem von ihm geplanten »*Polyglot Lexicon*«, einem mehrsprachigen Super-Thesaurus (mit Englisch und Französisch als den ersten beiden Sprachen, »ihre Spalten in paralleler Juxtaposition«), wollte er zeigen, wie jede Sprache nicht nur in sich selbst ein Geflecht von Bekannten und Verwandten war, sondern ein Zwilling, ein Synonym der benachbarten Sprache. Aus dieser Zwillingsexistenz von Sprachen könne jene internationale Sprache hervorgehen, die, wie er hoffte, zu dem vorerwähnten Weltfrieden beitragen würde.

Dieser grenzenlose ethnozentrische Optimismus sollte an den Ufern des Kongo zerschellen, an Kurtz' heiserem »Das Grauen! Das Grauen!«. Trotzdem war ich von seiner Vision fasziniert. Was für eine säkulare Größe sie doch besaß!

Ich stellte mir vor, wie Roget auf der Straße ein Paar beobachtete, sich einer Häuserzeile zuwandte, einen Blick in das Schaufenster eines Buchladens warf, hochsah zu Sonne und Himmel, wie er lief, auf seine Füße hinabsah und lachte, seine Frau und seine Kinder begrüßte, sich zum Schreiben hinsetzte – ständig, jeden Augenblick, mit dem einen Gedanken: »Synonyme!«

Ich würde einen Roman über Peter Mark Roget schreiben. Er würde *Thesaurus* heißen, und er würde auf demselben Schiff auf der Themse spielen wie *Herz der Finsternis* – der Jacht *Nellie*. Es würde ein kurzer Roman werden. Ein Abend aus dem Leben eines gutgelaunten Menschen, der überzeugt ist von der Harmonie des Lebens.

Wir reisten. Nach Ekuador, Peru und Bolivien. Nach Indien und Pakistan. Nach Ägypten. Nach New York. Mit dem Flugzeug, mit der Bahn, mit dem Schiff, mit dem Bus, mit dem Auto, zu Fuß. Sechs Monate, drei Monate, einen Monat, eine Woche. Jedesmal verschwand Feigenblatt ins ungarische Internat.

Die Geschichten, die ich erzählen könnte! Der Pfad der Inka und der langsame Aufstieg zu der Epiphanie von Machu Picchu. Mühseliges, himmlisches Wandern um den Nanga Parbat. Bei Tagesanbruch ein Gang um die Unermeßlichkeit der Cheops-Pyramide. Matisse im Museum of Modern Art. Die Kühe in Indiens Städten, städtische Rinder, so abgestumpft und gewieft wie New Yorker Rauschgifthändler. Die Riesenschildkröten der Galapagos-Inseln, mit Rückenpanzern so groß wie der Petersdom und mit den hochmütigen Gesichtern von Kardinälen. Das Leben in einem Zug in Indien. Das Leben in einem Bus in Südamerika. Das Leben auf einer Feluke auf dem Nil. Früher Morgen in Varanasi, in La Paz. Die organische Fäulnis, die Kalkutta, die Amazonas heißt. Die Mauern von Saccsaihuaman. Die Felder der Stupas von Ladakh. Der Tempel von Karnak. Titos Stimme und Titos Blick, als er zu mir sagte: »Schlägst du ernsthaft vor, ich soll schon wieder einen Sprachkurs machen?«, als ich ihm gegenüber eine der guten Methoden erwähnte, wie man sich auf Lateinamerika vorbereiten kann. Sein Spanisch war am Ende der Reise fast so gut wie meines.

Und dies nur eine Handvoll Erinnerungen, eine Vierteldrehung des Kaleidoskops, nur ein flüchtiger Blick auf unerschöpfliche Reichtümer, ähnlich denen, die Howard Carter meinte, als er Lord Carnarvon zur Antwort gab: »Ja, herrliche Dinge.«

Wenn es nur einen Ort gäbe, an den ich mich erinnern, nur einen einzigen Anblick, den ich schätzen dürfte, wäre es jenes Zimmer, das von einer einzelnen nackten Glühlampe erhellt wurde, die von der Decke hing, oder jenes Stück schrecklicher Straße mit dem großartigen Hintergrund oder jenes grüne Dorf, das flüchtig vom Zug aus zu sehen war, oder jene Biegung des Flusses, in dem der Wasserbüffel sich wälzt, oder das baufällige Restaurant mit dem hochwillkommenen heißen Tee – wenn man mich nach dem einen Ziel fragte, von dem ich sagen könnte: »Geh hin – und du bist gereist«, wenn man wissen wollte, wo Eldorado war, dann würde ich sagen, es war jener Ort, der Reisenden allgegenwärtig ist: mitten im Nirgendwo.

Dorthin würde ich jederzeit zurückkehren. Mit meinem altbewährten blauen Rucksack und mit Tito, meinen Mitaugen, meiner Mithaut, meinem Mitdurst.

Wir gewöhnten uns an, uns als Mann und Frau vorzustellen, wir stülpten uns diese traditionelle Tracht über, um die Dinge dort zu erleichtern, wo man die Begriffe Freund und Freundin vielleicht nicht so leicht schluckte. Zunächst war es für mich höchst seltsam, Tito als »meinen Mann« zu bezeichnen. Es hörte sich so altmodisch an. So sagte ich zu Mitreisenden: »Er ist in Wirklichkeit nicht mein Mann«, und sie nickten. Aber dann ging es mir leichter von der Zunge. Ich mochte es, daß unsere Beziehung uns Titel verlieh. Es hörte sich reif an, dauerhaft. Nachdem ich immer wieder »Señora Imilac« genannt worden war, begann ich sogar damit zu spielen, was die sträflichste aller ehelichen Praktiken ist. Ich begann, darin ein Stück Identität zu sehen, einen wichtigen Teil meiner selbst.

Wir träumten davon, daß China das nächste sein solle, von Reisen in das Reich des Himmels.

Anfang 1989 – am 18. Januar, um genau zu sein, mit einer Maschine um 7.40 Uhr morgens – flog Tito nach Banff, Alberta, zu einer Konferenz. Direktoren, Angestellte, Sortierer, Briefträger, Fahrer – ein Längsschnitt der kanadischen Posthierarchie aus dem ganzen Land würde teilnehmen, und er war einer der glücklichen Briefträger, auf die die Wahl fiel. Er reiste der Berge wegen dorthin, nicht wegen der Reden der Chefs. Er hatte noch nie die Rockies gesehen.

Er würde eine Woche weg sein.

Ich hatte ein Geheimnis, aber ich sagte nichts. Ich wollte bis zu seiner Rückkehr warten.

Ich habe ihn nie wiedergesehen.

Ich hatte die Mittagsschicht im Restaurant beendet, und ich hatte eingekauft. Ich stand gerade vor der Tür zu meinem Arbeitsraum und fischte nach den Schlüsseln in meiner Manteltasche, zu meinen Füßen zwei Plastiktüten voller Lebensmittel. Der erste große Schneesturm des Jahres hatte sich gelegt, und der Tag war kalt, klar und sonnig (ein Wetter ganz ähnlich dem vor drei Jahren, als Tito und ich uns das erstemal nähergekommen waren, obgleich es damals Nacht gewesen war,

Tito

und nun war heller Tag, kurz vor drei Uhr nachmittags). Ich erwähne das Wetter nur deshalb, weil es meine Stimmung widerspiegelte: strahlend. Es hatte nichts mit der Stelle zu tun, an der ich gerade stand: am Ende eines fensterlosen, speigrünen Korridors, dessen einziges Licht von einer ersterbenden, flackernden Neonröhre kam. Ich weiß nicht mehr, was ich in jenem Augenblick dachte. Mein Kopf hatte noch keinen Grund, so aufmerksam zu sein wie ein Gerichtsstenograph. Tito fehlte mir bereits, aber sieben titolose Tage bedeuteten viel Zeit für meinen Roman und das Vergnügen, Tito wiederzusehen, nachdem ich ihn so sehr vermißt hatte. Ich war ziemlich sicher, daß ich schwanger war. Ich war in jenem Monat mit der Pille nachlässig gewesen. Ich glaube, ich versuchte, das, was ich wirklich wollte, dem Zufall zu überlassen. Ich war bereits drei Tage

Baby

Tito

Tito Tito Tito Tito

Tito Tito Tito

Tito

Tito

Baby

Baby

Baby

über die Zeit, etwas Unerhörtes bei meinem Cäsium-Atomuhr-Zyklus. Ich hatte so ein Gefühl. Jetzt, wo Tito fort war, konnte ich mich vergewissern. Die Aussicht entsetzte und elektrisierte mich – wie ein wunderschönes Geschenk, das in schrecklichem Einwickelpapier daherkommt. Ich lief ohne Tampons herum. Wenn ich schon nicht schwanger war, dann wollte ich wenigstens ordentlich bluten, unter möglichst unangenehmen Umständen, auf der Straße oder während meiner Schicht als Kellnerin. In einem fernen Winkel meines Bewußtseins, an der Rückwand eines Aktenschranks lag eine Versicherungspolice mit der Unterschrift von Henry Morgentaler. Daß Tito und ich unsere Prämien nicht bezahlt hatten, kam in Scherzen und Bemerkungen über »kleine Tito-Babys« zutage.

»Hi«, sagte er. Er kam im Korridor auf mich zu.

Baby Tito

Baby

Baby

Tito

Tito-Baby

»Hi«, antwortete ich, steckte den Schlüssel ins Schloß und schloß meine Tür auf.

Er war ein Nachbar. Der Mann mit dem Walroß-Schnurrbart. Eine dreijährige Bekanntschaft, wir hatten uns zugenickt, gegrüßt, hin und wieder ein Wort miteinander gewechselt. Ich kannte nicht einmal seinen Namen.

»Wohnst du hier?« fragte er.

Er war neben mir und schaute hinein.

»Nein. Es ist bloß mein Arbeitszimmer.«

»Darf ich mal sehen?«

»Klar.« Das war wohl anmaßend von ihm, aber ich dachte mir nichts dabei. Er zog gerade um, er war einfach neugierig, er wollte freundlich sein – etwas in der Art. Und ich merkte auch nicht, daß er gewartet hatte, bis ich drin war, ehe er selbst eintrat. »Ist winzig«, fügte ich hinzu.

Er sah sich um.

»Nun muß ich aber arbeiten«, sagte ich nach

ungefähr einer Minute. Er rührte sich nicht.

»Raus mit dir«, sagte ich leichthin mit einer verscheuchenden Handbewegung, als ob er ein widerspenstiges Kind wäre.

Er sah mich an.

»Zieh dich aus«, sagte er, während er die Tür schloß.

Die Worte wurden nicht registriert. Ich stand unter Schock, war sofort wie betäubt.

»Was?«

»Ich sagte, zieh dich aus. Wollen sehen, was du zu bieten hast.«

Es gab keine Vorwarnung. Im Bruchteil einer Sekunde sprangen die Dinge von normal auf total schief. Ich konnte nichts dagegen machen. Ich hatte keine Zeit, nachzudenken, zu reagieren, etwas zu unternehmen. Nein. Ich hatte nicht einmal Schuhe an, ich hatte sie ausgezogen, als ich hereingekommen war.

Der Überfall dauerte. Es schienen Stunden. Wie sonst kann ich soviel Angst

. . . .
. . . .
. . . .
. . . .
. . . .
. . . .
. . . .
. . . .
. . . .
. . . .
. . . .
. . . .
. . . .
. . . .
. . . .
. . . .
. . . .
. . . .
. . . .
. . . .

erklären? Läßt Angst sich konzentrieren? Kann sie in dein Leben kommen wie ein paar Tropfen Lebensmittelfarbe, ein paar Tropfen Rot, die hineinplumpsen und sich verteilen und dein ganzes Leben verfärben? Das Schlimme an einer Vergewaltigung ist, sie ruiniert dein Leben, dein ganzes restliches Leben, weil die Angst sich ausbreitet. Wenn ich zurückdenke, dann war er vielleicht zwanzig Minuten da.

Er hatte kein Messer und keine Kanone. Er brauchte nichts dergleichen. Er tat nichts Bedrohlicheres, als mich mit aller Kraft an den Haaren zu ziehen und mich zu ohrfeigen und mich mit der Faust zu schlagen und mich zu treten.

Seine Faust sauste nieder und traf mich schwer auf die Wange. Ich taumelte zur Seite und fiel zu Boden.

»Steh auf.«

Ich tat es mechanisch.

»Jetzt zieh deinen verdammten Pullover aus.«

Ich fing an, zu protestie-

. . . . Angst . . Angst . . . . .
. . . . Angst . . . . .
. . . .
. . . .
. . . .
. . . .
. . . .
. . . .
. . . . Angst . . . . .
. . . . Angst . . . .
. . . .
. . . .
. . . . Angst . . . .
. . . .
. . . .
. . . .
. . . .
. . . .
. . . .
. . . .
. . . .
. . . . Schmerz . . . .
. . . . Schmerz . . .
. . Schmerz . . . .
. . . . Schmerz . . .
. . . . Schmerz
. . . .
. . . .
. . . .
. . . .
. . . .
. . . .
. . . .
. . . .

ren, zu bitten, ich kann mich an meine Worte nicht mehr genau erinnern. Er packte mich bei der Kehle und knallte mich gegen die Wand.

»Hör zu, du Schlampe, du fängst jetzt an, dich auszuziehen, oder ich bring, dich um. Was glaubst du, wer du bist?«

Seine Hand würgte mich. Ich mußte um jeden Atemzug kämpfen. Ich hatte fürchterliche Angst. Ich dachte, ich müßte sterben. Ich krächzte: »Okay, okay!«

Ich zog meinen Pullover aus.

»Runter mit der Bluse.«

Mir zitterten die Hände so sehr, daß ich Schwierigkeiten mit den Knöpfen hatte.

»Jetzt das übrige.«

Ich sah ihn an. Er kam auf mich zu.

»Okay, okay.«

Ich legte mein T-Shirt ab. Dann meinen Büstenhalter.

Er glotzte. Er rieb sich im Schritt.

»Zieh das übrige aus.«

. . . .
. . . .
. . . .
. . . . Angst Schmerz
Angst Schmerz Angst Schmerz
Angst Schmerz Angst Schmerz
Angst Angst Angst Angst Angst
Angst Angst Angst Angst Angst
Angst Angst Angst Angst Angst
Angst Angst Angst Angst Angst
Angst Schmerz Angst Schmerz
Angst Schmerz Angst Schmerz
Angst Schmerz Angst Schmerz
Angst Schmerz Angst Schmerz
Angst Schmerz Angst Schmerz
Angst Schmerz Angst Schmerz
Angst Schmerz Angst . . . . .
. . . .
. . . .
. . . .
. . . .
. . . . Angst . . . .
. . . .
. . . .
. . . .
. . . .
. . . . Angst
Angst Angst Angst . . . . . .
. . . .
. . . .
. . . .
. . . .
. . . .
. . . .

»Oh, bitte.« Ich konnte nicht. Ich konnte einfach nicht. Seine Hand fuhr wieder nach meiner Kehle.

»Gut, gut, ich mach' schon.«

Ich zog meinen Rock und meine dicken Strümpfe aus.

Er trat heran, packte meine Unterwäsche und riß sie mit einem derben Ruck herunter. Dabei kratzte er mich mit seinen Nägeln. Zwei rote Streifen an meinem Unterbauch. Der erste scharfe Schmerz, den ich spürte.

Ich war völlig nackt. Ich hielt die Augen auf den Boden geheftet. Mir drehte sich derart der Magen um, daß es weh tat. Ich mußte ständig denken: »Ich werde sterben, ich will nicht sterben. Ich werde sterben, ich will nicht sterben. Ich werde sterben, ich will nicht sterben.«

Er schlug mir mitten ins Gesicht. Ich verstand nicht. Ich tat, was er wollte. Wieder schlug er mich. Als ich die Hände hob, um mich

....
....
.... Angst Angst
Angst Angst Angst Angst Angst
....
....
....
....
....
... Angst ....
....
....
....
.... Schmerz ....
....
Schmerz ....
.... Schmerz ....
....
....
.... Angst ..
.... Angst ......
....
.... Schmerz ....
....
Angst Angst Angst Angst Angst
Angst Angst Angst Angst Angst
Angst Angst Angst Angst Angst
Angst Angst Angst Angst Angst
Angst Angst Angst Angst ..
.... Schmerz ....
....
....
.... Schmerz ....
....

zu schützen, fing er an, mir mit den Fäusten ins Gesicht und in den Leib zu schlagen. Ich fiel zu Boden. Er packte mich an der Gurgel und begann mich zu würgen, während er meinen Kopf gegen die Wand schlug. Ich bekam keine Luft. Mir war wie sterben. Doch er hielt inne.

Er stand auf und zog sich aus. Ich sah nicht hin. Im Mund hatte ich den Geschmack von Blut. Er packte mich bei den Haaren und zog mich hoch. Der Schmerz war unerträglich. Er führte mich zum Futon und warf mich darauf.

»Hat es weh getan?«

Er schien sich zu freuen, als ich ja sagte. Er kniete sich neben mich und bekam wieder mein Haar zu fassen. Er wickelte es sich straff um die Faust.

»Ich tue alles, was du willst, alles. Nur bring mich bitte nicht um.«

Er mißhandelte meine Brüste.

Er fing an, mit seinem

. . . .
Schmerz Schmerz Schmerz
Schmerz Schmerz Schmerz
. . . . Angst Schmerz Angst
Schmerz Angst Schmerz Angst
Schmerz Angst Schmerz Angst
Schmerz Angst Schmerz Angst
Schmerz Angst Schmerz Angst
Schmerz Angst Schmerz Angst
Schmerz Angst Schmerz Angst
. . . .
. . . .
. . . .
. . . .
. . . .
. . . . Schmerz Schmerz
Schmerz Schmerz Schmerz
Schmerz Schmerz Schmerz
Schmerz Schmerz Schmerz
Schmerz Schmerz Schmerz
Schmerz Schmerz . . . .
. . . .
. . . .
. . . .
. . . . . . Schmerz . . . .
. . . .
. . . .
. . . . Schmerz . . . . . .
. . Angst Angst Angst Angst
Angst Angst Angst Angst Angst
Angst Angst Angst Angst . .
. . . . Schmerz . . . . . .
. . . .
. . . .

halbsteifen Penis meinen	. . . .
Mund zu ficken. Es war	. . . .
unaussprechlich ekelerre-	. . . .
gend. Ich versuchte, so viel	. . . .
Blut und Speichel zwischen	. . . .
ihn und mich zu bringen,	. . . .
wie ich konnte. Mir war	. . . .
wie Speien. Aber lieber ihm	. . . .
einen blasen, als daß er	. . . .
mich fickte. Ich wollte mein	. . . .
Baby schützen, ich wollte	. . . . Baby . . . .
nicht, daß sein Schwanz	. . . .
meine Vagina besudelte.	. . . .
Er stieß immerzu viel zu	. . . .
tief hinein, so daß es mich	. . . .
würgte.	. . . . Schmerz . . .
Ich stieß seinen schwam-	. . . .
migen weißen Bauch weg	. . . .
und erbrach mich auf den	. . . . Schmerz . . .
Futon. Das Würgen tat sehr	. . . .
weh, und ich bekam keine	Schmerz Schmerz Angst Angst
Luft.	Angst . . . .
»Das ist widerlich«,	. . . .
sagte er, lachte aber. »Ha,	. . . .
ha, ha, ha, ha«, machte er.	. . . .
Ich sah ihm in die Au-	. . . .
gen. Sofort wandte ich den	. . . . Angst Angst Angst . .
Blick wieder ab.	. . . .
Er schob sich zwischen	. . . .
meine Beine. Ich wollte	. . . .
mich sträuben.	. . . . Baby . . . .
Er schlug mir wiederholt	. . Schmerz Angst Schmerz
mit der Faust ins Gesicht.	Angst Schmerz Angst Schmerz
Ich muß nur überleben.	Angst Schmerz Angst Schmerz

Der Tod war der einzige Verlust. Ich spreizte die Beine.

»Sieh dich bloß vor, verdammt noch mal«, sagte er.

Er spuckte mir zweimal zwischen die Beine – sein Gleitmittel. Aber er kriegte ihn kaum hoch und konnte den Kopf seines Penis nur mit Mühe in mich reinschieben. Er pumpte vorsichtig. Er stützte sich mit den Armen hoch und starrte unausgesetzt zwischen unsere Beine. Überall, wo seine warme Haut die meine berührte, schauderte etwas in mir zurück.

Ich hörte ein Dröhnen. Die U-Bahn? Es war mein Herz. Es war unglaublich, wie hart es schlug.

Sein Penis rutschte heraus. Er erhob sich auf die Knie.

Er sagte nichts. Ich wollte etwas sagen, konnte aber kein Wort herausbringen.

Er stand auf und begann, mich an den Haaren durch das Zimmer zu

Angst Schmerz Angst Schmerz
Angst Schmerz Angst Schmerz
Angst Schmerz Angst Schmerz
Angst Angst Angst Angst Angst
Angst Angst Angst . . . .
. . . .
. . . .
. . . .
. . . .
. . . .
. . . .
. . . .
. . . .
. . . .
. . . .
. . . .
. . . .
. . . .
. . . .
. . . .
. . . .
. . . .
. . . .
. . . .
. . . . Angst
Angst Angst Angst Angst Angst
Angst Angst Angst Angst Angst
Angst Angst Angst Angst Angst
Angst Angst Angst Angst Angst
Angst Angst Angst Angst Angst
Angst Angst Angst Angst Angst
Angst Angst Angst Angst Angst
Schmerz Schmerz Schmerz
Schmerz Schmerz Schmerz

schleifen, mich über den Tisch zu ziehen und mich gegen die Wände zu donnern. Jedesmal wenn ich versuchte, wieder auf die Beine zu kommen, hebelte er mich aus der Balance. Als es so weh tat, daß ich aufschrie, trat er mir ins Gesicht und sagte: »Schrei nicht, ich hab' gesagt, schrei nicht.«

Er warf mich auf den Futon und kniete sich zwischen meine Beine. Er war jetzt steif. Wieder drang er in mich ein. Diesmal pumpte er wie wild. Er hatte den Kopf erhoben, hielt aber die Augen fest geschlossen. Ich blickte weg. Nach dem Oralverkehr, nachdem ich an den Haaren herumgeschleift worden war, war das eine Erholung.

Ich nahm seltsame Dinge wahr. Während ich dalag und das Gemetzel durchlitt, störte mich ein Kitzeln in den Ohren. In ihnen sammelten sich meine Tränen.

Ich versuchte, auf den

Schmerz Schmerz Schmerz
Schmerz Schmerz Schmerz
Schmerz Schmerz Schmerz
Schmerz Schmerz Schmerz
Schmerz Schmerz Schmerz
Schmerz Schmerz Schmerz
Schmerz Schmerz Schmerz
Schmerz Schmerz Schmerz
Schmerz Schmerz Schmerz
Schmerz Schmerz Schmerz
Schmerz Schmerz Schmerz
Schmerz Schmerz Schmerz
Schmerz Schmerz Schmerz
Schmerz Schmerz Schmerz
Schmerz Schmerz Schmerz
Schmerz Schmerz ....
Schmerz Schmerz ....
....
....
....
....
....
....
....
....
....
....
....
....
....
....
....
....
....

Boden zu schlagen, damit jemand mitbekäme, daß etwas Schreckliches vorging. Doch es hörte wohl niemand. Meine Schläge waren wohl nicht kräftig genug, denn ich hatte zu große Angst, daß er es bemerken würde. Ich habe wohl nur ganz leicht auf den Boden geklopft.

Er ejakulierte in mir und brach in Lachen aus.

Er stand auf und ging im Zimmer umher. Ich lag still, vollkommen still, ohne ihn anzusehen, und verfolgte ihn nur aus dem Augenwinkel. Er ging ins Bad. Er pißte, ohne zu ziehen, und säuberte sich. Er kam heraus und wischte sich mit meinem Handtuch ab.

Er durchsuchte meine Einkäufe und fand den Orangensaft und die Kekse. Langsam richtete ich mich auf, aber nur auf die Ellbogen. Ich hielt den Blick abgewandt. Meine Nase blutete, tropf, tropf, tropf.

»Wo ist deine Handtasche?«

. . . .
. . . .
. . . . . . Angst . . . Schmerz
. . . .
. . . .
. . . .
. . . .
Angst . . . .
. . . .
. . . .
. . . .
. . . .
. . . . Angst . . . . .
. . . .
. . . .
Angst . . . . Angst . .
. . . .
. . . .
. . . .
. . . .
. . . .
. . . .
. . . .
. . . .
. . . .
. . . .
. . . .
. . . .
. . . . . Angst . . . .
Schmerz . . . .
. . . .
. . . .
. . . .

»Ich habe keine. Ich trag' alles in den Taschen.«

Er durchsuchte meine Manteltaschen. Er holte eine Handvoll zerknitterter Scheine und etliches Kleingeld heraus, meine Tageseinnahmen, ungefähr fünfzig Dollar, und legte alles auf den Boden. Er ging es durch. Die Fünfdollarscheine nahm er sofort, schien aber das übrige dalassen zu wollen. Dann überlegte er es sich und nahm die Zweidollarscheine. Dann die Einer. Er wollte das Kleingeld dalassen, dann klaubte er die Vierteldollarstücke heraus.

Während er meine Kekse aß, sah er sich die Papiere an, die überall verstreut waren. »Biste Studentin?«

»Nein.«

»Und die ganzen Papiere?«

»Ich schreibe ein Buch.«

»Ach nee. Eine Schriftstellerin. Worum geht's in deinem Buch?«

»Es ist ein Roman über einen Mann, der ein neuartiges Wörterbuch geschrieben hat.« Er kam auf mich zu. »Es ist ein W-W-W-Wörterbuch der S-S-S-S-Synonyme. Ist einfach eine langweilige Geschichte. Es wird kein Bestseller oder so was sein. Ich bin da nicht sehr begabt. Ich –«

»Na, wenn du das schon selber sagst, werd' ich's wohl nicht kaufen.«

Er kniete neben mir. Sein Penis hing ihm schlaff zwischen den Beinen. Ich blickte weg.

»Oh, bitte, bring mich nicht um, bitte bring mich nicht um. Ich hab' dir doch nichts getan. Bitte bring mich nicht um. Wir sind Nachbarn. Bitte bring mich nicht um.«

Er lachte. »Warum sollte ich dich umbringen wollen?«

Aus seinem Mund kam ein grobes Geräusch. Er spuckte mir ins Gesicht.

Ich kann es nicht begreifen.

Nach dem, was er mir angetan hatte, war er dazu imstande – mir ins Gesicht zu spucken.

. . . . Angst Angst
Angst Angst Angst Angst Angst
Angst Angst Angst Angst Angst
Angst Angst Angst Angst Angst
Angst Angst Angst Angst Angst
Angst Angst Angst Angst Angst
Angst Angst Angst Angst Angst
Angst Angst Angst Angst Angst
Angst Angst Angst Angst Angst
Angst Angst Angst Angst Angst
Angst Angst Angst Angst Angst
Angst Angst Angst Angst Angst
Angst Angst Angst Angst Angst
Angst Angst Angst Angst Angst
Angst Angst Angst Angst Angst
Angst Angst Angst Angst Angst
Angst Angst Angst Angst Angst
Angst Angst Angst Angst Angst
Angst Angst Angst Angst Angst
Angst Angst Angst Angst Angst
Angst Angst Angst Angst Angst
Angst Angst Angst Angst Angst
Angst Angst Angst Angst Angst
Angst Angst Angst Angst Angst
Angst Angst Angst Angst Angst
Angst Angst Angst Angst Angst
Angst Angst Angst Angst Angst
Angst Angst . . . .
. . . .
. . . .
. . . .
. . . .
. . . .
. . . .

Langsam schien er sich zu langweilen.

Er zog sich an. Er kämmte sich vor dem Spiegel und nahm sich Zeit mit dem Scheitel. Dann nahm er meine beiden Einkaufstüten, sagte: »Dann bis demnächst« und ging, die Tür hinter sich zuziehend.

Ich kroch zur Tür, langte hoch und schloß sie ab.

Ich lag auf dem Boden. Ich dachte nichts. Ich lag einfach da.

Ich erhob mich. Ich konnte kaum stehen. Ich ging ins Bad. Mein Gesicht sah nicht zerschlagen aus, es sah aus, als ob man alle Haut abgezogen hätte. Ich erkannte mich nicht wieder.

Ich bewegte mich wie ein Automat. Ich war nicht da, ich war woanders. Ich spülte ein Gesicht ab, ich weiß nicht, wessen Gesicht. Mit einem sauberen Geschirrtuch rieb ich einen Körper ab, ich weiß nicht, wessen Körper. Sein Sperma stank.

. . . .
. . . .
. . . .
. . . .
. . . .
. . . .
. . . .
. . . .
. . . .
. . . .
. . . .
. . Angst Angst Angst Angst
Angst Angst Angst Angst Angst
. . . .
. . . .
. . . .
. . . .
. . . .
. . . .
. . . .
. . . .
. . . .
. . . .
. . . .
. . . .
. . . .
. . . .
. . . .
. . . .
. . . .
. . . .
. . . .
. . . .
. . . .

Plötzlich packte mich die Angst, daß er noch in der Nähe sein könnte, im Haus. Im Spiegel weiteten sich die Augen. Der Magen krampfte sich mir zusammen.

Ich zog mich an, wickelte mein Gesicht in mein Tuch und zog den Mantel an, klappte die Kapuze hoch. Ich sammelte meinen Roman zusammen und stopfte ihn in meine Manteltasche. Überall lagen Strähnen meines Haars herum. Ich kletterte durchs Fenster auf die Feuertreppe.

Der Weg schien endlos zu sein. Mehrmals stolperte ich. Ich dachte immer noch, er folge mir, aber ich hatte zu große Angst, mich umzudrehen, um das zu prüfen. Ich nahm einen weiten Umweg nach Hause, ich hetzte um Ecken, rannte Straßen entlang, drückte mich in finstere Seitengassen.

Ich langte zu Hause an. Bei einem Hund, der mich mit seinem üblichen ruppi-

Angst Angst Angst Angst Angst
Angst Angst Angst Angst Angst
Angst Angst Angst Angst Angst
Angst Angst Angst Angst Angst
Angst Angst Angst Angst Angst
Angst Angst Angst Angst Angst
Angst Angst Angst Angst Angst
....
....
....
....
....
....
....
....
....
....
....
....
....
....
....
............Angst Angst
Angst............ Angst
....
....
....
....
......Angst............
....
.........Angst.........
....
....
....

gen Glücksausdruck begrüßte.

Sobald ich mein Tuch abnahm, wurde er still.

Ich ging ins Bad und ließ mir eine Wanne ein.

Ich blieb stundenlang in der Wanne. In dem heißen Wasser zitternd. Ohne zu denken. Mich zwanghaft waschend.

Ich war bedeckt von blauen Flecken. Der Kopf tat mir weh. Das Gesicht tat mir weh. Mein Hals war steif und schmerzte. Jedesmal wenn ich schluckte, fuhr hinten aus meiner Kehle eine Kralle heraus. Nur Blinzeln tat nicht weh. Ich konnte nicht einmal mit Feigenblatt reden, der in einer Ecke des Bades saß und ein paarmal versuchte, eine Unterhaltung zu beginnen. Ich war so wund und verschwollen, daß es weh tat, wenn ich

. . . .
. . . .
. . . .
. . . .
. . . .
. . . .
. . . .
. . . .
. . . .
. . . .
. . . .
. . . .
. . . .
. . . .
. . . .
. . . .
. . . .
. . . . Schmerz . . . .
. . . Schmerz . . . .
. . . .
Schmerz . . . . Schmerz
. . . .
Schmerz . . . .
. . . . Schmerz
. . . .
. . . .
. . . .
. . . .
. . . .
. . . .
. . . .
. . . .
. . . . Schmerz . . .
Schmerz . . . . Schmerz . . .

hinfaßte; nicht nur meine Vagina – die ganze Gegend. Die Seife half nicht, aber ich mußte mich waschen, ich mußte.

Als ich draußen war, konnte ich kaum laufen. Ich ging in die Küche, um Tee zu machen.

Ich dachte an Feigenblatt. Ich hatte ihn nicht hinausgelassen. Über meinen Bademantel zog ich den von Tito. Ich sah mich

. . . . Schmerz . . . .

vorsichtig um, ehe ich die Haustür öffnete. Ich öffnete sie nur so weit, daß er sich hindurchzwängen konnte. Auf dem Treppenabsatz blieb er stehen, aber ich schüttelte den Kopf, und er begriff, daß er allein hinausgehen würde. Ich schloß die Tür und verriegelte sie und wartete.

Als er wieder zurück war, ging ich die Treppe hinauf. Oben drehte ich mich um und sah ihn an, und er sah mich an. »Komm«, flüsterte ich heiser. Er erklomm die Stufen.

Das Telefon klingelte. »Tito!« Ich erkannte meine Stimme nicht wieder.

.... Angst ....
....
.........Angst ....
....
....
....
....
....
....
....
....
....
....
....
....
....
.... Schmerz ....
....
....
....
....
....
....
....
....
....
....
....
....
....
....
....
....
....

Schweigen am anderen Ende, dann wurde aufgelegt.

Das war nicht Tito. Er hätte gesprochen. Vielleicht hatte sich jemand verwählt.

Aber vielleicht war *er* es gewesen.

Ich ließ den Hörer fallen. Die Türen waren geschlossen, die Fenster waren geschlossen, die Vorhänge waren zugezogen – aber Alexander Graham Bell würde ihn hereinlassen. Mich überfiel Panik.

Ich riß die Leitung aus der Wand.

. . . .
. . . .
. . . .
. . . .
. . . .
. . . .
. . . .
. . . . Angst . .
. . . .
. . . .
. . . .
. . . .
. . . .
. . . . Angst
Angst Angst Angst Angst Angst
Angst Angst Angst Angst Angst
Angst Angst . . . .
. . . .
. . . .
. . . .
. . . .
. . . .
. . . .
. . . .
. . . .
. . . .
. . . .
. . . .
. . . .
. . . .
. . . .
. . . .
. . . .
. . . .

Noch immer roch ich den Gestank seines Samens. Ich nahm ein weiteres Bad, und wieder wusch ich mich.

Ich machte mich fürs Bett fertig. Ich zog eine Trainingshose von Tito an, ein T-Shirt und einen Pullover. Ich ließ das Licht an, als ich ins Bett ging, obgleich Dunkelheit nichts damit zu tun hatte.

Ich blockierte jede verschlossene Tür zusätzlich

....

....

....

....

....

....

....

....

....

....

....

....

....

....

....

....

....

....

....

....

....

....

....

....

....

....

....

....

....

....

....

.... Angst ...

.... Angst ....

....

durch Stühle. Ich stand auf und prüfte jedes Fenster wieder und wieder. Ich hatte ein Messer neben meinem Bett.

Aber er kommt durch meine Träume herein. Ich stehe am Ende eines langen Korridors. Er kommt auf mich zu. Nicht er – sein Gesicht. Es ist riesig, nimmt den ganzen Korridor ein, ist die vierte Wand. Ich spüre, wie Raum, Licht, Luft zusammengepreßt werden. Sein Gesicht kommt immer näher, endlos. Mit einem Schrei und mit hämmerndem Herzen erwache ich.

....
... Angst ....
.... Angst ..
....
....
....
....
....
....
....
....
....
....
....
....
....
....
....
....
.... Angst Angst Angst
Angst Angst Angst Angst Angst
Angst Angst Angst Angst Angst
Angst Angst Angst Angst Angst
Angst Angst Angst Angst Angst
Angst Angst Angst Angst Angst
Angst Angst Angst Angst Angst
Angst Angst Angst Angst Angst
Angst Angst Angst Angst Angst
Angst Angst Angst Angst Angst
Angst Angst Angst Angst Angst
Angst Angst Angst Angst Angst
Angst Angst Angst Angst Angst
Angst Angst Angst Angst Angst
Angst Angst Angst ....

Ich aß nichts.

Etwas ging ab. Es war kein Blut, es war gelblich. Ich hatte mein Baby gerettet. Der Schmerz und die Schwellung waren schlimmer. Ich hatte Schmerzen beim Wasserlassen.

....
....
....
....
....
....
....
....
....
....
....
....
....
....
....
....
....
....
....
....
....
....
....
Baby ....
.... Schmerz .....
....
Schmerz Schmerz Schmerz
....
....
....
....
....
....
....

Obwohl Feigenblatt aufgehört hatte zu bellen, schlug ich ihn. Ein seitlicher Schlag gegen Kopf und Hals, im Grunde ein und dieselbe Gegend. Er kippte um. Er erhob sich und huschte davon. Sein schöner, häßlicher Gesichtsausdruck, sonst so unbekümmert, war verdutzt. Er war erschrocken. Er verschwand um die Ecke, die Krallen rutschten über den Fußboden. Mir wurde bewußt, daß ich zwei Tage lang vergessen hatte, ihn zu füttern. So lange hatte er mit seinem Protest gewartet.

Ein paar Sekunden später fing ich an zu heulen. Ich ließ mich auf den Boden sinken.

Oh! Oh!

Warum hatte ich mich nicht gewehrt? Ich habe gelesen, daß man nur die Kraft von wenigen Kilo braucht, um menschliche Ohren abzutrennen. Warum hatte ich das nicht getan? Seinen Schmerz und seine Überraschung ausnutzend, hätte ich um die vierte Wand gelangen können.

Nie wieder so ungeschützt vor einem Angriff.
Nie wieder.

Diesmal fing es mit schrecklichen Kopfschmerzen an. Ich dachte, der Kopf würde mir bersten vor Schmerz. Ich wollte schreien, doch ich lag die ganze Nacht über einfach da, den Kopf in den Händen, und zählte jede einzelne Minute, die verstrich. Am Morgen war der blonde Flaum zwischen meinen Brüsten dunkler.

Im übrigen konnte ich die Quelle der Schmerzen nicht lokalisieren. Die Brüste wurden flach, die Vulva schloß sich und wuchs anschließend nach außen, mein ganzes Aussehen veränderte sich – ohne besondere Beschwerden, nur mit einer Übelkeit, daß ich hätte sterben mögen. Ich erbrach mich mehrmals. Unter Jucken wuchs mir Haar, und ich kratzte mich an Brust und Beinen, bis ich blutete, aber das war selbstverursachter Schmerz. Der Penis, der sich entwickelte, stieß mich ab, doch auch dieser Schmerz war selbstverursacht.

Ich verlor mein Baby, mein Kind, meine Zukunft. Vielleicht war das die Ursache der Übelkeit. Als es merkte, daß sein normaler Ausgang zur Welt sich zu schließen begann, wanderte mein Baby in Panik nordwärts. Es umschwamm meine Gedärme, es quetschte sich am Magen vorbei, es kam zum Herzen, es glitt die Luftröhre nach oben. Es nahm schließlich Wohnung in meinem Kopf. Eines weiß ich gewiß: An dem Tag, an dem ich tot aufgefunden werde und die erforderliche Obduktion vorgenommen wird, wird in meinem

Kopf, direkt neben meinem Gedächtnis, ein blasser, unglücklicher Fötus gefunden werden, der durch die Nabelschnur nicht mehr mit einer längst schon aufgezehrten Plazenta verbunden ist, sondern mit meinem Gehirn selbst, und sich von seinem Strom aus Blut, Sauerstoff und Worten ernährt, und dort wird er mein ganzes Leben lang gelebt haben, sich seiner Umgebung anpassend, wie wir alle das tun müssen, einer Umgebung, die dunkel ist, einsam und beengt, von der sonnenbeschienenen Welt nur durch eine sanfte Wölbung aus Knochen und Haut getrennt und doch unerreichbar. Ich kann nicht sagen, daß ich mit diesem Baby kommuniziere – ich kenne nicht einmal sein Geschlecht –, aber es ist da, es ist da, hoch oben, seitlich in meinem Kopf, links oben, wenn ich auch manchmal spüre, wie es sich nach vorn bewegt, hin zu einer Stelle über meinen Stirnlappen.

Der hormonelle Malstrom in meinem Körper trug dazu bei, daß meine Wunden rasch heilten, meine äußeren Wunden.

Mit meiner neugewonnenen Kraft, in Wut und in Schmerz, zerschmiß ich idiotischerweise ein paar Teller, Geschirr des armen Tito. Feigenblatt hockte in einer Ecke. Unter Tränen fegte ich die Scherben zusammen.

Der Schlaf war so ausgefüllt wie die Schlaflosigkeit. Vielleicht waren einige meiner Nachtmahre Tagmahre. In jener Woche schlief ich nicht mehr als insgesamt zehn Stunden. Ich aß alles, was im Kühlschrank noch übrig war, bis ich bei altbackenem Brot und Mayonnaise angelangt war.

Ich dachte an Selbstmord.

Ich schnitt mir das Haar ab. Obgleich meine Gedanken tot waren und ruhig, zitterte mir die Hand.

Für ihn war ich nichts, was Achtung verdiente. Ich war zu einem Nichts reduziert worden, mein Sein, meine Gefühle waren vorsätzlich mißachtet worden. Du kannst dir nicht vorstellen, wie glitschig und mühsam der Aufstieg aus solcher Entwürdigung zurück zur Selbstachtung ist. Ständig rutschst du zurück. Du wirst nicht nur anderen gegenüber mißtrauisch, sondern auch dem eigenen Selbst, dem eigenen Körper gegenüber. Du lebst in Angst, in einer Angst, die dich nie verläßt, nie. Nie. Oft überwältigt dich Panik. Dein Körper wird zu etwas Fremdem, das du nicht in der Hand hast; oft erbricht er sich, erkältet sich ständig. Du bekommst häufig Migräne. Der Schlaf wird zum Feindgebiet, in dem deine schlimmsten Ängste hausen.

Ich weiß nicht, warum es Vergewaltigung heißt. Für mich war es Mord. An jenem Tag wurde ich umgebracht, und seither habe ich den Tod in mir ständig mit herumschleppen müssen, ein umherwanderndes Grau in meinem farbenfreudigen Innern; manchmal ist mein Magen tot, manchmal der Kopf, manchmal sind es die Eingeweide, oft ist es das Herz.

Ich verließ Montreal – verließ mein Leben – abrupt und unordentlich. Ich füllte meinen Rucksack mit meinem Roman und mit Kleidung (und, ohne nachzudenken, mit Tampons) und ging fort. Kein Wort für das Restaurant oder für die ungarische Gemeinde oder für Danny oder für irgend jemanden sonst. Für meinen geliebten Tito kritzelte ich eine Mitteilung, die härtesten Worte, die ich je habe schreiben müssen. Nur ein angstgeschüttelter Feigenblatt sah mich gehen. Ich ging ein letztes Mal mit ihm hinunter, ließ reichlich Futter für ihn da, streichelte ihn – aber er wußte, daß etwas nicht stimmte. Als ich die Haustür schloß, grunzte er lauter, als er je gegrunzt hatte, und es brach mir das Herz. Ich warf den Schlüssel durch den Briefschlitz, und mir blieb ein Bild: Seine flache Schnauze, die durch den Briefschlitz zu sehen ist und die heftig an meiner Hand schnüffelt und mich durch seine Nasenlöcher anfleht, nicht fortzugehen. Aber bald würde es Nacht werden. Das erfüllte mich mit Angst. Ich mußte vor Einbruch der Dunkelheit aus der Stadt sein. Und es kam Sturm auf – noch mehr Schnee. Feigenblatt mußte nur einen Tag aushalten. Tito würde anderntags zurück sein. Ich stolperte zum Busbahnhof.

Diese Sache raubte mir vier Jahre meines Lebens. Vier Jahre des Herumvagabundierens und der Verwirrung. Und des Zählens.

Manchmal vergaß ich. Meistens war es unmittelbar nach dem Schlafen, falls es mir gelang zu schlafen. Ich öffnete die Augen und blickte auf die geometrischen Figuren des Sonnenlichts auf der Wand, und ein paar Sekunden lang war ich dann offen für den Tag. Dann erwachten meine Gefühle, und das Buch meiner Erinnerung öffnete sich auf *jener* Seite unter den Tausenden von Seiten, und *es* (und die Angst, die Beklemmung, die Alpträume, die schlaflosen Nächte, die Panik, die Depression, der Verlust, die Traurigkeit) kam zurück, und der Tag wurde zu einem Martyrium, zu einer Falle aus fünf Sinnen und einer Stimme in meinem Kopf, einer Stimme, die niemals schwieg, nur manchmal die Sprachen wechselte.

Ich nahm einen Bus nach Toronto, wo ich am frühen Morgen ankam, doch das nächste, woran ich mich erinnere, war ein Sattelschlepper, mit dem ich westwärts rollte. Ich glaube, mitgenommen wurde ich irgendwo am Oberen See, jenem riesigen Sammelbecken von Tränen, das geformt ist wie ein in der Luft sich krümmender Fisch, wie ein gefangener Speerfisch. Ich erinnere mich an diese Fahrt nur wegen eines Straßenschildes, das sich meinem Gedächtnis eingeprägt hat. Die Fahrerkabine ist ein großer, gut ausgestatteter Raum, der so hoch über der Fernstraße thront, daß ich den Eindruck habe, in einem niedrig fliegenden Flugzeug zu sitzen. Es ist sehr warm. Ich bin wie betäubt. Ich lehne mich halb gegen die Rückenlehne meines Sitzes, halb gegen die

Tür, und ich blicke nicht geradeaus, sondern schräg nach vorn, so daß ich den Fahrer im Blick behalte. Er spricht nicht viel; zuletzt hat er »Bald in Manitoba« gemurmelt. Er konzentriert sich auf den Schneesturm draußen, auf die mächtigen, stürmischen Böen weißer Erstarrung, die mit einem wütenden Geheul alles andere auslöschen. Er hat beide Hände auf dem Lenkrad, das so groß und so rund ist wie der Erdball. Draußen ist nicht viel zu sehen. Dann taucht aus dem Nichts ein Schild auf: »Lake of the Woods«. Fort, fort in die Kälte mit mir. Ich bin so taub, so taub, Gott, so taub. Fort, fort mit mir. Ich schlafe ein, während wir durch Demeters Zorn donnern.

Als ich eines Tages in einem Laden für Anglerbedarf auf eine Karte schaute – ich hatte die Karte von draußen gesehen und wollte sie mir drin genauer betrachten –, war ich überrascht, wie viele Seen es in den Prärieprovinzen gab. Zu Hunderten waren sie über das Land verstreut, manche ohne Namen und die meisten nur auf dem Luftweg erreichbar.

Das Land so weit entfernt vom Meer, die Luft so trocken, und doch so viele Seen.

Später, als ich so ausgetrocknet war, daß ich rissige Lippen hatte und meine Haut einer ausgetrockneten Schlammschicht glich, sah ich im Schaufenster einer Apotheke Luftbefeuchter als Sonderangebot. Sie arbeiteten mit »Ultraschall«. Das Wort schien Erleichterung zu versprechen. Ich kaufte das Zehnliterjumbomodell und eilte nach Hause in meine neueste Bleibe. Ich las die Anleitung gründlich, füllte die beiden Behälter mit Wasser und stellte den Regler auf Maximum. Ein kühler, flüchtiger Nebel kam aus der Düse. Ich atmete diese angemessen feuchte Luft ein und füllte mir die Lungen damit, befeuchtete mein ausgedörrtes Inneres. Ich bildete mir ein, daß es mir bereits besserginge, viel besser. Das war die Lösung für meine Probleme. Drei Tage später, als die Maschine sich aus Wassermangel ausschaltete, füllte ich sie nicht wieder. Ich ließ sie stehen, obwohl sie mich mehr als hundertzwanzig Dollar gekostet hatte.

Mit jedem anderen Kauf, den ich in der Hoffnung auf Erlösung tätigte, passierte das gleiche.

Ich blieb in den Prärieprovinzen. Da bin ich noch immer. Ein umherziehender existentiell bedrohter Affe. Ich kaufte ein zerbeultes Auto und zog von Winnipeg nach Banff und wieder zurück, durch jede größere Stadt und durch viele kleine.

Ich unterrichtete an Abendschulen Französisch. Ich arbeitete als Hausmeister in Bürogebäuden. Meist spülte ich Geschirr. Ich war gern Tellerwäscher. Normalerweise sprach ich in dem Restaurant, in dem ich arbeitete, mit niemandem, ich versuchte, in meiner mißlichen Lage an nichts als Seife, heißes Wasser und Stapel von schmutzigem Geschirr zu denken. Mir gefiel die Verwandlung von schmutzig und bekleckert zu sauber und quietschend. Ich mochte den Dampf und die Feuchtigkeit und die unendlichen Mengen von heißem Wasser. Ich war ein guter Tellerwäscher. Bekam nie eine Beschwerde, hinterließ nie einen verschmierten Löffel.

Er vermachte mir Herpes B. An jedem Geburtstag flackert es wieder auf.

Du glaubst gar nicht, was Vergewaltigung alles auffrißt. Deine Geschmacksknospen. Deine Stimme: Dir bleibt nur ein schwaches, rauhes Flüstern (und dabei quält sich dein Gehirn). Deine Libido: vollständig, nicht ein Rucken, nicht ein Zucken von Verlangen. Deine Phantasie: Deine Wirklichkeit wird abgestumpft, die Welt deiner Träume wird zu einem Friedhof (außer für die Alpträume, die dich durchfegen). Deine Fähigkeit zu schlafen: fast gänzlich. Deine Lebenskraft: Das Geschirrspülen verschlingt jedes bißchen der psychischen und der physischen Energie, die du hast.

Stell dir dieses Stück vor:

DRAMATIS PERSONAE:

eine ALTE FRAU *mit einer Einkaufstüte*

ein GUTER SAMARITER

eine strohgefüllte PUPPE *mit einem aufgemalten unglücklichen Gesicht*

ORT DER HANDLUNG: *eine Bank an einem Gehweg*

(*Die* Puppe *sitzt auf der Bank. Die* Alte Frau *taucht auf, geht langsam den Gehsteig entlang.*)

ALTE FRAU (*der* Puppe *zunickend*): Hallo.

PUPPE: (*nichts*)

(*Ungefähr fünf Meter hinter der Bank rutscht die* Alte Frau *aus. Sie stürzt schwer hin, wie ein verwundetes Wörterbuch. Ihre Lebensmittel purzeln auf die Erde. Eine Grapefruit rollt ... rollt ... rollt ... bis zwischen die Füße der* Puppe.)

ALTE FRAU: Oh! Oh!

(*Der* Gute Samariter *tritt auf.*)

GUTER SAMARITER: Oh, mein Gott! Ist alles in Ordnung? Kann ich Ihnen helfen? Sind Sie verletzt?

(*Der* Gute Samariter *stützt die* Alte Frau. *Hilft ihr aufstehen. Sammelt ihre Lebensmittel ein. Außer der Grapefruit, die er nicht sieht. Die* Puppe *beugt sich vor und starrt auf die Grapefruit.* Alte Frau, *sich auf den Arm des* Guten Samariters *stützend, ab. Lange Pause. Die* Puppe *setzt einen Fuß auf die Grapefruit. Spürt ihren elastischen Widerstand. Die* Puppe *zerquetscht die Grapefruit. Das Geräusch des Zerquetschens ist noch dreißig Sekunden, nachdem die Handlung vorbei ist, verstärkt über Lautsprecher zu hören. Nach einer Pause ist es erneut zu hören. Dann noch einmal. Die* Puppe *schlurfend links ab. Von rechts taucht der* Gute

Samariter *wieder auf. Blickt sich um. Sieht die zerquetschte Grapefruit. Blickt zur linken Bühnenseite. Rechts ab.*)

GUTER SAMARITER (*hinter der Bühne*): Ich hab' sie nicht finden können.

ALTE FRAU (*hinter der Bühne, mit zitternder Stimme*): Ich glaube, der junge Mann hat sie genommen.

VORHANG

Es gab Momente, in denen ich dachte, ich hätte das allerletzte Stadium psychischer Zerrüttung erreicht. Manchmal war ich so außer mir, daß jede Bewegung, selbst das Bemühen, einfach nur das Gleichgewicht zu halten, zur Qual wurde. Dann mußte ich mich hinlegen. Gelegentlich versuchte ich dann, bis zehn zu zählen, ein verzweifeltes, willkürliches Zeichen psychischer Normalität. Doch ich konnte mich noch so sehr bemühen – und ich bemühte mich, wirklich –, ich war nicht dazu imstande. Ich hörte mich flüstern: Eins ... zwei ... d-drei ... v-v-vier ... Vielleicht noch fünf, aber niemals sechs. Ich vergaß die nächste Zahl, oder meine Gedanken verloren einfach die Orientierung und wanderten weiter, zu etwas anderem. Es war, als ob ich keinen Willen mehr hätte. Ich lag einfach da, bei Bewußtsein, aber leblos, und atmete. Ich kann die ganze Höllenqual jener Momente nicht mitteilen, ich kann nur wiederholen: *Ich konnte nicht bis zehn zählen.*

Der alte Mann zog an seiner Zigarre. Ein roter Punkt glühte in der Dunkelheit. Er stand auf. »Eine schreckliche Geschichte, Captain Marlow«, sagte er und ging davon.

»Wer ist das?« fragte Marlow, der den alten Mann nicht bemerkt hatte.

»Das ist Dr. Roget«, sagte der Direktor der Handelsgesellschaft. »Ein guter Mann, Marlow. Er hat viel Gutes getan für diese unsere Themse. Und für viele kranke, notleidende Menschen der Stadt. Sie haben zweifellos von seinem Thesaurus gehört?«

»Ist er das?«

»Ja. Und er ist ein ausgezeichneter Schachspieler, Ihnen vielleicht ebenbürtig.«

Das Schachspiel auf der *Nellie* zwischen dem betagten Dr. Roget und dem hageren, zähen Marlow hat kaum begonnen – Marlows Königsspringer ist in einer schwachen Position –, als mein Roman verstummt.

Er wurde zu einem Stapel ramponierter Blätter, die meinem sprachlosen Gehirn fremd waren. Ich betrachtete ihn, wiegte ihn in den Armen, trug ihn in den Taschen, doch mein Kopf brachte nicht den geringsten schöpferischen Impuls hervor.

An Tito dachte ich unentwegt, an unsere 8008 kostbaren Momente miteinander. Ich ergänzte die erinnerte Wirklichkeit, indem ich mir Spaziergänge mit ihm vorstellte, Gespräche, Restaurantbesuche, Museumsausflüge, Spiele, Liebesnächte. In dem kläglichen Reich meiner Phantasie ging alles weiter wie zuvor, die Zukunft war noch im Gange.

Manchmal kommt der Schmerz durch die Hintertür. Ich breite im Schnee die Arme aus, spreize die Beine und mache Engel. Aber ich höre sofort damit auf. Wenn ich die Beine spreize, merke ich, wie Tito mir fehlt.

Ich fing an, von meinen Eltern zu träumen. Ich sah sie, ich hörte sie, als ob sie vor mir stünden. Dann weinte ich im Schlaf, und ich erwachte in Tränen.

Ich sah ihn jeden Tag, auf der Straße, in Restaurants, in Bussen, an Tankstellen. Bei jedem Mann sah ich sein Gesicht. Ich konnte um eine Ecke biegen und vor Angst zittern beim Anblick eines Fremden, der mich bestürzt ansah und rasch davonging.

Es gab die Alpträume. Die präzisen Neuinszenierungen des Ganzen – ich bin an meiner Tür, er kommt näher –, und nur meine Schreie unterbrechen den Bann des Schlafs. Oder Variationen über das Thema: Er jagt mich, er ist hinter meiner verschlossenen Tür, aber es ist eine japanische Tür aus Papier. Oder Variationen über die Qual: Ich bin kopfüber in ein Wasserfaß gefallen, ich kann nicht heraus, ich ertrinke, bis ich erwache. Oder ich bin im Bett, ich wache auf, weil aus einem Fenster gegenüber roter Rauch ins Zimmer dringt, ich beginne zu würgen, ich schlage an die Wand neben meinem Bett, um Hilfe herbeizurufen, ich merke, daß es keine Wand ist, sondern die riesige Fläche seiner Hand, ich würge, bis ich erwache.

Einmal hörte ich meinen Namen im Radio. »Sechsundzwanzigjährige Frau. Größe eins einundsiebzig« – auf der Suche nach Musik wurde der Kanalwähler weitergedreht. Das war in einem Eckladen. Der Kanalwähler wurde zurückgedreht. »Zweisprachig. Zuletzt gesehen in« – bis ans Ende der Skala, aber es war nichts Gutes zu finden, also wieder der Sender mit der Durchsage. »Wenn jemand diese Frau gesehen hat oder etwas über sie weiß, wird darum gebeten, die Polizei zu verständigen unter …«

Nur einmal hatte ich einen Alptraum, in dem ich die Gewalt selbst lenkte. Durch die dunkle, klare Luft einer Straße fliegt ein Pfeil von einer Armbrust und trifft ihn genau dort, wohin ich gezielt hatte: im Rückenmark. Der Pfeil erzeugt beim Aufprall ein Klacken, ein Knacken. Ich überlege, wohin ich den zweiten Pfeil schicken soll. Durch seine flehende Hand und in seinen bettelnden Mund? Oder soll er einen Augapfel sprengen? Ich werde sein Herz verschonen, die Pumpe des Lebens, das Symbol der Liebe. Schließlich würgen ihn meine körperlosen Hände. Ich erinnere mich lebhaft an das

Gefühl des Tötens, besonders an das Entsetzen in seinem Gesicht, an diesen Blick überwältigender Furcht. Er hat solche Angst, daß seine Gesichtszüge sich aufzulösen beginnen. Zum Schluß würge ich nur noch einen ausdruckslosen, von Haut überzogenen Kopf. Ich würge ihn noch, als ich aufwache.

Meistens habe ich zu große Angst, um meiner Wut Ausdruck zu geben, selbst in der Welt meiner Träume. Die Welt ist die Büchse der Pandora, und meine Augenlider sind ihr Deckel: Mit jedem Lidschlag entweichen aus der Welt Untaten und Greuel und springen durch meine Augen herein.

Die einfache Wahrheit ist: Ich fürchte mich vor Männern.

Ich ging spätabends durch eine Straße in Regina, eine kleinere Geschäftsstraße, in der das Getriebe des Tages vorüber war. Ich ging schnell. Ich stieß auf einen Mann, der vor mir dahintaumelte, einen Indianer, so betrunken, daß jeder Schritt ein Sieg über die Schwerkraft war. Er sah aus wie ein Kind, das gerade laufen lernt. Er war in einem solchen fortgeschrittenen Stadium des Rausches, daß ich meinte, er könne mir nichts zuleide tun. Seine Reflexe würden langsam sein, sein Koordinationsvermögen würde schlecht sein. Ich fühlte mich stärker, härter. Wenn etwas passieren würde, dann ihm, nicht mir. Ich ging langsamer, faßte hinter ihm Tritt. Er bog ab. Ich folgte ihm. Merkwürdigerweise gab er keinen Laut von sich: kein Lied, kein Schrei, kein Murmeln, nur mühsames Atmen. An einer Backsteinmauer blieb er stehen, hob eine Hand und faßte damit an die Mauer, um sich abzustützen. Dann lehnte er sich halb gegen die Mauer, halb fiel er gegen sie, mit dem Rücken zu ihr. Ich blieb ebenfalls stehen. Ich betrachtete seine Silhouette, die etwa sechs Meter von mir entfernt war.

»Ich würde gern das ganze Menschengeschlecht umbringen« – das dachte ich in jenem Moment. Speichel sammelte sich in meinem Mund. Ich hatte das Bedürfnis zu erbrechen, was ich auch tat. Eine kurze, plötzliche Explosion von weißlichem Erbrochenem. Mein Herz schlug wie wahnsinnig.

Ich machte einen Schritt vorwärts, trat dem Indianer die Beine weg. Er stürzte dumpf zu Boden.

»Hä?« sagte er. Er hatte ein fettes, rundes Gesicht mit plumpen Zügen. In ihm mischten sich Dummheit und Nichtverstehen. Ich war wütend.

Wieder und wieder versetzte ich ihm Fußtritte. Die ganze Zeit brachte er nichts Zusammenhängendes heraus, nur wenige Silben.

»Oh! Oh!«

Ich fühlte mich unbesiegbar. Ich hätte diesen Indianer hochheben und quer über die ganze Straße schleudern können.

Mit einem letzten Tritt gegen seinen Kopf, in den ich alles hineinlegte, lief ich davon. Fast hätte ich gewünscht, daß er aufstand und mich jagte, damit ich laufen konnte, laufen, laufen, laufen. Doch er blieb einfach liegen.

Er sagte: »Du bist ein junger Kerl. Laß mich deinen Schwanz lutschen. Laß mich ihn lecken und schlecken. Oh, was für ein hübscher. Laß mich ihn in den Mund nehmen ...«

Ich lehnte mich gegen den Baum. Meine Knie zitterten. Es war ein bitterkalter Tag, doch mir war nicht kalt in meinem offenen Mantel und der heruntergezogenen Hose. Er war ein dicker, weißbärtiger Mann mit einer hohen Stimme und einem feuchten, lutschenden Mund. Er sah aus wie der Nikolaus. Er war von einer solchen Leibesfülle, daß er sich gegen einen Baum lehnen mußte, um sich auf die Knie niederzulassen. Ich bewegte die Hüften, bis er den Ring seiner Lippen öffnete und sagte »Beweg dich nicht. Laß mich lutschen.« So hielt ich still, und sein Kopf begann sich hin und her zu bewegen. Meine Erektion wuchs in seinem warmen Mund.

Nach meinem Höhepunkt sagte er: »Danke, das war wirklich gut«, und er stand mühsam auf. Ich schloß meine Kleidung und ging.

Er war der erste von mehreren. Einige wollten mich im Mund haben. Bei anderen kniete ich mich hin und nahm ihn rein. Ich verlor mich dabei, wachte erst auf, wenn sie in meinem Mund ejakulierten und die Illusion zerstört war. Einige fickten mich, und ich versuchte, in der heiklen Lust der Sodomie die Lust zu empfinden, die ich mit Tito empfunden hatte.

Einmal, nur ein einziges Mal, verbrachte ich eine ganze Nacht mit einem Mann. Er hatte Augen und eine Art zu gehen, die in einer Weise an Tito erinnerten, daß mir fast das Herz stehengeblieben wäre. Er führte Regie, ging seinem Gelüste vollkommen beherrscht nach, fickte mich so hart, daß ich blutete, und es gelang mir, mich ohne Schrecken in einer ekstatischen Passivität zu verlieren. Bis zum Morgen.

Vor solchen Begegnungen aß ich nie, ich war zu nervös, und eine Zeitlang lehnte ich es ab, mit irgend jemandem nach Hause zu gehen. Drinnen fühlte ich mich gefangen; wie eine Übelkeit, wie ein Erstickungsgefühl ergriff mich die Angst. Ein Auto oder ein Park war für mich schon genug an geschlossenem Raum. Für gewöhnlich ging ich mit Männern mittleren Alters mit, bei denen ich mir eine bessere Überlebenschance ausrechnete, wenn etwas schiefging, als bei einem jungen Mann.

Ich erinnere mich noch an einen sanften, melancholischen Mann, der meinen Arsch liebkoste, während er mich liebevoll und nachdrücklich lutschte. Er war ein ruhiger Mittfünfziger mit meliertem Haar. Ich hatte ihn in einem Park getroffen, und er lud mich zu sich nach Hause ein. Doch mich überfiel Angst, und ich wollte nicht weitergehen als bis in die Diele, und so gewöhnten wir uns an – die ungefähr zehn Male, wo ich mit zu ihm ging –, es dort zu machen, zwischen den Wintermänteln und den Schuhen. Waren wir fertig, ließ er sich zurücksinken und sagte kaum mehr als »Danke« und zündete sich eine Zigarette an, als ob wir uns gerade geliebt hätten. Ich hatte das Gefühl, daß er mich nie verletzen würde. Er blieb mir ganz lange als der einzige Mensch in Erinnerung, mit dem ich während jener höllischen Zeit eine Beziehung hatte. Ich empfand für ihn eine traurige Zärtlichkeit. Sie erreichte eines Abends ihren Gipfel, als er mich sanft herumdrehte und mir das Arschloch leckte, während er mich masturbierte. Als ich kam, gegen die Tür, befand ich mich nicht nur in einem sexuellen Paroxysmus, sondern auch in einem emotionalen. Mir war, als sei mein ganzer Körper voll von Tränen. Das kleinste Wort, die geringste Bewegung würde sie mir in die Augen treten lassen. Er rauchte schweigend und betrachtete die Luft. Ich ließ mich behutsam auf den Boden nieder und küßte ihn auf den Mund.

Diese Gefühle waren so schwierig! Einsamkeit, Verlangen, Lust, Wonne – dann Schweigen, Fremdheit, Angst, Einsamkeit, mit einem Krampf in dem Augenblick, in dem die Illusion zerbrach. Und jedesmal blieb nichts zurück, nur die furchtbare Schleife in meinem Kopf: »Du bist nicht Tito. Du bist nicht Tito. Du bist nicht Tito.« Ich dachte, etwas müsse zerbrechen, so könne es nicht weitergehen. Doch nichts zerbrach, und es ging weiter.

Ich hatte mein Auto stehengelassen, und ich ging eine Straße entlang, mitten in einem Meer von Weizenfeldern. Wenn du noch nie dort gewesen bist: Der Süden von Saskatchewan ist so flach, daß der Horizont merklich rund ist. Über dir, tagsüber, wölbt sich eine gewaltige Himmelskuppel, so leer, daß sie den Eindruck von Fülle erweckt, Wolken so groß wie Berge, die Sonne nur eine kleine Scheibe, und eine Tiefe der Farbe, die oft kreideblau ist, oh, so kreideblau. Nachts wird dieser beruhigende Vorhang von Blau weggezogen, und du merkst, wo du wirklich bist: an der Schwelle zur Unendlichkeit. Eine Ebene ist, was ein Berg sein möchte: der Ort, wo du dem Weltraum so nahe bist wie nur denkbar, während du mit den Beinen noch auf diesem Planeten stehst.

Die Sprache der Ebene ist der Wind. Er trägt Süße und Duft, den Reichtum der Erde. Er ist ein Wahrsager, Vorbote des Sturms und des Wechsels der Jahreszeiten. Und der Wind spricht. Wenn du in einer Ebene spazierengehst, wehen dir Böen von Worten durch den Kopf, von Worten, die über die Oberfläche des Planeten gereist sind. In jener Nacht flüsterte der Wind mir Worte des Untergangs zu.

Die Sonne war untergegangen. Der Horizont war eine langsam in sich zusammenfallende Explosion von Rot und tiefem Orange. Die Weizenfelder paßten nicht länger zum Strahlen der Sonne, sondern nahmen eine bedrohliche Färbung an; sie sahen aus, als könnten Haie in ihnen schwimmen. Bald verschwanden die Felder in der Finsternis. Wären die Sterne nicht gewesen und der Splitter von Mond, so wäre selbst der bloße Umriß der Straße verschwunden, und ich wäre blind gewesen.

Ich lag flach auf dem Kiesstreifen neben der Straße. Hin und wieder donnerte ein Auto vorüber. An den Scheinwerfern war jedes Fahrzeug zweigeteilt. Der größere, vordere Teil war reines, blendendweißes Licht; der hintere Teil war eine bescheidenere, kompaktere Masse von Metall. Das Donnern war zwischen den beiden Teilen gleichmäßig verteilt. Jedes Auto trieb mich zu der Frage. Ich hob mich ein paar Zentimeter vom Kies und verharrte in der Schwebe, die Muskeln gestrafft. Sein oder Nichtsein? Ich schwankte am Rand des Lebens, Opfer einer bloßen chemischen Fluktuation in meinem Gehirn. Ich konnte sehen, wie es gehen würde: ein Sprinterstart ... ein Sprung auf die erleuchtete Schwelle des Todes ... Zusammenprall von Licht, Metall und Fleisch ... Verstand und Erinnerung durcheinandergewirbelt ... ein bißchen Schmerz ... und dann der Schmerz vorbei, ganz vorbei.

Ich lag da, Auto um Auto, der Kies kühlte mich ab und stach mich. Jetzt? Dieses?

Nein.

Nein.

Nein.

Nein.

Nein.

Nein.

Dann war ich über den Rand. Plötzlich war alles Verlangen zu leben ausgebrannt.

Ich startete und blieb zitternd stehen, vom Licht geblendet. Ich schloß die Augen. Ein Quietschen schnitt durch die Nacht. Jeden Augenblick – jetzt! jetzt! jetzt! jetzt! jetzt! – erwartete ich gewaltsame Erleichterung. Aber das Quietschen brach ab, und eine Übelkeit erregende Stille trat ein. Ich hörte das Geräusch, das so weltweit vertraute Geräusch einer sich öffnenden Autotür. Ich schlug die Augen auf. Alles in mir wirbelte durcheinander. Ein Auto stand schräg zur Straße. Ein Bulle von einem Mann tauchte auf der anderen Seite aus dem Wagen. Sein Gesicht war rot und verzerrt. Auf dem Beifahrersitz saß eine Frau, die Hände auf dem Armaturenbrett, die Augen weit aufgerissen. »BIST DU WAHNSINNIG! UM EIN HAAR HÄTTE ICH DICH ÜBERFAHREN!« schrie der Mann. Er kam um das Auto herum. Ich hatte plötzlich schreckliche Angst, daß er genau das tun könnte, was ich wollte – mich umbringen. Obwohl ich mich kaum auf den Beinen halten konnte, fing ich an zu rennen. Er schrie mir nach. Ich rannte weiter.

Ich hörte sein Auto. Er kam mir hinterher. Ich war überzeugt, daß er mich überfahren wollte. Ich tauchte in ein Weizenfeld.

Ich blieb erst stehen, als schwarze Totenstille mich überzeugte, daß ich allein war. In der Ferne war er noch da, in Gestalt eines beleuchteten Autos. Schrie er noch immer? Was wollte er? Was hatte ich ihm getan?

Ich blieb die ganze Nacht auf dem Feld, scharf auf jedes Rascheln von Leben achtend. Über mir wehte der Wind, über dem Weizen, wie ein Geist, der im Himmel umgeht. Am frühen Morgen kroch ich zurück in mein Auto, erschöpft und überreizt. Nie werde ich das Geräusch vergessen, mit dem mein Auto ansprang.

Ich saß auf einem Friedhof, den Kopf in den Händen.

Traurigkeit durchdrang mich, berührte jeden Teil von mir. Mein Füße waren traurig. Meine Handflächen waren traurig. Meine Augenlider waren traurig.

Ich hörte, wie eine weibliche Stimme an mein Ohr drang. Die Stimme schien kilometerweit entfernt zu sein. Sie stand direkt vor mir.

»Mögen Sie Friedhöfe auch?«

Ich blickte hoch.

»Oh, tut mir leid«, fuhr sie fort, »Sie sind in Trauer. Ich wollte Sie nicht stören.«

»Nein, nein. Überhaupt nicht. Ja, doch. Ist ja gut.« Meine Stimme war rauh und schroff. Ich räusperte mich mehrmals. »Ich mag Friedhöfe *wirklich*.«

»Ich auch. So friedlich und so schön, und manche Grabinschriften sind wundervoll. Haben Sie gesehen, daß einige da drüben französisch sind?«

»Ja.«

So passierte es. Ein belangloses Thema führte zum nächsten, zunächst ein bißchen unbeholfen, dann, als die Unterhaltung eigenes Leben gewann, mit größerer Leichtigkeit. Es war merkwürdig zu sprechen. Eine solche Anstrengung. Ein solches Vergnügen. Sie setzte sich neben mich. Ich erzählte ihr, ich trauerte um meine Zwillingsschwester. Aber sie sei nicht hier gestorben. Drüben, viel weiter östlich. Bei einem Autounfall.

Wir gingen über den Friedhof. Ich übersetzte ihr einige der französischen Grabinschriften. Sie hieß Cathy.

Als wir uns das erstemal auszogen, schämte ich mich. Sie interpretierte meine Impotenz als Folge der Trauer. Sie schmeichelte meinen Penis geduldig in eine Erektion. Ich war eine lauwarme Lesbierin. Doch ein Gefühl tieferer Befriedigung ließ mich weitermachen. Eine Wärme nach einer langen Zeit der Kälte. Die Wohltat meines eigenen Geschlechts. Ohne Angst. Unsere sanfte, friedliche Art.

»Du bist der traurigste Mann, den ich je kennengelernt habe«, sagte Cathy einmal zu mir.

Ich erzählte ihr nie von Tito oder von *ihm*. Wir lernten uns in der Gegenwart kennen und bewegten uns weiter in die Zukunft. Und wie soll man das Grauen auch erklären? Und wozu? Eine solche Offenbarung würde die Erstarrung nicht lösen, sondern nur den zusätzlichen Schmerz ihres Schmerzes mit sich bringen. Meine Seele ist wie Blaubarts Burg: In ihr gibt es ein paar verschlossene Räume.

Sie war älter als ich, siebenunddreißig gegenüber meinen neunundzwanzig. Sie dachte nicht weiter über ihr Alter nach, nur was das Kinderkriegen anging, so wußte sie: Wenn sie Kinder haben wollte, mußte es bald geschehen.

Cathy und ich reisten nach Thailand. Sie hatte sich das Land ausgesucht, wegen der Wärme der Sonne. Bob und Ben, zwei Australier, die T-Shirts mit dem Aufdruck *The Bob and Ben Fuckorama Tour* trugen, als wir sie kennenlernten, waren im hormonalen Overdrive. Die Titten, Bäuche, Ärsche und Beine weiblicher Mietleiber sprachen eine Sprache, die sie hören wollten.

In einer Bar sahen wir einen Jack-the-Ripper-Film. Die

einzige Empfindung, die er in mir hervorrief, war Entsetzen. Ich mußte mich ganz einfach mit den weiblichen Opfern identifizieren, die durch die nebelverhangenen Straßen Londons gingen, ohne zu wissen, daß ihnen unmittelbar der Tod drohte. Ich dachte, jede Frau würde so reagieren. Aber die Frauen in der Bar sahen sich den Film ebenso passiv und amüsiert an wie die Männer.

Wir blieben auf einer entlegenen Insel, praktisch ganz allein. Dort gefiel es mir. Die Sonne. Wunderbares Schnorcheln. Wir spielten Karten und lösten Kreuzworträtsel.

Sie lag auf der Seite, die Augen geschlossen. Ich betrachtete sie, ihre Brüste. Ich habe keine Brüste, dachte ich. Ich legte mich hin. Eine Hand näherte sich mir von hinten und berührte sanft meine Hüfte; ich rückte dicht an sie heran. Ich konnte ihre Brüste an meinem Rücken spüren. Ich rückte noch näher, und ihre Brüste gingen durch mich hindurch – ich hatte Brüste. Adam gefiel ihr, als Name für einen Jungen – sie wollte einen Jungen. Ich schlief ein.

Zweites Kapitel

Ich bin dreissig Jahre alt. Ich wiege dreiundsechzig Kilo. Ich bin einen Meter einundsiebzig groß. Mein Haar ist braun und kraus. Meine Augen sind graublau. Meine Blutgruppe ist 0-positiv. Ich komme aus Kanada. Ich spreche Englisch und Französisch.